EPIK

EGINALD SCHLATTNER

Eginald Schlattner, geboren 1933 in Arad/Rumänien, ist evangelischer Pfarrer und Schriftsteller. Er betreut seit 1991 als Gefängnisseelsorger Straftäter verschiedener Konfession in den Haftanstalten des Landes. Verurteilt in den 1950er-Jahren als Student in einem politischen Prozess, arbeitete er nach der Entlassung erst als Ziegelbrenner, dann bei einer Staatsfarm und beim Bahnbau, ehe er 1969 das Studium der Hydrologie abschließen durfte. Vier Jahre später sagte er dem Ingenieurberuf ab und studierte Theologie. Nach dem blutigen Ende der Diktatur 1989 erschienen zwischen 1998 und 2005 die Romane *Der geköpfte Hahn, Rote Handschuhe* und *Das Klavier im Nebel* (Zsolnay Verlag, Wien). Vielfache Übersetzungen, u. a. ins Rumänische, Spanische, Portugiesische, Russische (auch als Online-Version), Holländische, Japanische (in Vorbereitung) und Verfilmungen. Der Roman *Rote Handschuhe,* der die zwei Jahre Zellenhaft bei der Securitate in Stalinstadt (heute Kronstadt/Braşov) thematisiert, figuriert unter den hundert besten in deutscher Sprache geschriebenen Büchern 1999–2001 (Goethe-Institut, Inter Nationes). Weitere Publikationen: *Mein Nachbar, der König* und *Odem* (Schiller Verlag, Hermannstadt/Sibiu, 2013), *Wasserzeichen* (2018, 2. Auflage 2020 mit dem Untertitel *Ersonnene Chronik), „Gott weiß mich hier": Radu Carp im Gespräch mit Eginald Schlattner* (2020) und *Drachenköpfe* (2021), die letzten drei im Pop Verlag, Ludwigsburg. Der Autor lebt auf dem Pfarrhof in Rothberg/Roşia, Siebenbürgen.

Eginald Schlattner

Schattenspiele toter Mädchen

Roman

POP Verlag
Literatur
Ludwigsburg

Bibliografische Information der Deutschen Nationalbibliothek
Die Deutsche Nationalbibliothek verzeichnet diese Publikation in der Deutschen Nationalbibliografie; detaillierte bibliografische Daten sind im Internet über http://dnb.d-nb.de abrufbar.

Ludwigsburg: Pop, 2022

ISBN: 978-3-86356-360-8

Reihe Epik Bd. 128

Klimaneutral
Unternehmen
ClimatePartner.com/11490-1412-1001

Gedruckt auf Munken Print Cream Papier.
Das Munken Print Cream ist FSC-zertifiziert, säurefrei und alterungsbeständig, ohne optische Aufheller.
Die Produktion ist klimaneutral.
ClimatePartner.com/11490-1412-1001

1. Auflage 2022

Druck: Pressel, Remshalden
Titelbild: Nóra Tar
Bild auf der Umschlagrückseite: Privatarchiv Eginald Schlattner
Umschlag: T. Pop

Verlag: Pop, Postfach 0190, 71601 Ludwigsburg
www.pop-verlag.com

Schattenspiele toter Mädchen

Impitoyable – le souvenir.
Bernard Schürch

… die Erinnerung ist ein Raum mit wandernden Türen.
Iris Wolff

Der Wald links vom Weg nahm kein Ende. Dunkler wurde es im Wald. Schon wie die Eichen sich die Helligkeit streitig machten. Obwohl die Sonne eine gute Armeslänge über dem Horizont säumte, hatte sich Dunkelheit im Wald eingenistet. Doch noch stand das Licht still über dem Land. Hochsommer.

Uwe und ich hatten uns mit dem Fahrrad von Rohrbach nach Klein-Schenk aufgemacht, gut zwölf Kilometer weit.

Ich wendete den Blick. Auf der anderen Seite des Weges schlängelte sich der Rohrbach dahin. Der Bach mündete bei Klein-Schenk in die Aluta. Im Schilf lärmten Krähen. Sie waren bereits auf der Suche nach dem Schlafbaum.

Der kleine Bruder hinter mir fragte: „Warum kräht der Hahn, der keine Krähe ist, und warum krähen die Krähen nicht, die Krähen sind?"

Er hielt gut mit. Auf seinem Kinderrad musste er bei der gleichen Wegstrecke doppelt so viel strampeln, der kleine Bruder. Später ging er streckenweise sogar in Führung. Manchmal bat er, dass wir „eine Rast einlegten".

Die Straße, auf der wir dahinschaukelten, war gerüstet mit Schlaglöchern. Uwe fuhr die niedliche Marke Presto. Ich besaß ein Adler-Herrenrad mit Gangschaltung.

Klein-Schenk, das Dorf am südlichen Rand des Königsbodens, trug den Beinamen „Wächter des Sachsenlandes". Die Ringmauer der Kirchenburg mitten im Dorf war ausgerüstet mit Wehrtürmen. Absonderlich mutete an, dass auf dem nördlichen Turm eine Sonnenuhr angebracht war. Der es somit verwehrt blieb, die Sonnenstunden zu zählen. Selbst Sonnentaler fehlten.

Hin waren wir unterwegs, wir, die beiden Brüder. Fünf Mädchen waren zu besuchen. Für mich nur eine: Agathe.

Jenseits des Flusses zwischen der Aluta und den Südkarpaten drängte sich auf steinigem Ackerboden die Menge der rumänischen Dörfer. Es war eine Geländeform von zermahlenen Felsbrocken, „Piemont“ genannt. Die sich am Fuße der Berghänge gebildet hatte, nachdem die herabstürzenden Bäche ihre Wucht verloren hatten.

Diese Bewohner der Fogarascher Senke waren arglose und fromme Leute. Viele waren aus dem Altreich der walachischen Bojaren über die Kämme geklettert, um der Leibeigenschaft zu entkommen. Hier wiederum plagten sie sich mit dem kargen Boden. Ihre Nöte und Gebete legten sie den orthodoxen Mönchen im Gebirgskloster Sâmbăta zu Füßen. Ein Eremit namens Atanasie zog Scharen von lammfrommen Gläubigen an, Männer, Frauen, die seine Kutte küssten, kniend, während er sie unter dunklen Sprüchen segnete.

*

Spätherbst 2019, Rothberg, der Katharinentag naht. Der Andreastag folgt auf dem Fuße. Der Altweibersommer ist vorbei. Doch oft bis über die Mitte November hinaus strömt, wenn die Sonne im Zenit steht, sommerliche Wärme in die Höfe und Gärten. Das Kirchenportal der Basilika vor meinem Fenster ist offen, die Kühle darin ist alt.

Die Abende sind lang geworden. Solche Abende nehmen dich an der Hand, entfallene Zeiten einzufangen, in Familienpapieren zu blättern, laden ein, sich von Tagebuchnotizen überraschen zu lassen und Geschichten nachzusinnen.

In unseren siebenbürgischen Gemeinden wurden die Namenstage der katholischen Heiligen selbst nach der Reformation hochgehalten. Katharina und Andreas liegen keine Woche auseinander. Im sächsischen Saal wurden jeweils glänzende Trachtenbälle gefeiert. Bis zur Mitternachtspause, wenn die Blasmusik bewirtet wurde, durfte jedes nicht konfirmierte Kind dabei sein, vom Knirps und Nesthäkchen bis zum Mädel und Buben der Volksschule. Darum konnten die Bauernkinder so fabelhaft tanzen. Wogegen die Stadtkinder sich in der Tanzschule abmühen mussten. Nach Mitternacht forderten die Frauen auf. Auch den Pfarrer. Als mir das zum ersten Mal geschah, zögerte ich. Ein Kirchenvater mahnte besorgt: „Sagt eilends Ja, Herr Pfarrer!“

Inzwischen besteht die Kirchengemeinde aus zwei alten Leuten: eine Frau, gleich alt, achtundachtzig, und mir. Wie jemand befand: zwischen achtzig und scheintot. Die Geschichte hat uns aufgegeben.

*

Uwe, eigentlich Dietmar Uwe. Schon ein Jahr nach seiner Geburt mussten wir ihn von einem Tag zum anderen Uwe rufen. Unsere Mutter hatte festgestellt, dass in den 40er-Jahren in Siebenbürgen die Hälfte der Buben Dieter, Dietmar, Diethelm, Dietli, Dieti hieß. Es waren die Zeiten, wo die jungen Männer starben: im Feld gefallen.

Uwe also neuerdings. War es noch derselbe Bruder? Wer sich verhaspelte, musste eine Fünfzig-Bani-Münze in das lila Sparschwein fallen lassen. Unser Vater wurde am häufigsten zur Kasse gebeten. Dietmar, neuerdings Uwe, war sein Liebling. Er hatte als einziges von uns vier Kindern – drei Jungen, ein Mädchen – die braunen Augen seiner Mutter. Er war ein Jahr nach jenem Sommer geboren worden, in dem unsere Mutter jeden Abend in der Dämmerung bitterlich geweint hatte. Geweint. Zum ratlosen Erschrecken von uns zwei Buben, von mir, dem Ältesten, und von Kurtfelix. Denn zwischen uns beiden, zwischen Uwe und mir, zur Hälfte der Zeit, gibt es den Bruder Kurtfelix: Kurt, in einem mit *felix*, felix klein geschrieben. Felix, mit Majuskel, hieß unser Vater. Und endlich, im Frühjahr 1942, erblickte ein Mädchen das Licht der Welt, Elke Gertrud, liebkost und geherzt ohne Ende bis zum Ende.

Sonderbarerweise, bis heute unerklärbar, hatte Kurtfelix kein Fahrrad. Und würde nie eines haben. Noch hoch in den Sechzigern schrieb er unserer Mutter Klagebriefe, wie er als Zweitgeborener in allem zu kurz gekommen, ja, leidvoll benachteiligt worden sei. Briefe, die er nicht abschickte. Aber mir vorlas: „Du hast leicht lachen, immerzu mit dem Bonus des Ältesten!"

So beschritt er einen Sonderweg. Selbst auf Familienfotos lässt sich das feststellen. Abseitig. Während im Bild Uwe mich umhalst und Klein Elke, noch in Windeln, vor Lust und Liebe jauchzt, sind seine Gedanken sichtbar weit weg. Seine Augen stehen ihm kreuzig im Kopf.

Früh bahnten sich Freundschaften in Gassen fremdartiger Namen an mit Kindern aller Zungen und zweifelhafter Herkunft. Da waren rumänische Buben, denen bereits Finger fehlten, mit denen tauchte er in den Fluss und barg Handgranaten und Brandkugeln. Mit dem Fidschipfeil erlegte er Tauben, die er in den Lehmhütten bei der Aluta-Brücke unter schwarzäugige Mädchen verteilte. Mit jüdischen Kindern spielte er weiterhin Häuschen, er war ein freier Mann ohne Schwur und Führer.

Dagegen durften wir sittsamen Söhne und Töchter nur zu Kindern in bekannten Straßen mit sicheren Hausnummern spielen gehen, zu Familien, die „unseren Kreisen" angehörten. Und als Jungvolkjungen im Braunhemd waren uns jüdische Kinder verwehrt.

Wir schrieben den Sommer 1944. Der Endsieg stand ins Haus. Die geheime Wunderwaffe des Führers war in aller Munde. Und dass strategisch die Front noch und noch verkürzt wurde, galt als gutes Zeichen. Die riesige russische Karte vom Schwarzen Meer bis nahe ans Weiße Meer, sie lag verwaist hinter unseren Fähnchen, die wir Buben jeden Abend nach dem „drahtlosen Nachrichtendienst" in die fette Tschernosem-Erde gesteckt hatten. Somit könnte sich der Endsieg im Königreich Rumänien abspielen. Das in einem Zipfel bereits von der deutschen Truppenmacht aufgegeben worden war. Ein Sandsturm war der Roten Armee zu Hilfe gekommen, hieß es, hatte die deutschen Soldaten heimtückisch geblendet, so dass sie weichen mussten. Gut, dass sie die Richtung nicht verfehlt hatten: nach hinten.

Und Bombenangriffe drohten aus dem Westen. Nun war der Luftraum in Gefahr. Die Deutsche Volksgruppe in Rumänien hatte deutsche Frauen und Kinder in die sächsischen Gemeinden in Siebenbürgen verschickt. Uns verschlug es nach Rohrbach, wir drei Buben und Klein Elke, zwei Jahre alt. Unser Vater blieb in Fogarasch im Geschäft: Bomben hin, Bomben her!

Das Geschäft am Marktplatz führte Eisenwaren und Glaserzeugnisse, sogar Nähmaschinen, Fahrräder – und Spielsachen. Gegründet zu Anfang des Krieges, war das Echo unter den Altklugen: „Das ist selbstmörderisch", auch „tollkühn"; selten: „Wer wagt, gewinnt – vielleicht." Die Ehefrau brachte es auf den Punkt: „Es wird alles gut gehen. Der Felix ist ein Finanzgenie!" Es ging gut, es ging uns gut. Doch als im Juni 1948 die Kommunisten Industrie und Handel verstaatlichten, war es mit dem Geschäft zu Ende. Eine Handvoll Nägel blieben übrig, vom Vater „Drahtstifte" genannt.

1944 war der letzte idyllische Sommer in der Familienchronik. Bloß ein halber Sommer, ehe die Russen mit dem eisernen Besen den Krieg vor die Haustür kehrten. Wir, in Rohrbach, bewohnten auf dem Bauernhof das Altenteil. Der junge Bauer war im Krieg, bei der Waffen-SS im Baltikum oder in Norwegen oder … Mein Vater hatte dem Altbauern einen Globus geschenkt, damit er das Foto des Sohnes an den Fronten mit einer Stecknadel festhaken konnte.

Die einzige Stube öffnete den Blick auf die Kirchenburg und den Friedhof am Berghang. Ein Gang lief um das Häuschen herum. Auf dem ich jeden Nachmittag meine Liegekur abwickelte, zwei Stunden, wegen der Hylusdrüse. Was das ist, weiß ich bis heute nicht.

Hier las ich in aller Offenheit Ludwig Ganghofers *Klosterjäger* zu Ende. Einmütig wie selten hatten die Eltern zugestimmt, dass ich dies Buch nicht mehr unter der Decke mit der Taschenlampe zu lesen brauchte. Bisher hatte es bei jedem Buch aus den Regalen der Eltern geheißen: „Der Bub ist zu jung dafür!" Diesmal fügte die Mutter hinzu: „Selbst wenn es sich um Edelkitsch handelt, einmal kommt er drauf, was echte Literatur ist." Der Vater, der am Wochenende mit dem Bizykel nach Rohrbach kam, sagte das Seine, ohne zu widersprechen: „‚Edel sei der Mensch, hilfreich und gut, denn das allein unterscheidet ihn von allen Wesen, die wir kennen!' Das lernt unser Bub aus dieser Geschichte."

Spät entzündeten wir die Petroleumlampen. Die Sommertage waren lang. Wir drei Knaben schliefen in Truhen, die tagsüber als Sitzbänke dienten.

Vor dem Lichtanzünden übte ich mit der Mutter Französisch. Das brauchte ich an der Brukenthal-Schule, wo ich die Aufnahmeprüfung bestanden hatte.

Zur Dämmerstunde gehörte das Erzählen am Rocksaum der Mutter. So, seit ich mich erinnern konnte. Zuerst ich allein. Darauf im Abstand von je drei Jahren und verteilt über die vier Jahreszeiten kam je ein Geschwisterkind dazu.

Die Tage verliefen ähnlich. Am Morgen verfrachtete die Mutter das vorbereitete Essen in die Kochkiste, ihre Erfindung. Später erfuhren wir, dass wir die Kochkiste den Kibbuzim im jüdischen Palästina verdankten. Eine Schachtel wurde ausgelegt mit Holzwolle. So blieb das Essen warm bis zum Nachmittag.

Denn nach dem Frühstück wanderten wir die Pappelallee hinunter zum Heilbad. Klein Elke, zwei Jahre alt, saß im Sportwagen, der sechs Räder hatte und wie ein Tank alles an Unebenheiten überwand. Das rostige Wasser der Quellen kurierte geheimnisvolle Frauenleiden, von denen man im Flüsterton sprach.

Manchmal, immer öfter, mussten wir uns unter Büschen verstecken. Hoch am Himmel steuerten feindliche Geschwader auf Kronstadt oder Bukarest zu. Flieger, die wie Stanniolflitter anzusehen waren. Einige Zeit später erbebte die Erde.

Die Nachmittage? Es kamen Mädchen und Buben zu uns. Wir spielten Raub-Rummy. Oder wetteiferten untereinander, aus einem Wort neue Wörter zu bilden. Aus „Hering" zauberte die Mutter fünfundzwanzig neue Wörter.

Oder wir tollten mit anderen Schülern im Dorf herum. Beliebt war Verstecken in der Scheune, wo das frische Heu einen betörte. Sogar stolze Kronstädterinnen, die mit Hohenzollern-Prinzessinnen die höhere Evangelische Mädchenschule besuchten, ließen sich von uns Fogaraschern an der Hand nehmen und verkrochen sich unter unserem Schutz und Schirm in unsichtbaren Kuhlen im Heu. Beliebt war auch, sich mit gebleckten Zähnen über den Bach hin mit den rumänischen Jungen zu bekriegen. Steine wurden geschleudert.

Auf der Burg hatte die Volksgruppe den Erntekindergarten eingerichtet, um den Müttern und Großeltern beizuspringen, die auf den Feldern schufteten. Die Väter waren an der Front.

Zur Stunde des Gottesdienstes entbot der Hordenführer die deutschen Jungen in voller Ausrüstung von Braunhemd bis Siegesrune auf den Burgberg zu Kampfspielen. „Der Endsieg ruht und rastet selbst am Sonntag nicht!“ Kampfspiele, die sich vor allem in Kriegsgeschrei erschöpften: „Heute gehört uns Deutschland und morgen die ganze Welt!“

Gottlob hatte die siebenhundert Jahre alte Kirche im Chor hinten eine Tür. In der oft händeringend der Pfarrer erschien, ehe er den Schluss-Segen sprach. Mit geschulter Stentorstimme bat der Mann Gottes sich aus, dass die Horde zumindest während des Vaterunsers Ruhe gebe. Ansonsten müsse sich Gott die Ohren zuhalten. „Um Gottes willen, ihr seid ja alle getauft!“

Der Krieg selbst deutete sich an in den kleinen Russenpferden, die sich in der Obhut verstümmelter deutscher Soldaten befanden. Auf diesen Pferden ließen uns die Soldaten reiten. Beim Absteigen lenkten wir die störrischen Gäule an einen Obstbaum mit einem waagerechten Ast, an den wir uns klammerten, ehe wir ihnen den Laufpass gaben. Unser Bruder Kurtfelix, der in zünftiger Manier vom Pferd gestiegen war, bekam deren Feindseligkeit zu spüren. Das sowjetische Ross schlug aus und traf ihn ans Knie. In die verdrehten Jackenärmel zweier Soldaten steckten wir großen Jungen Stöcke. Mit dieser Tragbahre schafften wir ihn nach Hause. Überdies hörten die Gäule nicht auf „Ho!“, wenn man sie zum Stehen bringen wollte, sondern auf „Brr!“.

*

Nun also: Zur Tochter Agathe war ich auf dem Weg. Wenngleich der Bruder Uwe es vorgeschlagen hatte: „Komm, wir fahren nach Klein-Schenk zu den vielen herzigen Mädchen!“ Listig hatte er hinzugefügt: „Und du zu deinem Schatz, der Agathe.“

Wir radelten dahin, guten Mutes. Ahnungslos, was werden würde. Was kommen sollte. Strampelten uns ab, geschwellt von freudiger Erwartung.

Bei Engelleiters hatten wir Geschwister uns immer gut gefühlt. Jedes für sich. Und ich sehr anders, wegen Agathe, seit der zweiten Klasse der Schatz. Peppe Späck, der Metzgersohn, der manchmal hin zum Spielen kam, hatte verlauten lassen: Sauwohl fühle er sich unter den Backfischen, so viel frisches Pipifleisch. Nur diese Clementine, die alte Schachtel. Vertrocknet. Ein wenig wie Dörrfleisch.

*

31. Oktober. Luthers evangelische Reformation. Ich bin evangelisch, aber kein Lutheraner.

Der Schreibtisch am Fenster gibt den Blick frei auf Basilika und Park. Abendliche Nebel verhüllen den Kirchpark.

Der Ausflug, über den ich schreibe, die Radtour von Rohrbach nach Klein-Schenk mit dem jüngeren Bruder Uwe, hätte zu Ende sein können, ehe sie anfing, weil wir das Ende nicht schafften. Doch Mädchengestalten am Wegesrand wandeln sie zu einer Reise ins Niemandsland verschollener Namen. Nächstliegend als Ziel der Name Agathe, das schöne Kind. Und immer mehr: Elinor …

Wie so oft, wenn ich zu schreiben beginne, passiert es: Angebahntes, vage auf zwei, drei Kapitel angelegt, ufert aus. Die Befürchtung steht im Raum: dass die Erzählfreude ungeahnte Kreise zieht.

Voll Neugier und Unruhe stoße ich auf jene alarmierende Bekundung Rilkes, die ungewollt zu einer Chronik drängt, wenn es heißt:

Ich lebe mein Leben in wachsenden Ringen,
die sich über die Dinge ziehn,
ich werde den letzten vielleicht nicht vollbringen,
aber versuchen will ich ihn.

*

Der erste Ring. Vor Jahr und Tag, April 1943, war ich auf den Namen des Führers in Berlin vereidigt worden. Seit damals trug ich zu gegebenem Anlass eine zünftige Uniform, Kluft genannt. Kluft, hebräischer Herkunft? Das konnte nicht sein. Meschugge ja, aber die rassige Kluft eines Hitlerjungen? Doch so ließ es der allwissende Großvater Hermann Goldschmidt verlauten.

Deren wichtigstes Zeug war das Braunhemd. Und das Koppel mit der Siegesrune. Der Querriemen verhinderte, dass die Hose mit dem schweren Koppel an den zu schmalen Hüften hinabrutschte und man entblößt dastand, in unserem kämpferischen Jargon: „mit nacktem Arsch!"

Agathes Familie hatten sich nach Klein-Schenk nahe Fogarasch abgesetzt. Der Vater konnte als hoher Amtsleiter auf Gau-Ebene selbst von hier aus seinen politischen Geschäften nachgehen. Und: In einer guten halben Stunde war er mit dem Bizykel in Fogarasch.

Fünf Töchter gehörten zur Familie. Wir Kinder waren befreundet. Die Eltern nicht.

Wegen der amerikanischen Bombengefahr war der Geburtstag des Führers vom 20. April zwei Wochen vorgezogen worden, gleich nach Schulschluss. Der Schwur von uns Sprösslingen der Deutschen Jugend in Rumänien, DJ, galt trotzdem. Die Festlichkeit fand im Turnsaal der evangelischen Schule in Fogarasch statt. Agathes Vater war das Oberhaupt der zackigen Veranstaltung, schwarze Uniform, schwarze Stiefel, Braunhemd, in der Krawatte das Hakenkreuz. Von der Decke der Sporthalle schauten die Reformatoren herab, mittendrin der bullige Dr. Martin Luther.

Die Feier dauerte endlos. Unsere halbwüchsigen Muskeln waren solcher Anstrengung kaum gewachsen. Am schwierigsten war, die zum Hitlergruß erhobene rechte Hand hoch zu halten. Die zu zittern begann. Und die wir zuletzt mit der Linken unterstützen mussten. Der Jungzugführer Lizzi Ongyert zischte: „Hoch die Hitlerhand, ihr leergeschissenen Dünndärme!"

Agathes Vater hielt die Festrede. Er saß seitlich auf dem Pauschenpferd oder einfach Pferd, über das wir in der Turnstunde im Spreizschritt springen mussten. Vom Fenriswolf war die Rede, von der Midgardschlange, denen es beiden nicht gelingen sollte, die germanische Weltesche Yggdrasil zu fällen, trotz der „anglo-amerikanischen Plutokraten" und der „jüdischen Weltverschwörung". Der erhabene Redner bedauerte, dass es uns Jungen nicht geschenkt sein werde, als Helden in den Krieg zu ziehen, da der Endsieg über kurz oder lang vor der Tür stehe. Endsieg? In unseren Familien wurde anderes getuschelt. Was mich in meiner DJ-Ehre kränkte.

Verwirrt dachte ich, weil ich dachte, „lang“, dieses Wort hätte fehlen sollen, denn bei „lang“ wären wir doch noch dran! Und dachte weiter: als Helden in den Krieg ziehen, wie das? Man zieht doch nicht als Held in den Krieg. Im besten Fall kommt man als Held aus dem Krieg nach Hause – selbst tot, gefallen auf dem Feld der Ehre. Das dachte ich. Neben mir fiel Moritz um, genannt Peppe. Der stramme Sohn des Schlachtermeisters Späck verdrehte die Augen, röchelte. Der Lizzi-Führer goss aus einer Feldflasche Wasser auf sein Gesicht. Ein älterer Hitlerjunge schleppte ihn huckepack hinaus.

Die Rede beim gepolsterten Pferd ging weiter. Endlich hörten unsere Ohren den rettenden Befehl: „Zündung!“ Wir reichten uns allesamt die Hand und schworen mit wankenden Knien den Eid auf den Führer in Berlin.

Wir Knaben bewunderten den Amtsleiter Engelleiter. Eigentlich müsste er den Namen ändern, dachte ich besorgt. Nicht gerade Schaas, wobei Schaaser, bitte, den gibt es, ein honoriger Name ist. Für den Anführer aller Deutschen im Gau II mit Groß-Schenk als Hochburg der Bewegung wäre zum Beispiel Großschenker recht und richtig gewesen. Das passte prima.

Tatsächlich, ich zerbrach mir den Kopf für nichts und wieder nichts.

Gauleiter Engelleiter war seines Zeichens Klempner. In seiner Werkstatt im sogenannten Wildgarten, einem Stadtgeviert nahe dem Fluss, klopfte er die Blechbahnen zurecht nach dem Takt der Volkslieder, mit denen er im

Absingen die sonoren Klänge übertönte. Manchmal gelang ihm eine Tonfolge im Metall, aus der eine Melodie herausgehört werden konnte. Noch wehmütiger erklangen die gepfiffenen Lieder, während er im Ballettschritt über die Dächer turnte und seine schmucken Erzeugnisse an Schrägen und Ecken anbrachte. Hier passte der Name vorzüglich. Bei seinen Verrichtungen schauten wir Knaben mit offenem Mund zu. Grenzenlos schwoll unser Respekt, wenn er kunstbeflissen auf den First des Daches den Wetterhahn aufsteckte, frei schwebend beide, Hahn und Herr. Oder auf den Zierturm einer Villa die Kupferhaube aufsetzte, oft ein lustiges Gebilde rätselhafter Aufmachung, das er selbst entworfen und gebastelt hatte. „Altgermanische Tierköpfe", so Clementine, die älteste Tochter. „Eher gebratene Büffelfürze", flüsterte Peppe Späck, der Sohn des Fleischhauers.

Wir erkühnten uns, wenn es unsereinem bei einer besonders waghalsigen Pirouette den Atem verschlug, nach der Hand einer der Töchter zu greifen. Sie hatten edle Vornamen: Agathe, Adelheid, Mechthild. Die Jüngste, das Führerkind, hieß Roswitha. Die älteste, vor der Machtergreifung geboren, hieß unauffällig Clementine.

Der Vater selbst nannte sich Albrecht Jonathan Engelleiter, altertümlich genug. Trotz seines Führeramtes soll es ihm entschlüpft sein, dass sich das empfindsame Blech den harten Takten der Kampflieder versage.

Die Mutter der vielen Schwestern, Frau Emilie, ein Jahr Pensionat Wien, war die Freundlichkeit in Person. Und das gegen jedermann, vom Pfarrer bis zum Bettler, und zu uns Kindern hundertfach und immerfort. Tante

Mily, wie wir sie nennen durften, hatte immer goldene Zeit für uns. Vorfreude erregte unsere Herzen bereits beim Eintreten. Wir Kinder liebten sie heiß, auch wegen des geheimnisvollen Ypsilons im Namen.

Dazu spielte sie Klavier. Es war ein breites Repertoire, das die Hausfrau anstimmte, vom *Horst-Wessel-Lied* bis zur *Barcarole* aus *Hoffmanns Erzählungen*, sogar Wagners *Tannhäuser* wallfahrte im Pizzikato vorbei. Und dazwischen Walzer und Polkas, aber auch Tangos, sogar Paso doble. Bei *La Paloma* zerschmolzen unsere Knabenherzen, das waren bereits Schmetterlinge im Bauch. Und Trauer erfasste uns bei *Santa Lucia*, das die Blasmusik seelenvoll selbst bei Begräbnissen zum Besten gab.

In der dunkelsten Ecke der Wohnküche hantierte den ganzen lieben Tag wie ein Schatten die Großmutter Sophia Reichenball, eine geborene Vogel von Windsheim, der Onkel Dekan im Kloster Admont. Bei solch einer geschäftigen Mutter konnte die Tochter Emilie nach Herzenslust Klavier spielen und allerseits galant sein, leutselig, gesellig, so der Fogarascher Klatsch. Klavier spielen den ganzen Tag auch, weil ihre fünf Töchter unter der Kuratel der Großmutter von früh auf und täglich Hand anlegen mussten.

In der Küche fehlte die rastlose Großmutter einmal am Morgen für die liturgische Länge einer Laudes. Sie war katholisch. Katholisch, das war bei uns Sachsen eine Ungereimtheit, war wie ein böhmisches Dorf. Die Mütter auf dem Land schalten die Kinder: „Hört auf mit dem Geschrei. Ihr macht mich katholisch.“ Jeden Morgen trippelte Großmutter Reichenball wieselflink durch die halbe Stadt zur Frühmesse bei den Patres im Franziskanerkloster Mariä Geburt. Was unsereins als Evangelischer wusste, immerhin: „Achter September, Mariä Geburt, fliegen die Schwalben furt."

Bitte, auch wir Evangelischen hielten es mit der Kirche. Im Mittelalter hatten wir unsere Kirchen zu Burgen ausgebaut. Da war Schutz und Schirm: *Ein feste Burg ist unser Gott* war ein Kernlied. Bei dem sich die Gemeinde im Gottesdienst erhob wie bei der Königshymne.

Und dann: Jeder anständige Sachse ging zumindest dreimal im Jahr in die Kirche: Weihnachten, Ostern, Pfingsten. Und nahm die Dienste des Pfarrers wenigstens viermal im Leben in Anspruch: Taufe, Konfirmation, Trauung, Begräbnis. Aber täglich den Herrgott behelligen?

Die Reichenball-Oma sah ich schattenhaft nur in der Wohnküche hantieren und nie anderswo. Immer in der abgeteilten Ecke beim Sparherd. Der Kochbereich war der Neugier entzogen durch einen Windschirm, über den die garen Düfte wehten. Begraben sein würde sie auf dem katholischen Friedhof. Den in Fogarasch nicht ein Stacheldraht von dem evangelischen Teil trennte, sondern eine Holunderhecke.

In der Wohnküche waren in einer Mauervertiefung hinter einem Vorhang die Spielsachen verborgen. Zwei Schwestern teilten sich eine Puppe und ein Bett. Zugeteilt wurden den Mädchen genaue Arbeiten im Haushalt. Teilen – ein Schlüsselwort – war geboten. Und musste geübt werden. „Die Urzelle der deutschen Volksgemeinschaft ist die Familie, die sich wie eine Zelle teilt, indem sie alles teilt", wurde ich von Clementine belehrt. Und dass wir neuerdings nicht mehr Siebenbürger Sachsen hießen, sondern Siebenbürger Deutsche. Auch die Banater Schwaben, nunmehr sprachgeregelt: Deutsche Schwaben. Mit der Hauptstadt Temeschburg. „Dort gibt es sogar einen Adolf-Hitler-Platz." Bis nach vier Jahren Deutscher Volksgruppe und dem Kommen der Russen wieder Temeswar für sich sprach, bequem und vertraut.

In der Küche stand ein ellenlanger Tisch, wo der Sitz jedes Mädchens markiert war mit einer geschnitzten Blume. Agathes Platz zierte eine weiße Tulpe von glatter Schönheit. Vor der Großmutter ragten eine Distel und ein Edelweiß. Distel und Edelweiß kreisten von Abendbrot zu Abendbrot unter den Mädchen je nach Verstoß und Verdienst der Küchengehilfinnen, berechnet von der Großmutter. Tante Mily hatte aus „Abendbrot" ein Verbum gemacht: „Komm zu Tisch, Till Eulenspiegel. Wir haben noch nicht geabendbrotet." So lud sie mich zum Abendessen ein.

*

Wir hatten zu Hause in Rohrbach vage hinterlassen, dass wir eine längere Radpartie vorhatten. „Ja, ja, gut, gut, kommt nicht zu spät!"

Ohne Weiteres ließ uns die Mutter fahren. Alles im Haus war beschäftigt. Unsere Fofo wechselte die Fliegenpapiere. Fofo, von Sophie, die Perle. Der honiggelbe Klebstoff war gesprenkelt von summenden Fliegenleibern. Klein Elke, zwei Jahre alt, saß auf dem gläsernen Nachttopf. Kurtfelix fehlte. Wo er sich aufhielt, war unbekannt. Der Vater war wochentags im Geschäft in Fogarasch.

Unsere Mutter machte kein Hehl daraus, dass sie uns drei Buben an der „langen Longe“ laufen ließ. Auch damit wir lernten, mit der Freiheit umzugehen: „Sehr anstrengend, die Freiheit!“ Darum bekamen wir abgemessenes, angemessenes Taschengeld: „Einteilen, auskommen.“

Gewiss war es unserer Mutter lieb, uns auch diesmal laufen zu lassen. Sie war den ganzen Tag befasst mit Bastel- und Handarbeiten, webte und töpferte und malte und hämmerte und drechselte …

Darüber wurde im weitläufigen Haus und Garten manchmal die kleine Schwester vergessen. Vor dem Schlafengehen fragte die Mutter unsere Haushälterin Fofo: „Wo ist die Elke?“ Die schlief selbstvergessen in der Hängematte im Garten nach einem wohligen Tag an der Luft, bedeckt von den Tüchern der Nacht.

Was aber geboten war: Wir hatten uns eisern an Abmachungen zu halten, auf die Minute genau. So auch bei dieser Radpartie mit dem Bruder. „Vor dem Dunkelwerden seid ihr zurück“, befand die Mutter, ohne sich von ihrem Aquarell abzuwenden. Ob sie gehört hatte, wohin wir uns aufmachten?

Sie stand vor dem Fenster und malte mit Wasserfarben, was ihr der Fensterrahmen überließ: Die Höhe des Hügels gegenüber war gekrönt von der schartigen Kirchenburg. Die überragt wurde vom Stundenturm mit der Uhr, deren Rumpeln man bis in das Dorf hinunter hörte. Unterhalb der Ringmauer zum Dorf herab breitete sich der Teppich der Grabsteine aus, Sandstein und Marmor, gelangte bis an die Gärten der Bauernhäuser.

Das Aquarell ist verloren gegangen. Frieder Schullers Gedicht *rohrbach zur neige* ist geblieben:

zögernd schlägt heute wie morgen
vom speckturm die vorletzte stunde
zögernd bindet der tod seinen blauen schurz um
und überlässt den astern für
dies handvoll deutsche sterben das geschäft
wo utopien verschachert werden
und farbfotos den holzwurm fliehen und riss

von gänsen empfangen
kommt trotzdem jeder am kirchhof an
begrüßt von wolken der gestorbenen
die vor aller augen wohnen
hinter den gärten am hang
und der unentschlossene unten am brunnen
trinkt ihre sprache
die apfelzweige werfen ihr weiß
an die vernagelten fenster der schule
in der auch gelacht wurde mit tränen
und von der ulme rieseln schatten
wie ein reigen der mädchen von gestern
doch in der ausgeräumten stube hält
eine möbelmustertulpe an der hochzeitsnacht fest
des uhrwerks gewichte fielen ins heu

die verbliebenen beugen sich über die
hausaufgabe noch einmal ein abschiedsbrief
nur schwalben richten sich ihren fernseher
unter dem dachbalken ein
die herde kommt und spielt ihr büffelklavier
bis der abend seinen zuschauerdienst
in siebenbürgen streicht

*

Ehe wir Rohrbach verließen, kam es zu einer Stockung. Am Rand aller sächsischen Dörfer mit ihrer linearen Ordnung der Häuserzeilen gab es ein Sammelsurium von Hütten mit einem Schild: „*Printre români*". Bei den Rumänen. Die Fassaden waren blau gestrichen gegen die bösen Geister. In Rohrbach wurden die beiden Ortsteile durch einen Bach getrennt. Das Einzige, das uns mit drüben verband, war damals, im Sommer 1944, dass wir uns mit Steinen bewarfen: wir, die sächsischen Buben, die rumänischen Buben. Dazwischen stritten beherzte Mädchen mit. Gesichter sahen wir keine vor uns, nur Fratzen, die es zu treffen galt. Zum Beschimpfen reichte es nicht, weil keiner die Sprache des anderen kannte.

Einmal passierte das Unglaubliche: Auf der Seite der Gegenpartei erschien kurz das Gesicht unseres Bruders Kurtfelix. Und nicht, als ob die Widersacher ihn gefangen genommen hätten. Er feixte. Befragt von unserem Trupp tags darauf gab er bescheiden zur Antwort: Er habe auch die rumänischen Mädchen gelehrt, wie man zünftig mit Steinen wirft. Nicht im hohen Bogen über den Kopf hinweg irgendwohin, sondern scharf und flach auf das Ziel zu. „Ob ihre Mädchen, ob unsere Mädchen, sie sind Dummköpfe!" Dass ihre Mädchen fescher seien als unsere, verriet er allein mir.

Während die Kirchenburg von Rohrbach auf das Jahr 1200 datierte, war das kleine orthodoxe Kirchlein kaum fünfzig Jahre alt. Damit war die Frage der Ansiedlung entschieden. Beim Ortsausgang Klein-Schenk zu stand der zierliche Bau auf einer stumpfen Erhebung. Ein schlichter Rundbau, umgeben von einem Kranz verwitterter Holzkreuze.

Uwe, noch übermütig auf seinem neuen Fahrrad, wollte beweisen, dass er die zwei Serpentinen bis zum Eingang ohne Weiteres schaffte. Doch das Übermaß an Schwung schob ihn in den Kirchenraum. Wo sein Bizykel auf eine makabre Weise zum Stehen kam. Ich hörte ihn rufen: „Komm rasch, da ist ein Toter!"

In der Tat, vor der flirrenden Bilderwand voller Ikonen, die das Hauptschiff vom Allerheiligsten trennte, stand ein offener Sarg. Darin war ein Mann aufgebahrt. Ein rumänischer Soldat in Galauniform, der khakifarbene Stahlhelm lag auf der Brust. Die Hände in weißen Handschuhen waren gefaltet. An den Füßen trug er Stiefelattrappen. Sein olivfarbenes Gesicht zeigte zum gewölbten Plafond empor. Woher Christus als Pantokrator mit dem Buch des Lebens auf den Toten schaute. Zwei riesige Kerzen brannten am Kopfende und Weihrauch wehte in der Luft. Unheimlich berührte der verlassene Tote im Sarg.

Kurz vorher, überlegte ich, müssten Menschen hier gewesen sein. Und bald wiederkommen. Das andere, was mich angesichts des gefallenen Helden beunruhigte, war: Wie sich benehmen? Von Kind auf hatte man uns eingebläut, was an guten Manieren geboten war bei Tisch und im Haus, zu Besuch bei Bekannten, in der Nachbarschaft und auf der Straße, sogar im Schwimmbad und beim Skifahren. Aber wie man sich zu benehmen hat, wenn man einem Toten begegnet, daran hatte niemand gedacht.

Uwe hatte allerdings einiges anzumerken – altklug, könnte man sagen. Das Erste war der lakonische Satz: „Der arme Held! Aus für immer und ewig mit dem Palukes-Essen!“ Eben: Maisbrei, *„mămăligă“,* die rumänische Nationalspeise.

Das Nächste, was der Bruder zu sagen hatte vor dem offenen Sarg, mit Betrübnis in der Stimme: „Wenn ich tot bin, kann ich nie mehr Hetschenpetsch-Torte essen.“ Hetschenpetsch, so bei uns die Hagebutten.

Und zuletzt etwas Todernstes, indem er mit der Hand zur Decke wies: „Dieser Märchenkönig Christus dort oben gefällt mir besser als der Unglückspilz Jesus bei uns in der Kirche, elendig am Kreuz.“ Woher er die beiden Worte hatte, verriet er nicht. Märchenkönig, das ging noch, aber Unglückspilz?

Ich drängte weg von diesem sehr fremdartigen Ort. Jeden Augenblick konnte der Pope aus dem Allerheiligsten treten. Und siedend heiß übergoss es mich, als Hitlerjunge auf das Militärische abgerichtet: Hörte ich nicht die Ehrengarde herbeimarschieren?

Als wir die kurzen Serpentinen hinunterpreschen wollten, erklommen erst die Kirchensänger mit den lila Heiligenfahnen die Anhöhe, umringt vom Gewusel der Klageweiber. Wir stiegen ab und machten Platz.

Die Männer erkannten uns als die deutschen Waffenbrüder und sangen in holperigem Deutsch: „Trink, trink, Brüderlein, trink, lass doch die Sorgen zu Haus!“

Die Frauen psalmodierten: *„Hristos a înviat din morţi, cu moartea pre moarte călcând şi celor din morminte viaţă dăruindu-le!“* Der Tod hat den Tod zertreten und denen in den Gräbern das ewige Leben beschert. Und klagten: *„Dar mamele plâng!“* Doch die Mütter, die weinen.

Plötzlich sahen wir uns, erschrocken bis ins Mark, von

den Knaben jenseits des Baches umringt, bekannt nur als Zielscheiben. Erkannt von ihnen auch wir: als die Angreifer. Gottlob, sie hatten nur die linke Hand frei, mit der sie an unseren Rädern rüttelten. In der rechten trugen sie Papierfähnchen, die Trikolore mit dem Königswappen. Ob sie uns beschimpften, konnte ich nicht verstehen. Mein rumänischer Wortschatz war zu gering. Viele der Buben steckten in langen weißen Gewändern, die bis zum Knöchel langten. Bei den wenigsten reichte es für eine zünftige Hose. Das wusste ich von unserer Mutter, die manchmal einen anämischen Säugling aufpäppelte und hungrige Buben und Mädchen ins Haus brachte, wusch, fütterte, anzog.

Und dann sah ich ihre Gesichter vor mir. Gesichter, die jedem von uns gehören konnten. Und war bestürzt, mehr noch, entsetzt bei der Vorstellung, dass ich noch gestern alles daran gesetzt hatte, einem dieser Gesichter mit meinem Stein Nasenbluten zu bescheren.

Da griff ein langer Schlacks nach mir, um mir das Hemd aufzureißen. Doch der Anführer, autoritär anzusehen, er trug eine knielange Hose, rief: *„Dă pace. Este frate cu Felix!“* Gib Frieden, er ist der Bruder von Felix. Gleichzeitig drückte er mir die Trikolore in die Hand, zeigte mit dem Finger auf die Devise der rumänischen Hohenzollern und gebot – so viel verstand ich rumänisch: *„Citeşte!“* Lies! Ich stotterte: *„Nihil sine Deo!“* „Übersetzen!“ Das gelang nicht. Aber der Bursche gab sich zufrieden. Sagte wegwerfend: *„Nu vezi, prostul de el nu ştie nici româneşte!“* Wie dumm ich sei, ich könne nicht einmal Rumänisch.

„Nihil sine Deo“, nichts ohne Gott ... Dem Hermannstädter Großvater hatte es beliebt, mit mir von Kind auf Latein zu üben. Nichts ohne Gott! In Mathe hatte man uns

eingetrichtert: zwei Verneinungen, das gilt im Endeffekt als Ja. Somit: Gott immer und überall dabei. Unentrinnbar. Das schien schrecklich.

Wir fuhren weiter, die nackten Knie bebten noch, aber ich konnte aufatmen.

Und indem ich kurz zurückdachte, überlegte ich: Wieso fürchtet man sich vor den Toten, die einem nichts mehr anhaben können? Fürchten musste man sich vor denen, die leben. Und ich wunderte mich: Wo waren die Mädchen mit Blumen? Wo waren die Haufen von Menschen, die sonst Maulaffenfeil hielten? Auch stand kein Soldat in klirrender Uniform Wache am Kopfende des Sarges. Und beim Eingang, bemalt mit der Höllenfahrt des Jüngsten Gerichts, lehnte kein Holzkreuz mit Rang und Namen und Datum des Helden sowie dem Christuskürzel. Und die Mütter?

Jüngst war ich in Fogarasch beim Begräbnis unseres rumänischen Geschäftsführers dabei gewesen, der vor Odessa gefallen war. Er wurde mit militärischen Ehren begraben. Ihm hatte man einen khakifarbenen Ärmel mit dem aufgesteckten deutschen Kampfabzeichen Krimschild neben den durchlöcherten Helm gelegt. Halb Fogarasch war zugegen gewesen. Geweint wurde in allen Sprachen der Stadt. Wir vier Schlattnerkinder hatten geschluchzt, lauter als das Knallen der Ehrensalve. Denn wir hatten ihn geliebt.

Uwe war bei diesem Zwischenfall mit dem *„Nihil sine Deo"* Beobachter gewesen. Er wusste, dass ihm als Kind nichts passieren würde. So konnte er sagen: „Du bist mit einem blauen Auge davongekommen."

„Fast!"

„Wie fast?"

„Nur fast mit einem blauen Auge."

„Fast ist ein guter Mann, sagt die Mama. Glück hattest du mit unserem Bruder Kurtfelix!"

Peinlich, aber wahr. Was sagen? Nichts!

Er selbst wollte noch wissen, weshalb die Bengel mitten am Tag im Nachthemd herumliefen, „bestickt wie die Nachthemden von unserem Tata". Und ob sie Unterhosen trügen. Eine Antwort gab er nun selbst: „Besser keine Gatjen, wegen der Lüftung!"

Ehe ich das Meine sagen konnte, bog aus einem Waldweg ein Panzerspähwagen mit Geknatter auf die Landstraße, gefolgt von einem Lastwagen, beide gekennzeichnet mit der rumänischen Trikolore Blau-Gelb-Rot in Kreisen. Auf dem offenen Lastwagen saßen in zwei Reihen Soldaten Knie an Knie und steif wie Figuren aus Pappmaché. Zwischen den Beinen steckten die Schusswaffen mit aufgesetztem Seitengewehr. So viel nahmen wir zwei eben noch wahr, ehe wir allesamt in einer Staubwolke verschwanden. Allein die Zeilen der Bajonette blitzten im Vorbeiflitzen auf.

*

Ich fuhr ein funkelnagelneues Adler-Rad mit Dreigangschaltung im Getriebe. Es war die Belohnung dafür, dass ich in Hermannstadt die Aufnahmeprüfung an der Brukenthal-Schule bestanden hatte.

Obwohl aus Fogarasch, war ich nicht durchgefallen. Aber jammerschade – zum Teufel, ja, schade! –, dass doch einer von uns beiden durchgerasselt war: der Klassenkollege Peppe Späck. Mein lokalpatriotischer Ehrgeiz?

Ich war es gram, mir anzuhören, was uns in Siebenbürgen landauf, landab an Histörchen anhaftete unter dem Kürzel „der dumme Kerl von Fogarasch". Etwa: Ein Ehepaar, zu Gast im Deutschen Landestheater in

Hermannstadt, vor der Kasse: „Zwei Karten bitte. Stehplätze. Wenn möglich nebeneinander."

„Nebeneinander! Sind Sie von Sinnen? Stehen können Sie, wo Sie wollen."

„Von Sinnen? Nein, von Fogarasch!"

Wenn ich nachdenke:

Dieser Sommer 1944 geriet von aller Anfang an aus den Fugen. Bereits im April geschah Abwegiges. Die Rote Armee hatte die Grenze des Königreichs Rumänien im Norden Bessarabiens durchbrochen und an der Stadt Soroca über den Dnjestr gesetzt. Ich empfand das so, als sei das Land verwundet worden. Das war wie ein Stich in mein wehrhaftes Jungenherz, ja, die Spitze eines Zweifels an der Hehrheit des deutschen Soldaten. Und mir graute bei dem Gedanken, dass der Endsieg sich zwischen Fogarasch, Klein-Schenk und Rohrbach abspielen könnte.

Untergang drohte auch vom Abendland. Die Engländer und Amerikaner begannen Rumänien zu bombardieren. Nicht nur die Erdölfelder bei Ploiești, vielmehr Bukarest selbst, ja, sogar Kronstadt mit dem Sitz der Deutschen Volksgruppe und einigen Munitionsfabriken.

Furchtbares hatte sich an den orthodoxen Ostern am 14. April in Bukarest zugetragen, als die Leute massenhaft aus den Kirchen strömten. Kein Mensch hatte damit gerechnet, dass an einem hochheiligen Tag so Gotteslästerliches geschehen könnte. Selbst der Sirenenwärter verlor sich an rote Ostereier und Eierlikör. Der Alarm schrillte erst, als die Bomben bereits das Blutbad angerichtet hatten.

In völkischer Voraussicht hatte die Leitung der Deutschen Volksgruppe angeordnet, dass die deutschen Schulen bereits am 5. April ihre Tore schlossen. Es war das einzige Schuljahr, wo auf unseren Zeugnissen nicht mehr Evangelische Volksschule zu lesen war, sondern Deutsche Schule. Wo die beste Note nicht wie in ganz Rumänien 10 war – wie klopfte das Herz bei dieser einzigartigen Note mit zwei Ziffern –, sondern „a" die Spitze hielt: „ausgezeichnet", ein nichtiger Buchstabe, ein blasses, fremdes Wort. Und wo sogar die Lehrpläne und die Schulbücher aus Berlin kamen und keineswegs aus Bukarest.

Das geschah so: Im Herbst 1943 kletterte der Schuldiener auf einer langen Leiter zum Giebel der Fassade und schabte „Evangelische" weg, worauf der Ortsgruppenleiter „Deutsche" hin malte. Das hatte genau ein Jahr Bestand. Im September 1944 kletterte der Schuldiener allein auf die Leiter und kratzte „Deutsche" weg. Schule blieb. Für immer waren nun das „Evangelische" und das „Deutsche" verschwunden. Die Russen waren im Land.

Während unser Vater Ende April die restliche Familie mit einem Streifenwagen nach Rohrbach verfrachtete, hatte ich mich der Aufnahmeprüfung an die Brukenthal-Schule in Hermannstadt zu stellen. Mit meinem Klassenkollegen Peppe, dem Sohn des Schlachtermeisters Späck, fuhren wir hin. Ihn begleitete seine Mutter, eine füllige Frau, ich erinnere mich: mit gelben Augenbrauen. Mich begleitete der Vater: Gardemaß und himmelblaue Augen.

Ich verbrachte die Nächte allein in der leeren Wohnung der Großeltern. Aus unerklärlichen Gründen ging mein Vater jeden Abend aus und kam zu unbekannter Stunde zurück. Die Großeltern weilten bei uns in Fogarasch, hatten sich eben wegen möglicher Luftangriffe in Sicherheit gebracht. Dass solches in der Luft lag, hatte ich mitbekommen.

Ich tröstete mich, machte mir Mut, indem ich ein Buch las, das man mir anfangs zu Hause untersagt hatte; und dann doch: *Der Klosterjäger* von Ludwig Ganghofer. Das goldige Mädchen Gittli war mir so nahe, dass ich mit ihr zu reden begann. Sie trat zu mir, als seien wir beide hier in den Karpaten auf dem Geröllfeld oberhalb des Frecker Sees unterwegs. Und darüber vergaß ich Angst und Gram.

Die drei Prüfungen – Deutsch, Mathe, Rumänisch – waren jeweils für fünf Uhr morgens angesagt. So ernst nahm man auch im friedlichen Hermannstadt die Bedrohung der Bomben, selbst wenn die Stadt kriegerisch eine Nullnummer war: Aus der k. u. k. Zeit stammten ein Militärspital, eine Kadettenschule und eine Reithalle.

Zuerst wurden wir ärztlich untersucht. Dr. Hager, der Hermannstädter Kinderarzt, blätterte in einem dicken Buch, als er meinen Namen hörte: „Du wohnst bei deiner Großmutter Berta Goldschmidt? Ich hatte dich schon unter meinen Fingern." Und sagte zufrieden: „Wie ich lese, hast du bereits alle Kinderkrankheiten gehabt. Somit kannst du Bischof werden."

Der Sportlehrer fragte mich, ob ich wisse, was das Wort „tarnen" bedeute. „Sehen und nicht gesehen werden!" Das wusste ich aus dem Kampflager in Kaltbrunn.

„Was du nicht sagst!“ Er lenkte meinen Blick zur Turmspitze und fragte, was ich dort sehe.

„Vier Falken!“

„Du Esel, sag mir, wie viel Uhr es ist.“ Zuletzt fragte er, woher ich komme.

„Aus Fogarasch!“

„Aha!“

In Rumänisch haperte es bei mir. Rumänisch wurde in unseren Schulen ab der dritten Klasse als Fremdsprache erlernt, zwei Stunden pro Woche.

In Mathe löst ich alle Aufgaben, erhielt ein „a“ – die Note 10 wäre mir lieber gewesen, schon zum Anschauen lieber.

Aber in Deutsch schoss ich den Vogel ab. Professor Alexander Römer nahm mich beiseite und fragte, ob ich tatsächlich aus Fogarasch komme.

„Ja“, sagte ich trotzig. Und verschwieg, dass ich in Arad geboren war, einer Stadt im Westen des Landes, umweht von kaiserlichem Flair.

„Du wirst einmal Romane schreiben!“ Er sollte es nicht erleben.

Von den beiden Themen „Wie ich auf den Führer vereidigt worden bin“ und „Im Schlaraffenland“ wählte ich das zweite. Und ging den Aufsatz an, als ob ich mich leiblich durch den Brei gefressen hätte, um im Schlaraffenland anzukommen, wo ich schmausend und prassend vorhatte, der Held zu sein.

Doch kaum hatte ich den süßen Brei vertilgt und war daran fast erstickt, kaum hatten meine Augen etwas erfasst vom märchenhaften Gewusel dahinfliegender

Würste, da schrillten die Sirenen, dass es einem durch Mark und Bein ging. Doch keineswegs, dass wir in Panik schlicht und einfach hinausstürzten. Der hinkende Sportlehrer Samuel Schweinitz rief lauthals zu deutscher Ordnung und Zucht auf.

Zuerst, ehe die Bomben fielen, mussten die Lehrer die halbgaren Arbeiten der Sprösslinge einsammeln und hinter Schloss und Riegel verwahren. Professor Sievert, der Mathelehrer, konterte:

„Was schreien Sie hier herum, Volksgenosse, bald ist es aus mit dem Kadavergehorsam. Selbst wenn die Arbeiten liegen blieben, welcher Volksfeind sollte sich daran vergreifen? Juden gibt es keine mehr in der Stadt, dank Ihrer!" Er hatte in Stalingrad zwei Söhne bei der Waffen-SS verloren.

Der nächste Befehl galt nur uns Jungen: „Das Fähnlein in drei Reihen angetreten. Und ohne jüdische Hast, wie es sich für einen deutschen Jungen geziemt, vorwärts marsch, Paradeschritt!" Es war eine Knabenschule.

Wiewohl uns die „jüdische Hast" an den Fußsohlen brannte, marschierten wir gemessenen Schrittes zum Turm der Stadtpfarrkirche, fast fünfundsiebzig Meter hoch. Dem man jüngst ein Stahlgerüst verpasst hatte, damit er nicht umfiel. Die Träger, tief in den Erdboden eingerammt, ergaben einen todsicheren Kellerraum. Dort durften wir uns setzen, seltsamerweise auf ausrangierte Bahnschwellen, die nach Petroleum rochen und auf unseren kurzen weißen Feiertagshosen an den Arschbacken zwei rostige Flecken hinterließen.

Der Sportlehrer, der bei Stalingrad nur ein Bein verloren hatte und als Blockwart recht und schlecht den Führer aus Berlin vertrat, gebot, man möge das Lied *Heute gehört uns Deutschland und morgen die ganze Welt* anstimmen.

Da legte sich der alte Mathelehrer ins Mittel, halb taub blies er dauernd durch die zugehaltene Nase Luft über die Eustachische Röhre in die Ohrgehäuse. Zwei Söhne verloren – er machte kein Hehl daraus, dass auch der Krieg verloren war. Scharf wies er das fanatische Hinkebein in die Schranken, sagte sarkastisch: „Wenn wir überhaupt etwas singen, dann *Vom Himmel hoch, da komm ich her …*"

Am vierten Tag verkündete der Sportlehrer die Ergebnisse. Bei uns Fogaraschern hieß es: „Von den beiden dummen Kerlen aus Fogarasch ist dummerweise nur einer durchgefallen!"

Mit dem Nachtzug kehrten wir heim. Im Zweite-Klasse-Abteil brannte die blaue Nachtlampe. Kollege Peppe schnarchte zufrieden, war er doch der leidigen Schule in Hermannstadt entronnen. Mir hatte er zugeflüstert: „Gott sei's gepfiffen und getrommelt!" Ich wusste um seine geheime Leidenschaft: Borstenvieh und Schweinespeck. Und ich sang ihm vor, was ich so oft von unserer Mutter gehört hatte: „Ja, das Schreiben und das Lesen ist nie mein Sach' gewesen, denn schon von Kindesbeinen befasst ich mich mit Schweinen …"

Das aber, was mich an jener nächtlichen Fahrt beirrte und worauf ich nie eine Antwort erhalten würde, war ein Anblick, unverwischbar, rätselhaft: Mein Vater hatte den Arm um den Nacken von Peppes Mutter geschlungen, die ihr Haupt an seine rechte Brust lehnte. So etwas nie gesehen bei meinen Eltern. Im blauen Licht des Abteils schimmerten die gelben Brauen der Metzgergattin grün.

*

Dass ich Uwe nicht nur von meiner Seite verloren hatte, sondern bei der nächsten Biegung auch aus den Augen, erfasste ich, als ich mich auf der staubigen Straße allein wiederfand.

Einige Male hatte ich gerufen, ohne mich umzudrehen: „Wenn du schon hinter mir bist, Abstand, dass du nicht zu viel Staub schluckst!"

Ich hatte meinen Gedanken freien Lauf gelassen. Widersprüchlichen Gedanken. Erst als ich wegen eines gefallenen Baumstamms abstieg und mich umsah: Ja, wo war der Bruder?

Ich fuhr zurück. Beschämt saß der kleine Mann im Straßengraben, das Gesicht von Schweiß und Staub verschmiert.

Ohne auf seinen desolaten Zustand einzugehen, löste ich von meiner Lenkstange das feldgraue Seil mit den Karabinern an den Enden und band den Bruder locker an die Stange meines Sattels. Geschäftig befand ich, dass er nichts weiter tun müsse, als auf seinem Sitz zu hocken und die Balance zu halten. Beim ersten Anlauf gab es einen Ruck, er kippte vom Bizykel und mir riss es die Füße vom Pedal.

Mahnend schwirrte mir ein Vers des Adventsliedes zu Jesu Kommen durch den Sinn, den ich mir gemerkt hatte, weil er unsinnig klang: „Er ist gerecht, ein Helfer wert; Sanftmütigkeit ist sein Gefährt." Was jetzt plötzlich passte. Sanftmütigkeit schuldeten wir unseren verkoppelten Fahrzeugen. Somit glitten wir so langsam durch die Schlaglöcher, dass wir die Räder kaum auf Kurs halten konnten. Den Bruder, der die Füße behaglich auf der Lenkstange hielt, musste ich warnen, dass er nicht einschlief.

*

Eröffnet hatte sich mir auf dem Weg zwischen Tod und Staub, was schon vorher in mir rumort hatte als Zweifel: Bei dieser Fahrt nach Klein-Schenk ging es nicht um Agathe, die Kinderliebe. Das war Vorwand. Anderes war im Spiel. Ein Gefühl, das mich damals, im Heranwachsen, zum ersten Mal überfallen hatte und sich mir als hilflose Traurigkeit aufs Gemüt legte. Und mich gleichzeitig mit abwegiger Sehnsucht erfüllte. Ja, mich mit verhaltenen Tränen bedrängte, selbst wenn ich wusste: Ein Jungvolkjunge plärrt nicht.

Das geschah, als ich das Buch *Der Klosterjäger* zuklappte, es entglitt sogar meiner Hand. Ein Weh erschütterte mich, das nicht aufhörte. In der Scheune in Rohrbach verkroch ich mich im Heu bis über den Kopf. Ohne entweichen zu können.

Uwe striegelte mich, als ich zum Vorschein kam. Er stellte keine Fragen, zum Beispiel wie ich kopfunter im Heu geatmet hätte.

Ich begann, Tagebuch zu schreiben. Ein Heft mit grüner Hülle. Beweinte mich. Wo es verstecken? Im Hasenstall. Dort knabberten es die Hasen an, die unaufhörlich an etwas knabberten.

Hilfe fiel vom Himmel: Nach der bestandenen Prüfung an der Brukenthal-Schule schenkte mir die Hermannstädter Großmutter einen Sekretär. Es war ein Maria-Theresia-Tabernakel, geerbt von einer Urgroßtante. Ein Schreibschrank mit wackligen Zahnstocherbeinen und Messingbeschlägen. Der mir nicht gefiel. Und mich ein Leben lang begleiten sollte. Ein krauses Möbel, das trotzdem wie gerufen kam. Es hatte hinten zwei Geheimfächer, an die nicht einmal der fintenreiche Kurtfelix hingelangen würde.

Nie würde ich das Mädchen Gittli antreffen, die ich lieb gewonnen hatte, die beherzte Bergfee, nirgendwo.

*

Dies Nirgendwo ist im Laufe des Lebens zu einer Zeichenkette angewachsen, besteckt mit nahen Namen. Die sich verflüchtigten, oft Jahrzehnte ungenannt blieben. Bis sie in einer Todesnachricht wiederkehrten, oft als Fama: „Hast du gehört, sie tot, sollte das stimmen?“ Und ich erlebe es in ratloser Wehmut, dass diese elysäischen Wesen einer frühen Entflammtheit bereits tot sind, vor mir tot sind.

Ich bin bestürzt. Während des Schreibens erscheinen immer andere Namen von „nicht mehr – nie mehr“. Es gibt kein letztes geliebtes Wesen. Nur vorletzte Geschöpfe der Schattenspiele.

Im Roman *Wasserzeichen* hat es ein irreales Vorspiel gegeben zu den verliebten und verblichenen Mädchen: als Traumgesicht der Nonne Marta Felicia alias Anastasia. Wo nur? Ich suche nach in den über sechshundert Seiten. Da steht es, entrückt in jenseitige Gefilde, gehüllt in den Humor des ewigen Lebens:

Die in Gehorsam und Armut zerknitterten Hände der Klosterfrauen verlassen das Tagewerk, um im Niedersinken aufzuatmen. […]

In der Kapelle falten sich die Hände zum Gebet, flattern im Kreuzschlagen über der Brust. Die von Keuschheit und Fasten gebeugten Leiber knicken in die Knie, zahllos oft berührt die Stirn den Boden. Währenddessen erheben sich die Stimmen im Lobgesang zur entrückten Muttergottes. Die sich Wiegenden flehen die Barmherzigkeit Gottes herab. Vierzigmal: Doamne miluieşte! *Herr erbarme dich! Nach jedem zehnten Mal ein tiefer, monotoner Seufzer.*

Nach der Messe stürmt die Nonne Anastasia, der Schutzengel, in meine Klosterzelle, in pleine parade. *Es ist eine elegante Amtstracht nach Schnitt und Aufmachung, dazu in Schwarz: Der großfaltige Mantel schleift am Boden, die Kutte reicht bis zu den Fußsohlen. Das Brusttuch verwischt den Busen. Am linken Handgelenk schaukelt der gehäkelte Rosenkranz. Das Stirnband über dem Kopftuch begrenzt streng das Antlitz.*

Schwester Anastasia gibt unter Tränen eine Offenbarung zum Besten, ein Gesicht, das sich ihr zu weihevoller Morgenstunde kundgetan hat. Erschaut hat sie was, wen? Mich und sich, uns beide im ewigen Leben. Aber wie? Ich throne auf einem silbernen Sessel. Und um mich schweben im Halbkreis weibliche Geschöpfe. Es sind die verflossenen Lieben, jene weiblichen Wesen, die mir in meiner langen Biografie so und anders nahe waren. Die mir zugetan waren und zugeneigt blieben in verschwenderischer Liebe. Oder mir schnöde den Rücken gekehrt haben, kaltherzig, auch aufgebracht, sogar klagend, je nachdem – gelangweilt aber nie. Darunter wehen die Mädchen der Frühe vorbei, diese engelhaften Wesen, die man als Schüler mit Herzklopfen angehimmelt hat, wegen denen man gelitten, sich ihnen aber nie genähert hat. Und nicht zuletzt die dunklen Gestalten, an denen man sich die Flügel verbrannt hat, die einem das Herz zur Mördergrube machten, die einen schäbig glauben ließen, der einzige Trost sei Verzweiflung, sogar Tod.

Die betrübte Nonne zählt sie auf. Es sind Scharen flügelschlagender Namen, die sie verschroben ausspricht. Ein Strom von Tränen ergießt sich auf das glänzende Brusttuch. Benommen habe ich mich von meinem Tischgestell erhoben und frage vor mich hin, den Kopf gesenkt: Was tun? Nichts! Das Kloster dreht sich in meinem Kopf wie eine Sternwarte.

Zuletzt aber bricht es heraus, was der erhabenen Schwester Anastasia Kummer beschert: Sie, sie selbst sei zwar mit dabei gewesen, auch sie, mittendrin im gläsernen Äther des Jenseits. Aber wie? Im weißen Habit einer Seligen war sie untergegangen in der Schar der bunt gefiederten Himmelsgeschöpfe. Und was am schlimmsten war: Sie wurde von mir übersehen. Die junge Klosterfrau schluchzt auf, das Brusttuch wölbt sich jungfräulich. „Nu am meritat!“ *Das habe sie nicht verdient. Wahrlich, das hat sie nicht verdient. Ich ermanne mich und wische ihr mit einem schwarz gesäumten Taschentuch die Tränen weg.*

Sie küsst mir die Hand und bittet, ich möge sie segnen und ihr verzeihen: „Iertare!“ *Hier und jetzt schon. Denn im Jenseits, weiß Gott, was dort sein wird.* „Dincolo,

ştie Dumnezeul.“ *Es gäbe bei Gott auch ein Zuspät. Während sie niederkniet und ich ihr die Hand auflege und die Demütige in meiner Muttersprache segne mit vielen frommen Formeln, bemerke ich, dass sie an den Füßen zerlatschte Hauspantoffeln trägt. Immerhin in Mauve, ihrer Lieblingsfarbe.*
Als sie sich erhebt, leuchtet ihr Antlitz. Und meines leuchtet auch.

Denke ich heute zurück, während ich das Einstige beschwöre: Damals, in den jungen Jahren – mein Gott, wie denn auch? –, hatte noch kein totes Mädchen das Gemüt verstört. Aber Rainer Maria Rilke berührte zu früher Stunde unser Gemüt, wenn noch nicht als *Schlußstück:*

Der Tod ist groß.
Wir sind die Seinen
lachenden Munds.
Wenn wir uns mitten im Leben meinen,
wagt er zu weinen
mitten in uns.

Denn obschon wir als stramme DJ-Jungen dahinmarschierten, in klirrender Kluft, gedrillt auf Kampf und Grimm, geisterten Zeilen von Rilke durch unsere Brust, eingesenkt von lungenschwachen Tanten oder lyrischen Müttern. Es umkleideten uns Verse und Worte, die von Verborgenem raunten.

Reime, die insgeheim die forschen Marschlieder übertönten: *Ein Heller und ein Batzen, die waren beide mein;*

und die Kampfgesänge der Landser: *Es zittern die morschen Knochen* – in der Verschandelung mutwillig: Es zittern am Orsch die Knochen; und zahmer, nahezu klagend das Kriegslied: *Graue Soldaten im Schrei der Granaten haben das Lachen verlernt.*

So erging ich mich mit dem ehedem besten Freund, Hans Adolf Bediner, zuletzt mein Hordenführer, im *Cornet.* Epik als Poesie könnte man das nennen. Indessen er die alte Nähmaschine seiner Mutter reparierte, Marke Singer, um die Zeit zu nutzen. Solches geschah in Zivil, im Verborgenen, in der Gartenlaube, im Kellereingang, auf dem Dachboden.

Für den Fähnleinführer Lizzi Ongyert war dieser weibische Dichter schlimmer als der „jüdische Untermensch". „Entartete Kunst", so hatte man es ihm eingetrichtert, der nie eine Zeile Rilke gelesen hatte. Eher hätte er es geschluckt, wenn ich die verängstigte Judith Glückselich über den Schlossteich gerudert hätte, die jüdische Klassenkollegin aus der Volksschule.

Ich aber las dem Busenfreund Hans Adolf vor, mit umflorter Stimme: *Die Weise von Liebe und Tod des Cornets Christoph Rilke.* Und da war sie, schon ganz früh: die Weise von Liebe und Tod. Die zu gleicher Zeit in den Todeslagern von jüdischen Komponisten vertont wurde, die Weise von Liebe und Tod.

Noch war unsereins nicht geeicht, gezeichnet vom Lauf der Dinge, reif für das Mehr in den Versen, die Jenseitigkeit in der Lyrik eines Rilke, nicht einmal mündig für den Kult der Vokale, die raffinierten Binnenreime, die magischen Metaphern …

Somit nicht geeicht für ein Gedicht wie *Der Panther.* Noch nicht!

Sein Blick ist vom Vorübergehn der Stäbe
so müd geworden, daß er nichts mehr hält.
Ihm ist, als ob es tausend Stäbe gäbe
und hinter tausend Stäben keine Welt.

Der weiche Gang geschmeidig starker Schritte,
der sich im allerkleinsten Kreise dreht,
ist wie ein Tanz von Kraft um eine Mitte,
in der betäubt ein großer Wille steht.

Nur manchmal schiebt der Vorhang der Pupille
sich lautlos auf –. Dann geht ein Bild hinein,
geht durch der Glieder angespannte Stille –
und hört im Herzen auf zu sein.

Das bahnte sich an in den Jahren im Gewahrsam, als Student: „und hinter tausend Stäben keine Welt".

Kein Hofgang, nie. Nur die Zelle, 7,5 Quadratmeter: „der Gang der Schritte, der sich im allerkleinsten Kreise dreht".

Haltlos der Blick vom Anstarren der kalkweißen Wände: „so müd geworden, daß er nichts mehr hält".

In Zelle 26 bei der Securitate in Stalinstadt, zwei Jahre und zwei Tage, das vergitterte Oberlicht war gegen Norden gelegen, kein Lichtstrahl. Dennoch: „in deren Mitte betäubt ein großer Wille steht".

*

Beim Schreiben verliere ich mich an Gewesenes, greife nach Bildern. Sonderbar: Im Nachdenken stellt sich heraus, dass für jedes der verliebten Mädchen ein Bildnis da ist, ein Still-Leben, ein Schauplatz – Orte, die den Beginn einer Verliebtheit markieren.

*

Die Anziehung Agathes, und das bereits in der Volksschule, wurde zu einer lebenslangen Zuneigung ohne Worte. Selbst das fröhliche Geplauder, das informelle Getratsche, der bekömmliche Streit, sie fehlten. Ich erinnere mich an kaum ein größeres Satzgebilde von ihr. Bei Agathe erschöpfte sich das Viele und Ganze, das zwischen zwei Menschen lebt und webt, in makelloser Schönheit und stummer Anhänglichkeit.

Der Beginn: Vor der Buchhandlung Eisenburger half ich ihr auf die Sprünge beim Entziffern schwieriger Titel. *Mein Kampf* war der Zehnjährigen von zu Hause geläufig. Das Buch wurde zwar nicht gelesen, hatte aber in der Vitrine den Ehrenplatz. Im Regal darunter blinkte eine Ansammlung von Nippes, vom Vater aus Kupferblech geschnitten. Ich erinnere mich an eine japanische Tänzerin und einen grünspanigen Hund. In Reih und Glied standen als Nächstes sämtliche Romane von Ludwig Ganghofer, gebunden in grünes Leinen, Goldschnitt.

Doch vor der Auslage brachte sie es bei Alfred Rosenbergs *Der Mythus des 20. Jahrhunderts* bloß bis zum Beginn einer Verballhornung: „Der Kaktus …" Verschämt stockte sie. Ob Mythus, ob Kaktus, es blieb ein Ladenhüter, der sogar das Kommen der Russen überstand. Und *Die Grundlagen des 19. Jahrhunderts* von Houston Stewart Chamberlain war für jeden Fogarascher zu schwer, im Halten und im Lesen. Selbst für den Rektor der Volksschule, Franz Kleinert, den Führer der DM, der Deutschen Mannschaft. Befragt – doch wer fragte schon? –, redete er sich auf die Engländer heraus, „die feisten Wollsäcke": „Von so einem liest man nichts!"

Doch *Barb* von Kuni Tremel-Eggert mit dem Untertitel *Der Roman einer deutschen Frau* kannte Agathe aus häuslicher Erfahrung. Dazu bot sich Heiteres an: *Alle Tage Gloria* von Felix Riemkasten. Das süße Mädchen auf dem Buchdeckel, es stand aufrecht auf der Schaukel in einem Kleidchen, das flatterte. Diese Schaukel hing an einem Pulk bordeauxroter Luftballons. Agathe las vor. Das mit „Gloria" gelang, im „Riemkasten" blieb sie stecken. Nun hätte sie die Frage stellen können: Riemkasten, hat der Mann einen Kasten voll mit Riemen? Hätte sagen können: Meine Mama hat einen Kasten voll mit Pillen und Koprol und Verbandszeug und Leukoplast, das nennt sich Hausapotheke. Und ich hätte geantwortet: Das gibt es auch bei uns. Doch sie sagte nichts.

Und da war Bruno H. Bürgels Buch *Die kleinen Freuden.* Auf dem Titel sprossen zwei blaue Glockenblumen. Ich fragte: „Dies Buch hat bestimmt auch deine Großmutter?" Sie sah mich an und schwieg. Ich: „Es ist das Lieblingsbuch unserer Großmutter aus Hermannstadt." Doch Agathe sagte weder Ja noch Nein. Bei einem Ja hätte ich eins draufgeben können: Wie schön, unsere beiden Großmütter lesen das Gleiche …

Sie sagte nichts. Aber wir spürten vom ersten Augenblick an, wie gerne wir nebeneinander standen. Das kribbelte in den Fingern, mit denen sie, das kleine Mädchen, und mit denen ich, der große Junge, auf jeweils ein Buch zeigten. Keiner wollte zu früh vom anderen lassen. Wir buchstabierten weiter. Bis der Buchhändler Eisenburger mit ohrenbetäubendem Gelärme vor unseren Nasen die Roll-Läden herunterließ.

In der Schule wusste man, dass sie mein Schatz war. Jeder Junge hatte bereits in der Volksschule einen Schatz. Das gehörte sich so. Rektor Kleinert, der mich am Schläfenhaar zupfte, weil ich ohne Ohrläppchen geboren war, stellte anzüglich fest: „Du willst hoch hinaus mit der Agathe, das schönste Kind in Fogarasch, dazu die Tochter eines hohen Tieres." Als er einmal mit einem Büschel Haaren von mir in der Hand verblieb, fuhr er mich an: „Du bockiger Esel. Wie kann man bei einem so ausgefallenen Vornamen keine Ohrläppchen haben?" Auf die Palme gebracht hatte den Lehrer, dass ich behauptete, die Mehrzahl von Album sei nicht Albümer, sondern Alben. „Alben? Jeder normale Deutsche weiß, dass Alben Elfen oder Zwerge sind." Ich gab nicht auf, sondern fragte kess: „Wie heißt die Einzahl von Alben?" Darauf musste ich Haare lassen. Den Satz über Agathe beendete er so: „Doch schreib dir das hinter die Ohren: Wer hoch steigt, fällt tief. Und Vorsicht, ihr Schlattners! Nehmt euch den Mund nicht zu voll. Dein Vater glaubt nicht an den Endsieg. Und deine Mutter singt jüdische Schlager beim Tschinakelfahren."

Was uns Jungen mit befangener Anerkennung erfüllte, war, dass unser Rektor Sommer für Sommer zu Fuß mit dem Wanderstab von Fogarasch in seine Heimatgemeinde bei Schäßburg pilgerte, nach Schaas, ein halbes Hundert Kilometer weit, über Berg und Tal, zu seiner Mutter. Und dass er alle Bücher, die er von uns zum Lesen geliehen hatte, getreulich zurückbrachte, Stück für Stück. Alle, vom ersten bis zum letzten, viele und schöne. Unsere Mutter war Mitglied der Deutschen Buchgemeinschaft.

Weniger genossen wir es, dass wir drei Buben bei ihm Klavierstunden hatten, nach der *Praktischen Klavier-Schule* von Louis Köhler. Ich meine nicht, dass er uns mit dem Kochlöffel auf die Knöchel schlug, wenn wir danebengriffen. Doch weiß ich, dass der kleine Bruder Uwe seine Beine so um den Drehstuhl verknotete, dass er beim Aufstehen hinfiel und den Stuhl mit sich riss.

Noch tiefer fiel Franz Kleinert als Führer der Deutschen Mannen: Sieg Heil! Nach dem Kommen der Russen wurde er unter den Ersten der vielen Amtsleiter ins Lager nach Caracal in die Kleine Walachei verfrachtet und dort völlig abgeschirmt festgehalten.

Doch in Rumänien findet sich immer ein Hintertürchen. In der Nachbarschaft lag ein orthodoxer Friedhof. Von dort riefen die Klageweiber den Inhaftierten die letzten Neuigkeiten zu von der Familie und aus dem Land, gut bezahlt von den Angehörigen.

Agathes Vater wiederum floh, versuchte die Nachhut der Wehrmacht zu erreichen. Die Kreisleitung in der Lutherstraße, Strada Luterană, in Fogarasch blieb führerlos. Nach den dort zurückgelassenen Listen wussten die

Russen namentlich, mit Geburtsdatum und Anschrift, wie viele deutsche Männer und Frauen aus Fogarasch und dem Schenker Gau im Januar 1945 zur Zwangsarbeit in die Ukraine ausgehoben werden mussten; Männer zwischen 17 und 45, Frauen von 18 bis 30. Berechnet vom Generalissimus Stalin persönlich.

*

Agathe in ihrer sprachlosen Holdseligkeit …

Beim Dunkelverstecken in unserer Wohnung gab ich ihr ein verstohlenes Zeichen, indem ich mit dem Fuß in die Richtung wies, wo wir uns verkriechen würden. Keines der anderen Kinder bekam etwas mit. Ich wusste mit pochender Freude: Sie würde in dem Versteck auf mich warten.

Ein todsicherer Ort war das Dreieck hinter dem Kachelofen. Schwierig war es, sich dort hineinzuzwängen. Und unheimlich, weil man wusste, nach Jahrzehnten noch, dass ein k. u. k. Offizier, der Baron von Engelfurth, hinter einem solchen Kamin in Hermannstadt in der Brukenthal-Gasse seinen Nebenbuhler mit dem Säbel erstochen hatte. Der sich halb nackt in das Verlies gerettet hatte. Um den Toten zu bestatten, musste man den Kachelofen abtragen.

Anders fühlten wir uns hinter dem riesigen Perserteppich, den unsere Mutter an die Wand gehängt hatte, damit er die Wärme im Zimmer hielt. Ohne Weiteres legte ich den Arm um Agathe. Ich wollte ihr hinter dem schweren Gehänge Platz zum Atmen schaffen. Und wir beteten, dass die kleineren Brüder und Schwestern, die reihum auf der Suche waren, uns nimmermehr finden würden.

Dieser weiträumige Perserteppich könnte die Familiengeschichte tragen. Handgeknüpft in Arad vor meiner Geburt, die Muster hatte unsere Mutter entworfen, war er Zeuge der Zeitläufte dank der Menschen, die darüber gegangen waren; oder ihn nicht betreten hatten. Deutsche ja, kein Russe. Vor den Russen bewahrten wir den Teppich, indem wir ihn, zusammengerollt, im Keller versteckten hinter den alten Regalen vom Geschäft.

Viel später, nachdem mein Vater seinen letzten Atemzug getan hatte, legten meine Mutter und ich den Toten auf den Teppich. Die letzte Luft entwich aus seinem Brustkorb wie aus einem Blasebalg. Während die Mutter die Fenster öffnete und den Spiegel verhängte, damit die Seele den Weg in den Himmel nicht verfehle, sprach ich ein Vaterunser und segnete den Verblichenen. Im Sterben hatte er die Hand meiner Mutter erhascht und einen Kuss darauf gedrückt.

Nun schmückt der schicksalhafte Teppich im Rothberger Pfarrhaus das Kapitelzimmer.

Wir wohnten nach dem Kommen der Russen noch vier Jahre im Haus mit dem Löwen. Erst als man den König zur Abdankung gezwungen hatte, wurden wir in einer Novembernacht 1948 hinausgetan.

In den zwei Jahren nach dem Krieg kam die Hungersnot über das Land. Als unsere Mutter einmal einen Pferdeschlitten mietete, um im nächsten Dorf Dridif Milch und Mehl zu ergattern, warf der Kutscher einen riesigen, zottigen Pelz über Agathe und mich. Wir kuschelten uns aneinander, betört von Glück. Glück macht müde und stumm. Doch unversehens streckte Agathe mir ihre Finger unter die Nase. Ich schnupperte und sagte erstaunt: „4711." Ein Duftwasser, mit dem sich ursprünglich nur Männer erfrischen durften: Kölnisch Wasser, Eau de Cologne. Im Flüsterton erklärte ich ihr, wie es zu der ominösen Zahl gekommen war für diesen weltberühmten Markenartikel: Als Napoleon Köln besetzt hatte, ließ er die Häuser der Stadt durchnummerieren, die Zahl 4711 fiel als Hausnummer auf die bekannte Parfümerie. Ob Agathe nickte? Eher nicht. Denn ihr Köpfchen ruhte an meiner Brust. Nichts sagte sie zu dieser Belehrung.

Ein zwiespältiger Genuss war das Privatturnen bei der Lehrerin Hienz. Es fing an, nachdem die Russen gekommen waren. Vorher turnte alles Jungvolk öffentlich für den Endsieg.

Das Turnen selbst war vergnüglich, unsere Lehrerin spielte Klavier und wir mussten die Übungen taktgemäß abwickeln. Doch beschämend schlimm war es für uns Jungen, wenn wir uns umziehen mussten, bis wir den Turndress anhatten. Besonders im Winter. Und alle Mädchen zusahen. Wir Buben trugen ein Gespann über dem Brustkorb, an dem Strumpfbandel baumelten. Mit denen wir die Ringelstrümpfe festmachten. Von den Dessous der Mädchen bekamen wir nichts mit. Sie zogen sich unter dem Klavier aus und um.

Bei Handstandüberschlag war Hilfestellung angesagt. Verhindert werden sollte, dass ich mit dem Rücken auf den Boden prallte, wenn ich es nicht fertigbrachte, beim Überschlag in der vorgeschriebenen Brücke zu landen.

Zwei größere Mädchen, Agathe und ihre Schwester Mechthild, fassten sich gegenseitig an der Hand, so dass eine Art von Steg entstand, der mich auffangen konnte, wenn ich die Wirbelsäule nicht ausreichend krümmte. Meistens gelang die Übung, ohne dass ich die bewahrenden Hände berühren musste. Manchmal juckte mich der Hafer und ich ließ mich rücklings auf die verkoppelten Hände fallen. Die Wucht war so groß, dass die Köpfe der Schwestern aneinanderschlugen, ja, die Gesichter manchmal auf meinen Bauch klatschten. Doch nie ließen sie mich im Stich, nie ließen sie die schützenden Hände fahren.

Das Ende dieser Turnstunden war am schönsten. Auf die Rhythmen des Klaviers tanzten wir die Zeppelpolka mit dem Glücksgefühl von Artisten. Die älteste Art von Polka, enthüllte uns die Lehrerin, auch bekannt als Franzee, Polka française. Selbst bei Damenwahl wählte ich Agathe.

*

Nicht ist vergessen bis heute in wehmütiger Dankbarkeit: Sie stand mir zur Seite an dem Nachmittag, als man unseren Vater fortgebracht hatte und die Mutter uns Buben auf den Eislaufplatz in den Burggraben schickte.

Dazu gibt es eine Notiz: In dem Aufsatz *Offenlegung*, es geht um die Aushebungen Januar 1945, habe ich der echten Agathe ein Erinnerungsbild gewidmet. Siebzig Jahre später steht es da wie gestern, gestochen scharf mit eiskalter Nadel. Oder anders: Was weh tut, brennt sich ein.

Es war der Nachmittag, nachdem man meinen Vater an seinem 46. Geburtstag ausgehoben hatte, als königlich-rumänischer Rechnungsoffizier direkt aus der Kaserne wegeskortiert, um ihn mit dem Transport der Nachzügler nach Russland zu deportieren.
Auf dem Eislaufplatz im Burggraben, bei einem zugefrorenen Nebenarm, wartete auf mich Ursula Agathe Sonnleitner, verschämt wie immer. [...]
Ich zeigte auf die Burg vor unseren Augen: „Sie haben meinen Vater geholt!" Agathe sagte: „Ich weiß!" Was wusste sie? [...]
Ich fragte nicht. Als ich mich mit ihr zwischen Weiden verbergen wollte, streifte sie die Fäustlinge ab, nahm feierlich meine Hand in ihre heißen Hände, bis auch meine Hand glühte. Darauf schubste sie mich auf die große Eisfläche. Wo Dr. Suciu-Sibianu wie eh und je seine Pirouetten drehte und gewagte Sprünge vollführte, wo wie gestern und vorgestern die oberen Schüler vom rumänischen Lyzeum Radu Negru im Bogenschleifen mit den Schülerinnen vom Mädchengymnasium dahinschwebten und wo die ungarischen Jungen wie schon immer gegen die Rumänen antraten im Kampfspiel „Der schwarze Mann". Und sagte, Ursula Agathe, zu Weihnachten zehn geworden: „Heute darfst du mich übers Eis ziehen. Es ist mir wurscht, was die Leute über uns reden!" Wir verschwanden im Gewusel der Schicksalslosen.

*

Überwallend, ja, überwallend bedrängen mich die Bilder der großen Überflutung von Fogarasch. Und Agathe mittendrin, pudelnass bis auf die Socken. Als das Hochwasser der Aluta die Stadt überschwemmte und wir uns auf dem Markt Piratenschlachten lieferten, entdeckte ich sie in den steigenden Fluten. Vor der Apotheke Kontesveller stand sie bereits mit den Sandalen im Wasser, obwohl sie sich auf die höchste Treppe gerettet hatte. Unheimlich. Das Wasser überflutete die ganze Stadt. Aber es war nicht überall auf einmal da. In den Straßen und Gassen und Höfen brachen unvermittelt Quellen hervor, es war wie verhext. Das sei eine Springflut, belehrte uns Rektor Kleinert. Was es wahrlich nicht war, wenn das Wasser auch sprunghaft stieg, unerwartet, da und dort und hier.

Ich hatte mit meiner Sandoline für unsere Fofo Koprol aus der Apotheke geholt, das beliebte Abführmittel mit dem ergötzlichen Bild: Ein Mann im Schlafrock mit Zipfelmütze und einer Kerze in der Hand schlurft dahin. Wohin? Dorthin, wo das Koprol wirkt.

Sandoline hieß das schnittige Holzkajak nur in Fogarasch und sonst nirgends. Die Mutter hatte in schwunghaften Lettern auf die Seitenwände den Namen „Lohengrin“ gepinselt.

Agathe hielt einen Strauß Blumen in der Hand. Mit zitternden Knien kletterte sie ins Boot, das ich am Geländer zur Apotheke festgemacht hatte. Ich, der Lohengrin, beschied: „Leg dich sofort flach hin, damit der Schwerpunkt nach unten rutscht. Sonst saufen wir beide ab!“

Sie erschrak und streckte sich in das Spritzwasser am Boden des Bootes. Schluchzend klemmte sie ihren Rock zwischen die Beine, lagerte sich mir gegenüber in den Kiel der Sandoline. Sie war sofort pitschnass. Den

Blumenstrauß barg sie auf ihrem Schoß: „Cosmea, die Lieblingsblumen meiner Großmutter. Vom Gut." In der Angst wurde sie gesprächig und fremd. Im Schwarm der Tropfen, von den Paddelblättern aufgewirbelt, purzelten die Worte nur so aus ihr heraus. Ungewöhnlich. Ungewohnt. Sie hatte die Nacht auf dem Gut verbracht.

Das schöne, stille Kind war dort wohlgelitten, gleichen Alters wie die tote Tochter Maria. Die hatte auf dem Heimweg zu Fuß von der Schule zum Gut ein Leiterwagen überfahren. Das bestürzende Unglück hatte sich vor Weihnachten zugetragen. In der Gruft belegte Maria eine enge Mauervertiefung.

Der Knecht habe sie, Agathe, vom Gut mit der Kutsche bis an den Rand des schrecklichen Wassers gebracht, in die Nähe der Apotheke. Und gegrinst: „Jetzt schwimm bis nach Hause!"

„Und du, was hast du gesagt?" Ich paddelte mit doppelter Kraft.

„Danke!", hatte sie gesagt.

Mit der Peitsche geknallt habe „der schlimme Mann", als wolle er, dass sie sofort wegschwimme. „Ich habe mich so erschrocken!" Vor Schreck sei sie einige Schritte in das Wasser getappt. „Darum sind meine Socken nass."

Sie klagte mit erstickter Stimme: „Vielleicht sind meine Leute ertrunken!" In der Apotheke habe man gewusst: „Im Wildgarten ist alles überschwemmt."

Und sagte so viel wie noch nie: Auf dem Gut hätten die Leintücher kein Monogramm wie bei uns, sondern kleine Kronen. „Mein armer Vater mit fünf Mädchen: fünf verschiedene Monogramme, gestickt in jedes Leintuch. Die Mitgift." Sie habe als kleines Mädchen gedacht: „Das ist das Gift, das du von zu Hause mitbekommst, gegen die böse Schwiegermutter." Dieser langen Rede folgte längeres Schweigen.

Ich beschwichtigte: „Als Kinder haben wir ähnlich gedacht. Doch die Mutter belehrte uns: Mitgift kommt von geben. Das Bettzeug, das man der Braut mitgibt."

Währenddessen wirbelte ich das Paddel durch Wasser und Luft. Obacht war geboten. Obskure Strömungen trieben einen an die Häuserwände. Schließlich hieß es aus dem Kiel: „Ich heirate nicht. Und die Clementine, die heiratet sowieso keiner. Schon zwei weniger, die eine Mitgift brauchen." Sie sprach es nicht aus: wenn sie alle ertrunken sind ... Dann sagte sie nichts mehr, sondern weinte.

Ich paddelte sie in das Viertel mit dem seltsamen Namen Wildgarten nächst der Aluta. Von der Griechengasse aus erreichte ich den Schlossteich. Die Burg stand bis zu den halben Mauern im Wasser. Sogar die erhöhte Parkpromenade rundum war überschwemmt. Mancherorts ragte steil die Lehne einer Bank aus der Brühe. Baumkronen schwebten über dem verschmutzten Wasserspiegel. Dazwischen schaukelten aufgequollene Schweine und anderes krepiertes Viehzeug im Reigen. Unrat trieb herum, sogar Klotüren mit einem Herzen in der Füllung waren unterwegs.

Beim Standbild der walachischen Fürstin Doamna Stanca waren die Wasser fast bis zu ihren Schultern gestiegen. Hier, in der Wasserburg, hatte die erlauchte Dame mit zwei Kindern auf die Rückkehr ihres Gatten gewartet, Mihai Viteazul, Michael der Tapfere, genannt. Doch nur sein Haupt konnte der Fürstin zu Füßen gelegt werden.

Weil das jüngste Gerücht lautete, dass sich ein Fuchs und ein Hase im Schlossteich auf den Ast eines Baumes gerettet hätten, war alles Volk herbeigerannt, um das zu sehen. Dafür musste man der Fürstin auf die Schultern klettern. Oder sich in Kähnen nähern. Oder in Waschzubern. Auch wir bekamen das widersinnige Wunder zu Gesicht. Agathe setzte sich jäh auf, die Sandoline schwankte, ich drückte sie mit dem triefenden Paddel in die Liegestellung zurück. Und tatsächlich: Da waren sie, die beiden Erbfeinde, es schien, als tanzten sie Tango. Sinnigerweise war es ein Ginkgo biloba, der Zierbaum aus dem *West-östlichen Divan,* auf dem sie traulich hockten, mit zufriedenen Mienen, ohne Goethes Werk zu kennen. Aus dem Agathes Mutter später zitieren würde.

Durch Gässchen, in denen das Wasser bis zum Fensterkreuz reichte, näherten wir uns dem Haus des Spenglermeisters Engelleiter. Immer öfter musste ich Agathe mit dem Paddel antippen, dass sie sich ausstrecke. „Auch unser Haus ist untergegangen, mit Mann und Maus und Kind und Kegel!" Agathe flüsterte es, während sie Wassertropfen und Tränen von ihrem Gesicht wegleckte.

Das Gegenteil war der Fall: Auf dem Dach saßen ihre Leute wie die Tauben, die Großmutter auf dem Ehrenplatz neben dem kupfernen Wetterhahn. Bis zu den Fenstern war das Haus von Wasser getränkt. Im Hof schwammen Wannen und Fässer, von der Großmutter mit Lebensmitteln bestückt.

Agathe wollte sofort hinüberklettern. Ich aber überzeugte die Familie, dass sie die Sandoline nicht verlassen könne, ohne dass wir beide ins Wasser fielen. Und setzte durch, dass ich sie mitnahm und sie für die Tage des Hochwassers in unserer Villa logierten durfte, verschont von der städtischen Sintflut.

Wir bestätigen den Fuchs und den Hasen einträchtig auf dem Ast des Zierbaums Ginkgo biloba.

Frau Emilie, die Füße in eine Blechrinne geklemmt, die nicht wankte noch wich – auf ihren Mann konnte man sich verlassen –, begann von hoher Warte zu deklamieren:

Dieses Baumes Blatt, der von Osten
Meinem Garten anvertraut,
Gibt geheimen Sinn zu kosten,
Wie's den Wissenden erbaut.

Ist es ein lebendig Wesen,
Das sich in sich selbst getrennt?
Sind es zwei, die sich erlesen,
Daß man sie als eines kennt?

Der Amtsleiter hoch zu Dach, dazu an den Rauchfang gelehnt, bedachte manches. Inbegriff: wie ein solches Hochwasser die Volksgemeinschaft zusammenschweiße.

Er entsinne sich, „meiner Seel!", wie der galante Friseur, der Volksgenosse Edi Schwellner, ein Individualist, Reißaus genommen habe vor einem Bären, als dieser ihn angeschnaubt hatte. Wie dem Waidgenossen die Haare zu Berge gestanden waren, so dass ihm der grüne Hut mit der Pfauenfeder vom Kopf gerutscht war. „Das gibt es!“ Die Flinte hatte er fallen lassen, „wie zu hören war“. Und er sei „flugs auf einen Baum gekrochen, barhäuptig“. So beflügele die Todesangst den Menschen! „Doch, oh heiliger Himmel: der Bär hinter ihm.“ Dann habe ihn der Bär in der Baumkrone angespuckt und sei gewichen.

Auch diesmal, als er „vor den Urfluten seine Haut retten musste“, sei er wieder auf einen Baum geklettert. Doch, „wie man mir berichtet hat“, sei ihm auf den Fersen nicht der Bär gefolgt, auch nicht die Flut, sondern der „stinkete“ Stallknecht Nägler. Man stelle sich vor: den beiden Volksgenossen stand das Wasser bis zum Hals. Die sich sonst nicht riechen könnten. Nicht einmal dem armen Teufel die Haare zu scheren, sei der geschniegelte Coiffeur bereit gewesen. Wie auch dem Stadtstreicher Misch Kiepenkratzer nicht. Mit einem Seufzer: „Bereits beim unschicklichen Geruch hört die Volksgemeinschaft auf? Wo soll das enden: ein Volk, ein Führer!“

Doch hier nun anders, sehr anders, ganz anders: „Und siehe da, Hand in Hand hocken sie auf einem Ast der deutschen Eiche, der parfümierte Edi und der Stallbursche Nägler. Endlich! Deutsches Blut neben deutschem Blut. Gleich und gleich gesellt sich gern! Jedes Opfer ist dem Endsieg wert und lieb.“ Das war eine völkische Rede von höchster Warte.

Die Großmutter, einen Arm um den Wetterhahn geschlungen, ließ sich vernehmen, fromm, bitte, der Onkel Abt im Kloster Admont, und gebildet: „Es gibt halt Gerüche, die sich schlagen, die selbst Gott nicht gut riechen!

Birkenwasser und Jauche, Kuhdreck und 4711. Doch auch hier passt unser großer Goethe wie die Faust aufs Auge: ‚Ganz nah an der Ferse begleitet die Not!'"

Wie sonst, das letzte Wort hatte die älteste Schwester, die pingelige Clementine: „Zusammengeschweißt, ja! Not lehrt beten!" Und mit gestreckter Brust, auf der das Wehrsportabzeichen mit dem Hakenkreuz funkelte: „Doch auch ohne Malheur reichen sich Unten und Oben in diesen hochgeschwellten Zeiten die Hand. Wer hätte das ausgedacht: dass unsere Mutter mit der Volksgenossin Gutsherrin vierhändig Klavier spielt!"

Darauf die Schwestern im Chor: „Du Übergescheite! Ja, der Vater weiß alles. Aber du weißt alles besser. Unsere Mutter war in Wien in einer Pension. Während deine Volksgenossin Gutsfrau die Kühe gemolken hat."

Frau Emilie stützte sich weitab am Rande des Daches an die fest verankerte Rinne. Sie trug Handschuhe. Und hatte geschwiegen, nachdem sie Goethe zitiert hatte: *Ginkgo biloba.* Nun kam der maßgebliche Satz: „Agathe, schwimm ruhig mit ihm mit." Und weiter: „Ihr beide … Wie sagt Goethe: ‚Lichtlein schwimmen auf dem Strome, Kinder singen auf den Brücken' … Schwimm mit, mein Kind!"

In meinem feuchten Kajak, Agathe als zärtlichen Blickfang, dachte ich benommen: Diesem Goethe entgeht keiner, auf Schritt und Tritt, überall stellt er einem ein Bein, sogar hier, auf dem glitschigen Dach. Und auch bei uns zu Hause: Goethe in der Küche! Die Großmutter sagte beim Mayonnaise-Anrühren den *Erlkönig* auf. Warum? Das sei das rechte Maß. Verflixt!

Ich wendete die Sandoline, wirbelte mit dem Paddel durch die Fluten, Tropfen bildeten einen bunten Kranz, das schnittige Boot nahm Fahrt auf. Und ich glitt mit Agathe davon.

Noch wohnten wir in der Villa mit dem tönernen Löwen auf dem Sockel. In seinem Haupt hatte ich mein Tagebuch versteckt. Bis Kurtfelix ihm mit dem Katapult die Schnauze wegschoss und das grüne Heft die Einfahrt entlangflatterte.

Unsere Mutter machte sich einen Jux daraus, Agathe als Tirolerbuben zu verkleiden. Sie wurde im Gartenzimmer untergebracht. Ich konnte wann immer nachsehen, ob sie sich gut fühlte oder etwas brauchte. War sie doch mein persönlicher Passagier gewesen. Ob sie sich gut fühlte, konnten wir nicht herausbekommen. Nur dass sie nichts brauchte, das ja. Mehr als das Artige, was sich ziemt, konnte man ihr nicht entlocken. Dankeschön. Nein, danke. Bitte. Gerne. Einmal, als sie auf dem Sofa ruhte, ergriff sie meine Hand und schmiegte wortlos ihre Wange hinein.

Als Agathe wieder zu Hause war und die Engelleiters sich halbwegs eingerichtet hatten, geschah etwas Unerklärliches. Sie hatte sich in der Küche in der Nische versteckt, in der die Spielsachen der Mädchen herumpurzelten. Ein Vorhang, gebatikt, wie man das damals handhabte, verdeckte das Gewusel von Puppen und Spielen.

Ich hockte auf dem holprigen Kanapee. Plötzlich lüftete Agathe den Vorhang, steckte den Kopf heraus und sagte, wir waren allein in der Küche, sagte laut und deutlich: „Ich hab dich so lieb, Eginald.“

Von den drei triftigen Sätzen, die sie in ihrem Leben zu mir gesagt hat und die ich mir gemerkt habe, war dies der erste. Ich höre es heute noch, gut siebzig Jahre später.

*

Der kleine Bruder, den ich streckenweise zog, verhielt sich manierlich.

Mich erfüllte eine hilflose Traurigkeit, die ich nirgends unterbringen konnte. Ein Mädchen der Phantasie, das einem Buch entstiegen war, hatte es mir seit Kurzem angetan. Ein Mädchen, erreichbar als raunendes Gefühl, doch nicht greifbar, eben unbegreifbar. Es war Gittli, die Waldfee, aus dem Roman *Der Klosterjäger* von Ludwig Ganghofer. Ein unwirkliches Wesen, dennoch liebenswert: tränennah lebendig und schwebend. Wahr und tot.

Plötzlich war Uwe unzufrieden. Er merkte, wie abwesend ich war, versponnen in eigene Gedanken. Zu Recht beklagte er sich, dass ich ihn vergesse habe. „Wir sind ja zusammen losgefahren. Nun willst du mich loswerden."

Schwer, ihm das auszureden.

„Erst wenn du mir sagst, was für Gedanken dich piesacken, glaub ich dir."

Piesacken, welch ein Wort. Von wem hatte er das? Von Tante Mily?

Es war mehr und anders. Doch etwas musste gesagt werden. „Ich bin einfach traurig!"

„Traurig! Du hast wieder ein Buch gelesen? Da kann man nichts machen!"

Machen, nein!

Und mit einem Seufzer: „Im nächsten Jahr kann auch ich diese traurigen Bücher lesen." Er war in der ersten Klasse. Schreiben konnte er. Lesen noch nicht.

*

Jenes frühe Gefühl an der Schwelle der Jugendzeit zwischen Innigkeit und Verzweiflung, ausgelöst von einer erdichteten Romanfigur, damals, in Rohrbach, es blieb in meinem Lebenslauf über Jahrzehnte inselhaft stehen, dort, vormals, in der Kindheit, gebunden allein an das Mädchen Gittli.

Was mich in jener verordneten Sommerfrische begleitete und dem ich nicht entgehen konnte, war der Schmerz über einen Menschen, dem ich leibhaftig nie begegnet war und noch weniger je begegnen würde. Den ich verloren hatte, ehe ich ihn hätte berühren können. Und den ich lieb gewonnen hatte in kindlicher Verzweiflung.

Und nun, in der Rückbesinnung, wo ich die toten Mädchen heraufbeschwöre, ehe sie versinken, Asche zu Asche, geht es mir mit vielen ähnlich: als ob ich ihnen leibhaftig nicht begegnet wäre. Und niemals werde ich ihnen wieder begegnen.

Schon in der ersten Szene hatte Gittli mich bestrickt. So kann man es sagen: Sie hatte um mich ein goldenes Netz gestrickt. Ich schaute und spürte und hörte, war anwesend auf den Triften und Almen jener fernen Alpen, ohne dabei zu sein. Und war gegenwärtiger als der Klosterjäger, ich.

Ein junges Mädchen stand vor ihm, mit großen, staunenden Augen.

Ich spüre es heute noch. Als ich das Buch ausgelesen hatte, war es um mich geschehen:

Haymo schüttelte immer wieder den Kopf. Plötzlich zog er das Weidmesser aus der Scheide und drückte die scharfe Spitze in den Rücken seiner Hand.
„Jesus, was treibst du denn!“, stammelte Gittli erschrocken.
„Spüren möcht ich, ob ich wach! Allweil mein ich, daß ich träumen tu und müßt aufwachen mit jedem Augenblick!“
„Geh! Wie du einen ängstigen kannst!“ Gittli klammerte die Arme um seinen Hals.
Er küßte sie – wieder und wieder – und schien dabei doch endlich die Überzeugung zu gewinnen, daß er völlig wach wäre.
Langsam gingen sie zwischen den Hecken dahin. Sie mussten sich dicht aneinanderschmiegen, denn der Pfad war schmal.

Nein, ich ritzte meinen Handrücken weder mit dem Fahrtenmesser, das wehrhaft zur DJ-Kluft gehörte, noch mit dem Küchenmesser der Fofo, mit dem sie die Gänse schlachtete. Weh tat es auch so. Und das Mädchen in Klein-Schenk, obwohl der Schatz, wie konnte ich mir vorstellen, dass sie meiner Traurigkeit gewachsen sein würde, ja, mit dieser Traurigkeit etwas anfangen könnte?

*

Der Sommer 1944 sollte noch ein fahles Nachspiel haben. Totenblässe, das wäre damals in diesen siebenbürgischen Gebreiten das Wort der Stunde gewesen. Ein

Erbleichen der Gesichter, ja, der Dinge, es schraffierte die letzte Frist jenes Sommers, als könne man sich so vor den Zeitläuften verstecken. Sogar unsere Mutter schien einen Ton blasser.

Am 23. August hatte der blutjunge König Michael zu später Stunde in einer pathetischen Proklamation „sein Volk" wissen lassen, dass Rumänien mit den Alliierten einen Waffenstillstand geschlossen habe. Das hieß: Die neuen Waffengefährten der Stunde seien insonderheit die Russen, die man als Freunde begrüßen solle. Die Diktatur des Marschalls Antonescu sei beendet, die zivilen Rechte aller Staatsbürger seien wiederhergestellt, die jüdischen Landsleute müssten keinerlei Verfolgung oder Vernichtung mehr fürchten. Das Land von morgen werde frei, stark und glücklich sein.

„Die Russen kommen!" Totenblass auch ich, als der Lehrbub Flubacher mit der Nachricht ins Haus stürzte, Rumänien habe kapituliert. Das Wort kannte ich von den Italienern ein Jahr zuvor, 1943. Ich las eben *Die Schlacht der weißen Schiffe.* Es war am Tag nach dem Exitus, dem Klassenfest: Ich musste mich still verhalten. Eine Kugel hatte meinen Oberschenkel gestreift. Der war bandagiert worden. Unsere Haushälterin Fofo hatte das gemacht.

Als gedrillter Hitlerjunge wusste ich, dass ab heute die Rumänen unsere Feinde sein würden. Das war das Ende. Als Feinde müssten sie uns den Garaus machen. Darum die sofortige Frage: Ob die rumänischen Angestellten unseres Geschäfts bereits die Messer wetzten?

Meine Mutter war von Rohrbach nach Fogarasch geeilt. Unser Vater, eingezogen als Rechnungsoffizier, riet, dass wir beide uns sofort zurück nach Rohrbach aufmachen sollten. In Fogarasch gab es die Munitionsfabrik Nitramonia. Niemand konnte voraussagen, von wem diese Fabrik bombardiert werden könnte und samt der Stadt in die Luft fliegen würde. In Rohrbach fielen zumindest keine Bomben. Und es wartete Irmgard, die Schwester unserer Mutter, mit den drei kleineren Geschwistern auf uns, „schutzlos", wie die Eltern flüsterten.

Vorher suchten wir Dr. Brettert auf. Eben war sein Haus fertig geworden. Unter der funkelnagelneuen Dachrinne zierte es ein Fries von bunten Heilpflanzen. Die unsere Mutter zu benennen wusste, von Spitzwegerich bis Frauenmantel, von Schafgarbe bis Augentrost. Vom Hinaufstarren wurde der Nacken steif. Die Mutter murmelte: „Sogar die Engelstrompete, von der man deliriert!"

Ich verstand tirili. Mahnte: „Aber Mama, was soll der Witz mit tirili, wo die deutschen Soldaten alle weg sind?"

Während wir die blitzblanke Fassade studierten, sagte die Mutter freundlich wie immer: „Deliriert, das kommt von Delirium, mein Sohn! Das ist, wenn man im hohen Fieber irre redet."

Ich verstand sofort: „Wie der depperte Peppe, wenn er Stuss redet!"

Unter der blumigen Borte war eine Zeile wunderlicher Worte zu lesen: „Wer jetzt kein Haus hat, baut sich keines mehr."

„Rainer Maria Rilke", erklärte die Mutter. Und sagte: „Seltsam." Dann fügte sie einen noch seltsameren Satz hinzu: „Als ob unser Doktor die Zeichen der Zeit erkannt hätte."

Zeichen der Zeit? Was war das? Ich fragte nicht. Wir waren in Eile.

Wir traten in den leeren Hof. Ein krauser Blumenteppich von Arzneipflanzen verlängerte sich bis zur Remise hinten, wo die Kutsche stand, ein offener Gig. Kein Pferd mehr. Kein Kutscher sowieso. Es war Krieg. Ich hatte plötzlich Angst. Die Russen!

Ein paar Treppen führten zum Podest vor dem Warteraum im Hochparterre. Roter Marmor. Von der Gegenseite kam eine Rampe für Rollstuhlfahrer. Weißer Marmor. Doch die Messingbalustrade war fleckig, wie die Mutter kopfschüttelnd bemerkte: „Wo der Doktor so etepetete ist!"

Wir klopften an die Eingangstür, Eiche, schräg getäfelt. Es roch nach Lack. Dreimal klopften wir: einmal die Mama, zweimal ich. Nichts. Das Wartezimmer war leer. Keine Schwester. Was nun? Ich horchte an der gepolsterten Tür. Nichts. Die Mutter pochte mit dem Regenschirm an die Türfassung. Endlich! Ein dumpfes „Herein!" war zu hören.

Dr. Jonathan Brettert, unser Kinderarzt, saß im weißen Arztkittel allein unter den Gerätschaften. Und blickte nach Osten. Von dort mussten die Russen kommen. Er war totenblass. Bis auf den Schmiss, ein Andenken an die verlorene Geliebte. Er hatte, hieß es, das Duell verloren.

Mit leicht zitternder Stimme begrüßte er uns, ohne zu grüßen: „Russen *ante portas!*" Und fuhr fort: „Wir haben gehört, wir haben gehört! Der Bub! Flugzeuge mit Balkenkreuz beschießen ihre eigenen Leute. Und schlimmer: Die Russen lauern hinter jeder Straßenecke. Die Welt steht kopf. Keiner getraut sich vor die Haustür."

Wir standen. Nicht einmal meiner Mutter hatte der Doktor einen Stuhl angeboten. Er redete an uns vorbei, weiterhin fiel sein Blick durch das Ostfenster auf den Schlossteich, dahinter Moskau. „Selbst die schwarzen Schwäne halten sich versteckt!"

Ohne sich zu mir zu drehen, befahl er: „Lass sehen."

Dann beugte er sich über mein Bein. Er schälte den dicken Verband, den die Fofo angelegt hatte, von meinem Oberschenkel, blickte kurz auf die Wunde, ehe er wieder über den Schlossteich spähte: Ja, von dort würden die Russen kommen. Und sagte: „Kein Streifschuss. Eine Kugel hätte dir die Haut verbrannt. Eher hat ein Stein dich getroffen. Die Wunde? Ein Hühnerschiss."

Hühnerschiss, das ging noch. Fliegenschiss hätte mich gekränkt, weil ich ohnmächtig geworden war. Doch daran erinnerte ich mich noch: Die Salve von dem deutschen Flieger, den wir bejubelten, schlug in den Gartenweg ein und der Kies spritze nach allen Seiten.

Der Doktor legte kreuzweise Leukoplast auf die Wunde. Ohne hinzusehen. Und so wusch er sich auch die Hände, an den Händen vorbei, könnte man das sagen, in einer Waschschüssel mit lila Wasser. Hypermangan. Mit dem wir jeden Morgen in der Schule gurgeln mussten. Für den Endsieg. Und sagte zu mir, den Blick aufs Fenster gerichtet: „Du, der Hitlerjunge, zieh dir eine Pumphose an. Und wirf deine Kluft ins Klo."

Ohne den Doktor zu beachten, sagte die Mutter erfreut: „Spitz die Ohren, mein Sohn! Welch fabelhafter Stabreim: Kluft und Klo."

Ich war empört: „Wirf deine Kluft ins Klo" – mir, dem Jungvolkjungen, das! Und sollte bald darauf erfahren, zu Hause, zu Mittag, fassungslos, dass unser Vater das bereits getan hatte, ohne Stabreim.

„Gehen wir, Mama!"

Es mahnte der Doktor: „Schweigen ist das Gebot der Stunde." Und redete und redete und redete. Er klagte: „Die Russen in Stadt und Land, in Haus und Hof, ja, in jeder … jeder … weiblichen Schlafkammer, dort wahllos, wie man hört … Das ist ein *memento mori,* gnädige Frau."

Die Mutter setzte sich in den Geburtsstuhl mit dem Lächeln, das der Großvater *gaudium* nannte. Das hatte der Doktor nun bemerkt: „Richtig so. Wann bekommen gnädige Frau das Führerkind? Das fünfte wäre fällig."

Dabei drehte er das Stundenglas um, das auf einem Blumenständer stand. Roter Sand rieselte in den leeren Kolben unterhalb: „Hiermit läuten wir das Ende ein! Wir Hausbesitzer werden alle in der Gosse landen. Krieg den Palästen."

Ich sagte laut und frech: „Eine Sanduhr läutet nicht, Herr Doktor, sie … sie … murmelt höchstens, flüstert, rieselt." Das richtige Wort trieb mich um.

Der Doktor unbeirrt weiter: Für einen Bolschewiken sei dieses bescheidene Haus bereits ein Palast. Uns hörte der Doktor nicht. Er redete und redete, redete mit den Wänden, hob den Blick zur Decke, redete zum Fenster hin, das gegen Osten ging: „Aus mit *lux ex oriente!* Wir Deutschen hier mit dem Führerfimmel, wir müssen uns auf das Ärgste gefasst machen."

Wie geschwollen das klang: das Ärgste. Ich verhedderte mich in stummer Widerrede. Immer schlug ich mich wegen des richtigen Wortes herum. Unsereiner hätte gesagt: Es geht einem an den Kragen. Das Wasser steht einem bis zum Hals. In Fogarasch auch: Man sitzt in der Patsche oder in der Tinte. Oder wie die Großmutter aus Budapest: „Wir sind am *finetti!*" Und Peppe Späck mit dem Schlachtermesser im Stiefel drastisch: „Die stechen uns ab wie die Schweine!"

Der Doktor sah zum Fenster hinaus auf den leeren Schlossteich, kein Boot, kein schwarzer Schwan, kein Mensch, und seufzte: „Das Misslichste, das blüht uns noch." Er suchte mit blinzelnden Augen nach den schwarzen Schwänen und belehrte uns: „Gnädige Frau, nicht das Kommen der Russen wird unser kleines Volk ausradieren. Vielmehr das Kommen der Deutschen in den Vierzigerjahren war der vorprogrammierte Exitus, *exitus letalis.* Plötzlich wollten unsere Sachsen groß Deutsche sein, ja, Großdeutsche sein."

Waren das nicht Worte des Vaters?

„Jetzt haben wir die Bescherung. Sogar Pfarrer haben sich vom tausendjährigen Reich und vom Führer in Berlin narren lassen, statt sich um das Reich Gottes zu kümmern ..." Mitten im Satz verließ der Arzt die Ordination und hatte zuletzt noch einen medizinischen Trost auf Lager: „Nicht vergessen: nach jedem opulenten Mahl eine Messerspitze Sodabicarbonat!"

Das Honorar blieben wir für immer schuldig. Er stürzte davon, das Skalpell in der Hand.

Ich konnte gerade noch „Heil Hitler" rufen. Wobei die Mutter mir einen Klaps versetzte und zärtlich sagte: „Du Esel, hast du nicht begriffen, das ist fürs Erste vorbei. Es heißt wieder Grüß Gott!"

Auch wir gingen. Gemessen zog ich den Fuß nach, wie es sich für einen verwundeten Krieger gehörte nach dem Vorbild der siegreichen Wochenschau.

Meine Mutter nahm mich an der Hand: „Kleine Hand in meiner Hand. Mein Gott, wie groß sie schon ist!" Mir krümmten sich die Zehen in den Sandalen. Zum Davonlaufen. Aber ich lief nicht davon.

*

In Klein-Schenk kam der Bus zum Erliegen, der uns nach Rohrbach bringen sollte, wo unsere Tante Irmgard die jüngeren Geschwister für diese paar Tage unter ihre Fittiche genommen hatte. Sie war viele Jahre jünger als unsere Mutter und von sylphidenhaftem Wesen, ein weiblicher Luftgeist. Wir Kinder riefen sie beim Vornamen. In der Familie der Schlattners hieß sie „der gefrorene Seufzer".

Just vor dem Haus, wo die Engelleiters einquartiert waren, die Familie des Amtsleiters des Gaus II, war die Vorderachse gebrochen. Wir standen unschlüssig am Straßengraben, während sich die missgestimmten Leute zerstreuten. Ich stützte mich auf den Zierstock meines Großvaters mit einem Knauf aus Elfenbein.

Ohne es zu wollen, wies uns ein alter Bauer den Weg, indem er im Dialekt Verwünschungen gegen ein stattliches Haus ausstieß. Darin das unruhige Licht von Petroleumlampen flackerte. Was wir verstanden, war etwa: Dem großkopfeten Blechschneider, dem Engelleiter, würde es nun als Erstes an den Kragen gehen, samt seinen fünf Führerkindern, „wenn auch nur Mädchen". Die Söhne des Dorfes habe der Amtsleiter den Deutschen ans Messer geliefert, gefallen für Führer, Volk und Vaterland, begraben in fremder Erde. Der Bauer ingrimmig: Drei seiner Buben hätten ins Gras gebissen. Die Frau habe sich die Haare gerauft und sei nun glatzig. Aber jetzt seien die Russen hier und würden dem verdammten Engelleiter das Fell über die Ohren ziehen. Plötzlich wandte er sich an uns und sagte hochdeutsch: „Das ist das Haus unseres guten Predigtlehrers Bodendorfer. Er war der erste tote Held. Doch treten S' ein. Die Engelleiters sein gastfreundliche Leut'. Habe die Ehre!" Er lüpfte den konischen Hut und trollte sich, verschwand im Nebel der Unzeit.

Meine Mutter entschied: „Hier bleiben wir. Morgen mieten wir einen Wagen bis Rohrbach." Die Nacht hatte uns erwischt. Der Bus war spät abgefahren, weil niemand genau sagen konnte, wer nun neuerdings Fogarasch bombardieren würde: die Deutschen, die Amerikaner, die Russen.

Der Anblick, der sich im Haus bot – ich spürte, wie ich totenblass wurde. Was sich in der Düsternis der blakenden Petroleumlampen aufdrängte, wirkte wie zwischen Aufbruch für immer und Schlafengehen für heute.

Der Amtsleiter saß im Trainingsanzug an einem Kristallempfänger, drehte an einer Nadel und zupfte hie und da halbe Nachrichten heraus, die er seinem Ohr zuspielte oder weitergab. Der Satz, den er nach jeder Nachricht wiederholte, war: „Der Führer hat versprochen, in zehn Tagen zurück zu sein. Doch ob wir dann noch am Leben sind?“

Die fünf Töchter saßen in Reih und Glied auf ihren Betten, in schwarzen Turnhosen und weißen Unterhemdchen. Zwischen den Füßen hielten sie je einen Rucksack. In diesem Aufzug schienen sie halb für die Betten bereit zu sein, halb für einen Marsch.

Die Mutter, die angesehene Tante Mily, saß im Nebenzimmer am Klavier und spielte *Nocturnes* von Chopin.

Unser Kommen war kaum bemerkt worden. Der Vater hatte keine Notiz von uns genommen. Die Mädchen nickten nur. Clementine, die so erschreckend Scharfsinnige, erklärte mir nachher den temperamentlosen Empfang, ohne dass ich sie gefragt hätte. Dass in diesen Zeiten, in denen Fronten zerbrachen und „es an allem gebricht“, einem Autobus eine Achse „zerbrochen“ war und zehn Leute auf der Straße geblieben waren, bei Tausenden von Toten jede Stunde, „das ist wie ein Fliegenschiss“.

„Hier schlafen, natürlich, nicht der Rede wert!“ So die Hausherrin vom Klavier her. Doch dann kam Bewegung ins Musikzimmer. Plötzlich galt es, keine Zeit zu verlieren. Vielleicht standen die Russen vor der Tür, vielleicht hatte die Dame noch viel am Klavier vor … Die Hausfrau schritt zur Tat.

Ehe ich mich versah, bettete Tante Mily mich zur Nacht. Sie schlug den Deckel einer länglichen Sitzbank auf. Die diente, wie auch in Rohrbach, als Schlafstätte.

Gefüllt mit Heu. Grummet, dachte ich benommen, Lehrerin Hienz, Rechtschreiben, Beispiel für ein Wort mit Doppel-„m" wie auch „stramm" und „krumm".

Frau Emilie winkte Agathe herbei, just Agathe. Die ein Leintuch faltete und schmal in die Truhe legte. Über einen zwingenden Fingersatz in der Luft bedeutete mir die Hausherrin, dass ich mich sogleich hin zu verfrachten habe. Ich streckte mich auf das Heulager in voller Montur. Damit wir in der Nacht, sollten die Russen eindringen, sofort durch den Garten davonlaufen konnten. Wohin sie meine Mutter wegführte, war nicht zu erkennen. Die Petroleumlampen, sonst blitzblank, waren verrußt. Und zu fragen, ob wir hungrig seien, fiel selbst mir erst in der Nacht ein.

Doch noch geschah manches, während aus dem Nebenzimmer gedämpftes Klavierspiel erklang. Der mächtige Amtsleiter kämpfte mit allen Schreckensszenarien des Satzes: „Wenn die Russen kommen!" Als Hausvater rang er mit der Entscheidung, wie seine Familie zu retten sei. Oder der ganze Gau II der Volksgruppe. Oder nur er allein.

Ich hörte, was er vor sich hin sprach, die Schlafbank stieß an den Winkel mit dem Nachrichtenempfänger. Voller Erbitterung erging sich der Spenglermeister, der Melodien aus den Blechfolien zaubern konnte, in zwecklosen Betrachtungen: „So eine bodenlose Schande. Der König, ein deutscher Hohenzollern, wie konnte er sich zu so einem Verrat herablassen? Freilich ist er noch grün hinter den Ohren. Und dazu Gebieter eines kümmerlichen Volkes, Nachfahren einer römischen Strafkolonie.

Unser Führer in Berlin, der Mann der Vorsehung, er wird sein Wort halten und den Endsieg in letzter Stunde herbeiführen." Und dann die ätzenden Zweifel. Ob der Endsieg bei all den strategischen Frontverkürzungen bis her reichen würde? Wo der Führer hier seine eigenen Leute beschoss, die führertreuen Sachsen, Sieg Heil!

Was den geplagten Mann im Moment umtrieb, war diese lebenswichtige Frage, die er mit eingestanzten Begriffen ausdrückte und vor sich hin murmelte: ob der Führer rascher da sein würde, um die germanische Esche Yggdrasil in Fogarasch zu retten, oder ob die gottlosen Bolschewiken mit dem Fenriswolf und der Midgardschlange eher am Zuge wären? „Dann würde unsereins geteert und gefedert, gevierteilt und gerädert." Endlich erkannte der hin und her gerissenen Mann, wie einfach die Frage lautete: „Vor wem sich mehr fürchten: vor den Russen, vor den Deutschen?"

Ob die totenblassen Mädchen mit den Rucksäcken zwischen den Füßen die einzelnen Worte verstanden? Doch wir alle wussten, was es geschlagen hatte: Todesgefahr war im Anzug.

Clementine ermannte sich und nahm ihrem Vater die Entscheidung ab. Sie bestimmte, als ob das bereits zu dieser Stunde zu geschehen habe: Man müsse sich, bis die Deutschen wiederkämen, im Wald verschanzen, und das sofort!

Adelheid, ich glaubte, sie war es, die spottete: „Du mit deinem KBA. Kein besserer Ausweg!" Das war die Abkürzung dafür, was bis vor ein paar Tagen unter der Deutschen Volksgruppe Kinderbetreuungsanstalt geheißen hatte, die stramm deutsche Nachfolge der Kindergärtnerinnen-Schule, nun verballhornt.

„Verspott' deine Ballergroß", fuhr die ältere Schwester sie auf gut Fogarascherisch an. „Was willst du? Sollen wir abwarten, bis die Russen uns umlegen? Die vergreifen sich an Großmüttern. Dann erst an solchem Pipifleisch."

Pipifleisch ... Sie wies nicht auf sich, sondern auf die Schar der jüngeren Schwestern.

Das wirkte. Schweigen.

Der Sender hatte den Geist aufgegeben. Der Spenglermeister ging hinüber zum Klavier.

Ich meldete mich zu Wort, setzte mich in meinem Bett auf, nahm wie selbstverständlich den Vorschlag Clementines ernst, wurde zum Teil gelobt, zum Teil gerügt. Doch wegen meines verbundenen Beines hatte ich die Autorität eines verwundeten Frontkriegers.

Das Wichtigste sei eine Quelle. Vierzig Tage vermöge der Mensch ohne Essen auszuhalten. Nach drei Tagen verdurste er elendig.

Clementine klopfte mir auf die Schulter: „Bravo! Man merkt, dass du nicht umsonst im Kampflager in Kaltbrunn warst."

„In unseren Kirchenburgen waren die Brunnen das Wichtigste. Manchmal mitten in der Kirche, das war der letzte Rückzugsort."

Die Kirche möge ich aus dem Spiel lassen. „Die haben nicht für den Führer gebetet. Beten auch heute nur für den König. Und diesem Falott von König verdanken wir die Russen!"

Verdanken war falsch am Platz. Aber ich schwieg. Clementine war beim BDM Scharführerin, das heißt, war es seit gestern nicht mehr. Und sollte Kinderbetreuerin werden, neuerdings wieder altbewährt Kindergärtnerin.

„Und dann müssen wir uns geschickt tarnen. So uns verstecken, dass wir alles sehen und uns niemand sieht."

„Bravo, das ist eine Red' vom Tanzmeister!" Gängiges Wort in Fogarasch.

„Und was essen wir? Wer bringt uns Essen? Und wenn es regnet und wir nass werden? Und auf was liegen wir, mit was decken wir uns zu? Und wie machen wir Feuer? Und was, wenn die Russen den Rauch sehen? Und wohin gehen wir aufs Klo?" Im Durcheinander kamen die aufgeregten Fragen. Was hieß: Die Mädchen hatten angebissen.

„Ho, ho!", bremste ich. „Zu viel auf einmal." Wer was sagte, konnte ich nicht auseinanderhalten. Doch die Vornamen hatte ich auswendig gelernt. Wegen Agathe, sie war die Zweitgeborene: Clementine, Agathe, Adelheid, Mechthild, Roswitha.

Auch Clementine wiegelte ab. Die deutschen Soldaten hätten von ihren Kübelwagen beim Abfahren gerufen: „Haltet aus, in zehn Tagen kommen wir zurück!" Die „Waldesruh" werde nur ein kurzer Spaß sein, eine abenteuerliche Narretei. Und Essen? Die rumänischen Bauern würden uns bestimmt etwas bringen.

Die Gegenstimme: „Wohl als Dank, weil unsere Buben ihre Kinder mit Steinen beworfen und wir ihre Mädchen als Rotznasen, *‚mucoase'*, verspottet haben."

Schweigen. Dann riet die eine – Mechthild? – zu Bucheckern. Die seien voller Öl, habe sie gelernt. Und Brombeeren. Und *„afine"*.

Clementine mahnte: „Red' deutsch: Das sind Blaubeeren."

„Und Eierschwämme, verborgen unter den Moospolstern."

Eine der Schwester fuhr ihr über den Mund – Adelheid? –, in allem vorlaut: „Und Tannenzapfen und Kastanien."

Eine andere, die Pilze anpries, bekam zu hören: „Fliegenpilze, damit wir alle närrisch werden."

Ich versuchte, mit der Autorität des kampferprobten Jungvolkjungen zu beruhigen. „Nicht doch: Man kann Kartoffeln stibitzen und Fische fangen. Und gewiss Pilze sammeln: Bitterlinge und Eierschwämme." Ich sprach so, als ob ich dabei sein würde. „Natürlich: Vorsichtig müssen wir mit dem Feuer sein." Am besten zu Mittag, dann sei der Rauch nicht sichtbar. Und das Feuer solle klein gehalten werden. In puncto Klo empfahl ich, was mein Vater mich im Wald gelehrt hatte: „Man sucht einen Ast in der Höhe der Knie, waagerecht, und hängt den nackten … nackten …" Arsch zu sagen, verbiss ich mir.

Hilfe kam: „… hängt den Podex dahinter!" Das war die gezierte Mechthild.

Dagegen eine andere Stimme, durchaus die freche Adelheid: „Und wenn der Ast bricht, dann fällst du mit dem Allerwertesten in den eigenen Dreck."

Mechthild, gedankenvoll: „Doch warum ist er so viel wert, dass der Allerwerteste der Allerwerteste heißt? Ich kann mir an meinem Leib auch mehr Wertes vorstellen als meinen Po!“ Wahr!

„Und: Womit wischen wir uns den Allerwertesten?“

„Wischen? Mit einem Stecken wie die Azteken.“ Das war Adelheid, siebte Klasse, vorlaut in allem. Unter dem Turnhemd trug sie bereits ein Leibchen.

Wir glühten vor Eifer. Als ob man nicht erwarten könne, dass es schon so weit sei, dachte ich.

Was Klein Roswitha aussprach: „Ich möchte, ich möchte, dass …“ Sie hielt inne, dachte nach, konnte das Schreckenswort nicht über die Lippen bringen: dass die Russen schon hier wären. Und sagte es so: „Ich möchte, dass wir schon im Wald sind!“

Mitten hinein in das Gerede wie Schall und Rauch sagte Agathe tonlos: „Die Russen werden uns fangen und aufhängen, jede von uns an einen Baum.“

Das letzte Wort hatte Klein Roswitha, Kindergarten: „Ich brauche drei Bäume“, sagte sie fröhlich. Für jede ihrer zwei Puppen wünschte sie einen Baum allein. „Die lieben Puppen haben es verdient, die Biene und die Maja!“

Dann legten sich alle nieder. Die Rucksäcke mit der eisernen Ration rollten unter den Kopf.

Als ich mich unter meinem Riesenplaid zurechtgelegt hatte, ganz wenig die Knie angezogen, löste sich Agathe aus der Reihe der dösenden Geschwister, näherte sich meiner Schlaftruhe.

Sie beugte sich über mich und sagte: „Wenn ich den Deckel über dir zuklappe, findet dich hier kein Russe.“

Sie küsste mich auf mein linkes Ohr und flüsterte: „Vielleicht sehen wir uns in diesem Leben nie mehr!"

Als wir am nächsten Mittag mit einem Leiterwagen in Rohrbach ankamen, erkannte ich den Ernst der Lage: Irmgard kam aus dem Haus gelaufen, totenblass, die Schwestern umarmten sich wie noch nie und weinten auf offener Straße, vor aller Augen.

Vier Monate später wurde Irmgard nach Russland verschleppt. Samt ihrem Ehemann Peter und seiner Geliebten. Nachdem sie fünf Jahre auf einer Kolchose gearbeitet hatte, kam sie zurück mit Händen, wahre Pranken. Ihr dunkles Haar war gebleicht wie altes Stroh. Den Ehemann mit der Nebenfrau hatten die Russen bereits nach Jahr und Tag weggeschickt, arbeitsunfähig.

In jenen Tagen war der Amtsleiter Engelleiter als rumänischer Bauer verkleidet auf einem Pferdewagen durch Rohrbach gefahren, der deutschen Front hinterher. Als ich ihn mit „Heil Hitler" grüßte, die Hand erhoben, die Hacken zusammengeschlagen, die linke Hand an der Hosennaht, kannte er mich nicht.

*

Jahrzehnte waren vergangen. Als Letzte der Familie, als die Letzte der Schwestern, war auch Agathe ausgewandert. Doch wir trafen uns vorher. Spontan.

Ich hatte Karten für die Oper in Klausenburg: *La Bohème,* Puccini ... Ich stand schon im Vorraum, als mein Blick durch die Fenstergalerie auf das stockhohe

Haus gegenüber fiel. Dort wohnte Agathe, ging es mir durch den Sinn.

Ich machte kehrt, verließ die Oper.

Das Gebäude: Wiener Architektur, deren entferntester adretter Ableger Odessa war. Mit leichtem Herzklopfen stieg ich zum ersten Stock hinauf. Wir hatten uns Jahrzehnte nicht gesehen. Jahrzehnte, die ich nicht als Einbuße, als Verfall in Betracht gezogen hatte. Ich prallte zurück, als mir eine alte Frau öffnete. Mein Gott, der Zahn der Zeit, das fiel mir ein. Warum Zahn der Zeit? Zernagt alle Schönheit. Oder? Die Frau an der Tür sah aus wie Agathes fromme Großmutter Sophia Reichenball. Fast hätte ich gefragt, ob Agathe zu Hause sei.

So erschrak ich über ihren Anblick, dass sie es bemerkte. Doch sie schwieg. Keinerlei Reaktion auf mein taktloses Gesicht war ihren verkümmerten Zügen abzulesen.

Es ergab sich ein gequältes Gespräch. Das sich in einigen Sätzen erschöpfte, nachdem wir im vorderen Zimmer Platz genommen hatten. Ich mied ihren Blick. Hielt mich an das dekorative Opernhaus jenseits der zwei Frontfenster. Alle diese Theaterbauten paradierten mit ähnlichen Fassaden, Neubarock bis Jugendstil, waren innen betresst mit einer doppelt erhabenen Kaiserloge, vernetzten von Wien aus die ganze Monarchie, wogten darüber hinaus.

Was wir sagten? Wie es sagen: Es ging um die Bilanz eines Daseins.

„Du fragst nach dem Fazit meines Lebens?"

Das hätte ich bleiben lassen sollen. Doch ihr altes Gesicht hatte die Nachfrage hervorgelockt.

„Es ist mir gelungen, zwei Ehemänner an jüngere Frauen zu verschustern!" Verschustern, so sagte man in Fogarasch, wenn man ein Ding verscherbelt hatte. „Gut bin ich nur noch zum Schönstehen!"

Zum Schönstehen? Ich schwieg.

Weder bei ihr noch bei mir hatte ich bemerkt, dass sich etwas geregt hätte, ein Hinweis auf gemeinsame Erinnerungen oder ein Erweis von Gegenwärtigkeit.

Ich erfasste, in Panik: Du erwischst noch etwas von der *Bohème.* Ohne zu sagen, was mich zur Eile antrieb, verabschiedete ich mich.

Der vierte Akt wartete auf mich. Es kam meinem verstörten Gemüt entgegen – warum? –, mitzuhören, wie die schwindsüchtige Näherin singend ihre Seele aus dem Leib hustete. Sie, die am liebsten Rosen und Lilien gestickt hatte, weil sie an die Liebe glaubte. Ich empfand es tröstlich, ja, tröstlich, dabei zu sein, als die opernhafte Mimi ihre Seele aushauchte in den Armen des Geliebten. Das letzte Wort der Oper war kein Gesang, sondern ein Aufschrei: „Mimi, Mimi!" Zwei Mal.

*

Agathe Engelleiters Tod – wie man hört: aus heiterem Himmel – dringt zu mir als Gerücht. Ich bekomme es mit aus dritter, vierter Hand. Gewunden, verbogen, wie die Dinge aus dem Westen nach Siebenbürgen herbeitrudeln. Sie war das erste Mädchen, das meine Erinnerung berührt hat, eine Kinderliebe, die als Andenken überdauert hatte. Weil es nie zu einem Gespräch, zu einer Aussprache gekommen ist. Auch wenn sich mir einige

Worte eingeprägt haben. Vor allem jener Satz, der vom Himmel fiel, ein unbegreifliches Geständnis, das alles nicht Gesagte späterer Jahrzehnte überstrahlte. Hinter dem Vorhang bei den Spielsachen halb versteckt, hatte sie hervorgestoßen: „Ich hab dich so lieb, Eginald!“

*

Wir radelten über Stock und Stein. Obschon mit jedem Stock und Stein der Weg zurück lang und länger wurde, fuhren wir geradewegs weiter.

Uwe strampelte auf seinem Kinderrad hinter mir her. Und war plötzlich an meiner Seite. Er hatte das Zugseil gelöst. Solange er mit mir mithielt, bedauerte ich ihn, wie er die Füße herumwirbeln musste. Während ich souverän die Gänge nach der Unart der Schlaglöcher wechselte.

Die Sonne rollte im Westen über den Horizont, als könnte sie sich von diesem Sommertag nicht verabschieden. Vor uns erhoben sich die Südkarpaten. Flach angestrahlt, erglühten sie in einem lila Glast. „Die Alpenrosen. Schon blühen sie!“

Es durchlief mich und wurde zum Gesang.

Elinor Maurer.

Doch keine Spur führte hin. Obwohl wir unterwegs waren.

*

Jetzt, im hohen Alter, befällt mich eine nahezu verstiegene Sehnsucht nach Menschenkindern, die nicht mehr sind. Nach den Mädchen, die einst begreifbar waren bis in die Fingerspitzen der Seele und durch ihren Tod unbegreiflich geworden sind.

Doch etwas anders tut sich auf. Ich lerne, die regungslosen Erinnerungen zu erwecken, die abgebrochenen Geschehnisse weiterzuführen. Es gelingt, verblichene Gestalten wachzurufen, so dass ihre Gegenwart weh tut zwischen Gedächtnis und Phantasie.

*

Das gilt auch für sie: Elinor Maurer. Schon der Name, er erscheint von feierlicher Scheu. Sodass mich manchmal eine Verschämtheit, ja Sprödigkeit abhält, ihn auszusprechen. Es könnte wehtun. Erst nach ihrem Tod, durch die Parte, erfuhr ich ihren zweiten Vornamen: Ilse. Und dass sie drei Monate älter war als ich: sie Sommer, ich Herbst.

Begonnen hatte es in der vierten Klasse der Evangelischen Volksschule in Fogarasch, wir im selben Klassenzimmer. Elinor Maurer war bei allen meinen Geburtstagen dabei. Und bei den Hausbällen sowieso.

Aber ich erinnere mich nicht, sie überdies getroffen zu haben. Nirgends. Wo doch wir anderen uns täglich trafen, die wechselnden Freundschaften der Klasse.

Nicht so Elinor. Weder beim Lernen und Spielen reihum noch beim Schlittschuhlaufen im Burggraben oder beim Skifahren hinterm Wald am Kreuzberg. Auch im Frühjahr und im Herbst nicht bei den Tagesausflügen: „Wir gehen auf den Berg!“ Gemeint war die Hügellandschaft jenseits der Aluta.

Und nicht während der uferlosen Sommer beim Fluss auf der Liegewiese. Wo sich Nachmittag für Nachmittag alles traf, was imstande war, die Blöße mit einem Stück Stoff zu bedecken. Im seichten Wasser am Ufer zur Stadt hin tummelten sich die Kindergartenkinder. Am Steilufer gegenüber ließen wir Buben uns von den schwingenden Ästen der Erlen ins Wasser schleudern. In der bekömmlichen Mitte des Flusses bildeten die Matronen ein Kränzchen, auf den toupierten Frisuren riesige Rhabarberblätter gegen den Sonnenstich. Sogar Stadtpfarrer Stamm, der Gottesmann, kam nach der Siesta herbeigewallt. Im grünen Badeanzug versank der ehrwürdige Herr in den sandigen Fluten. Unsere Oma machte manchmal mit, angetan von Kopf bis Fuß mit dem schwarz-gelben Badegewand verblichener kaiserlicher Farben.

Und Elinor? Nirgendwo.

Ich entsinne mich fast schmerzhaft der Bilder an meinem letzten Geburtstag – noch im Haus mit dem Löwen. Ehe wir zwei Monate später daraus vertrieben wurden.

Schon diese Szene, Tage davor: im Sonnenschein wir zwei, Elinor und ich. Wir trafen uns nach den Ferien vor der Konditorei Embacher auf dem Marktplatz, standen voreinander, wippten auf dem Kopfsteinpflaster. Freude in den Augen. Wir hatten uns einen Sommer lang nicht gesehen. Eine Frage stellte sie, die bis heute nachklingt, mit diesen artigen Worten: „Wann schenkst du deinen Geburtstag aus?"

Der Geburtstag selbst: Die Flügeltüren über drei Zimmer hinweg waren geöffnet. Ebenso die dreiteiligen Fenster. Mitte September ist es in Siebenbürgen noch sommerlich warm. Das Parkett so spiegelglatt gebohnert, dass die Jungen und Mädchen sich an den Händen halten mussten, um nicht auszurutschen. Sie trippelten dahin wie alte Ehepaare. Peppe Späck schlug der Länge nach hin. In der Vitrine klirrte das Porzellan. Er nahm sich vor, beim nächsten Geburtstag Schlittschuhe mitzubringen. Obwohl er an der Brukenthal-Schule durchgefallen war, gehörte er dazu.

Nach dem Ausblasen der Kerzen und dem Tortenessen wurde getanzt. Alle fünf Engelleiter-Schwestern samt der Mutter waren eingeladen. Vor allem wegen der Mutter, damit sie am Klavier zum Tanz aufspielte. Drei kamen: Agathe sowieso, Adelheid und Mechthild. Die Mutter trug das Witwengewand, seit der Amtsleiter nach dem Kommen der Russen spurlos verschwunden war.

Die älteste, Clementine, hatte abgewinkt. Für solche Kindereien sei sie zu alt. Zur Zeit der Volksgruppe hatte sie nach der siebten Klasse die Kinderbetreuungsausbildung der Deutschen Volksgruppe besucht. Die siebenbürgischen Kinderbetreuerinnen sollten im Banat Dienst tun. Und umgekehrt. Der deutsche Volkskörper in Rumänien musste durchgemischt werden. Clementine hatte es nach Hatzfeld verschlagen, an die Westgrenze. Dann kamen die Russen. Eine Nacht hatte sie den Vater auf der Flucht beherbergt. Sie hätte mitfahren können. Ein Sturmmann hatte sie in den Kübelwagen zerren wollen. Gegen alle Vernunft, wie es hieß, war sie nach Hause zurückgekommen.

Peppe, der bei den Schwestern ein und aus ging, ohne sich festzulegen, versetzte mich in ungläubige Verwunderung: „Die Clementine, die ist in dich verliebt."

„Wie das?" Schon weil sie Jahre älter war als ich.

Als Metzgerlehrling habe er einen Blick dafür, da er täglich mit … mit … er zögerte, suchte nach dem Wort, sagte dann mit verschmitztem Lächeln: mit „liebestrunkenen Viechern" zu tun habe.

Der Geburtstag …

Vielstimmig erklang Musik. Dr. Schilfert trat mit der Geige auf. Der junge Militärarzt war der Salonlöwe in Fogarasch, umworben von alleingelassenen Damen der Gesellschaft, kriegsbedingt Legion. Er spielte klassische Tänze von Sarasate bis Ravel, nichts für unsere Ohren, geschweige für die Beine. Unsere Mutter wünschte das Ihre beizutragen. Auf dem Akkordeon hatte sie es zu einem einzigen Lied gebracht: *Übers Dach fliegen die Gäns', fliegen die Gäns'.* Und auf dem Klavier gelang das Menuett aus *Don Giovanni* und *Adieu, mein kleiner Gardeoffizier.*

Der Blüthner-Flügel war bei uns untergestellt gewesen vom Gut der Steinburgs. Die vor uns vertrieben worden waren. Wohin es den Flügel verschlagen hatte, nachdem wir im November nach diesem Geburtstag in einer Nacht Hals über Kopf ebenso der Gewalt hatten weichen müssen und die Handgreiflichen das Klavier auf die Straße gestülpt hatten? Nach einigen Regentagen war es sang- und klanglos aus der kleinen Gasse verschwunden.

Als sich Tante Mily in die Tasten legte und mit Tangos und Paso doble und Foxtrott und English Waltz alle Räume zum Erklingen brachte, erbebten die Herzen der Jungen und es erbebten die Mädchen in unseren Armen. Während sie mit lächelnder Sicherheit ihre Füße bewegten, zitterten uns Jungen die Knie vor rhythmischer Ergriffenheit.

Und dann, bei der Damenwahl, standen beide vor mir: Agathe und Elinor baten um den Tanz.

Keine Benimmregel besagte Gültiges, aber Anstand und Verstand traten prompt auf den Plan. Was konnte ich anderes tun, sollte ich anderes tun, als beiden einen Korb zu geben? Sie wendeten sich ab, gleichzeitig und jede anderswohin. Erkennbar, dass keine gekränkt war.

Am Abend, fast alle waren bereits gegangen, die Fofo räumte auf, Frau Brunhilde, die Zugehfrau, ging ihr zur Hand, die Erwachsenen feierten im Musikzimmer, zog Elinor mich auf die Terrasse. Nichts geschah. Kein Wort fiel. Über uns der Himmel voller Sterne. Plötzlich sagte sie, ohne mich anzuschauen: „Till Eulenspiegel." Sagte in den Garten hinein: „Till Eulenspiegel."

Ich begleitete sie nach Hause. Wir streiften den Park der katholischen Klosterkirche, verlängerten den Spaziergang um eine ganze Runde auf der Promenade der Wasserburg, erreichten endlich den Marktplatz mit der evangelischen Kirche, deren riesige Turmuhr beleuchtet war. Daneben das Haus der Familie Maurer. Mit tänzerischer Behutsamkeit balancierten wir über die blanken Steinköpfe des Pflasters. Unerbittlich schob sich das Haustor in den Weg. Die Turmuhr schlug herrisch. Wir warteten die zehn hallenden Schläge der mächtigen Uhr ab. Dann reichte Elinor mir die Hand, sagte höflich: „Schön war's!" Auf dem Absatz der Treppe wendete sie sich um: „Schön war es bei dir." Und auf der nächsten Stufe, ohne im Steigen innezuhalten, die Treppe knarrte bei jedem Schritt, murmelte sie vor sich hin und ich hörte es: „Schön war es mit dir!" Es war auf Jahre das letzte Wort.

Der Klang ihrer Schritte wurde leise und leiser. Ich rührte mich nicht vom Fleck, bis das Geraune der Holzstiege verflogen war.

*

Beim Dahinpedalieren mit dem Doppelgespann grübelte ich. Neuerlich zog ich den kleinen Bruder. Es war mir plötzlich alles eins, welches Ziel wir ansteuerten. Wir hätten auch umkehren können. Wie immer, es führte keine Spur zu Elinor.

So viel wusste man vom Hörensagen: sie, wie ich, im April ebenfalls Aufnahmeprüfung in Hermannstadt. Sie war an der Klosterschule der Ursulinerinnen angenommen worden, obwohl evangelisch. Ob sie und ihre ältere Schwester Meta sich mit der Mutter wie alle Volksgenossen in diesen bedrohlichen Ferien auf ein sächsisches Dorf abgesetzt hatten? Und wenn ja, welches Dorf konnte es sein?

Plötzlich griff ich mir an die Stirn. Die Lenkstange wurde mir aus der Hand gerissen. Das Bizykel kippte. Ich landete im leuchtenden Staub der sinkenden Sonne. Uwes Rad, an meines geknüpft, schleifte über den Weg. Ihm war nichts passiert. Er wollte nur wissen, weshalb ich plötzlich die Hand gehoben hatte. Mit meiner ausweichenden Antwort gab er sich zufrieden.

Während wir die Fahrtformation neu zusammenstellten, dachte es in mir weiter: wo denn sonst als auf dem Steinburgischen Gut?

*

Elinors Mutter war eine geborene Pildner von Steinburg. Das Gut bewirtschaftete ihr Bruder Walter. Die Längsseite der Felder grenzte an den Fluss. Im eigenen Fluss baden zu können – wie herrschaftlich! Bloß dafür hatten wir die Gutskinder beneidet. Und allerseits bedauert, dass sie zu niemandem spielen gehen konnten, weil fernab der Stadt.

Elinors Eltern gehörten zu den ersten Familien. Ihr Vater, Dr. Friedrich Maurer, war Zahnarzt. Sie wohnten in einem Haus am Marktplatz im ersten Stock. Ich hatte für diesen Hochsitz den Namen „Storchennest" erfunden. Vielleicht darum, weil ein Storchennest unzugänglich ist, allein aus der Ferne angestaunt werden kann, angehimmelt wird.

Zu den ersten Kreisen zählten auch Dr. Brettert, Kinderarzt, ohne Frau und Kind, Steckenpferd: Poetik und Heilkräuter. Dr. jur. Lechner, der Geige spielte und beim Stimmen des Instruments niederkniete. Steffen Morgonday, Vorfahren Königsrichter, nunmehr der Zuckerkönig. Konditor Embacher, Hoflieferant Bukarest, die Törtchen gekrönt mit dem Königswappen. Die adlige Gerberfamilie von Kraus, beste Tanzschuhe für die Kaiserin weiland, Werkstatt mit Wappen, springendes Einhorn. Familie Vogel von Windsheim, der Onkel Abt. Die Apothekerleute: Familie Kontesveller mit angeschwärmten Töchtern am Marktplatz; Familie Hermann, noch distinguierter: Haus und Pharmazie beim Burggraben. Ferner *ex officio* der jeweilige evangelische Stadtpfarrer, mal Meister im Kartenspiel, mal biblischer Waidmann. Und sonderbarerweise der Coiffeur Edi Schwellner. Wieso? Als Intimus der Ehefrauen? Als Jäger vor dem Herrn?

Merkwürdig, wer nicht dazugehörte: zum Beispiel Familie König, trotz des Namens und eines stockhohen Hauses mit siebzehn Fenstern und Balkon; und nicht Arnold Wolf, Restaurant erstklassiger Küche, mit ungarischer Ehefrau, einer fürstlichen Erscheinung. Ja, selbst Familie Kaiser mit dem imperialen Namen bewegte sich in anderen Kreisen. Ebenso Familie Glanz, hochpoliert der Name, dazu Großtischlerei, am Firmensitz ein Emailschild: Bureau. Und, und …

Wir, wie gesagt, in der zweiten Reihe. Im Zug fuhren wir zweiter Klasse: die Polsterbänke kohlgrün, nicht weinrot. Im Sanatorium Flechtenmacher in Kronstadt, dort kam unsere kleine Schwester zur Welt: Zweibettzimmer. Als Besitz außer dem Geschäft ein Häuschen, als Geldanlage gedacht, zwei Stuben: Hintergasse. Das Warenhaus selbst – *Fraţii Schlattner,* Eisenwaren, Glaswaren, Werkzeug, Spielzeug – stand zwar am Marktplatz, aber es war das zweite am Platz nach Daniel Haupt, mit Abstand. Wir, wie gesagt, Sitzreihe zwei bei landsmannschaftlichen Aufführungen sächsischer Tänze mit Stiefeln und wehenden Bortenbändern oder bei folkloristischen Vorstellungen mit Lebensbaum und Trauerweide. Und kurzfristig die mannhaften Darbietungen mit Hakenkreuz und Führerbild. Diesmal in der ersten Reihe, sogar Mitte, doch kurzfristig, flüchtig: Gauleiter Engelleiter und Rektor Kleinert, DM, Deutsche Mannschaft, und die Ogrulei. Erst dann der Pfarrer und der Friseur.

Und doch war bei unserer Familie einiges anders. Ich allein besaß in Fogarasch eine Kinderdraisine, auch Holländer genannt, wo mein Bruder Uwe auf der Hinterachse stehen konnte. Wobei ich uns beide vorwärts fahren konnte, doch besser mich allein, indem ich einen senkrechten Handhebel hin und her schwengelte. Und später gehörte mir ein Drei-Gang-Adler. Das die Russen mir klauten. Ich rechnete mit ihnen ab, indem ich auf kopfhohen Stelzen durch die Stadt stakte, höher als jeder rote Offizier.

Und die Mutter, einmalig für Fogarasch: Sie war in Budapest geboren, dazu nahe der Margaretheninsel. Eine Mutter, die sang! Sang beim Mittagstisch und um Mitternacht und mitten auf der Promenade oder im Burggraben mittendrin. Der das Singen selbst „nachher" nicht vergangen war, nur die Melodien klangen stiller; und anders.

Die Eltern besaßen Tennisschläger – auch das: alleinstehend in Fogarasch –, Rackets genannt, dazu gab es die Bälle mit verschlungenen Kurven.

Als Peppe Späck dies alles entdeckte, traktierte er die Bälle mit den Füßen, bis sie platzten. Und gab seinen Senf dazu – bei uns in Fogarasch sagte man: seinen Kren. „Schon als Fußbälle sind die einen Dreck wert. Und die riesigen Fliegenpatschen? Was ist das für ein Blödsinn?"

„Tennisschläger." Ich entwand die Rackets seinen Fleischhauerhänden.

„Ach, ja: Tennis, ich weiß. Wo es in diesem unserem beschissenen Vogelarsch keinen Tennisplatz gibt." Vogelarsch, manchmal für Fogarasch. Peppe Späck schloss seinen Sermon: Überhaupt sei Tennis, habe er gelesen, ein nobler Sport und gehöre sich nur für Herrschaften.

„Also nichts für euch", bemerkte ich giftig.

In der Verkehrssprache von damals hätte es geheißen: Unsere Familie war gutbürgerlich. Wenn auch nicht bildungsbürgerlich im hochgestochenen Sinn. Obwohl es im Haus einen Schreibtisch gab und ein Maria-Theresia-Tabernakel. Und die Mutter in der Deutschen Buchgemeinschaft war. Jährlich bekam sie die *Morgengabe* ins Haus. Dazu fächelte ein Zipfel Büchergilde Gutenberg herbei und Deutsche Hausbücherei Hamburg, einmalige Ausgaben. Bücher aus dem S. Fischer Verlag gab es rarer. Eher von Paul Zsolnay, Wien. Gelesen wurde allgemein und viel, selbst mit der Taschenlampe unter der Decke.

Und zwei akademische Großonkel kamen vor: Diplom-Ingenieur Robert Goldschmidt, der jedes Buch zweimal las, beim letzten Wort bereits den ersten Satz im Visier hatte. Sogar mit der Bibel so verfuhr. Wobei seines Wissens kein Pfarrer die Bibel „auch nur einmal von A bis Z" durchgelesen habe. Freilich, Pfarrer bekam er im Leben kaum zu Gesicht (dreimal wohl doch: Taufe, Trauung, Beerdigung). Und Major Rudolph Goldschmidt, Ingenieur, k. u. k. Technische Militärakademie, Wien, Genieoffizier, Kommandeur Pionierbataillon Karlsburg, der sich mit neunundvierzig erschossen hatte. Weil er die Kaution nicht aufbringen konnte, um standesgemäß heiraten zu dürfen und endlich die Geliebte mit zwei Kindern zu ehelichen. Als wir einundfünfzig Jahre später, 1960, unsere Adeletante in das Grab des Bruders legten – „Erde zu Erde, Asche zu Asche, Staub zu Staub" –, war vom verblichenen Major kein Stäubchen mehr auszumachen. Dafür in Kopfhöhe die tödliche Kugel und im Kniebereich schwarzes k. u. k. Tuch, unverwüstlich.

Die Verortung weiter: Zuletzt hätten wir uns als gehobenen Mittelstand bezeichnen können. Wirtschafterin, Zugehfrau, Hausmeister, Parkett, Lüster, gekieste Gartenwege, Steintische und ein Waggon Brennholz für den Winter – dank der Tüchtigkeit unseres Vater als Geschäftsmann. Die Mutter, die oft verdrießlich an seiner Schweigsamkeit kratzte, bestätigte mit Bewunderung: „Der Felix, ein Finanzgenie!"

Wie ein Schneekönig freute ich mich, als er, der Vater, mir, dem Ältesten, im Arbeitszimmer gemessen mitteilte, dass er im Begriff war, die Wenkische Villa zu erwerben, in der wir seit Jahr und Tag zu Hause waren. Wir Knaben nannten die Villa „das Haus mit dem Löwen". Und dass der Vater mit den Besitzern in Budapest einen Vorvertrag geschlossen habe, ja, „Angeld" gezahlt hatte. Freude darüber: Dann würde ich mein Zimmer für immer und ewig behalten. Durch mein Bett, hatte ich berechnet, ging der 25. Längengrad. Dann kamen die Russen und alles war zu Ende.

Doch nicht zu vergessen, die Nummer eins war und blieb in Fogarasch der Großkaufmann Daniel Haupt, en Gros, en Detail, Spezereien, Eisenwaren, von Sauerkraut bis Beißzange, alles. Einquartiert samt Wohnung und Lehrlingsheim in einem stockhohen Gebäude am Marktplatz, Hausnummer 1. An den wir, meine Familie, seltsamerweise heranreichten. Er war – wieso? – mein Taufpate. Dem ich nach der Taufe als Pate nie begegnet war. Dabei hieß es, dass sie, die Taufpaten, zur Not – oder überhaupt – die Eltern vertreten sollten. Unerfindlich, wieso gerade dieser „große Dani Haupt" ein solches Amt übernommen hatte. Doch erwiesen ist es durch kolossale Gruppenfotos in der Frecker Kirche und nachher beim Festschmaus. Ich, zweijährig, sitze ihm auf dem Schoß. Im Taufschein besiegelt schwarz auf weiß.

Aber nun fällt mir jene Szene ein, hochdramatisch und schmachvoll. Ich war damals eben vereidigt worden, als Jungvolkjunge zitternd vor Tapferkeit. Wir vier Kinder waren mit der Mutter unterwegs zum neuen Geschäft des Vaters am Marktplatz gegenüber dem Prachtbau der Familie Haupt. Doch bescheiden. Ebenerdig. Zwei Auslagen. Wenn auch Roll-Läden. Klein Elke schoben wir flott über das Kopfsteinpflaster im Sportwagen, der mit seinen sechs Rädern über den holprigen Belag dahinhoppelte wie ein kleiner Panzer. Als ein älterer, vornehmer Herr sich auf unsere Mutter stürzte, sie am Handschuh packte und bellte:

„Ihr Schlattners, schämt ihr euch nicht, vor meiner Nase ein Geschäft aufzumachen, Eisenwaren wie wir." Und zu mir: „Wo ich diesen Bengel getauft habe." Wobei er mir das Ohr zweimal verdrehte, ohne meine Mutter loszulassen. Was ich mir, DJ, Fähnlein III, Fliegerjungzug, dazu Beschützer einer deutschen Mutter, nicht gefallen lassen durfte. Somit biss ich ihn in den Zeigefinger. Mit einem Knurren ließ der Wüterich die Dame fahren und mein Ohr los.

Unsere Mutter konnte nur noch rufen: „Um Gottes willen, Danionkel, teurer Danionkel!" Sie raffte die Schwester aus dem Kinderwagen. Wir retteten uns in den Friseurladen von Edi Schwellner. Der alles mit angehört hatte und befand: „Welch Herrschaft, der große Dani Haupt!"

Noch zweimal kreuzten sich unsere Wege, meiner, seiner. Kreuzten sich nicht gerade, ja, berührten sich nicht einmal. Mein Taufpate Daniel Haupt – sie wohnten nunmehr in der Griechengasse – trat nicht in Erscheinung. Dennoch: Vor der Konfirmation ist man geheißen, beim Taufpaten um Verzeihung zu bitten. Meistens eine leere Geste. Es war das einzige Mal, dass unsereins bei den Haupts anklopfte. Seine Frau, die Fritzitante, nahm meine vagen Entschuldigungen freundlich entgegen. In einem Couvert drückte sie mir ein Geldgeschenk in die Hand. Nobel: tausend Lei.

Und einige Jahre später geleitete ich den „großen Dani Haupt" auf seinem letzten Weg zum Friedhof. Unter den Klängen von *Santa Lucia* hielt der Leichenzug für eine Gedenkminute an dem prunkvollen einstigen Geschäftslokal. Enteignet. Längst verstaatlicht. Wo nun die Partei sich breitgemacht, ja, der Fassade einen sowjetischen Giebel aufgesetzt hatte samt Stern und Hammer und Sichel.

*

Wir hockten am Straßenrand, lehnten ermattet an einem Kilometerstein. Die ineinander verknäuelten Fahrräder lagen im Graben. Schon wieder hatte sich ein Falter Uwe genähert. Auf seinem Handrücken brillierte diesmal ein Admiral. Seit frühester Kindheit zog Uwe zauberisch die Schmetterlinge an.

Er fragte, wie weit es noch sei. Ein Blick auf den Kilometerstein gab Antwort: „Den halben Weg haben wir hinter uns."

„Dann ist es wurscht, ob wir weiterfahren oder umdrehen."

Ich ließ es dabei bewenden, obwohl es nicht stimmte. Durchaus war es nicht „wurscht", ob wir umkehrten oder weiterfuhren. Aber er nahm mir die Entscheidung ab: „Fahren wir weiter!"

*

Die Burghüterin Ioana zieht die Abendglocke. Das geschieht täglich nach dem Untergang der Sonne. Im Sommer spät zur Nacht, im Winter am Spätnachmittag. Zur Ehre Gottes. Doch vor allem, damit die Kinder, verloren an ihre Spiele in Flur und Wald, nach Hause eilen, ehe es dunkel wird. Unsere Bauern dachten handgreiflich von Gott.

Ich blicke vom Schreibtisch durch den Kirchpark zum Wehrturm. Erbaut nach dem Tatareneinfall, steht der Turm abgesetzt von der Basilika. Bis heute hat sich jener apokalyptische Schrecken im sächsischen Volksmund erhalten in einem Sprüchlein, an Knaben gerichtet: *„Krech af den Birnbum, säch, of de Tattern kun!"* Kriech auf den Birnbaum, sieh, ob die Tataren kommen.

Es ist Herbst zur Neige. Die Stämme der Tannen sind bis obenhin bekränzt von Wildem Wein in lohenden Farben. Der Nebel am Morgen bei den Lehmhütten unten am Bach ist so kompakt, dass die Leute wie Schemen übereinander stolpern oder sich aus Versehen um den Hals fallen. Störche und Schwalben haben das

Weite gesucht. In ihrem Gedächtnis ist für die Länge der nächsten zwei Jahreszeiten die Karte der verlassenen Orte eingeprägt.

Die Krähen verschleppen die Nüsse und lassen sie unter den Tannen fallen. Die Kinder vom Bach sehen darin eine Hexerei des sächsischen Popen: Nüsse unter den Tannen! Sie klettern über die Ringmauer, schlüpfen in den Kirchpark, sammeln Pilze und Schnecken – und Nüsse. Die Mädchen pflücken die lila Erika, die sie mir strahlend auf den Pfarrhof bringen als ihr Geschenk. Vor den zwei Hunden, die sich in der prallen Mittagssonne räkeln, dem Schönling Maximilian und dem schwarzen Pudel Negruzzi, fürchten sie sich nicht. Sie wissen: Mit Hunden muss man reden, dann tun sie einem nichts. Und streicheln nur unter der Schnauze an der Kehle. Die Hand im Nacken erinnert böse an den zupackenden Leitwolf.

Der Raureif bestäubt das Grün des Grases mit Schneeweiß. Die scharfen Halme knistern unter den Sohlen. Das Tautreten am Morgen verlangt nach einem anderen Namen. Die Frühgebete auf der weißen Wiese werden schneller heruntergehaspelt.

Golden ist der Herbst am hellen Mittag. Doch um Mitternacht gefriert das Wasser im Napf der stummen Enten. Die Fleißigen Lieschen, die in Fogarasch „Stinkete Lieserl“ heißen, hat die Burghüterin Ioana in den Keller versorgt. Die Tagetes, die aufrechte Studentenblume, auch Türkische Nelke genannt, sie blüht noch in samtener Pracht, in sonnigen Farben. Doch in Siebenbürgen heißt sie Totenblume. Der Winter naht.

Ich schreibe das Gedachte fort. Es wird früh dunkel. Massive Stille und kompakte Finsternis bedecken den allein stehenden Pfarrhof. Wo allein ein Fenster erleuchtet ist, das Fenster der Schreibstube. Die halbe Welt leidet unter den Nachbarn. Ich gehöre zur anderen Hälfte.

*

Elinor! Weiter verliere ich mich an diese rätselhafte Schülerliebe. Gemeinsame Erlebnisse, die nie zur Sprache kommen – ist das so? –, sie werden vergessen, von beiden Seiten. Dagegen: Getrennte Erinnerungen, legte man sie zusammen, sie könnten das Bild der Freundschaft ausmachen.

Nichts „wie aus einem Munde". Das Wort Liebe fiel nicht. Und als Geste? Einmal hatte sie mich an der Hand genommen und mich auf den Jagdturm ihres Großvaters gezogen, noch Schüler. Und einmal hatte ich sie in meiner Kirche gesegnet, mit Handauflegung. Mündig beide.

Doch eine Geschichte, das Herannahen an das kostbare Geschöpf, verlief voller Kapriolen und mit ungewissem Ausgang zu Lebzeiten!

Bei den Sachsen war es nicht Sitte, dass wir am 1. März Mädchen und Frauen mit einem *„mărţişor"* beschenkten. Wir hatten dafür nicht einmal eine deutsche Bezeichnung, die Übersetzung „Märzchen" hatte sich nicht eingebürgert. Wir ließen sie gewähren, die Rumänen, in ihrem fremdartigen Gehabe. Sie waren die anderen.

Auch der 8. März, der Internationale Frauentag, besonders von den rumänischen Männern höchlich begangen und reichlich begossen, wurde von uns gemieden.

Das sei eine scheinheilige Erfindung Stalins, und der war in unseren Kreisen verschrien als Meuchelmörder und, und, und – jedoch im Flüsterton. Wir Sachsen hielten uns nach wie vor in feierlicher Ernsthaftigkeit an den Muttertag am zweiten Sonntag im Mai. Obwohl einige stänkerten, der Muttertag wiederum sei eine Modeschöpfung von Hitler.

Doch so einfach ließen sich die Dinge nicht an. Ein mulmiges Gefühl packte uns sächsische Jungen, wenn wir am 1. März die Schülerinnen vom Mädchengymnasium Doamna Stanca auf dem Korso hochgeschwellt herumflanieren sahen, ihre Jacken und Mäntel bestückt mit den winzigen Schmuckobjekten namens *„mărţişor"*. Und zusahen, wie unsere Mädchen leer ausgegangen waren. Noch schlimmer sah es aus, wenn sie verschämt ein solches Angebinde am Mantelaufschlag spazieren führten. Denn dann wussten wir, oh Graus: Ein rumänischer Junge hatte sich in märzlicher Liebenswürdigkeit an unsere Mädchen herangemacht.

Aber nicht diese Besorgnis war es, die mich anspornte, wenn ich Elinor zu einem so fremdartigen Andenken verhelfen wollte: dass ich womöglich einem Rumänen zuvorkommen würde. Es gehörte zu den Selbstverständlichkeiten seit Jahrhunderten, als guter Ton, als Verhaltenskodex, dass sich unsereins mit fremdem Volk keineswegs zu tun machte, geschweige für immer und ewig, bis der Tod einen schied.

Denke ich heute darüber nach, warum ich mich solchen Strapazen ausgesetzt hatte – denn Strapazen wurden es –, fällt mir dazu nur eines ein: Die Zuneigung zu dem rätselhaften Mädchen Elinor hatte so überhand genommen, dass sie mir über dem Kopf zusammenschlug und ich meinte, nur etwas Ungewöhnliches, ja, einmalig Ausgefallenes könne diesem Gefühl gerecht werden.

Schon in der Woche vor dem 1. März wimmelte es in der Stadt von zierlichen Schmuckstücken. Darunter einige aus purem Gold. Noch war der König im Land und niemandem legte man Daumenschrauben an, der im Besitz von Gold war.

Trotzdem: Im Blick auf die roten Russen allerorten wanderte manch ein Goldstück als Zahnbelag in den Mund. Schrecklich anzusehen, wenn oben und unten grinsende Reihen von Gold herausragen. Später für die Securitate die sichere Spur, dass es davon mehr geben musste. Folglich nach dem Ende der Monarchie heraus mit der goldenen Pracht und der Securitate in den Rachen geworfen. Statt Daumenschrauben. So passierte es dem schönen Edi Schwellner. Nach der Abdankung des Königs lief er nur noch mit gelben Zahnstummeln herum. Dagegen herrschte beim Zahnarzt Dr. Maurer Hochbetrieb.

Wie war das damals mit meinem *„mărţişor"*? Unter den feilgebotenen Anhängern gab es manche Kuriositäten, völlig zusammenhanglos zu Zeit und Ort. So war da ein goldener Buddha. Das musste dem Volk erklärt werden. Denn in Fogarasch bedeutet das Wort „Buda" in allen drei Landessprachen Klo.

Ich selbst nun, ich erspähte bei einem Händler vor der landesweit berühmten Konditorei Embacher eine Figur, die mein Herz höherschlagen ließ. Ohne einen

Gedanken lang zu zögern, wusste ich, dass ich sie Elinor schenken wollte. Es war ein Till Eulenspiegel in Gold, der an einer weiß-roten Schnur hing. Sündhaft teuer: sechshundert Lei.

Ich bekam von meiner Mutter aus pädagogischen Gründen wöchentlich hundert Lei: lernen, mit Geld umzugehen. Es war eine Münze in Silber mit der Effigie des jungen Königs.

Ich beriet mich mit meiner Mutter. Sie war sogleich gewonnen: „Bei den Rumänen ein sinniger Brauch!" Sie seien Könner im Feiern. „Und die Elinor ... Schenk ihr den Till Eulenspiegel! Sie nennt dich manchmal so." Und sagte noch einen verkappten Satz: „Sie allein verdient das Gold!"

Damals hatte ich kaum beachtet, dass Elinors Onkel Walter von Steinburg unserer Mutter täglich vom Gut eine Rose schickte. Und niemand ahnte, dass er Jahrzehnte später, als beide verwitwet waren, unserer Mutter einen Heiratsantrag machen würde.

„So sündhaft teuer?" Mit der Mutter überlegten wir, wie ich zu Geld kommen konnte. Mir blitzte es, Not macht erfinderisch: „Ich bastele einen Hampelmann!" Mit der Laubsäge hatte ich schon andere Dinge zustande gebracht. „Und verkaufe ihn." Die Mutter fand die Idee richtig, doch mahnte sie an, dass niemand für einen Hampelmann fünfhundert Lei zahlen würde.

Zwei wurden es, ein Liebespaar, ein Ehepaar, wie man es nehmen wollte, bunt bemalt, lackiert. Die Mutter entwarf die Farben: „Im Gegentakt mögen sie daherkommen: Kobaltblau, Karminrot, dann Ockergelb,

Olivgrün." Und wahrhaftig: Zog ich unten an der Schnur, dann warfen der tolle Mann, die edle Frau ihre Glieder in die Luft und lächelten verschmitzt, jeder für sich.

Von vornherein bot ich die gelenkigen Puppen Erwachsenen an, als Paar. Alle waren entzückt. Keiner zahlte.

Die Mutter fand des Rätsels Lösung: die Zurückhaltung gewiss auch wegen der Redewendung „jemanden zu einem Hampelmann machen". Ich müsse etwas erfinden, was die Käufer auf andere Gedanken bringe. „Etwas Werbewirksames, würde dein Vater sagen."

Werbewirksam ... Ich musste mich beeilen. Die Zeit drängte!

Es fielen mir Reime ein über einen Hampelmann, die ich bereits in der vierten Klasse zusammengestoppelt hatte. Also setzte ich mich hin und reimte noch ein Gedicht. Mit Tusche pinselte ich die Verse in Fraktur auf Butterpapier.

Bei den Vorführungen in verschiedenen Häusern ließ ich die Hampelleute tanzen. Und deklamierte. Wenn Elinor gewusst hätte, wie peinlich es war, mich und meine Ware anzupreisen! Doch siehe da: Die Lyrik bewirkte Wunder, die poetische Anpreisung beflügelte das Geschäft. Binnen eines Tages wurde ich beide Bajazzi los, zu Maximalpreisen à dreihundert Lei. Am letzten Tag vor Torschluss setzte ich die komischen Erzeugnisse ab. Doch es wurde Abend, bis ich das Geld zusammenhatte. An Orten, die unterschiedlicher nicht sein konnten.

Bis heute frage ich mich – denn ich erinnere mich genau –, was mich veranlasst hatte, bei den Schmidtischen Damen mit meinen Hampelleuten anzuklopfen, wohin uns unsere Mutter einmal im Monat schickte, damit die Dentistinnen unsere Zahnreihen auf Hochglanz brachten.

Das passierte mit einer winzigen, kreisrunden Bürste, die sich rasend schnell drehte. Die eine Schwester trat auf ein Pedal, das die Umdrehungen bewirkte, die andere Schwester fuhr uns schnurrend über das Gebiss. Wenn wir uns nachher im Spiegel betrachteten, glänzten unsere Zähne wie Perlenketten. Bruder Kurtfelix sagte es prosaischer, verdrossen: „Wie unser verdammtes Parkett, wenn die Mama uns bestraft und wir es putzen müssen, bis uns die Seele aus dem Hals hängt."

Die Damen waren außer sich vor Entzücken, als ich den Hampelmann tanzen ließ. „Allerliebst, wie possierlich!" Und welch gelungene Gedichte als Beigabe! Und pfiffig als Reklame, wahrlich! Der Sohn eines tüchtigen Geschäftsmannes: „Ja, ja, der Felix!"

Von Ankauf war nicht die Rede. Schlimmer: Die Damen ließen mich nicht laufen. Ostern stehe vor der Tür und es gezieme sich, das Fest mit sauberem Gebiss zu begehen. Während die Dentistinnen an mir herumwerkelten, ergingen sie sich in den höchsten Tönen über die Gesangskunst meiner Mutter. Ich hörte mit offenem Maul zu, notgedrungen. Wie ein Engel singe unsere Mutter solo in der Kirche am ersten Ostertag. Und sie zitieren, während die Bürste über meine Zähne surrte:

Die Lerche stieg am Ostermorgen
empor ins klarste Luftgebiet
und schmettert' hoch im Blau verborgen
ihr freudig Auferstehungslied.

„Deine Mutter, wie ein Engel!“ Woher wissen die Damen, wie ein Engel singt?, dachte ich pikiert und bebte vor Ungeduld.

Doch noch waren sie mit mir nicht fertig. Sei ich schon hier, wollten sie mir die Ohren ausspülen.

„Nachher hörst du das Gras wachsen!“

„Das höre ich auch so wachsen“, sagte ich höflich.

„Umso besser!“ Die eine der Damen karrte einen Ohrspüler herbei, riesig wie die Wurstspritze beim Kameraden Peppe.

Ich wehrte mich: „Unsere Mama putzt mir jeden Samstag nach dem Bad die Ohren. Und schneidet uns die Fingernägel!“

Vergeblich. Ich wurde in ein Badetuch gehüllt. Die Spitze des Spülers wurde angesetzt und mit ungeheurem Druck lauwarmes Wasser ins Ohr gepumpt. Das Ohrenschmalz flog mir um die Backen und der einen der Dentistinnen an den Busen. „Na bitte: ein gerüttelt Maß an Cerumen!“

Doch nun war wieder, gottlob, der Hampelmann an der Reihe. Die Zeit drängte. Meine Ohren waren so hellhörig, dass ich das Scheppern des Milchwagens vom Gut drei Straßen weiter zu hören bekam.

Die Damen berieten sich. Wohin mit dem „Gezappel“? Kinder keine. Da fiel ihnen der älteste Bruder ein, den der Schlag gerührt hatte und den die Schwestern pflegten. Bei meiner Ankunft hatte er mir zugewinkt mit der einen Hand, er saß in einem Lehnstuhl unten im Garten. Wohlvermummt.

„Das könnte ihm eine kleine Freude bereiten. So viel schafft er, an der Schnur zu zupfen."

Gesagt, getan. Am Wartezimmer vorbei eilten wir in den Garten. Die beiden Hampelleute überschlugen sich in ihren Künsten. Wir zerrten den Lehnstuhl unter einen kahlen Baum, hängten den Hampelmann daran. Und siehe da: nicht nur dass der versehrte Mensch den bunten Bajazzo zum Hampeln brachte, mit halbem Mund lächelte er auch.

Ich wurde ausbezahlt.

Peppe Späcks Mutter kaufte mir die Hampelfrau ab, ohne zu feilschen.

Was mich hin geführt hatte? Man kannte sich von der Heimfahrt im nächtlichen Zug nach der Aufnahmeprüfung in Hermannstadt. Wo der Vater den Arm um die Fleischergattin geschlungen hatte, unbegreiflich, und ihre blonden Brauen grün aufgeleuchtet hatten im blauen Licht des Nachtcoupés.

Dort klopfte ich an. Nachdem ich im Haus niemanden angetroffen hatte, geriet ich hinten im Hof in eine abgedunkelte Halle mit Betonboden. Dort stieß ich mich an halbierten Schweinen, die an Fleischerhaken hingen. Und ging halben Kälbern aus dem Weg, die mich mit herausgequollenen Augen anstarrten.

„Ist da jemand?", fragte ich benommen, als die Mutter meines Schulfreundes zwischen schwingenden Schweineköpfen hervortrat. Meine Hand mit der Hampelfrau sank zu Boden.

Das Gespräch begann harmlos: „Du suchst den Peppe. Er ist mit seinem Vater im Schlachthof."

„Ja und nein."

Wir waren in den Hof getreten. Eine blutbefleckte Lederschürze bedeckte ihren Leib. In der Hand hielt sie ein dampfendes Brot. Und eine lange Blutwurst.

Ich stotterte, als ich meine Ware anbot.

„Ja, ja, sieh an, ein Hampelmann! Sogar verkleidet als Frau. Hast du ihn gemacht? Aber was sollen wir damit anfangen? Ihn zwischen die Schweinshaxen hängen?"

Plötzlich ruhte ihr Blick auf mir – mit Bedauern. Das mich damals beschämte. „Du brauchst Geld?"

Ich bejahte eifrig.

Und sie: „Eure Mutter hat wohl wenig Zeit für euch Kinder. Der arme Felix!"

Um das Geschäft nicht zu gefährden, hätte ich beipflichten müssen, zumindest mit dem Kopf nicken. Ich nickte nicht.

Sie brach das Brot entzwei und reichte mir einen Teil hin. „Dotzen" hieß das in Siebenbürgen. Die Wurst verstaute sie in eine der Schürzentaschen.

Ich sagte: „Nein, danke."

Sie fragte mich, warum ich das Stück Brot ablehne. Und gab selbst die Antwort. Sagte nicht etwa geziert, weil sie es mir nicht auf einem Silbertablett gereicht habe. Sie sagte: „Darum willst du es nicht, weil ich das Brot einfach mit den Händen zerstückelt habe? Das macht man nicht, das weiß auch unsereins, du junger Esel. Doch so schmeckt es am besten."

„Nein", antwortete ich, „nicht darum. Meine Mama sagt, von frischem, warmem Brot bekommt man Kolik!" Und fügte zögernd hinzu: „Starkes Bauchweh."

Peppes Mutter holte aus der Schürzentasche drei Hundert-Lei-Silbermünzen, drückt sie mir wortlos in die Hand. Die Hampelfrau stopfte sie in ebendiese Schürzentasche und verschwand im Depot der entseelten Leiber.

Ich stürzte davon, höchste Eisenbahn. Erstand den Till Eulenspiegel in Gold. Abend war es geworden, der 28. Februar, leider kein Schaltjahr.

Nun musste ich mir etwas einfallen lassen, wie das kostbare Kleinod zu der Freundin gelangen konnte. Bis spätestens morgen Mittag. Nicht im Traum fiel mir ein, zum Storchennest hinaufzusteigen, anzuklopfen, ihr das Angebinde in die Hand zu drücken und mich zu trollen.

Tags darauf schwänzte ich die Schule. Ich strich um das Storchennest herum. Totenstille im Haus. Nicht schlurfte die Perle Jino mit dem Zecker zum Gemüsemarkt. Nicht erschien die Dame des Hauses mit dem japanischen Sonnenschirm. Elinor selbst war brav in der Schule. Und ihr Vater kurierte Zähne in der Praxis.

An mir fraß die Frage: Wie den goldenen Till der Angebeteten bis Mittag anheften? Der steckte nun in einer samtenen Schatulle, die meine Mutter bereitgestellt hatte. Ruhte auf den selbst gedichteten Balladen vom Hampelmann. Mit der Widmung: „Für Elinor! Der Till

Eulenspiegel". Dahinter nach langer Bedachtsamkeit: nichts. Kein Wort mehr.

Ich drehte mich auf dem Marktplatz um die eigene Achse. Grübelte. Vom Kirchturm dröhnten zwölf Schläge wie bissige Mahnungen. Auf dem Korso promenierten bereits Frauenwesen, die Brust dekoriert mit kitschigen Preziosen. Erste Schülerinnen entliefen der Schule, den Busen stolz gereckt. Bespickt mit weiß-roten Schnüren und den schnulzigen Beigaben des heutigen Tages, bemerkte ich grimmig. Die Zeit verstrich.

Und dann, ich traute meinen Augen nicht, wahrlich die Höhe des Hohns: Agathe winkte mir zu. Zeigte stolz auf ihre Jacke aus dem khakifarbenen Stoff einer rumänischen Uniform. Ins Auge stach der goldene Buddha. Welcher Rumäne mochte ihr dieses sündhaft teure Schmuckstück angesteckt haben? Eine Unverschämtheit sondergleichen. Sie, die Tochter des ehemaligen volksdeutschen Amtsleiters, der spurlos verschwunden war. Ich wendete ihr den Rücken zu.

Da fiel mein Blick auf das stockhohe Haus, glasierte Ziegeln, der Paradebau der Familie von Kraus, im Giebel stieß das Einhorn nach dem Firmament. Ein Schild stach ins Auge. Die Praxis von Elinors Vater im ersten Stock. Es blitzte: Das war es!

Angekurbelt von einem abenteuerlichen Einfall, rannte ich auf das Gebäude zu, in Sprüngen nahm ich drei Stufen auf einmal, stürzte ins Wartezimmer und streifte mit *„Pardon, pardon!"* an den kariösen Patienten vorbei, die erleichtert schienen, dass sie noch warten durften, keiner murrte.

Ich riss die Tür zum Behandlungsraum auf und rief: „Herr Doktor, bitte ziehen Sie mir sofort einen Zahn."

Im Spiegel erkannte ich den Friseur Schwellner mit aufgesperrtem Rachen auf dem Marterstuhl. Dem der Zahnarzt erstmals eine Reihe Zähne mit Goldkronen überzog. Doch woran sich mein Auge festhakte, war der Pelzmantel, der an der Tür hing. Es war meine letzte Hoffnung, dass es mir gelingen könnte, das Geschenk in den Mantel des Vaters zu schmuggeln. Der regelmäßig zu Mittag zu Hause speiste, das wusste man in der kleinen Stadt. Und noch ehe sich jemand versah, ließ ich mit possenreißerischer Fingerfertigkeit die samtene Schatulle mit dem Kleinod in die linke Tasche gleiten. Während der Doktor nicht unfreundlich rügte: „Selbst wenn du der Freund Elinors bist, warte draußen." Abwesend bemerkte ich, dass der große Herr den Genitiv benutzte: „Freund Elinors". Genitiv! Auf dem unsere Mutter ritt. Ja, und: Freund! Das klang ermutigend. Doch dann geschah Mirakulöses. Ehe ich die Tür mit dem Mantel als Liebesboten hinter mir schließen konnte, holte mich ein Ruf ein: „Warte hier!" Und zu Freund Schwellner gewendet, hieß es: „Sie sind für heute fertig, lieber Kollege! Übrigens, die letzten Wildschweine warten auf uns."

Beim Hinausgehen griff der Friseur gottlob nicht nach dem Mantel an der Tür, einige Sekunden verschlug es mir den Atem, sondern würdigte mich eines Blickes mit der Mahnung: „Lass dich bei uns sehen. Deine Mähne schreit zum Himmel!" Dabei bleckte er die Reihe der polierten Goldzähne im Unterkiefer.

Dr. Maurer wandte sich an mich und sagte unvermittelt, es wurde mir schwindlig zumute: „Darf ich dich bitten, unserer Tochter Elinor Nachhilfestunden zu geben? In Mathematik, vielleicht auch Physik. Euer Professor Anatol Simen hat dich empfohlen. Rumänisch kannst du zwar nicht besonders, aber in Mathematik bist du erfreulich gut!"

Das war der Passierschein für das Storchennest. Ich stotterte zwar: „Von Herzen gerne, schon am Nachmittag." Doch mein Herz zog sich zusammen. Zu spät! Der adrette Till Eulenspiegel war fälschlich im Mantel des Vaters gelandet. Das teure Kleinod hätte direkt in Elinors Hand gelangen können.

Dr. Maurer gebot, ich möge mich auf den Stuhl setzen. Dieser Stuhl war ein Kunstwerk, edel und gelenkig wie mein Hampelmann. Der Zahndoktor, ein Magier, drückte auf einen Knopf und der Stuhl fuhr in die Höhe, nahe seinem bohrenden Blick. Er drückte einen anderen Knopf und der Stuhl schwenkte zu seinen Händen hin.

Der Arzt ließ sich den Zahn zeigen, der gezogen werden sollte. Ich wählte einen im hinteren Backenbereich. Doch beim besten Willen ließ sich nichts Schlechtes über den Zahn sagen. Ich gab den daneben an und schämte mich. Bespiegelt, beklopft, beträufelt, keiner der Zähne war angefallen von Karies. Der Arzt gab es auf. Sandte mich zu den Dentistinnen Schmidt, die sollten jedem Zahn auf den Zahn fühlen. Ließ sich so etwas sagen, dass man einem Zahn auf den Zahn fühlt?, dachte ich.

Im Gegenteil, der Fachmann war angetan, wie blank, ja, brillant die Zahnreihen sich darboten. Genaueres wollte Dr. Maurer dann aber doch wissen über den ominösen Zahn.

Schmerzen?

Im Moment keine.

Er: Solches passiere, wenn man den Zahnarzt aufsuche. Die Schmerzen seien vor lauter Angst wie weggewischt. Doch wie sei die Nacht gewesen?

„Ich konnte nicht schlafen!" Den wahren Grund verschwieg ich.

Das komme vor, selbst bei kerngesunden Zähnen. Womit ich mir die Zähne putze?

„Mit Chlorodont!"

Ob das nicht mein Spitzname sei?

„Nein!"

Ich möge verzeihen. „Ja, ja, nicht Chlorodont!" Es fiel dem Doktor ein: Die Tochter nenne mich manchmal Till Eulenspiegel. „Eigentlich ein Ehrentitel."

Ich trottete davon in der verzweifelten Hoffnung, dass man im Hause Maurer draufkommen werde: Der Till Eulenspiegel in Gold, verwahrt in des Vaters Pelzmantel, sei weder für die Köchin Jino noch für die gnädige Frau oder für die ältere Schwester Meta, vielmehr für Elinor. Dass ich den Zahn, den ich opfern wollte, behalten hatte, tröstete wenig.

*

Wir waren unterwegs. Der Wald nahm kein Ende. Und jeder stumme Baum war eine Frage.

*

November, Grau in Grau entwindet sich der Tag der Dunkelheit. Kaum erkennt man die Konturen der Kirchenburg vor dem düsteren Himmel.

Die Bilder weiten sich zu Voluten, verwandeln sich exponentiell in Worte. Wie so oft – es ist eine Crux – komme ich aus dem Hundertsten ins Tausendste. Ich schreibe auf, ich schreibe nieder, oben, unten – wo liegt der Unterschied, wenn? Literatur: Selbst wenn mein unverwechselbarer Vorname im Text genannt wird, ist das keineswegs zu verwechseln mit dokumentarischer Memorialistik. Sondern der Text hat gewichtet und gewertet zu werden allein als literarisches Produkt. Was es sein sollte, darum mühe ich mich.

Es fällt mir auf: Erzählt wird manches, was schon früher festgeschrieben ist. Dieselben Namen spazieren durch die verschiedenen Bücher.

Weshalb ich auf bereits Bekanntes zurückgreife? Der Gedächtnisroman. Im Gegensatz zum Erinnerungsroman. Denkbar so: Da wäre die Omnipräsenz meiner Biografie in allem, was ich schreibe. Die Biografie, die sich bei aller Modellierbarkeit des Textes an Fixpunkte halten muss. Doch jedes Mal neu ist der Kontext.

Zu bedenken wäre: „Tief ist der Brunnen der Vergangenheit!"

Und als Nächstes: Warum diese Geschichte zu später Lebensstunde? Warum jetzt, was seit Langem in der Luft lag, als klagendes Gedächtnis: die toten Mädchen vor der Zeit, vor meiner Zeit. Ja, warum?

Zwei Buben fahren mit den Rädern von einem Dorf ins andere. Eine Begebenheit, die Jahrzehnte zurückliegt. Die Fahrt? Eigentlich ein Schüleraufsatz. Der mit der lächerlichen Überschrift *Der Hampelmann* begonnen und sich zum makabren Totengeleit geweitet hat. Denn was mir während des Schreibens beklemmend auffällt, ist, dass sich diese Fahrt nicht nur aufrollt als eine Episode entlang der endlosen Baumreihen auf einer Landstraße, sondern dass sie vorbeiführt an Grabsteinen verstummter Namen – irgendwo, nirgendwo.

*

Peppe Späck, Sohn des Fleischhauers Späck, hatte zu einer Silvesterparty eingeladen. Eingeladen? Das war zu hoch gegriffen.

Mich hatte er auf der Straße getroffen und mir im Vorbeigehen zugerufen: „Komm zu Silvester zu mir. Wir machen ein tolles Fest."

Wir, wer das waren, wir – ich fragte nicht. Ich schwieg, ich fror.

Erst jetzt hielt er inne im Vorbeilaufen und stellte sich vor mich auf. Er zupfte am obersten Knopf meiner Jacke, bis er ihn abgerissen hatte, und drängte: „Du kommst, ja, Till Eulenspiegel? Wer sonst soll uns unterhalten?"

„Nein", sagte ich.

Er lockte: „Kannst dich mal satt essen. Mein Vater hat für uns ein Schwein geschlachtet."

Bissig verlangte ich den Knopf zurück. Er warf ihn in den Bach, der durch Fogarasch fließt, und sagte: „Ihr werdet ja nicht auf einem Knopf stehen?"

Meine Mutter war herangetreten. „Geh doch, Bub, wenn man dich schon ruft." Sie zog das Tüchlein über dem Kopf fester zu. Vom Kreuzberg wehte ein kalter Wind.

Ich sah gereizt vor mich nieder. Die Mutter wusste doch, dass ich nichts zum Anziehen hatte.

Wir gehörten zu den vielen, die sich seit Kurzem in jenen abgeschmackten Worten wiederfanden, seit der proletarische Klassenkampf ausgerufen worden war: „Man hat uns alles genommen, wir haben alles verloren!" Ich hatte die Worte im Ohr. Und sie passten. Schon das mit dem schäbigen Tüchlein, das die Mutter sich umband, bestätigte: Wir waren arm geworden. Wo doch unsere Mutter selbst im Sommer nie anders ausgegangen war als mit Hut, mit Handschuhen, mit Strümpfen. Und ich als Ältester wusste mehr: Es ging ums tägliche Brot!

Wir hausten seit Jahren in der Rattenburg. Mein Bruder Kurtfelix trug im Haus ein geschliffenes Messer mit sich. Eine Ratte hatte die kleine Schwester im Schlaf angefallen. Sie japste nach Atem. Er hatte die Ratte aufgespießt, die sich am Kragen des Nachthemdes festgebissen hatte. Wir hatten zwar alle eine eigene Schlafstatt, aber wie! Die kleine Schwester wurde auf den Esstisch verfrachtet, vor dem Herunterkollern geschützt durch die Stuhllehnen. Auf dem grau gesprenkelten Sofa rollte sich Uwe zusammen. Über die Ehebetten, die an verschiedenen Wänden standen, hatte die Mutter je eine Couch gehievt. Nach oben kletterte die Mutter, unten lagerte der Vater, dreizehn Jahre älter als sie. In der anderen Ecke erhob sich das zweite Stockbett. Oben lag Kurtfelix, unten ich. Eine herabhängende Couvert-Decke machte den unteren Teil zu einem Verlies. Es war der einzige Ort, wo ich mich verbergen konnte.

Meinen wackligen Sekretär, ein antikes Vehikel, hatte die Mutter kopfüber auf die Kredenz in der Küche gekippt. Die Beine reichten zwischen das Gebälk am Plafond. An den hageren Beinen hingen Wischtücher und Schürzen, der Küchenbesen, Vaters Rasierriemen und der Operngucker aus Budapest. Mein Tagebuch im Geheimfach stand kopf.

Nicht unfreundlich sagte Peppe Späck, ja, es klang nahezu gedankenvoll: „Wenn man so denkt!" Er sei damals in Hermannstadt an der Brukenthal-Schule durchgefallen. Alle hätten hier mit dem Finger auf ihn gezeigt: Er, der „dumme Kerl von Fogarasch", habe wieder einmal Fogarasch zum Gespött gemacht.

Zu meiner Mutter sagte er: „Ihr Sohn, der Siebengescheite, der ist damals angekommen." Und was habe es ihm bis zuletzt gebracht? „Nichts! Niemand will ihn haben. Die Rumänen haben ihn nicht einmal ins Lyzeum aufgenommen!" Er jedoch bekomme den Gesellenbrief als Fleischhauer. Er werde die Schlächterei des Vaters übernehmen. Er ...

Doch so einfach lagen die Dinge nicht.

Gewiss, wegen des ehemaligen Geschäfts am Marktplatz galt mein Vater als Ausbeuter. Der Klassenkampf, der zügellos zu toben begann, grenzte Kinder von Bourgeois von höheren Schulen aus. Aber unsere findige Mutter bediente sich der Routine des Gegners. Beim Rathaus erwirkte sie ein Armutszeugnis. Worin bestätigt wurde, dass wir nichts besaßen und kein Einkommen hatten. Was stimmte. Das armselige Haus in der Hintergasse hatte mein Vater noch zu Königs Zeiten für einen Pappenstiel verkauft, das Geld hatte die Inflation gefressen. Aus dem sowjetischen Zwangslager Stalino zurückgekehrt, ahnte er, was sich anbahnte. Das Beste war, nichts zu haben. Somit erhielten wir den Status von Proletariern.

Mit einem Semester Verspätung schaffte ich es ins Liceul Radu Negru. Der Schock, zeitweise ausgeschlossen gewesen zu sein, spornte mich an. Ich krempelte die Ärmel hoch, spuckte mir in die Hände – das galt doch für einen Proletarier! Und bestand die Klasse unter den Besten, trotz meines mangelhaften Rumänisch und meiner prekären sozialen Herkunft, von der alle wussten: *„fiul domnului Schlattner, cu magazinul în piață“*, mit dem Geschäft am Marktplatz. Und das blieb so: der Beste im Lernen, bis ich das Vaterhaus verließ und an das Deutsche Lyzeum nach Kronstadt wechselte, damals Stalinstadt. Dort hieß es, anderen den Vortritt zu lassen.

Schlimm, schlimmer, sogar am schlimmsten erging es den Späcks. Im Jahr darauf wurde die Metzgerei enteignet, der Vater wegen Schweinereien eingesperrt, die Familie auf die Straße gesetzt. Mit gefesselten Händen wurde der Fleischhauer durch die Straßen von Fogarasch eskortiert. Allen und jedem verging die Lust, hinter dem Rücken der allwissenden Partei ein verstaatlichtes Kälbchen beiseitezuschaffen, ja, ein Staatshuhn zu krageln.

Silvester 1950! Peppes Mutter begrüßte jeden mit Handschlag. Und mit einem Bonmot. Nicht doch, nein, das, was sie jedem zur Begrüßung sagte, war kein „gutes Wort", eher ein abgebrühter Spruch. Ich bekam dreimal mit, was sie uns unverblümt unter die Nase rieb. Mir und zwei Mädchen, Deli Nägler vor mir und der kessen Helen Breckner nach mir.

Doch durch welche Tür wurde man eingelassen? Keineswegs war es die zur guten Stube. Die Tür öffnete sich zu der Halle, wo ansonsten halbierte Leiber von Schweinen, Kälbern, Rindern hingen. Gruselig! Immer baumelte an der linken Hälfte des Tierleibes der ganze Kopf. Dessen verdrehte Augen einen anschielten, während die blaue Zunge oft über den Zement leckte. Ich hatte den Anblick behalten, als Frau Späck mir die Hampelfrau abgekauft hatte.

Doch diesmal war die Halle leer. Geblieben waren die riesigen Haken. An denen Lampions schwankten, die ein diesiges Licht ausstreuten und einen angrinsten: „Punkt, Punkt, Komma, Strich – fertig ist das Mondgesicht."

Vor mir wischte Frau Späck meiner ehemaligen Klassenkollegin eins aus: Deli Nägler, zwei Jahre älter als ich, fast schon eine junge Frau, war zweimal sitzen geblieben und sonst nie und nirgends dabei – wegen der notorischen Läuse. „Schon wieder geschoren. In eurem Haus muss es ja Heerscharen von Läusen geben."

„Wir wohnen in einem Kuhstall von der Comcar", gab sie demütig zu. Und ergänzte, es klang wie entschuldigend: „Wir brauchen kein Holz. Die Kühe halten warm!"

Das mit dem staatlichen Stall als Wohnort, das wusste man in der Stadt. Der Vater machte kein Hehl daraus, warum es so weit gekommen war: *„De verfleachtig Zigunnen! Dä hun eas alles genun!“* Sie hätten alles verloren. Und für die Städter seien sie wie die Krätze! Sie stammten aus Kaltbrunn. Wie alle sächsischen Bauern hatte man sie im Frühjahr 1945 von Haus und Hof vertrieben.

Frau Späck nahm den Faden auf: „Noch immer Läuse. Doch warum riechst du nicht nach Petroleum?“

„Es ist Patschuli“, sagte das Mädchen Deli.

„Aha, ich verstehe!“

Ob sie die Redensart kenne: jemandem Läuse in den Pelz setzen?

Deli kannte sie. Und gestand nachher, dass sie das manchmal tue. Um sich zu rächen! Demnächst sei die Späckin dran. Sie warnte: „Das passiert sich rasch, Frau Späck. Behüten Sie Ihren Pelz.“

Die Metzgersfrau unsinnig: „Ja, ja, das muss einer können: Wasch mir den Pelz, aber mach mich nicht nass!“

Sie bohrte weiter: „Und was ist mit diesem Kleid? Es passt ja hinten und vorn nicht. Man sieht deine Strumpfbandel.“

Es sei das Kleid von der Konfirmation. Verdattert zog sie das verschossene, einst blaue Gewand bis zu den Knien. Und knickste, indem sie leicht in die Knie ging, als wolle sie sich kleiner machen, schrumpfen.

„Zumindest hast du dicke Wollstrümpfe. Gut so, der Beton ist kalt.“ Und aus heiterem Himmel hörten wir sie sagen: „Merk dir das, junge Maid! Wenn die Strümpfe hangen, ist der Lenz vergangen." Ob sie wisse, was Lenz bedeute.

Sie wusste es.

Und ich wusste, an wen ich mich in dieser Nacht halten würde. „Deli, halte mir einen Platz neben dir frei!"

„Warum?", stotterte sie.

„Weil ich neben dir sitzen möchte!"

Versöhnlich endete die Belehrung der Wirtin: „Bleib geschoren. Dann sieht alle Welt, was für einen fabelhaften nordischen Schädel du hast, dazu blaue Augen. Schade, dein blondes Haar ist im Eimer. Die verdammten Läuse, die haben die Russen uns gebracht. Ja, alle Becher füllt der Herrgott nicht!"

Mich musterte Frau Späck von oben bis unten. Sie lüpfte die gelben Augenbrauen, die sich seinerzeit im Zugabteil grünlich verfärbt hatten. Und sagte nicht: Wie jammervoll hast du dich adjustiert? Oder: Wie kann man so schofel angezogen herumgehen? Obwohl es gepasst hätte. Sie sagte mit gerunzelter Stirn, was sie jedes Mal sagte: „Es muss wohl wahr sein! Eure Mutter hat Flausen im Kopf, anstatt sich um ihre Kinder zu kümmern."

Widersprechen? Ich war hungrig. Ich schwieg.

Sie sagte, es klang wehmütig: „Dein armer Vater!"

Vor ein paar Wochen, als ich im Schneetreiben immer noch in kurzen Hosen durch die Stadt gelaufen war, hatte Peppes Mutter meinen Vater angesprochen: „Kauft doch dem Buben eine lange Hose!" Das zu sagen, konnte sie sich leisten nach jener Zugfahrt vor Jahren.

Für eine Winterhose reichte es nicht. Doch ein Onkel war gestorben – gottlob zur Zeit, wie es pietätvoll hieß –, und hatte mir seine beleibte Hose vermacht. Die trug ich nun, mit einem Riemen gebündelt. Sie warf um den Hintern geräumige Falten. Wenn ich dahinstolzierte, als ob ich einen Ladestock verschluckt hätte, wurden diese Ausbuchtungen von meinem Janker knapp bedeckt. Ursprünglich war es ein elegantes Herrenjackett gewesen. Dessen zerfetzte Ärmel hatte unsere Mutter abgetrennt. Sie hatte neue Ärmel angestrickt.

An den Füßen glänzten die Lackschuhe meines Vaters. Er hatte sie seit der Trauung nicht mehr getragen. Aber ich war in seine Schuhgröße hineingewachsen und hörte ihn klagen: „Gertrud, die Buben sind bald so groß wie ich. Schon jetzt ziehen sie mich aus, schleppen meine Kledage weg!"

Schuhe kaufen? Für den täglichen Gebrauch hatte die Mutter abenteuerliche Fußbekleidungen zusammengeschustert. Das sogenannte Oberleder bestand aus dem Stoff von einem Liegestuhl, die Sohlen waren aus Speckschwarten, verstärkt durch fingerdicke Stricke, in endlosen Schleifen um die Sohle gelegt.

Am gefährlichsten war das Oberhemd. Es bestand lediglich aus einem vorderen Teil, der Rücken blieb nackt. Wehe, wenn es heißen würde: „Legt alle den Rock ab."

Dazu sollte es nicht kommen, da im Kernpunkt der Geselligkeit etwas mir die Sprache verschlug. So verschlug, dass ich kein einziges Wort mehr hervorbrachte. Und entschwand. Zum Ärger des Gastgebers, der mich als *maître de plaisir* angeheuert hatte.

Ehe mich die Hausfrau in die Festhalle wedelte, trug sie mir schöne Grüße an die Mutter auf. Ich verbeugte mich und trat ein. Während ich mich kaum umsah, schlitterte ich in den Lackschuhen auf Deli zu, die sich über das ganze Gesicht freute.

Ich bekam noch mit, wie die maliziöse Frau in Helen Breckner ihren Meister fand. Das Gespräch an der Eingangstür war kurz.

„Du mit deinem Silberblick wirst manchem Burschen den Kopf verdrehen."

Sie brauche keinen Silberblick. Dazu genüge bereits ihr silberner Haarreif.

„So dumm bist du, Mädchen! Du weißt nicht einmal, was der Silberblick ist."

Das Mädchen schwieg.

„Silberblick: wenn man schielt!"

„Dann sehen Sie sich im Spiegel an, Frau Späck!"

Helen Breckner drehte der garstigen Gastgeberin den Hintern zu.

Sie steuerte auf eine Mistel hin, unter der sie Peppe abbusselte, dass die Umstehenden klatschten.

Ich ließ mich neben Deli vorsichtig nieder mit Rücksicht auf meine bauschigen Hosenbeine und den reichlich betuchten Hintern. An den Wänden der Tanzdiele waren Bänke aufgereiht mit einer breiten Sitzfläche, etwas höher als üblich. Sie dienten den Tierleichen als Untersatz. Bedeckt waren sie mit Pferdekotzen. Über den Türen hingen Mistelzweige. Ungestört durfte man sich darunter küssen. Geschah das zu heftig, rieselten weiße Fruchtkugeln herab. Der Betonboden war mit Wasser gespritzt worden. Damit kein Staub aufwirbelte. Eine glitschige Schicht verdunkelte die Tanzfläche.

Hier drängte sich alles an Jugendlichen unseres Alters, was Fogarasch hergab. Zusammengetrommelt unbesehen des Elternhauses, ob dies am Marktplatz neben der Kirche stockhoch aufragte oder bei der Einfriedung um die Wasserburg mit glasierten Ziegeln erglänzte, ob die Eltern beim Bahnhof oder im Wildgarten oder in der anrüchigen Gerbergasse siedelten. Deli Nägler rasselte die Namen herunter, nachdem ich mich weigerte, einen Blick in die Runde zu werfen.

Es hieß Konversation machen. Doch vorher galt es, noch zwei Programmpunkte zu absolvieren.

Der Vater trat mit seiner Trompete auf den Plan. Er trug Stiefel. Im linken Schaft steckte das Schlachtermesser. Er bedeutete, wir sollten ein Kirchenlied singen. Der Altjahresabend stimme einen besinnlich. Es sei wie die heilige Stille, ehe man ein Kalb umlege oder ein Schwein absteche.

Als Dank für das so glimpflich abgelaufen Jahr zieme es sich, ein Loblied zu singen. Auch ohne den König ließe sich in diesem Land leben. Die Herren Kommunisten wollten nur das Beste für das Volk. Und auch ihnen schmecke eine Bratwurst. Nur hätten sie, die armen Hungerleider, noch keine Übung in puncto Gaumenfreude. „Und nun auf zum fröhlichen Singen!“

Wir erhielten zu zweit den handgeschriebenen Text zugesteckt. Peppe verteilte die Blätter. Dann stieß der Hausherr in seine Trompete und in hohen Tönen wurde das Lied zum Altjahresabend angestimmt:

Das Jahr geht still zu Ende,
nun sei auch still, mein Herz.
In Gottes treue Hände
leg ich nun Freud und Schmerz
und was dies Jahr umschlossen,
was Gott der Herr nur weiß,
die Tränen, die geflossen,
die Wunden brennend heiß.

Mit dem einen Notenblatt in Delis Hand mussten wir beim Singen die Köpfe zusammenstecken. Ihr Kopf, mein Kopf, ja, wir sangen Schläfe an Schläfe. Am Ende versagte ihr die Stimme. Sie flüsterte, während sie ihren kahlen Kopf in den Händen barg: „Ja, Tränen sind geflossen und die Wunden brennen heiß." Gottlob gebe es in ihrem Stall viele Winkel zwischen den warmen Kühen.

Das klang nicht nur poetisch, sondern vertraut. Als Viehtreiber in den Ferien wusste ich, dass man sich in den kalten Nächten an diese mütterlichen Tiere kuscheln konnte.

Deli beichtete weiter: Dort verstecke sie sich manchmal, kratze sich am Kopf und weine.

Ich saß verwirrt neben ihr, hilflos. Ja, Wunden brannten ... Ich fixierte die Spitzen der blamablen Lackschuhe. Auch ich wollte mich verstecken, hier, jetzt. Und noch mehr draußen in der Welt. Doch kein Kuhstall bot sich dar.

Nun erging sich Freund Peppe in den rituellen Feinheiten der Schweineschlacht. Nahezu andachtsvoll erklärte er, wieso die Halle leer sei. Man halte sich an die Sitte der Rumänen. Außerdem – das im Flüsterton – mache es sich nicht gut, in diesen „mageren Zeiten" zu viel Fleisch auf Lager zu haben. Und mit gehobener Stimme: Vor allem bei der Schweineschlächterei achte man „in unserem Haus auf die orthodoxen Kinkerlitzchen". Schweine dürften allein am 20. Dezember abgestochen werden, am Tag des heiligen Ignatius.

Tatsächlich: Es war der Tag, an dem die kleine Stadt widerhallte vom Todesschrei der Tiere. In den Morgenstunden musste man sich die Ohren zustopfen.

Der 20. Dezember heiße noch „Weihnacht der Zigeuner", *„crăciunul ţiganilor"*, erläuterte Peppe. Als Helfer beim Schlachten der Schweine seien sie zur Stelle: „Die armen Teufel, einmal im Jahr können Sie sich satt fressen."

Ich nickte: Das hatte der Schulfreund auch mir für den heutigen Abend versprochen.

Nach einer genauen Ordnung laufe alles ab. Zum Beispiel müsse der Kopf des Tieres nach Osten gewendet sein, wo eben der Tag anbreche. Nach der längsten Nacht des Jahres. In Fogarasch, wie man wisse, ein Schimpfwort: „Du bist saudumm wie die längste Nacht im Dezember." Auf die Stirn des Tieres werde mit einem Messer ein orthodoxes Kreuz gekerbt, mit Salz bestreut und der ganze Leib mit Weihwasser übergossen.

Ich hockte neben Deli und starrte auf den Boden, als ob ich mir entrinnen könnte. Wiewohl ich wusste, dass es ein Irrtum war zu glauben: Schließe man die Augen, sei man allein im Zimmer.

Das Schweigen zwischen uns wurde zum Mühlstein.

Worüber reden? Erinnerungen keine. Ich griff nach dem Nächstliegenden. Fragte befangen: ob es kein probateres Mittel gebe gegen Läuse als das stinkige Petroleum.

„Das auch noch elend zwickt“, ergänzte sie und fragte schüchtern, ob meine Mutter nicht ein Hausmittel wisse. In der Stadt sei sie bekannt als ein Tausendsassa, mit allen Wassern gewaschen.

Mit allen Wassern … Ich zuckte zusammen. Wie sie das meine?

Treuherzig erklärte sie: „Meine Jinitante sagt, deine Mutti ist ein Mensch, der auf allen Meeren herumgefahren ist und sich in der Welt auskennt. Deine Mutti versteht sich auf alles, sagt meine Jinitante, sie hat Hände aus Gold. Die Frau Gertrud: ein Wunderwuzzi.“

Wunderwuzzi, nie gehört. Sollte ich mir das Wort merken?

„Doch früher hätte man eine solche Frau als Hexe im Schlossteich ersäuft, deine liebe Mutter, ein Teufelskerl. So sagt unsere Jinitante, die alles immer weiß.“

Ich erwiderte ratlos, ich glaube nicht, dass unsere Mutter sich speziell auf Läuse verstünde. Ihre Begabung sei das Basteln und Singen. Bis zu Läusen hätten wir es noch nicht gebracht. Auch in der Rattenburg nicht. Was mich immer wieder plage – schon vorher im Haus mit dem Löwen war das so –, das sei die Krätze. Seltsamerweise … Ohne zu wollen, kratzte ich den Handrücken.

Deli wunderte sich sehr: „Krätze, pfui Teufel!“ Wie das in einem so anständigen Haus? „Von wo, von wem? Mit den Gassenbuben dürft ihr nicht spielen, wissen wir.“

Ich zögerte. Eigentlich sei es uns verboten. Dann räumte ich ein: Unser Bruder Kurtfelix könnte die Krätze gebracht haben. „Vielleicht. Wer weiß, wo er überall herumkugelt ..."

Der Kurtfelix sei ein herziger Bub, meinte Deli. Der einzige Bub von Herrschaften, der am Ostermontag auch in ihrem Haus die Mädchen „bespritzen" komme. „Mit feinem Parfüm." Und er bespritze alle fünf Mädchen. „Aber er nimmt sich nur ein rotes Ei, nicht fünf!"

Wie viele Geschwister sie im Ganzen seien?

„Sieben."

Es entfuhr mir: „Alle geschoren?"

„Gott bewahre!" Nur zwei der Schwestern befielen die Läuse. Die Buben sowieso nicht. Läuse seien Feinschmecker, so die spitzfindige Jinitante: „Nicht jedes Blut mundet den Läusen." Doch die zweite Schwester mit Läusen, die Sara, sei nicht da. „Die schämt sich zu sehr. Die anderen drei ja, die scharwenzeln hier herum." Aber sie setzten sich nicht neben sie. Im Gegenteil: Sie protzten mit ihren langen Zöpfen.

„Und die Brüder?", stotterte ich.

„Die sind noch zu klein."

Deli wechselte das Thema: „Doch nun hat es auch euch erwischt!" Sie sagte es mit belegter Stimme. Ja, sie fasste meine Hand, umfing sie scheu. Und ich spürte etwas Unbekanntes, das mein Gemüt im Grunde bewegte, auch beunruhigte: als ob ich endlich irgendwohin gehörte. Ja, ich hörte mich sagen: „Komm einmal bei uns vorbei!" Und sagte nicht: Bei uns wirst du dich neuerdings wie zu Hause fühlen.

Ob ich nun doch nicht den Kopf heben wolle, um mich umzusehen, wer alles da sei? Von Krethi und Plethi bis zum „Fogarascher Schick". Sogar die Gutskinder seien gekommen, mit ihrer rumpeligen Kalesche, das Wappen hätten sie abgekratzt wegen der Kommunisten, und nur mit einem Pferd. Und auch die Agathe sei da: „Die war ja dein Schatz." Alle fünf Schwestern seien herübergekommen, sogar die Clementine „mit ihrer großen Goschen". Und nachdenklich: „Vielleicht wollen sie sich einmal satt essen am ganzen Schwein. Es geht ihnen schlecht, seit der Vater fortgelaufen ist, wegen dem Hitler." Ihr, Delis Vater habe vom Hitler nichts gehalten. „Trotzdem haben sie ihn nach Russland verschleppt und uns von unserem Haus und Hof gejagt."

„Nicht einmal die vielen Hüte von dem Vater von der Agathe können sie verkaufen." Ob ich wisse, dass der Hüte gesammelt habe wie andere Schmetterlinge? Aber heute: „Alle Welt fürchtet sich vor den Hüten, dass man dich nicht für einen Ausbeuter hält. Die Kommunisten, die tragen nur eine Arbeiterschlick." Seine Frau spiele den Kommunisten auf dem Klavier zum Tanz auf: „Die zahlen nichts!" Aber vielleicht habe man sie darum nicht aus ihrem Haus geworfen. Sie sah scheu zu mir und sagte: „Unsereins macht sich so Gedanken." Ob ich nicht doch den Kopf heben wolle?

Nein, ich wollte den Kopf nicht heben. Der sowieso brummte.

Inzwischen hatte der Tanz begonnen. „Du tanzt ja nicht mit mir?", fragte Deli.

„Überhaupt nicht!"

Sie war es zufrieden, sichtbar.

Ein uraltes Grammofon musste herhalten. Zog man es mit der Kurbel auf, so sprang mitten im Gekrächze die Feder aus der Halterung. Walzer und Polkas erstarben in einem Misston. Es war, als ob der gescheckte Hund auf der Platte vor dem Schalltrichter aufjaulte. Die Paare ließen voneinander ab, schauten sich blöde um. Man musste den Kasten auseinandernehmen, um das Vehikel wieder in Gang zu bringen. Als sich die Prozedur wiederholte, schrie Peppe in die Halle hinein: „Lasst das blöde Gehopse. Wir spielen Blinde Kuh!"

Drei Gruppen bildeten sich. Die blinde Kuh war jedes Mal ein Bub. Das hatte das kundige Mädchen an meiner Seite vorausgesehen. „Weißt du warum?" Ich wusste es nicht, aber es leuchtete mir ein. „Bei Blinde Kuh dürfen die Buben uns Mädchen anfassen, wo immer, auch am Po." Deli wandte sich verschämt ab. „Wir Mädchen können nur kreischen und müssen ein Auge zudrücken. Nicht einmal die Hand vom Burschen dürfen wir wegschlagen. Oder ihm eine Watsche geben." Und sagte: „Schau, dort, wie eine herausgeputzte Dame, nein, wie eine Prinzessin im Fasching: Elinor Maurer."

Wie gebannt hob ich den Blick.

Was die hier suche, gingen Delis Betrachtungen weiter. Das „die" im Satz kränkte mich irgendwie. Doch die Frage, die war gültig.

Wo die zu hochnäsig sei, um „mit unsereins die gleiche Luft zu schnappen". Nicht einmal in die Kirche gehe sie: „Gerade dass sie sich mit uns hat konfirmieren lassen. Im dunkelroten Seidenkleid." Und plötzlich kamen Deli die Tränen: „Sieh, wie elend mein Konfirmationskleid ist!" Ihre Mutter habe es zusammengeschustert aus einem alten Fetzen von der Großtante Jini: „Von der ihrer Konfirmation vor hundert Jahren. Dem Peppe seine Mutter, die Kräh', hat sich über mein Gewand lustig gemacht." Sie schluckte und schnupfte. Ich gab ihr mein Taschentuch.

„Und die dort, die Elinor mit dem englischen Namen, als ob sie eine aufgedonnerte Königstochter ist."

Elinor Maurer: Ich erkannte sie nicht, weder auf den ersten noch auf den zweiten Blick. Es war eine Erscheinung aus einer anderen Welt, einer Welt weder von jetzt noch von je. Wie Deli es ausgedrückt, zu krass dahergesagt hatte – „aufgedonnerte Königstochter" –, aber in der Sache richtig: Dort saß eine junge Dame mit der Haltung einer Prinzessin, einer Prinzessin, wie wir uns das vorstellten. Sie saß in einem feudalen Lehnstuhl zwischen den Gastgebern, dem Schlachterehepaar Späck, an einem massiven Tisch. Auf dem sonst Tierleiber tranchiert wurden.

Ich hatte Elinor seit gut zwei Jahren nicht zu Gesicht bekommen. Zwei Monate nach meinem letzten Geburtstag im Haus mit dem Löwen hatten die „Bolschewiken" in einer Novembernacht unsere Möbel auf die Straße geworfen. Es regnete in Strömen. Seit damals, genauer, seit wir in der Rattenburg hausten, war ich ihr aus dem Weg gegangen. Ihr Name kam nur noch in meinem Tagebuch vor.

Sie trug vornehme Stiefel, wie im Saal niemand welche hatte, ein grünseidenes Kostüm und einen Pelzbolero.

Obwohl in Gesellschaft, blätterte sie in einem alten Journal aus dem Wartezimmer ihres Vaters, einem Exemplar der *Gartenlaube.* Ich kannte es, hatte es dort ausliegen gesehen, als ich mir wegen ihr einen gesunden Zahn ziehen lassen wollte. Überwach verstand ich die gelangweilte Geste. Die machte sich gut, damit signalisierte sie: „Ich bin zwar hier, gehöre aber nicht her." Und ich begriff niedergeschmettert: Das war nicht die Elinor von einst, die Schülerin in der schwarzen Klassenuniform mit dem weißen Umlegekragen. Der ich Stunden gegeben hatte. Die sich in Algebra krummgelacht hatte wegen Plus und Minus in komischer Unlogik und ebenso bei den Gleichungen ersten und zweiten Grades, wo Buchstaben Zahlen ersetzen; und der ich beigebracht hatte, was Beschleunigung heißt, indem ich sie vor mich auf mein Bizykel gesetzt hatte und wir den Kreuzberg hinuntergerast waren, schneller und schneller.

Ich erhob mich und schlich weg. Knickte in den Knien ein. Nur nicht gesehen werden. Ging davon, ehe das Buffet mit dem für uns geopferten Schwein aufgetragen worden war. Allein Deli bemerkte es. Im Fortgehen strich ich ihr über den kahlen Kopf. Sie flüsterte: „Ich wusste, dass du mit mir nicht tanzen würdest! Und niemand."

*

Als ich mich unserer Behausung näherte, nach meinem Rückzug Hals über Kopf aus der festlichen Fleischerei Späck, schlug mir Krach entgegen, der anders klang als das Silvestergeböllere rundum.

Beim Tor zum Hof stand unsere Mutter und rief ins Haus, ja, flehte: „Beruhige dich, Felix, beruhige dich, die Kinder, die Nachbarn!“ Eben begannen die Glocken aller Kirchen das neue Jahr einzuläuten. Der Himmel zerbarst unter einem Feuerwerk.

Sie war noch in *pleine parade,* im dunkelblauen Samtkleid, das unsere Mutter aus allen Untergängen gerettet hatte. Und das sie manchmal Arbeiterinnen auslieh für den Fasching. An das Volant klammerte sich Klein Elke, im Schlafhemd, barfuß im Schnee. Kurtfelix und Uwe starrten durch die Fenster in das Zimmer.

Drinnen tobte unser Vater. Man hörte, was er alles zerschlug. Und dann prasselten die Fensterscheiben den beiden Buben um die Nase.

Was er aber schrie, war furchtbar anzuhören. Einen Satz wiederholte er, als sei Peppes Grammofonnadel in einer Rille stecken geblieben: „Dies hier alles ist grauenhafter als in Russland, schlimmer, das Schlimmste. Wo wir erfroren sind, wo wir verhungert sind, wo man die Leichen nicht einmal in Zeitungspapier begraben konnte und im Winter überhaupt nicht.“

Was war das Schlimmste? Schon was geschah, war ohnegleichen schlimm. Aber noch schlimmer war, dass der sonst schweigsame Vater jäh loslegte, wehklagte, sich auslieferte. Schreckensvoll, was er herausschrie. Zu Russland, worüber er nie ein Wort verloren hatte. Oder war nicht noch erschreckender, was er über hier und heute hervorstieß: „Grauenhafter als Russland!“

Unser Vater stürzte in den Hof, halb ausgezogen, in Socken im schmutzigen Schnee. Wohin wollte er aufbrechen? Himmelangst befiel mich. Ich packte ihn um den Leib, hob ihn hoch. Er war federleicht. Ich wollte ihn zurück ins Haus drängen. Doch er riss mich durch den winzigen Hof auf die Straße, schleifte mich über den vereisten Fahrdamm. Ein Mann kam vorbei, erkannte den Vater, verkannte die Situation, rief auf Ungarisch, er möge mich laufen lassen: „Felix, *hagyjon békit a fiúnak!*"

Inzwischen hatte die Familie sich im Haus verbarrikadiert. Ich ließ meinen Vater auf der Straße zurück. Und folgte den anderen. Was tun?

Die Lösung bot sich von allein an. Aus unerfindlichen Gründen belud er sich mit der Kiste, darin wir das Speiseservice abgestellt hatten, vierundzwanzig Personen, Schlaggenwald 1792, die Goldschmidtische Hausmarke seit eh und je. Damit beladen, begann der Vater auf den Dachboden zu steigen über eine Leiter, die außen angebracht war. Die Leiter rutschte weg. Er stürzte, das Porzellan zerschellte.

Wir trugen ihn, völlig verstummt, zu Bett. Kein Schmerzenslaut entrang sich seinem Mund, seinem Gemüt. Die Mutter faschte das Bein, legte Umschläge auf mit essigsaurer Tonerde.

Der Arzt stellte am nächsten Tag fest: Der Oberschenkel war gebrochen. Er wurde vor Ort in Gips gelegt. Vier Wochen lag unser Vater darnieder. Schwieg. Wurde gepflegt. Jeder von uns legte Hand an. Ich montierte ihm unsere Turnringe über das Bett.

Für mich war es die Nacht, da ich beschloss, das Vaterhaus zu verlassen. Kein Wort wurde über jene

Nacht verloren, nicht dann, nicht später. Nie? In der Todesstunde stammelte er ein Wort, indem er die Hand seiner Frau suchte: „Verzeih!"

Im grünen Tagebuch keine Notiz über die Neujahrsnacht in der Rattenburg. Dafür karge Sätze voll Gram über Silvester. Ich erinnere mich jetzt noch, während ich schreibe, wie verzweifelt ich nach Worten fahndete, um der Bestürzung Herr zu werden.

Rattenburg, 1. Januar 1950. Gestern Abend große Ramasuri bei den Späcks. Als ob ich erleichtert war, dass ich mich dort an Deli Nägler halten konnte, die nie bei meinen Geburtstagen war. Dorthin gehöre ich, nun sind auch wir im Elend. Sie geschoren, die Arme, doch ohne den stinkenden Petroleumkopf. Sie war sehr herzig zu mir. Es ließ sich leidlich an. Bis sie mir Elinor zeigte.

Wie es sagen? Erschreckend, wie extravagant sie war. Eine große Dame. Ehrenplatz zwischen den dickwanstigen Hausleuten. So fremd zu früher, dass ich meine Augen abwenden musste. Ich flüchtete hinaus, so brach es mir das Herz. Ich betete sogar, obwohl ich mir keinen Gott vorstellen kann: „Du Gott, nirgendwo, tu etwas, dass diese Elinor mich nicht sieht." Ich schlich mich gebückt davon wie ein geprügelter Hund. Lief hinaus durch die Hintertür, stolperte über ein geschlachtetes Schwein, rutschte in den blöden Lackschuhen aus, fiel auf den blutigen Betonboden, rappelte mich auf, schlitterte in die Rattenburg. Nie mehr. Ich bin unglücklich wie nie.

Ich verstaute das Tagebuch im Sekretär, der auf der Kredenz kopfstand. Wohin auch mit ihm? Als ich später einmal in einem unbeaufsichtigten Augenblick, selten bei dem Gewusel in diesem Haus, das grüne Heft aus dem Geheimfach fischen wollte, fiel mir ein Blatt in die Hände. Es war die Handschrift meiner Mutter mit einem Gedicht von Schiller: *Das Mädchen aus der Fremde.* „Lies es aufmerksam durch und denk nach. Vielleicht wäre das die Antwort an das Storchennest. Das fremde Mädchen trotzdem nahe!“

Unwillig nahm ich das Papier an mich. Doch: War es so schlimm, dass die Mutter Bescheid wusste?

Das Gedicht hatte mich gepackt, ergriffen. Auf Butterpapier schrieb ich vier Strophen ab. Fraktur. Wir sagten: gotisch. Mit Tusche pinselte ich jeden Buchstaben einzeln hin. Die Majuskeln rot und kunstvoll geschwungen:

In einem Tal bei armen Hirten
Erschien mit jedem jungen Jahr,
Sobald die ersten Lerchen schwirrten,
Ein Mädchen, schön und wunderbar.

Sie war nicht in dem Tal geboren,
Man wußte nicht, woher sie kam,
Und schnell war ihre Spur verloren,
Sobald das Mädchen Abschied nahm.

Sie brachte Blumen mit und Früchte,
Gereift auf einer andern Flur,

In einem andern Sonnenlichte,
In einer glücklichern Natur.

Und teilte jedem eine Gabe,
Dem Früchte, jenem Blumen aus,
Der Jüngling und der Greis am Stabe,
Ein jeder ging beschenkt nach Haus.

Und diese Zeilen unterstrich ich:

Sie war nicht in dem Tal geboren,
Man wußte nicht, woher sie kam …

Nein, ich wusste nicht mehr, woher sie kam. Ich steckte das Glanzstück in ein großes Couvert mit der Aufschrift unserer Firma: *Fraţii Schlattner, Francisc şi Felix.* Schlich mich zum Storchennest. Legte es im Treppenhaus auf die unterste Stufe. Stutzte. Ging zurück. Zwängte es in den Schlitz des Postlädchens. Ob es Elinor erreicht hatte?

*

Uwe im Schlepptau wünschte manches zu hören und zu wissen. Wünschte nun doch zu wissen, ob es noch weit bis Klein-Schenk sei und wann wir dort sein würden.

Überhaupt nicht, schoss es mir durch den Sinn. Denkbar, dass ich den Spuren der Wehmut ohne Ende folgen wollte.

Er wünschte zu hören, dass wir dort schlafen würden. „Aber die Mama, die Mama? Wir schicken ein Telegramm."

„Du Esel!" Das zu Weihnachten ankäme. Er solle mit solchem Blödsinn aufhören. Da er doch genau wisse: Der rumänische *„clopotar"*, der Glöckner, bringe einmal in der Woche mit seinem „lahmlaketen" Pferd die Briefe und Zeitungen von Fogarasch nach Rohrbach.

Uwe wünschte außerdem, neben mir zu fahren und mit mir zu reden. Er langweile sich.

Diesmal wies ich ihn barsch ab. Mit mir entzweit, wollte ich für mich sein.

„Was bist du so unfreundlich zu mir? Wo ich ein so guter Kamerad bin!" Er mahnte: Wenigstens sollten wir uns ausruhen, nebeneinander. Auch sei er durstig. Und hungrig.

Wir hielten. Ich hatte einiges eingesackt. Aus einer Feldflasche gab ich ihm zu trinken. Er möge die Augen offenhalten, irgendwo am Straßenrand neben dem Rohrbach gebe es eine Quelle.

Nun also: Wir rasteten. Kaum hatten wir es uns auf dem Rasen am Wegesrand bequem gemacht, fielen ihm die Augen zu. Beide ließen wir uns von den schrägen Strahlen der Sonne einlullen.

*

Nikolaustag. Es hat geschneit. Über Nacht ist das Thermometer auf minus zehn Grad gerutscht. Vom Balkon des Pfarrhauses erblickt man unten am Bach bei den Lehmhütten den Nebel, ein kompaktes Gepränge der gleißenden Kälte.

Die kolossale Rozalia vom Bach hat mir Gaben in die Stiefel gestopft: einen Rutenbesen, selbst gebunden, einige goldglänzende Maiskolben, stibitzt aus der Trockenkammer des Nachbarn, rote Zwiebeln, eine Kartoffel und ein zartlila angehauchtes Ei meiner Lieblingsgans Lili.

Diese Rozalia wohnt mit ihren zwei Töchtern seit Kurzem auf dem Pfarrhof. Kennengelernt haben wir uns vor Zeiten bei einem spontanen Mittagessen, zu dem ich sie und einen Kumpel von der Straße holte, da ich es leid war, allein zu tafeln, wenn niemand von meinen Leuten zu Hause war. Beide waren *„ţigani"*, Zigeuner, wie sie sich selbst nennen. Während ich, diskret befragt, antworte: „Ich kenne keine Zigeuner, nur Menschen, die an meine Tür klopfen."

Während wir schmausten, stellte sich heraus, dass uns drei eine gravierende Gemeinsamkeit verband: den Pfarrer, die Frau Rozalia und den braunen Müßiggänger Nicări. Alle drei waren wir eingesperrt gewesen. So dass sich ein berufenes Gespräch entspann.

In der zweiten Hälfte meiner siebenbürgischen Existenz habe ich begriffen, dass und wie diese Menschenkinder anderer Sprache und sehr anderer Sitten meine Identität bestätigen, jenseits der Selbstverortung. Übrigens würden sie mich begraben. Voll und ganz der Sachse und Deutsche bin ich erst in der Bekräftigung der anderen: unter der geläufigen Anrede *„popa saşilor"*, Pope der Sachsen, bin es bei der Benennung *„cimitirul nemţesc"*, deutscher Friedhof, und nicht zuletzt in dem sanftmütigen Schimpfwort *„săsăläule"*, kraupeter Sachse,

Ioana, noch nicht vierzehn, ist schwanger, schon rundet sich der Leib. Denisa, elf, fingert dauernd am Handy herum. Beiden hängt das Telefon am Ohr bis zur Schieflage. Trotzdem: Wie viel 7 x 7 ist, wissen sie nicht.

Aus der Lehmhütte ohne Licht und Klo sind sie her gezogen. Auswendig lernen mussten sie dreierlei, doch gilt es für uns alle: Lügen nach Maß. Betrügen mit Maß. Für Diebereien kein Maß, weil unzulässig. Zu behalten ferner: Frechheiten werden nicht geduldet. Es gibt fixe Essenszeiten bei gedecktem Tisch. Sonntag um zwölf Uhr Gottesdienst, auf Rumänisch und Deutsch. Kurz und bündig: „*Voi să vă simţiţi bine aici cu mine. Eu să mă simt bine cu voi.*" Ihr sollt euch hier gut fühlen und ich mit euch. Es sind schwere Tage für alle gewesen.

Dass es so gekommen ist, hat sich ergeben. Die Mutter wurde hier vorstellig. Der Frau dringendes Anliegen: Ich möge eine „Auskratzung" finanzieren. Ich sagte rundweg: „*Nu!*" Nein!

Das Gespräch fand nicht zwischen Tür und Angel statt, sondern in der Kanzlei im Pfarramt. Niemals, seit ich hier Pfarrer bin, seit gut dreiundvierzig Jahren, wurden Gespräche draußen geführt, im Vorbeigehen, beim Türchen zum Pfarrhof. Mit keinem. Sei es ein Sachse von neben der Kirchenburg, sei es ein brauner Bruder vom Bach, sei es eine orthodoxe Rumänin vom anderen Berg.

Ich fragte trotzdem: Wer sei betroffen, sie, die Bittstellerin?

Nein, sie habe bereits elf Kinder von Vätern mancherlei Namens. Und stolz: Sie sei, mit Mitte vierzig, vermutlich bereits Urgroßmutter. „Gott, der liebliche, allein weiß das!" Außerdem sei sie mehrmals operiert worden, ihren Unterleib halte ein Netz zusammen. Glaube ich ihr nicht?

Noch ehe ich meinen Glauben beteuern konnte, lüpfte sie das pralle Gewand und zeigte den Schnitt her, eine Narbe wie ein Stacheldraht vom Schritt bis zum Busen. Mehr brauchte ich nicht zu schauen.

Doch als ich erfuhr, es sei die Tochter, achte Klasse, hörte ich mich sagen: „Behaltet das Kind, ich werde helfen, euch beistehen – *‚voi fi alături de voi'!*" Wieso diese Antwort? Unbedacht! Schon allein mein Alter nahe der neunzig hätte Warnung genug sein sollen, in Entwürfen nicht über die nächsten drei Tage hinauszugehen.

In dem Augenblick zerriss die Frau Atteste und Fotos von des Mädchens Unterleib. Und sagte feierlich: *„Așa să ne ajute bunul Dumnezeu!"* So möge uns der gütige Gott helfen!

Wie oft ist es bei mir ein inneres Bild gewesen, das die Entscheidung kurzweg befördert hatte. So absonderlich es klingen mag, diesmal: Was ich vor mir sah, es waren die ausgelatschten Schlappen des heiligen Josef. Die unter seinem Sterbebett ausgedient hatten.

Dieser strapazierte Josef, zweifelnder Ehemann, notgedrungen Ziehvater, steht er nicht immer demütig am Rand, wenn es um die Heilige Familie geht? Irgendwie betreten, verlegen? Dagegen, man male sich das aus: Fehlte er, gäbe es keine Weihnachtsgeschichte und keinen erwachsenen Jesus mit seiner Mission. Er, allein er hat dem Jesuskind leiblich auf die Welt geholfen, war an garstigem Orte als Einziger zur Hand, die Engel haben im Stall nur zugesehen und gekichert. Er hat das Kind bewahrt vor Mord und Totschlag, er hat den Knaben beschützt gegen die bösen Buben. Als redlicher Hausvater hat er ihn großgezogen, einen Mann aus ihm gemacht, ihm als kundiger Zimmermann einen Beruf beigebracht. Und hat zu all den himmelschreienden Ungereimtheiten geschwiegen. Schon allein dass die keusche Braut schwanger war … Und nachher das ganze Drum und Dran. Herausgerissen aus seiner angestammten Heimat in Galiläa, vertrieben nach Ägypten am Saum der Welten, war er zu ungewollten Wegen gezwungen. Und war zur Stelle! Trotz aller ausgefallenen Verstiegenheiten hat er den absonderlichen Sohn begleitet. Hat ihn beschirmt von Geburt an bis … bis sich die Riemen der Sandalen auflösten und das geschundene Schuhwerk ihm im Sterben von den Füßen fiel. Wie sinnig, dass dem heiligen Josef neben Wanderstab und Winkelmaß als ikonografisches Attribut die Lilie zugesprochen wird, Inbild von Edelmut und Anstand, Treue und Rechtschaffenheit.

Der entscheidende Gedanke, den dieses Bild in mir erweckte, lautete: Wo immer ein unbeschirmtes Kind geboren wird, müsste ein Josef zur Stelle sein. Somit hatte ich mich mit dem Gedanken angefreundet, dass mich der eigene Tod nicht an diesem Tag und nicht demnächst an jedem x-beliebigen Tag ereilen würde. Schon allein, weil in Bälde auf dem sächsischen Pfarrhof ein Kind auf die Welt kommen würde. Es war seit 1942 das erste Kind. Damals hieß mein Vorgänger im Amt Karl Heinz Schuleri, fünf blonde Kinder bevölkerten das Haus. Als die Russen kamen, war er in Galizien als Pfarrer an die Front abkommandiert, seine Familie musste fliehen.

Und nun: ein Kind!

Doch wie ein Menetekel erschien die Tageslosung als exaltierter Hinweis: „Heute ist der Tag, gut zum Sterben!“

Sollte das von nun an die forschende Frage an jedem Morgen sein, gerade jetzt, wo es ans Weiterleben ging?

*

Deli Nägler ist nicht tot. Jüngst kam ein Brief auf den Pfarrhof, aus Deutschland, versehen mit einem fremden Absender: Adele Maria von Kunzendorf. Unterschrieben jedoch mit Deli Nägler. Mehr als sechzig Jahre sind vergangen.

Sie habe meine drei Bücher über Fogarasch gelesen und alles verstanden. Bei vielem sei ihr „ein spätes Licht aufgegangen". Sie sei „den Dingen auf die Schliche gekommen", es habe „klick gemacht". Dabei habe sie „manch eine Träne zerdrückt wegen der schönen Erinnerungen". Ob alles in Wirklichkeit so gewesen sei? Aber allen, die es hören wollten oder nicht hören wollten, erzähle sie, dass sie mit dem „großen Poeten" Eginald Silvester gefeiert habe, sogar als seine „Tischdame".

Dem Brief lag eine Fotografie in Schwarz-Weiß bei. Darauf eine alte Dame. Im Profil. Kahlen Hauptes. Ein grauer Besatz von Härchen bedeckte vornehm den Kopf. Es war der kahle Kopf, den Frau Späck zu Silvester vergeblich nach Läusen abgesucht hatte.

Von Helen Breckner, unserer Klassenkollegin, wusste sie Sensationelles zu berichten. Ob ich mich erinnere, die habe der „Madame Späcking" damals Saures gegeben, als die sie frotzeln wollte. „An dem Silvesterball beim läppischen Peppe! Wo du vor der aufgedonnerten Elinor weggerannt bist." Und wo sich nachher niemand mehr um sie, Deli, gekümmert habe. So dass auch sie sich davongemacht habe. Sie habe bis ins neue Jahr bittere Tränen geweint zwischen den Kühen ihres Vaters, auf dem Kopf die stinkige, ölige Kappe gegen die Läuse.

Diese Helen Breckner habe es noch weiter gebracht als sie. Die habe sich „einen polynesischen König angelacht", laufe im Urwald „oben ohne" herum, baumele an Lianen und wohne in einem Baumhaus. Ihre toupierte Frisur halte eine Rippe ihres gestorbenen Schwiegervaters zusammen. Auf ihre Brüste habe sie das Wappen von Fogarasch tätowiert, zwei Schildkröten. „Die Gans, in Wirklichkeit sind es zwei Fische. Aber sie war nie gut in Zoologie." Und auf der Stirn habe sie ein Tattoo. „Was wohl? Die sieben Burgen. Ja, die verlorene Heimat!" Und wenn sie sterbe, würde man sie nicht verscharren, „unsere verrückte Helen von Fogarasch", sondern ihren Leichnam in der Lagune verwahren. Mit einem Kleiderbügel würde man sie zu den anderen Toten an eine lange Stange hängen. Bei Wellengang würden die toten Leiber hin und her tanzen. „Es gruselt einen!" Sie könne mir auch eine Fotografie schicken vom Friedhof im Meer. So Frau von Kunzendorf.

Als PS nicht etwa die banale Anmerkung: „geschoren, aber ohne Läuse". Vielmehr: „Hoffentlich lebst du noch?" Und dann: „Mein Gott, ich schlage mir an die Stirn, dreimal! Wärst du tot, würde man das in der *Siebenbürgischen Zeitung* lesen."

Es meldete sich nach Jahrzehnten auch Peppe Späck: handgeschriebener Brief, eine Rarität schon das, wo alles über Blitzbriefe dahinzuckt. Zünftige Briefmarke: Deutsches Sattelschwein und Rhönschaf. Zu lesen vielerlei.

Über Wittenberg: „Du weißt als Pfarrer bestimmt, der große Luther: *Ein feste Burg ist unser Gott!* Sein Grab mitten in der Schlosskirche. Dort steckt er drin mit Leib und Seele. Eine Grabplatte wie ein Schammerl." Es „gitzt" den Peppe Späck, dass die Touristen „ihren Steiß gemütlich hinräkeln" auf Luthers „heiligen Totenschrein", so heiße das dort! „Niedersitzen mit ihren stinketen Ärschen."

Verdrossen weiter im Text: Bei der Konfirmation hatte er das Schlachtermesser in den Stiefeln der Tracht vergessen. Als er niederkniete, war das Messer dem Pfarrer Stamm vor die Füße gerutscht. Der hatte es auf den Altar gelegt: „Wir sind hier nicht im Schlachthof." Alle hatten gelacht. „Wieder einmal ich der dummen Kerl von Fogarasch." Zig Jahre später spürbar verärgert: „Das weiß ja jeder Trottel: Die Kirche ist kein Schlachthof."

In der nächsten Zeile jedoch kam, was in der Tat nachdenklich stimmte: „Und dann doch Schlachthof, die Kirche!" Im Alter mache er sich über so vieles Gedanken. „Schlachthof, die Kirche. Wo man den Jesus vor seinem Kreuz lebendig auffrisst als Brot und Wein! Was ihr Pfarrer uns armen Seelen eintrichtert: Brot und Wein, Leib Christi. Und wir müssen auch noch vor euch niederknien, wenn wir Leib und Blut schlucken, wie man Säuglinge füttert. Also sind wir verrückter als die Menschenfresser!"

Weiter schrieb der einstige Klassenkamerad sichtbar pikiert, dass die Deutschen in Deutschland redeten, ohne zu verstehen, was sie reden: „Stell Dir vor, alter Freund, hier heißen die Fleischhauer Metzger, zum Blödwerden, was soll das? Kein Mensch versteht das. Fleischhauer, das ja: Da hauen wir ins Fleisch, dass das Blut spritzt. Oder Schornstein: Was ist das für ein geschorener Stein? Rauchfang, ja, das kapiert jeder. Der fängt den Rauch auf in der Stube, dass die Kinderchen nicht ersticken!"

Noch höher hinauf verkletterte sich der Freund: „Ich habe gehört, dass Du zum Dichter mutiert bist." Auch habe er eines meiner dicken Bücher überflogen, den „geschlachteten Hahn", sogar jede Seite, wenn auch nur schräg von oben nach unten. „Das heißt sich diagonal. Kolossal viele Wörter." Er sei mit „offenem Maul" geblieben, dass ich so viele Wörter zusammengetrommelt habe wie Kukuruzkörner für eine ganze Schweineherde.

Und dann folgten Sätze, wo ich aufhorchte, da war anrührende Solidarität, das tat gut. „Ein Dichter bist Du geworden, Du armer Tropf. Das ist heißes Eisen, dazu eine krumme Sache, so ein Dichter vor dem Herrn: Jeder Schweinehund kann seine Schnauze an Dir wetzen, jeder Schafskopf seinen Kren dazugeben. Dass unsere bekloppten Landsleute Dich bespucken, pfui Teufel!" Und nun der Ratschlag zum Besten, wiewohl seine Frau Annegret gewarnt habe, auch Ratschläge seien Schläge: „Mach Deine Schreiberei nicht zum öffentlichen Klo, wo jeder hineinkacken kann!"

Das war Tacheles geredet, auf gut Fogarascherisch. Ich nannte es Sentenz, was der Peppe mir zuspielte, durchaus Wahrspruch: deftig, doch zu beherzigen.

*

Dort, wo ein Waldweg sich dem Gehölz entwand und in der Landstraße verlor, stiegen wir von den Rädern und verschnauften. Es war die Abkürzung von Kaltbrunn nach Rohrbach, nach Klein-Schenk. Die frommen Rumänen errichteten an Weggabelungen ein Kreuz. Zu tun hatte das mit dem Gedenken an archaische Steinhaufen, die dem Götterboten Hermes geweiht waren. Ich war im Bild, da ich die antiken Göttersagen gelesen hatte, nicht nur die germanischen. Letztere als Pflichtlektüre der Deutschen Jugend.

Uwe erklärte ich: Dieser Hermes, das sei der Schutzgott der Reisenden …

„Also unser Beschützer!"

Der Kaufleute …

„Also beschützt er unseren Vater."

Aber auch der Gott der Diebe.

„Der Diebe? Zum Kuckuck! Unser Vater ist kein Räuberhauptmann!"

Bei der nächsten Weggabelung stockten wir, wunderten uns. Das Kreuz mit dem Schmerzensmann war verhüllt mit einem lila Gazeschleier.

Uwe brachte es auf den Punkt: Er, Uwe, ans Kreuz genagelt, wünschte nicht, dass alle Leute zusehen könnten, wie er zappelt und quiekt. „Pfui Teufel!" Wenn schon am Kreuz vor aller Augen, wäre ihm am liebsten „eine Maske vor dem Gesicht".

Lila verhüllt … Es war, als ob die erschreckende Szene sich verflüchtigte in eine bukolische Schöngeisterei. Der Tod als Spiel. Jesus als Harlekin, seine Welt die Manege.

*

Wintersonnenwende. Selbst mitten am Tag ist es wie Sonnenfinsternis. Doch die Standuhr, 1838, die im

Kapitelzimmer des Pfarrhauses aufragt, sie lässt sich nicht aus dem Takt bringen. Die Tage müssen länger werden. Schwerfällig sucht sich das Pendel seine gebändigte Bahn im Hin und Her. Eine geschlagene Woche dauert es, bis die zwei Gewichte, Uhrwerk, Schlagwerk, den Boden berühren.

Ich schreibe weiter. Mein Blick streift benommen den Kirchturm, wenn ich – wie das so schön heißt – den Kopf sinnend hebe.

Wir sind eingeschneit. Der Widerschein der eisigen *bellezza* erhellt die alten Stuben mit ihrem antiken Flair. Der kompakte Schnee hält sich auf den schroffen Dächern der Kirche, einer Basilika von 1225. Noch vier Jahre, und achthundert Jahre der Gebete und Bitten sind um. Der Schnee haftet sogar an dem steilen First des Wehrturms.

Die Frage, die den Schreibenden wie die Lesenden immer wieder umtreibt: Was ist ersonnen, was ist Tatsache in dem Text? Wann und wo und wie decken sich Erdichtetes und Erinnerung? Die lila Maske vor dem Gesicht: durchscheinend?

Ich meine, dass es in jeder Geschichte einen Angelpunkt geben muss, wo sich erinnerte Wahrheit und wahre Geschichte in den Armen liegen.

*

Es schlug die Stunde der Wahrheit. Neunundzwanzig Jahre nach dem Silvester in der Fleischerhalle geschah es auf meinem Pfarrhof. Ihre, Elinors jäh ausgesprochenen Worte besiegelten, was wir beide insgeheim wussten – ich sage es so: wie gut wir uns waren, einst als Schüler und immer und ohne Worte.

Sie kamen im Auto nach Rothberg, zu viert. Elinor Maurer, die seit Langem anders hieß. Ihr Mann, der chauffierte. Im Fond saß ein befreundetes Ehepaar. Im Kofferraum lagerte eine Stehlampe.

Die Familie hatte den Pass bekommen. Es ging nach Deutschland. Die Freunde halfen bei der Auflösung des Haushaltes.

Die Stehlampe stellte Elinor ins Pfarrhaus. Ein gedrechselter Ständer trug einen weitschweifigen Arm. An dem leuchtete ein Lampenschirm, gefertigt aus dem stadtbekannten japanischen Sonnenschirm von Elinors Mutter.

Wir saßen auf dem Balkon über dem steilen Kirchpark und betrachteten das sonderbare Geschenk. Nahezu feierlich klang, was Elinor zu sagen hatte, mir zu sagen hatte, die anderen hörten zu:

„Für dich! In Erinnerung an die schönen Stunden bei euch, als ihr noch im Haus mit dem Löwen gewohnt habt."

Die Sitzecke im Wohnzimmer mit den luftigen Fauteuils war ihr in Erinnerung geblieben. Auch dort eine Stehlampe.

„Den Schirm hatte deine Mutter entworfen. Mit ‚futuristischen' Motiven." Die Schülerin Elinor hatte sich nicht getraut zu fragen, was „futuristisch" bedeute.

Ich selbst hätte oft vorgelesen. Elinor nannte Namen, etwa Storm, auch Ganghofer. Oder ich hätte erzählt, sogar eigene Geschichten. Einmal sei ein grüner Hund vorgekommen. „Glaubt ihm nicht alles, er flunkert", habe der Bruder Kurtfelix gewarnt. Und meine Mutter habe lachend ergänzt: „Er ist halt ein Eulenspiegel."

Nun hätte ich endlich nach dem *„mărţişor"* mit dem Till Eulenspiegel in Gold fragen können, der, denkbar, sogar nach Jahrzehnten noch im Pelzmantel des Vaters steckte. Ich fragte nicht.

Auch nach dem Gedicht vom fremden Mädchen fragte ich nicht.

Dafür fiel mir, nicht ohne Bitterkeit, die Rattenburg ein: Die luftigen Fauteuils, für die es in dem Elendsquartier keinen Platz gab und keine Verwendung, sie waren auf den Schränken gelandet, wahrhaft luftig. Und hörte Elinor sagen: „Die Fauteuils hat dann deine findige Mutter auf die Schränke gestellt, in der Bruchbude, nachher. Schauerlich, wo die euch zusammengepfercht haben."

„Die", das waren die Herrscher der Stunde.

„Und das Tabernakel auf der Kredenz."

Ich traute meinen Ohren nicht. Sie dort, in der Rattenburg? Wann, wie? Wieder ein Stück falsch verwahrter Erinnerung? Eingeschärft hatte ich mir und es geglaubt, dass Elinor keineswegs je in der Rattenburg gewesen sein könnte. Verzweifelt hatte ich damals Dostojewski zu lesen begonnen, eben: *Erniedrigte und Beleidigte*. Die Formel für mich lautete: Elinor hatte ich in mein Tagebuch verbannt, nie mehr von Angesicht zu Angesicht. Schon jener Silvester bei Peppe, das war zu viel gewesen. Wo ich mich auf dem Absatz umgedreht und weggeschlichen hatte wie ein begossener Pudel.

Elinor erinnerte sich weiter, allein an mich gewendet: „Unseren Walteronkel haben sie noch früher vom Gut vertrieben. Und die Armen haben es noch schlechter getroffen als ihr. Die Eva arbeitete als Tagelöhnerin auf dem Feld. Zuletzt war ihre Haut wie Leder."

Unvermittelt erwähnte Elinor die gelbe Rose, die Walter von Steinburg täglich vom Gut mit dem Milchwagen meiner Mutter geschickt hatte. „Er hat deine Mutter sehr verehrt!" Ob ich das wisse?

Dieses Hand in Hand von Gesagtem und Gewesenem schälte sich bereits beim Kaffee heraus in der geselligen Runde auf dem Balkon im Angesicht des Wehrturms. Alles, was Elinor zu sagen hatte, richtete sie an mich. Es war, als ob wir zu zweit um den Gartentisch auf dem Balkon säßen. Die übrigen Anwesenden schienen nicht einmal als Staffage dabei zu sein. Und ich? Ich hörte …

Mitten im Satz bat sie: „Sei so lieb und zeig mir deine Kirche."

Ohne eine Antwort abzuwarten, erhob sie sich. Sie klappte den Gartenstuhl zusammen, strich das Kleid mit den Sonnenblumen zurecht und war schon an der Tür. Im Hof fragte sie:

„Erkennst du es nicht?"

Ich erkannte es nicht, das Sommerkleid. Und erfuhr: Meine Mutter hatte die Sonnenblumen auf den Stoff gemalt. Was ich als Kind behalten hatte von dieser Kunst, das waren die seltsamen Farbstifte in einer Blechdose: Sie bestanden zur Gänze aus Farbstoff – ohne Rand und Schale und Spitze.

„Was dir sofort einfallen müsste, ist: Wieso passt mir das Kleid heute? Hat sich meine Gestalt denn nicht verändert?"

Das war mir nicht eingefallen, obwohl es mir hätte auffallen können.

Wir beide gingen in die Kirche. Sie hatte erfasst, was sie treffend ausdrückte: „Mit deiner Schwiegermutter und dem etablierten Pfarrhof hast du deine gestohlene Jugend zurückgeholt."

*

Die anderen blieben zurück in der Gesellschaft der Pfarrfrau und deren Mutter, Frau Dora Josepha. Die über Humor und Bonmots verfügte und im tiefsten Bass souverän das Lied *Im tiefen Keller sitz ich hier* zum Besten gab und sich auf dem Klavier begleitete. Und mit der jedes Zwiegespräch stimmte, Genuss und Vergnügen zugleich. Was auf Anhieb so gewesen war von der ersten Begegnung an in Hermannstadt am 6. Oktober 1962 beim *jour fixe:* Ohrenfreude und Gaumenschmaus und Augenweide – ihre selbstsichere Korpulenz verwies auf die ehemalige Tänzerin. Auf der Stelle sagte sie: „Heiraten Sie meine Tochter!"

„Aber, aber …"

„Sie schaut genauso aus wie ich!"

Ich entdeckte die bestrickende Tochter Susanna Dorothea tags darauf im Dorf Schönau an der Kleinen Kokel. Die ich eine Stunde später wegführte zu mir in die Westkarpaten zum Bahnbau – und weiterhin: ein Leben lang.

Von der Schwiegermutter stammte der legendäre Ausspruch: „Am besten schmeckt der Champagner am Vormittag!" Über meinen Vorgänger als Hofmacher der

Tochter, Adolf Gießer, befand sie: „Schon wenn er die Tür aufgemacht hat, musste man gähnen."

Im Brief an die Tochter: „Lass alles stehen und fallen und folge ihm, wohin er dich ruft. Mit diesem jungen Mann wirst Du Dich nie langweilen!" Das allein stimmte.

Als ich Susanna Dorothea heiratete, nach einer Stunde Blickkontakt, war sie noch nicht neunzehn. Ihren neunzehnten Geburtstag im Februar 1963 begingen wir in klirrendem Winter im siebenbürgischen Erzgebirge beim Licht einer Öllampe. Hin hatte ich sie „heimgeführt", zum Gleisbau. Zu bieten hatte ich ihr eine solitäre Blockhütte in der Schneelandschaft. Sie fror. Ich schenkte ihr Wollstrümpfe, dicke Fäustlinge, drei gescheckte Lammfelle. Das Brennholz holten wir uns von einem verlassenen Friedhof und zerkleinerten die schimmeligen Kreuze mit der Zugsäge. Die Flamme zischte.

*

Schweigend waren Elinor und ich durch den Kirchpark gegangen, der gesäumt war von Tannen und Linden. Mit dem schmiedeeisernen Schlüssel öffnete ich das Schloss. In der Kirche setzten wir uns in die Pfarrerinnenbank vorne im Mittelschiff nahe dem Triumphbogen – die einzige Bank, die eine Lehne und ein Pult hatte und mit rotem Samt ausgekleidet war. Dahinter hatten die übrigen Frauen ihre Sitzplätze, deren Bänke einfache Holzgestelle mit einem Sitzbrett waren. Ohne Lehne. Damit der kostbare Rückenbehang der Tracht frei herabfallen konnte, nicht zerknittert wurde.

Wir blieben in der Kirche, sie und ich. Wie lange? Es schien, als hörte die Zeit auf, durch die Jahrhunderte zu rieseln. Über unseren Häuptern hing ein geschnitzter Halbmond, der die goldenen Pantoffeln der Mutter Gottes trug. Die Figur selbst, erklärte ich der versonnenen Elinor, ohne Schuhe, aber mit dem gekrönten Kind im Arm, war nach der radikalen Reformation im Altarschrein verstaut worden, der manches fromme Gerümpel enthielt.

Immer wieder trat Elinor aus ihrem Schweigen heraus. Umhüllt von Zeitwörtern. Sie erinnerte sich an ihre Konfirmation am Palmsonntag vor Ostern. An der ich auf meine Art und Weise beteiligt gewesen war. Fünf Wochen während der Passionszeit lag ich mit Scharlach im Bett, war in meinem Zimmer ausgesperrt von aller Welt. Noch in der alten Wohnung der vielen Türen.

Penicillin? Vielleicht im Königshaus. Und las und las und las. Ausgebrochen war der Scharlach just an jenem Sonntag, wo wir einen großen Ausflug geplant hatten, Elinor mit dabei, das erste Mal. Zur Narzissenwiese sollte es gehen, bei Schirkanyen, zwölf Kilometer weit. Zu Fuß. Die gerüstete Gruppe versammelte sich vor unserem Haus. Durch das Fenster konnte ich ihnen nur die berüchtigte Himbeerzunge herausstrecken und das weiße Dreieck zwischen Nase und Mundwinkeln vorzeigen. Wegen der Ansteckung blieb das Fenster geschlossen. Sie trollten sich. Ich hatte das Nachsehen, sah ihnen nach.

Zu hören bekam ich nach Jahrzehnten Verblüffendes – hier in der Kirche. Als Erstes, dass Elinor damals die Führung übernommen hatte: „Statt deiner." Ferner:

Übel hatte die Unternehmung geendet. Sie waren in Streit geraten. Die großmäuligen Jungen hatten ihnen nicht zugetraut, dass sie, die Mädchen, ein Lagerfeuer entfachen könnten, und sie zuletzt „dumme Ziegen" genannt. Getrennt sei man nach Hause marschiert, ohne Narzissen.

Ich sagte versöhnlich: „Ziegen, das geht ja noch. Das sind amüsante Viecher. Dumme Gänse, das wäre kränkender gewesen!"

Gleich alt, hätten wir zusammen konfirmiert werden sollen. Dass ich mich auch ohne Scharlach nicht hätte konfirmieren lassen, das wusste Elinor. Das, weil ich mit zehn Jahren im Braunhemd den Eid auf den Führer geschworen hatte. Sie sagte: „Du Esel, das für ewig ernst zu nehmen!"

Nicht vergessen hatte sie dieses: „Krank hin, krank her, trotzdem hast du mir bei der Prüfung beigestanden. Die in der Kirche staunten Bauklötze."

Bauklötze staunen? Nie gehört. Woher das Wort? In Fogarasch unbekannt.

Unter vielen anderen Büchern, etwa *Leonardo da Vinci* von Dmitri Mereschkowski, las ich *Engel Hiltensperger. Roman eines deutschen Aufrührers* von Georg Schmückle. Die Handlung spielte während der Reformation. Auf dem Scharlach-Bett sitzend, schrieb ich heraus, was sich auf Luthers Taten bezog. Unsere Fofo schmuggelte die Blätter hinaus und steckte sie der Maurer-Jino in den Zecker.

Alles ließ sich gut an. Elinor brillierte in der Prüfung vor versammelter Kirchengemeinde. Pfarrer Stamm, heilfroh, dass jemand so virtuos den Stoff beherrschte, ließ das eifrige Mädchen gewähren. Nur am Ende haperte es. Doch der Pfarrer gebot der Orgel mit einer martialischen Gebärde, vorzeitig das Hauptlied zu intonieren, das *Te Deum:* „Großer Gott, wir loben dich!" Denn die letzten Blätter hatte ihr Vater unter Verschluss genommen. Der Schmückle, das sei ein Nazischriftsteller, der habe in seinem Haus nichts zu suchen.

Sie schloss friedlich: „Du musst das verstehen. Als Zahnarzt waren ihm alle Zähne gleich willkommen! Aber nicht die Dichter!" Ihr Vater unterschied die Menschen nicht nach der Zunge, sondern nach der Anzahl der Karies und wie sie sich die Zähne putzten. Das ging so weit, dass der Doktor irrtümlich meinte, mein Spitzname sei Chlorodont. So hieß eine Zahnpaste.

Ich erinnerte mich: Kopfschüttelnd hatte man in der kleinen Stadt zur Kenntnis genommen, dass der Doktor sogar jüdische Zähne behandelte. Kopfschüttelnd, meine ich, ist das treffende Wort. Es drückt Verwunderung aus, dazu mit einem Unterton von Vorwurf. Ja, man tuschelte, dass er seinen jüdischen Studienfreund Himmelfarb in Kronstadt unter die Fittiche genommen hatte. Als der wegen der rumänischen Judengesetze seine Praxis hatte aufgeben müssen. Kurz und bündig erläuterte der Dr. med. dent.: „Die Zähne aller Menschen sind gleich! Bis auf die Weisheitszähne."

Aus heiterem Himmel erinnerte Elinor sich an den Kindergeburtstag auf dem Steinburgischen Gut.

Von mir festgehalten im Buch *Wasserzeichen.* Also doch wahr und wirklich? Oder erinnerte nur ich mich, dass sie sich erinnert hatte?

Die Schilderung dieses Geburtstags im Buch sollte sie nicht mehr erleben.

Unsere Fogarascher Klasse war auf das Gut eingeladen worden. Eingeladen zum Geburtstag der Tochter Eva, damals ein stilles, helles Mädchen mit zierlichen Zöpfen, das Haar seidenblond.
Irgendwie fremdartig waren die Gutskinder. Sie wurden am Morgen mit dem Milchwagen zur Schule gebracht und zu Mittag mit der Familienkutsche abgeholt. Dann verschwanden sie bis zum nächsten Tag. Wir Stadtkinder trafen uns auch am Nachmittag am Fluss beim Baden. Froren im Winter die Gewässer zu, liefen wir im Burggraben Schlittschuh. Es gab auch einzeln ein Hin und Her zwischen uns, nach Vorliebe und Auswahl. Oft machten wir gemeinsam Hausaufgaben, gewiss, die besten Freunde. Oder wir bastelten Flugdrachen. Oder spielten Pingpong. Bei Rote Handschuhe droschen wir gewitzt und wendig auf die Handrücken des anderen ein. Waren wir viele, traten wir gegeneinander an: Völkerball, Ringtennis oder Räuber und Gendarm. Ein Tummelplatz war der große Garten meiner Kindheit im Haus mit dem Löwen. Einmalig in der Stadt war der Splittergraben, den unser Vater wegen der amerikanischen Bomber angelegt hatte. Für alle Kinder, die zu uns spielen kamen, ein verhexter Ort, ein nicht geheures Versteck. Doch nie war ein Gutskind dabei.
Mit zwei Fuhrwerken wurden wir aus dem Schulhof abgeholt. Alle Kinder waren sonntäglich gekleidet, so gut es ging. Wer keine Festkleidung hatte, kam in der

feschen Kluft der Deutschen Jugend, im Braunhemd mit all den schlagkräftigen Dekorationen der Abzeichen. Der Großknecht Friedrich sah mit einem Blick, wie er die drängenden Jungen und Mädchen auf die beiden Gefährte zu verteilen hatte: „So! Hergehört, ihr Gimpel." Mit der Geißel lenkte er sachte die aufgeregten Festgäste, bis jeder hin kletterte, wo sein Platz war: in der geräumigen, gefederten Familienkutsche oder auf dem Leiterwagen mit den Eisenreifen.

Als der Hordenführer Hans Adolf Bediner, dieser in Paradeuniform, auf den Bock der Kutsche steigen wollte, schob ihn der Großknecht mit dem Peitschenstiel weg, dass er rücklings in den Leiterwagen plumpste. Die Mädchen kreischten. Die Buben klatschten. Noch ein „Heil Hitler" entrang sich seinem aufgesperrten Mund. Es klirrte der Dolch mit dem Hakenkreuz. Das schwere Koppel mit der Siegesrune rutschte bis zum Hals. Jetzt lachte keiner mehr.

Der Geburtstag begann wie üblich. Gratulieren, scheue Umarmungen, sinnige Geschenke, Blümchen, bunte Bänder. Nachher standen wir geniert herum und wussten nicht, wohin mit den Händen. Wir harrten der Dinge, die da kommen sollten. Doch vorerst kam nichts.

Schön gedeckt der Tisch, eine Augenweide. Damasttischtuch mit Monogramm: die fünfzackige Krone. Blumengirlanden entlang der Tafel. Porzellan, gelbliche Glasur, aus Pécs, seit einiger Zeit Fünfkirchen: fünf Kirchtürme als Markenzeichen. Die Dame des Hauses klimperte auf dem Klavier. Kinderlieder. Die ledige Großtante Eulalia, ganz in Schwarz, obschon nie Witwe, überragte

alles, bedrohlich fast. Wie das poetischer sagen? So: Die schwarze Ahnfrau stellte alles in den Schatten.
Krampfhaft suchte ich seit Kurzem bei einem Gedanken nach dem einzig richtigen Wort. Seit einem Jahr schrieb ich Tagebuch. Und kleine Gedichte. Oder erfand Geschichten, ein blaues Heft war voll. Das Tagebuch hatte ich im Maul des Steinlöwen versteckt. Schande über mich, als mein Bruder Kurtfelix dem Löwen mit der Schleuder das Maul wegschoss und mein verschwiegenes Heft durch den Hof flatterte.
Elinor mit ihren braunen Augen trat zu mir: „Spinnst du wieder einmal?" Dabei zupfte sie an meinen schiefen Hosenträgern. Eva war ihre Cousine, wir drei gingen in dieselbe Klasse. Beide waren zum Verwechseln gekleidet, die Kleider gleich: Rohseide, im Haar blassgrüne Seidenschleifen, weiße Ringelstrümpfe und Lackschuhe. Und noch etwas hob die beiden gemeinsam heraus, Eva und Elinor. Etwas, was mit den zwei Cousinen im Schulhof nicht geschah: In der Pause getraute sich keiner der bösen Buben, diesen zwei Mädchen ein brennendes Zündholz in die Haare zu katapultieren, lichterloh. Dazu gehörte Fingerfertigkeit. Mir gelang es nie. Der Zeigefinger presste das Streichholz auf die Reibfläche der Schachtel, die auf dem linken Daumen festsaß. Mit dem Mittelfinger der rechten Hand stupste man den Holzstab in Richtung der Schönen. Die Kuppe entzündete sich und das Hölzchen sauste als brennendes Geschoss davon und verkrümelte sich in der Frisur der Angepeilten. Das Haar fing Feuer. Ende: Ein barmherziger Samariter goss einen Kübel Wasser über die Entflammte. Rektor Kleinert schritt ein.

Am gezwirbelten Ohr wurde der Übeltäter abgeführt. Geschrei und Lachen. Nie geschah solches mit Elinor. Und nicht mit Eva.

Man konnte sie für Schwestern halten. Doch ich hielt sie nicht für Schwestern. Elinor blieb in meiner Nähe. In der Familienkutsche war sie mir gegenübergesessen. „Wenn man nebeneinandersitzt, sieht man den anderen nicht!"

Zum Eingruß auf dem Gut hatte sie ihre Verwandten abgeküsst. Vor der Großtante Eulalia knickste sie. Und flüsterte mir zu: „Sie ist nur angeheiratet. Aber immer die wichtigste Person! Maîtresse de plaisir."

In der Hand schwang die schwarze Tante ein Spanisches Rohr, mit dem sie alles dirigierte: das Personal, die Erwachsenen, die Fliegen an der Wand und die Tauben auf dem Dach. Jetzt den Chor der Geschwister, die dem Geburtstagskind ein Ständchen bringen mussten. „Und manchmal britscht sie den Kindern eins auf den Hintern!" So Elinor. Es ertönte krächzend und todernst unter der gestrengen Stabführung: „Hab Sonne im Herzen, ob's stürmt oder schneit."

Herr Walter von Steinburg trat durch eine Tapetentür, das Lied versiegte. Er duftete nach Pferdeschweiß und Juchten. Der Vater küsste die Tochter auf die Stirn, wünschte ihr: „Gute Zeit, dich zu freuen, und Anlass, um viel zu lachen!" Und stiefelte davon: „Der Bauer kennt keine Feiertage!" Den Gutsherrn konnte man sehen, wie er in Reih und Glied mit den Mähern die Sense schwang, vor Tag und Tau, und die Zuschauer wunderten sich.

Kaum war der Hausherr gegangen, sprach Elinor laut ein

Lob aus, das alle hörten: „Wie fesch du bist, Eginald, so als Tirolerbub!“ Ich, ein begossener Pudel, wurde puterrot. Warum sagte sie das alles? Warum wich sie nicht von meiner Seite? Wo die anderen geteilt in zwei Gruppen herumstanden: Mädchen, Buben. Ich bekam Schluckauf. Eilfertig holte sie ein Glas Wasser: „Hände hoch.“ Auch das noch. Die anderen feixten, flüsterten. Ich trat von einem Fuß auf den anderen. Doch ich hob die Hände in die Höhe, senkrecht. Das Hemd rutschte mir aus der Hose. Alle schielten auf meinen nackten Nabel. Elinor flößte mir das Wasser ein. Von früh auf hatte man mir eingetrichtert: Beherrschung, Contenance. Ich beherrschte mich und schluckte die Schnackerl hinunter. „Na, siehst du, wie rasch ich dich kuriere!“

Tante Lolo, Evas Mutter, regte an: „Eginald könnte eine Geschichte zum Besten geben.“ Sie nannte mich manchmal Anregi. Wobei die Klasse Beifall spendete: „Ja, aber eine wahre Geschichte. Er ist ein Till Eulenspiegel. Wir können ihm nicht alles glauben! Er flunkert zu viel.“ Doch Elinor stellte sich mit blitzenden Augen vor mich und sagte: „Jeder echte Dichter ist ein Till Eulenspiegel!“

Näher gekommen waren wir uns mit den scheuen Gutskindern, indem ich Geschichten erzählte. Oft hatten wir unsere Eltern begleitet, wenn sie hier einen Besuch abstatteten. Im Ganzen waren wir neun. Sie fünf, die Steinburgkinder, einst sechs, wir vier, dann später eins weniger auch wir, die Schlattnerkinder. Wir lagerten am Fluss, der das Gut begrenzte, die Weiden blinkten im Wind, die winzigen Wellen murmelten. Oder wir verkrochen uns in der Scheune, benebelt vom Geruch des Heus, während der Regen auf das Schindeldach prasselte. Geschichten noch und noch hatte ich ausgekramt – erfundene, gelesene und manchmal von mir erlebte Geschichten –, doch meistens von meinem jüngeren Bruder Kurtfelix entliehen. Den es abenteuerlich hinaustrieb in die Welt.

Im Unterschied zu den Freundinnen unserer Mutter, wo wir „Tante" an den Vornamen anhängten – die Alicetante, die Rositante, die Pampitante –, war das hier anders: Wir nannten Evas Mutter Tante Lolo. Es klang gemessener, respektvoller. Denkbar jedoch darum: Auch in diesem Haus gab es das schwarz gerahmte Bild einer toten Tochter. Kurz vor Weihnachten war das Mädchen Maria auf dem Weg zum Gut verunglückt. Ein mit Langholz beladener Bauernwagen aus dem rumänischen Dorf Mândra hatte sie überfahren. Da die Kutsche sie nicht abgeholt hatte, war sie losgestapft. Der Wagen hatte sie aufgenommen. Seitlich auf den Brettern sitzend, war sie abgerutscht. Und unter die hinteren Räder gekommen.

Aus gegebenem Anlass und weil an diesem Ort, erzählte ich eine wahre Geschichte, die mein Bruder Kurtfelix erlebt hatte. Letzten Winter war er mit einem seiner draufgängerischen Kumpanen, dem bereits eine Granate zwei Finger weggerissen hatte, an der Toten Aluta einer auffälligen Fährte im Schnee gefolgt, die sich im Rohr verlor: Eindrücke von Männerstiefeln gaben sich zu erkennen, zwei Personen mussten es gewesen sein. Aber unerklärlich war, dass diesen Schritten eine breite, holprige Spur folgte, als hätten die Männer etwas Unförmiges hinter sich hergezogen. Einen Leichnam? Die beiden Jungen hatten sich trotzdem vorgetastet. Und das Unförmige tief drinnen im gefrorenen Moor gefunden: das Geschirr von zwei Pferden. Es war jüngst dem Gutsbesitzer Walter von Steinburg gestohlen worden. So schlecht konnten die beiden Knaben Rumänisch, dass die Polizei den Lehrer Franz Kleinert als Übersetzer herbeizitieren musste. Und ihm zusätzlich eine Standpauke hielt, weil er uns so jämmerlich wenig von der königlichen Staatssprache beigebracht hatte. Im Stundenplan hatten wir ab der dritten Klasse zwei Stunden in der Woche Rumänisch als Fremdsprache. Zu wenig, um den komplizierten Tatbestand bei der Toten Aluta aufzuklären. In der Geschichte, die ich ausmalte und überbot, kamen zusätzlich ein zahmer Fuchs und eine Horde Wildschweine vor.

Großtante Eulalia bemerkte: „Fürstlich entlohnt hat unser Walter die beiden Spitzbuben!"

Spitzbuben? Das war doch kein Lob …

Tante Lolo meinte lächelnd: „Das gehört nicht her!"

Die schwarze Tante bestand darauf, dass es zur Geschichte gehöre, erst so sei diese ganz und glatt und rund.

Wie rasch der Geburtstag verging. Schon stellten zwei Dienstmädchen die Petroleumlampen an ihren Platz, mit Glaszylindern, die kristallen erglänzten. Und legten griffbereit die Streichholzschachteln daneben. Doch noch war es nicht so weit. Das Fest, es verlief nicht wie üblich. Und zuletzt für mich sehr verschieden. Als am Abend die Kinder mit der behäbigen Fähre über den Fluss setzten, Fackeln hoch erhoben, geschah mit mir ganz anderes. Schon als wir im Zug – zu zweit und im Marschtritt, so befahl es der Hordenführer Hans Adolf – das Gut besichtigten, Eva voran, da hatte Elinor mich beiseitegenommen und geflüstert: „Bleib zurück, wir haben anderes vor!" Und hatte zur Sicherheit mein Handgelenk gepackt, als könnte ich entlaufen. Noch pilgerten wir mit. Ställe und Kälber, Kutschen und Pferde, Scheunen und der Wetterhahn auf dem Dach, wir ließen uns dies alles zeigen. Leise Kühle erinnerte an den kommenden Herbst. Wir hatten die Jacken dabei. Dann tappten wir in die gewölbten Keller. Hier gab es Krautfässer, die Apfelbetten waren noch leer, verstaubte Weinflaschen lagerten in Nischen. Die Jungen spürten die Geheimtreppe in dem Mauerwerk auf. Als aber der Hordenführer befahl: „Hier wird hinaufgeklettert, alle Mann ran, marsch, masch!", drängte mich Elinor beiseite. Den Finger auf dem Mund, lotste sie mich weg aus der lärmenden Schar, die kichernd über die Geheimtreppe in die Oberwelt entschwand und zur Fähre lief. Mit geschlossenen Augen ließ ich mich wegführen. Auf den Aussichtsturm kletterten wir über eine Wendeltreppe. Von hier hatte der Großvater die Wildenten an der Aluta geschossen. Dafür hatte er den Turm errichten lassen. Ganz oben angekommen, stieß ich gegen einen Himmel voller Sterne. Elinor stupste mich in einen Lehnsessel, in dem ich versank. Dieser gelenkige Stuhl, dazu auf Rädern, bequem für einen alten Aristokraten, der Wildvögel schoss, drehte sich von selbst im Kreis. So konnte man im Nu alle fliegenden Enten anpeilen.

„Hast du deine sieben Sinne wieder beisammen?", fragte das Mädchen. Ich nickte. Und dachte verwirrt: warum sieben Sinne? Wir standen an die Balustrade gelehnt, die

uns bis zur Brust reichte. Im Westen erlosch das Abendrot. „Komm!" Elinor gab dem Stuhl einen Stups. Wir beide trippelten hinterher. Der fahrende Stuhl hielt im Angesicht der Venus, die am Nachthimmel zu glühen begann. Um den aufdringlichen Planeten leuchtete die Klarheit der Sterne. Und nun geschah das Beängstigende: Elinor bat mich, ihr die Sternbilder zu erklären. In der Schule wusste man, dass ich eine kleine Sternwarte besaß. Doch die Sternbilder aufzeigen ohne Fernrohr? Das gelingt zu zweit nur, wenn man Wange an Wange legt. Sollten wir das? Wollte sie das?

Sicherlich! Nur so vermag man die Blicke parallel auf die gleiche Himmelsfigur zu lenken. Wie sonst aus dem Gewirr der Gestirne die Kassiopeia herauspicken, den Großen und den Kleinen Wagen orten und in siebenfacher Verlängerung der Hinterachse den Polarstern ausfindig machen?

Ich flüsterte bestürzt: „Die Sternbilder zeigen?" Und stürzte ab ins Poetische: „Da müssen unsere vier Augen sehr nahe zum Himmelszelt lugen!" Sie verstand, was ich sagen wollte.

„So ist es, das kapiere auch ich! Nun also, los!" Und tat prompt, was geboten war, um mit mir den Sterngucker zu spielen: Sie legte ihre Wange an meine. „Du musst nicht flüstern. Hier hören uns nur die Engel!"

Es glückte nicht. Der Himmel geriet in Aufregung. Die Himmelskörper tanzten hin und her, liefen davon. Nein, es gelang nicht. Vielleicht, weil unsere Gesichter sich zu innig berührten. Unsere Herzen schlugen heftig und hörbar. Sie schlugen bis zum Hals. So nahe waren wir uns, dass wir das spürten. Die Sterne purzelten durcheinander. Der Große Wagen rollte davon und zog den Kleinen Wagen hinter sich her. Eine Sternschnuppe schoss so rasch über den Himmel, dass uns kein Wunsch einfiel. Mir wurde schwindelig. Wir mussten die Augen schließen.

„Setzen wir uns hin", sagte die Freundin. „Als ob der Turm wackelt." Sie ergriff meine Hand und wir setzten uns. Knapp nahm der lederne Lehnstuhl uns auf. „Au weh, deine Tirolerhose!" Sonst fiel kein Wort.

Wir blieben so, Elinor und ich, weitab von den sphärischen Geschehnissen. Die Augen hatten wir niedergeschlagen. Im blassen Licht des Abends blinkten ihre Lackschuhe, gehalten von einer Silberspange. Meine farblosen Haferlschuhe waren nicht zu sehen, als wären sie erloschen. Unten schwebten feierlich zwei Dutzend Fackeln über die Wasser des Flusses. Die jungen Leute sangen Flamme empor. *Lange verharrten wir so, Hand in Hand. Auf der Heimfahrt saßen wir in der Kutsche nebeneinander. Wir sahen uns nicht.*

Elinor neben mir in der samtenen Bank versank in Schweigen. Lange betrachtete sie den Altar.

Ich folgte ihrem Blick, fühlte mich aufgerufen, mich in heftige Erläuterungen zu verstricken:

„Es geht um ein Unikat."

Geschnitzte Figuren standen frei im Raum. Nicht *en pleine air,* wie das unserem Gefühl geschmeichelt hätte. Gruppiert waren die Figuren unter einen Baldachin, der überladen war von Rokokoverschnörkelungen. Um den

Schmerzensmann am Kreuz, der in kanonischer Diktion nicht und nicht stirbt, standen die klassischen Begleiter: Maria, die Mutter, heraldisch rechts, und gegenüber der Lieblingsjünger Johannes. In den Ecken seitlich vorne schwebten zwei meckige Engel, erotisch entblößt bis weit über das Knie. Der eine Engel schwenkte die blutige Dornenkrone, der andere, weniger triumphal, hielt eine Siegespalme hoch. Barfuß tippelten sie daher, ohne Schuhe. Wofür die Kinder aus den Lehmhütten sie beneideten: *„Zboară!“* Sie fliegen. Und brauchten somit keine Schuhe. Eben, als Engel. Mit einem Seufzen beschieden sich die Wichte vom Bach.

Elinor hörte zu. Beim kugelrunden Totenkopf, von einem Pfeil durchbohrt, fragte sie: „Was bedeutet das?“

Ich antwortete zögernd – warum? –, sagte eingelernt:

„Der Tod hat den Tod getötet. Und hat das ewige Leben hervorgebracht! Das Gesetz der doppelten Negation. Die doppelte Verneinung, die bekräftigt, bejaht. Lateinisch: *duplex negatio affirmat.*“ Wollte ich damit angeben? Musste das sein? Nein! Trotzdem ergänzte ich: „Weswegen du mich in Algebra immer wieder ausgelacht hast: Wie soll zweimal Minus Plus ergeben?“

Worüber sie jetzt noch lache, bemerkte sie ernsthaft. Sie blickte lange auf die Altargruppe. Fragte unvermittelt, ob mir aufgefallen sei, dass trotz der grausigen Szenerie eine choreografische Beschwingtheit die Figuren beseele.

Das sei mir aufgefallen – ich schnitt ihr das Wort ab, stürzte mich in weitere Erläuterungen – und abzulesen am Faltenwurf bis hin zu den Gesten der umstehenden Figuren. Sogar die *Mater dolorosa* ließe sich von diesem beflügelten Elan mitnehmen. Wobei ihr, der blutjungen Mutter mit dem Jesuskind im Arm, in plumper Manier geweissagt worden war, dass ein Schwert durch ihre Seele dringen werde. So der taktlose Simon bei der Darstellung Jesu im Tempel. „Bekannt als …"

Sie: *„Nunc dimittis."*

Elinor wandte sich mir zu. Wir verloren den Schauplatz aus den Augen. Jäh trübte Gram ihre Stimme: Oft frage sie sich, ratlos, wie Maria mit einem solchen Orakel fertiggeworden sei.

Und sprach nicht aus: Wer werde schon davor bewahrt, dass ihm ein Schwert durch die Seele dringe. Sie wünschte, dass im Sterben ihr letzter Blick einen Menschen finde, der sie liebe.

Sie legte den Kopf auf den roten Samt der Bank und sagte: „Hüll dich in deine Traurigkeit wie in einen Mantel." Und: „Wunschlos glücklich … es müsste auch dies andere geben: wunschlos unglücklich." Wir waren gut um die vierzig und konnten damit etwas anfangen: wunschlos unglücklich.

Aber sie hing dem anderen Gedanken nach, sagte mit einer vom Samt erstickten Stimme: Wunschlos glücklich sei sie eine Sommernacht lang gewesen. „Ich atmete nicht vor Glück, ja, die Decke bis zum Kinn, als wir im selben Zimmer schliefen bei meiner Ilsatante in Schirkanyen. Weißt du noch?"

Auch ich hatte damals den Atem angehalten, die Bettdecke bis zum Kinn.

Und dann hob sie den Kopf, sah mir in die Augen: „Es sei nun gesagt, ehe es zu spät ist. Damals, als Schülerin, war ich so verliebt in dich, dass mir die Gläser aus der Hand gefallen sind, wenn ich gehört habe, wie du heraufkamst ins Storchennest." Das Knarren der Treppe habe sie bis heute im Ohr. Die gute Jino, die Perle, habe geschimpft: „Wenn man verliebt ist, lässt man nicht die teuren Gläser fallen, sondern versalzt die Suppe."

„Welche Gläser?", fragte ich.

Sie musste beim Abwasch helfen. Mein Gott, so auch wir Buben unserer Fofo. Das haben wir gemeinsam, dachte ich konfus.

Ich trat einen Schritt von mir weg. Sonderbare Gedanken umgarnten mich. Das, was wir stillschweigend über Jahre voneinander wussten, hatte sie nun ausgesprochen. Und besiegelte die heimliche Gewissheit von jeher: wie gut wir uns waren.

Die Erschütterung war groß. Die Figuren auf dem Altar begannen zu tänzeln. Allein der gekreuzigte Christus hielt still.

Elinor erhob sich von der Pfarrerinnenbank und bat mich, ich möge sie segnen. Nein, sie bat nicht, sie sagte: „Segne mich!"

Wir durchquerten die Vierung des Chorraumes. Wir gingen nebeneinander her. In sich versunken stand sie eine gute Weile vor dem Altar. Darauf rückte sie zu Füßen jenes Engels hin, der hoch über dem Kopf die Dornenkrone schwenkte. Dort kniete sie auf den Stufen nieder. Sie neigte das Haupt. Sie wartete.

Ich legte ihr die Hände auf. Ich segnete sie.

*

Uwe hatte die Quelle entdeckt. Doch nicht neben dem Rohrbach sprudelte sie hervor. Es war eine Waldquelle. Förster hatten sie gefasst. Eine Eichenrinne leitete den Strahl in den Graben.

Wir knieten nieder, verschränkten die Finger beider Hände so, dass eine kleine Rinne entstand, und schlürften das kühle Wasser. Dann ging es weiter des Wegs.

*

Und weiter in Gedanken hierselbst. Auf die Frage in der Predigt am Sonntag: Was stelle ich mir vor, wenn es liturgisch heißt „seliges Sterben“, finde ich diese Antwort: so sterben, dass das „brechende Auge“ auf Menschen fällt, die einen lieben, die ich liebe.

Und weiß, es sind Worte des Angedenkens. Waren das nicht Elinors Worte, vor Zeiten, damals in der Kirche, als sie sagte, Jahrzehnte seien vergangen, ich möge sie segnen, zum Abschied für immer?

Ich suche die Parte heraus, die mich bei Elinors Tod erreicht hat, weit über ein Jahrzehnt zurück.

Wie war es, damals, als die Nachricht eintraf? Ich setze mich in den Schaukelstuhl beim Kachelofen und lasse den Gedanken freien Lauf, achte der Zeit nicht. Zeit haben für einen Menschen ist ein Ausdruck von Liebe.

Die schlichte Karte liegt nicht mit den anderen in der schwarzen Mappe „Parten“, die sich zu wölben beginnt. Ich entnehme sie mit feierlicher Wehmut einem Kästchen mit floralen Intarsien.

Von all den hingeschiedenen Geschöpfen argloser und ahnungsloser Jahre war es das einzige Mal, dass mich die Familie einbezog. Ich wusste das zu würdigen. Meine gemessene Antwort ging an den Ehemann. Ich erinnere mich, dass ich es in dem Brief aussprach: das Wort von der „scheuen Schülerliebe".

Wie weh es tat! Was weh tut, ist wie gestern.

Der Schmerz der Nachricht vom Tod traf mitten ins Gemüt. Versehrte die Erinnerung. Die Zeit verstummte. Der Tag wurde angehalten. Jegliche Geschäftigkeit erlosch. Die Trauer, sie galt ihr allein. Alle anderen Toten hörten auf.

Allein die Kirche bot Zuflucht.

Ich veranlasste, was ich allemal tue, wenn jemand aus meiner Gemeinde in der „neuen Heimat" heimgegangen war: Ich ließ die Glocken läuten. Im Dorf wusste man: *„La sași a murit cineva în Germania!"* Bei den Sachsen war jemand in Deutschland gestorben. Und es wunderte sich die Leute: Selbst dort im Wunderland *„Germania"* starb man. *„Şi acolo se moare!"*

Diesmal wies ich die Burghüterin an, nicht nur eine, die große Glocke, sondern alle drei Glocken läuten zu lassen. Es bedurfte mehrerer Hände, um die drei Seile zu bewegen, und das mitten in der Woche, mitten am Tag.

Bis zum Dunkelwerden verweilte ich in der Kirche. Bis die Abendglocke mich aufschreckte. Ich hatte mich in das Pfarrgestühl gesetzt. Beäugt wurde ich von einer geschnitzten Schleiereule, die dem Geistlichen zur Weisheit verhelfen sollte. Und grübelte.

Die archaische Stille der Kirche wurde aufgescheucht. Eine Schwalbe flatterte unter dem Gewölbe dahin, in heller Aufregung, her verirrt durch ein geborstenes Fenster. „Mariä Geburt fliegen die Schwalben furt“, hieß es bei uns. Noch war es nicht so weit. Die Störche auf dem Schornstein der ehemals evangelischen Schule waren noch da, doch die drei Jungstörche übten erregt mit den Flügeln: Wehe, wenn der erste Flug misslang! Keine zweite Chance, die uns Menschen ja gewährt werden sollte. Die verirrte Schwalbe hatte die zweite Chance geschafft. Sie war entwischt. Erneut war es die Stille der Jahrhunderte, die das Wort sprach.

Ich ließ die Erinnerungen kreisen. Bogenschnitt um Bogenschnitt zu einst, ehe sie, Elinor, Abschied genommen hatte von Land und Leuten. Auch von mir. Und von hier.

Weit zurück in den Tiefsinn der Zeit voller Verschwiegenheiten verleitete mich das Gedenken. Und es kam der Augenblick, da in dieser linearen Geschichte das triftige Zwischenspiel greifbar wurde, wir beide damals eben erwachsene Schüler.

Es hatte jene Nacht der Nähe gegeben. Eine Nacht zu zweit in Schirkanyen, wir beide damals im Lyzeum. Sie Liceul Doamna Stanca, ich Liceul Radu Negru. In den Ferien. Im Haus ihrer Tante Ilsa, im Zimmer mit der Barockdecke. Die aufleuchtete, als einmal in jener Nacht ein Auto vorbeifuhr. Wir zusammen wie nie und dennoch getrennt für immer.

*

„Eine Kateridee", hatte ihr Onkel befunden, Inhaber der Steinburgischen Apotheke in Schirkanyen, im weißen Kittel, eine Schlange mit dem Giftbecher im Knopfloch, unverheiratet und todernst. Ein Herr, der sonst kein Wort sprach. Alles Gerede rings um ihn war jäh verstummt.

Kateridee, das Wort so nie gehört.

In Fogarasch hieß es klar und scharf: was für eine Schnapsidee. Nachher, als ruchbar wurde, was wir angestellt hatten, der Schulfreund Hans Adolf Bediner und ich. Mit dem Boot flussaufwärts zu paddeln bis nach Schirkanyen, allein schon die Landstraße fünfzehn Kilometer!

Onkel Franz verstieg sich bis hin und lästerte: „die blödeste Idee des Jahrhunderts".

Abends zu dunkler Stunde hatten wir im Steinburgischen Haus in Schirkanyen angeklopft, bestaubt bis unter die Haarwurzeln, braun gebrannt wie der Meinl-Mohr, fetzig gekleidet, in kurzen Hosen und im Ruderhemdchen, jeweils ein Paddel geschultert. Und höflich gefragt, ob wir unseren Klassenkollegen Hans Jörg Roth besuchen dürften.

Die Wirtschafterin Rosi fertigte uns ab: Nein, er sei nicht hier, der junge Herr.

Sie ließ uns vor der Tür stehen. Wir waren hundemüde. Und hungrig. Der Magen knurrte hörbar.

Plötzlich streckte sie den Kopf mit ihrer spitzen, grünen Nase heraus und wies auf mich:

„Dich kenn ich, du Nichtsnutz. Wenn tu kommst, stellst' hier alles auf den Kopf mit deine Verrucktheiten.

Auch heut: Purzelst herein mitten in die Nacht? Und jetzt kommst gleich mit noch einem ungewaschenen Purschen. Schämt's euch." Aufgeschreckt schrie ein Käuzchen im Rauchfang. „Da tut einer sterben, geb' Gott, ein Zigun." Und hochdeutsch: „Die Herrschaften haben sich zurückgezogen. Um diese Stunde empfängt die gnä' Frau Doktor niemand! Und der Herr Apotheker, der Herr von Steinburg, ist schon zur Ruh'!"

Immerhin ließ sie die Tür halb offen. So standen wir nicht ganz im Dunkeln. Und ich konnte zischen: „Ihr seid immer noch die zackige Rosi!"

„Niemand anders!"

Sie erläuterte trotzdem, während sie den Abendtisch abräumte – uns lief das Wasser im Mund zusammen, als wir sahen, was an restlichen Herrlichkeiten weggerafft wurde –, und brummte mit abgewandter Schulter, dass der Sohn und der Vater weg seien, „mitsammen, bei die Kranken in den Nachbardörfern, zu die Walachen, mit der Kalesch'. Denn auch unser Hans Jörg will Dokter werden wie der gnä' Herr!" Und schließlich: dass die beiden erst morgen zurück seien.

Doch dann geschah es, wie ich es ausgeklügelt hatte: dass jemand vom Hause mit gesundem Menschenverstand, anders als die Rosi mit ihrem Spatzenhirn, bei unserem jämmerlichen Anblick sofort fragen würde, was wir zu so später Stunde weitab von daheim verloren hätten. Umso mehr man mich ja kannte als Freund des Schülers Hans Jörg. Und gottlob, dieser Mensch erschien engelgleich, als wir schon die Paddel geschultert hatten, um wegzuschleichen.

Als Erstes wurde Licht angeknipst. Die Mutter unseres Schulfreundes war es. Sie schritt den Gang entlang auf uns zu, Frau Ilsa, ehrerbietig Frau Doktor Roth. Der Gang war zum Hof hin offen. Dieser Hof war beschattet von Bäumen wie ein Park: Kastanien und Linden verflochten ihr Astwerk. Ein Vorzug des überdachten Gangs war, dass man unbeschadet von Wetter und Wind an seinem Ende das Klo erreichen konnte, ein WC, bitte, im Sinne von Windklo.

Frau Ilsa war eine geborene Pildner von Steinburg. Sie war die Schwester unseres geschätzten Walteronkels, des Gutsbesitzers bei Fogarasch, und die Schwester von Elinors Mutter. Sie hatte Hans Roth geheiratet, einen Bauernsohn des Dorfes, Arzt, mit Schmiss auf der linken Backe, vornehm verzogen der Mund. Und hatte somit im altehrwürdigen Elternhaus verbleiben können. Dem eine Apotheke angegliedert war. Familienbesitz. In der Obhut des zweiten Bruders. Den ich ein, zwei Mal zu Gesicht bekommen hatte, eine Erscheinung von antiker Düsternis.

Mit einem Blick erfasste die kundige Dame die vertrackte Situation, bestimmte ohne viel Federlesen: „Gewiss seid ihr hungrig, hungrig wie ein Igel!" Und zu Rosi: „Frisch aufgetischt. Zwei Gedecke sind ja schon da. Doch die großen Tassen! Und Büffelmilch, der Rahm fingerdick."

„Kapiert, gnä' Frau. Dick wie meine dicke Zehe!"

Frau Ilsa fuhr fort: „Und allemal habt ihr die nötige Bettschwere und schielt nach dem Bettzipfel! Doch zuerst wird gefuttert!"

Somit hatte ich richtig getippt. Doch ich knickte ein: hungrig wie ein Igel – ein Igel, was frisst der schon viel? Während Hans Adolf, der Kumpan, wie gewöhnlich das Reden und Entscheiden mir überließ. Er döste an das Paddel gelehnt vor sich hin.

„Dass euer Hans Jörg nicht da ist, wird euch die geschwätzige Rosi, die Perle, schon gesagt haben. Nichtsdestotrotz seid ihr hier zu Hause ...“

Alles lief ab wie am Schnürchen. Doch es kam aufregender. Meinen Augen traute ich nicht. Das Paddel klatschte auf den Boden, zerbrach. Elinor war aus dem Nichts aufgetaucht. War sofort bei mir. Und im Thema. Besorgt schubste sie mit ihren nackten Füßen die gebrochenen Teile weg, die nur noch Ruder waren. Zärtlich rief sie: „Du Esel, wie willst du jetzt mit deiner Sandoline dahingondeln?“ Elinor: Sie war es mit Leib und Seele. Müde wie ein Igel – oder was? –, war ich dieser jähen Freude nicht gewachsen.

Hans Adolf, inzwischen hellwach, nachdem er den frisch gedeckten Tisch erblickt hatte, musste mich in die Küche zerren. Wo wir reinhauten, bis der Tisch ratzekahl abgefressen war – wir hatten seit dem Frühstück nur ein Fettbrot mit einer Gurke bei uns im Boot gehabt, da es ein knapper Tagesausflug werden sollte. Die Rosi brummte: „Kein Brösel lassen diese Menschenfresser für meine Hühner!“

Frau Ilsa mahnte: „Hurtig ins Bett, ihr Flusspiraten! Nachtzeug habt ihr keines dabei, vorher Zähneputzen geht auch nicht. Ihr seid wahrlich wie auf den Federball gekommen. Doch den Staub und den Schweiß abwaschen, das gehört sich. Elinor, mein Kind, schaff das größte Lavoir herbei!" Was sie tat. „Dort können sich die Buben hineinstellen und sich abwaschen. Bis dann richtest du die Betten."

Die Hausherrin sagte dem Mädchen etwas ins Ohr, Elinor nickte, die Zöpfe wippten. Und zur Rosi, laut: „Der Dolfi schläft beim Hans Jörg im Zimmer. Kein neues Bettzeug." Dieses sei erst zwei Tage alt. „Sehr wohl, gnä' Frau. Für diesen Schmutzfink frisches Bettzeug, nie im Leben! Pfui Spinne! Und dass der Pursch tut auch noch heißen Adolf selig!"

Unerwartet schälte sich aus der Düsternis des Ganges ein weißer Kittel, der Apotheker trat hervor. Wortlos besichtigte der Bruder und Onkel die Szene. Trat näher, begutachtete das gebrochene Paddel, klaubte die zwei Teile zusammen, hielt sie vor die Augen. Drückte jedem von uns Buben eine Hälfte in die Hand:

„Gebrochen wegen eines Knotens im Stiel. Jetzt müsst ihr rudern, ihr Burschen, einer rechts, einer links. So könnt ihr Kurs halten. Selbst talab kostet es Schweiß und Spucke." Der Kittel verschwand wie ein weißer Schatten in der Stille der Nacht.

Elinor begriff, fragte fast entgeistert:

„Ist das möglich? Ihr seid diese ganze Strecke von Fogarasch heraufgepaddelt?" Und gab selbst die Antwort: „Bestimmt. Denn vom Himmel seid ihr nicht gefallen."

Nun war es heraus, was durchaus eine Schnapsidee gewesen sein mochte. Denn etwas hatte ich nicht bedacht: dass ein Fluss durch die sinusartigen Krümmungen und Biegungen länger ist als jeder direkte Weg.

Zu Hause hatten meine Leute erst spätabends mein Fehlen entdeckt. Das passierte in dem geräumigen Haus mit dem weitläufigen Garten oft. Einmal hatten wir die kleine Schwester im Garten vergessen, bis die Sterne zu funkeln begannen: In der Hängematte schlief sie selig, bewacht von einer Taube.

So viel wusste die Fofo, unsere Haushälterin, zum Kasus Bootsausflug zu vermerken, so viel wisse sie: „Der Racker ist Kahn fahren gegangen. Mit dem Dolfi-Buben."

Die Eltern machten sich auf zu Frau Bediner. Ihr Mann, seit Jahr und Tag deportiert: Russland, Donbass, Stalino. Sie wohnten im Wildgarten. Der Hinterhof grenzte an die Flusswiesen. Von dort starteten wir zur Aluta. Auch diesmal. Meine Schuhe und die Jacke waren zu sehen.

Inzwischen hatte sich die Fofo ihren Reim darauf gemacht. Sie tröstete meine Großmutter, aus Hermannstadt zu Besuch: „Dem Puben is nix passiert. Unkraut verdirbt nicht. Aber Sie solln wissen, Frau Berta, in der vorigen Wochen ist ein rumänischer Offizier in der Aluta versoffen, in voller Uniform, mit die Orden auf die linke Brust. Und erst in Freck haben's ihn herausgefischt, nach einer Wochen. Das hat mir die Frau Piroska verzählt, die Frau von unserem Hausmeister. Lügt die, lüg auch ich!"

Es war zehn Uhr geworden. Unweigerlich lag nahe, dass uns etwas zugestoßen war. Frau Bediner, eine herzensgute Frau, die vor Narzissen floh, weil diese sie an den Tod ihrer jungen Schwester gemahnten, wiederholte mit besorgter Stimme:

„Was machen wir nur? Unser Dolfi ist aus dem Konfirmationsanzug herausgewachsen. Die Buben wachsen in diesem Alter, dass man ihnen nicht genug zu essen geben kann." Immer wieder ihre besorgte Frage: „Der Anzug, zu klein geworden, was soll das werden?"

Jeder verstand: Es ging um das Begräbnis. Als es klopfte und Meta, die ältere Schwester Elinors, in der Tür erschien und ausrichtete: Die Buben seien mit der Sandoline in Schirkanyen gut angekommen. „Sie schlafen bei meiner Ilsatante!"

Frau Ilsa entließ uns: „Hurtig, hurtig, in die Betten!"

Die Nachtruhe wurde eingeleitet von einem rätselhaften Sprichwort: „Ein matt und müder Wandersmann, der nicht zu Pferde kommen kann, der nimmt auch wohl den Esel an." Sie erwischte Hans Adolf am Schlafittchen und schubste in zu einer schmalen Tür.

„Das Zimmer vom Hans Jörg", flüsterte Elinor.

Die Dame des Hauses mahnte:

„Ihr seid nun junge Burschen. Am Morgen, wenn man aus dem Bett gestiegen ist, was muss als Erstes getan werden?"

Hans Adolf antwortete mit dumpfer Stimme: „Als Erstes muss ich den vollen Nachttopf hinaustragen und ausschütten."

Frau Ilsa ließ sich nicht beirren, sagte sehr anderes:

„Als Erstes müsst ihr euch mit dem Kamm durchs Haar fahren, eure verstrubbelte Frisur richten. In eurem Alter muss jeder nett und adrett aussehen. Darum: immer einen Kamm bei sich haben. Ihr seid demnächst junge Herren."

Immer einen Kamm bei sich haben? Daran hätten wir bei dieser Wasserpartie als Letztes gedacht. Abgesehen davon, dass uns solches nie eingefallen wäre.

Elinor lachte, lachte zweimal heraus. Dann nahm sie mich bei der Hand und öffnete eine Flügeltür. Vor uns tat sich der Salon auf. In den Ecken waren zwei blütenweiße Bettstätten hergerichtet. „Hier schlafen wir zwei!"

Es war die Nacht der Nähe. Von der es dreißig Jahre später in der Kirche in Rothberg heißen würde: „Damals war ich eine Nacht lang wunschlos glücklich."

*

Monate später, im Herbst von Elinors Todesjahr 2006, erreichte mich ein Brief. Dickwandig. Ohne Absender. Misstrauisch gewogen und gewendet. Wieder ein Drohbrief, dem Schriftsteller nachgeschleudert? „Sie werden wir töten wie einen räudigen Hund!" Jedoch: Sie, per Sie.

Mitnichten. Ich spürte es …

Ich ging mit dem Brief in die Kirche. Wieder in die Kirche. Es ist der Ort, wo die Zeit ein anderes Gesicht bekommt. Vor dem Altar verbeugte ich mich, wie geboten, und nahm Platz in dem Gestühl, das dem Pfarrer vorbehalten ist.

Ein pompöses Möbel aus der Zeit der Maria Theresia. Ausschweifend geschnitzte Seitenwände tragen einen Baldachin. Der ist gekrönt von einer Eule der Weisheit. Die Stirnwand des Pultes ist geschmückt von Volksmotiven in Pastellfarben. Dazwischen weiße Schatten. Eine auserkorene Tulpe ruht in einem sächsischen Tonkrug. Der Lebensbaum verzweigt sich beseligend. Türkischer Mohn beflaggt rot den Rest der Fläche. Keine Rosen. Für das Barett des Pfarrers, Zeichen der akademischen Würde, gibt es einen gedrechselten Kleiderhaken.

In das Pfarrgestühl hatte ich mich eingeschlossen, an beschirmter Stätte, nahe dem Altar. In der Hand hielt ich den flaumigen Brief. Ungeöffnet. Die hölzerne Eule über meinem Kopf, die dem Pfarrer zur Weisheit verhelfen sollte, sie ordnete meine Gedanken nicht.

Haltlos flatterten die Gedanken dahin, erhaschten einen verlorenen Namen.

Elinor!

Ein Traum hatte mich heimgesucht.

Sie und ich sitzen nebeneinander. Irgendwo und nach Jahren. Beide erwachsen. Ich nehme mir ein Herz und frage, frage mit Herzklopfen: „Wir sind uns … wir sind uns … zugetan seit Kindertagen. Sollten wir uns nicht … nicht … zusammentun, für das Leben?“

Schweigen. Dann:

„O ja! Aber täglich die Teestunde. Damit wir miteinander reden können, im Gespräch bleiben.“

Ich erwachte, benommen von Glückseligkeit.

Begriff erst spät in der Nacht des Traums, im Morgengrauen: Sie ist tot.

Der namenlose Brief …

Der Brief war nun geöffnet. Aber nicht offen.

Noch suchte ich nicht nach.

Ein verlorener Satz geisterte durch das Gedächtnis. Ob es sich erfüllt habe, was sie sich für die Stunde des Sterbens gewünscht hatte, vor einem halben Jahrhundert, ausgesprochen in dieser Kirche an meiner Seite: Der letzte Blick falle auf das Gesicht eines Menschen, der einen liebt?

Endlich erschloss ich den Umschlag. Heraus flatterten die Reime über den Hampelmann:

Ein Hampelmann und eine Hampelfrau,
das sind zwei Sachen.
Und diese Sachen sind zum Lachen!
Denn wenn sie hampeln auf und nieder,
dann muss man lachen immer wieder.
Ein Hampelmann und eine Hampelfrau,
die fingen in der Liebe Feuer,
dem Gottseibeiuns war das nicht geheuer.
Und somit hampelt trüb und trüber
die Hampelbraut am Bräutigam vorüber.

Und dann fingerte ich jenes Märzangebinde mit dem goldenen Till Eulenspiegel heraus, den Glücksbringer. An der weiß-roten Schnur war ein Kärtchen angebracht: „Für Eginald".

So wusste ich endlich, mehr als ein halbes Jahrhundert später: Sie, Elinor, hatte das *„mărţişor"* erhalten, hatte es wohl angesteckt, hatte es vorgezeigt in der Mädchenschule, hatte es getragen auf dem Korso von Fogarasch. Sie hatte es gehütet, als Kleinod aufbewahrt. Wie es heißt: bis der Tod einen scheidet.

*

Wir strampelten uns ab, schaukelten auf dem ausgefahrenen Landweg dahin, oft im Stakkato dichter Schlaglöcher. Uwe fragte manchmal, nur manchmal, taktvoll, ob es noch weit sei. Wann wir ankämen?

Ich fertige ihn ab: „Wir kommen an, wenn wir ankommen.“ Mir lag nichts daran.

Er sagte: „Zum Kuckuck mit dir. Das ist doppelt gemoppelt.“

*

Wie bist du, Brigitte Elsen? Die Frage, Titel eines linkischen Sonetts, gilt auch heute noch. Die Erinnerung an sie ist voll weißer Flecken, wird zur Berührung der Zufälligkeiten.

Wie kam es dazu? Warum hörte es auf? Wieso hat es einen Abschluss gegeben, da kein Anfang ausgemacht werden kann? Wie die unglaubliche Nachricht von ihrem Tod.

*

Sie versteckte die einc Hand. Was unnötig war. Kaum sichtbar, fehlte ihr die Kuppe des kleinen Fingers. Ein junger Hofhund habe danach geschnappt, hieß es. Die Eingeweihten wussten Bescheid: Der ältere Bruder hatte die Fingerspitze mit einem Beil getroffen.

Mit den Elsens waren wir in der Tannenau Nachbarskinder. Mit ihnen unternahmen wir vieles an Abenteuern und Spielen in den Sommerferien. Was uns allerdings trennte, waren die riesigen Gärten, wahre Obstplantagen. So dass wir von der Galerie des Hauses mit der schiefen

Fassade allein mit dem Feldstecher Hof und Garten ihrer Schweizer Villa einsehen und uns, die Kinder, wie Ameisen in den Blick bekommen konnten.

Die Elsenkinder waren, wie auch wir, vier Geschwister. Unsere Geburtsjahre waren so ineinander verheddert, dass man auf Fotos kaum auseinanderhalten konnte, wer wohin gehörte.

Brigitte, die Jüngste, hatte zwei Brüder und eine große Schwester, Renate Erika. Die wurde abwechselnd mit einem ihrer beiden Vornamen gerufen. Oder mit beiden.

Bei uns war Elke etwa so alt wie Brigitte. Diesen kindlichen Schwestern war man als erwachsener Bruder eher gönnerhaft zugetan, etwa wie artigen Puppen. Man liebte sie zärtlich, gewiss. Doch ein wenig gelangweilt, weil man mit ihnen nichts Rechtes anzufangen wusste. Sie durften bei den Spielen der Großen dabei sein, am Rand, als Staffage, aus lässigem Wohlwollen: „Sie stören nicht, schauen putzig aus. Aber ..."

Das spürten die zarten Geschöpfe und wünschten, sich nützlich zu machen. Unsere Schwester Elke tat das mit dem schelmischen Satz: „Ich bin deine Bringfrau!" Sie schleppte schon mit drei den Vorschlaghammer herbei, freilich geschultert. Ebenso bot sich Brigitte ihrem älteren Bruder als Gehilfin an, wenn er etwas bastelte. Sie, das Nesthäkchen, hielt ihm nicht nur die Zange hin, sondern auch den Finger.

Abgesehen von den Geschwistern, hatte das Haus der Elsens für mich eine geheime Anziehung, eine verborgene Verlockung. Seltsam, nicht an Renate Erika lag das, die vom Alter her für mich der rechte Schatz hätte sein sollen.

Nein, es war die Großtante Caroline Stoof – Stoof mit zwei „o“. Über dem Eingang stand auf einem Namensschild in Email dieser Name und darunter: Hausbesitzer.

Der Charme der Schweizer Villa bestand darin, dass die breit gefächerte Mansarde ausgebaut war. Das war das Reich der Großtante. Und dort war es, wo sie mich in einer stillen Stunde an der Hand nahm, nachdem ich hatte fallen lassen, dass ich schon wieder über Wochen wegen erhöhter Temperatur eine Liegekur machen musste, eben hier bei der Großmutter und der Malytante, in der gesunden Luft der Tannenau. Die ewige Hylusdrüse! Und keine Kinderbücher mehr zum Lesen hatte …

Zwei verkleidete Türen öffnete die Hausfrau, die jeweils in eine schräge Kammer zwischen Dach und Zimmerwand führten: „Man muss sich vorsehen!“ Sie sah mich prüfend an, sagte: „Ich weiß, du bist ein Pimpf. Du wirst mich nicht verraten!“ Was ich nicht verraten sollte, gab sie nicht preis.

Es schien nichts Weltbewegendes, was sich dem Auge darbot: Bücher waren es. Doch beim Stöbern wehte mich ein wunderlicher Hauch an. Es waren die Mädchenbücher der Großtante, deren Jugendzeit der Erste Weltkrieg besiegelt hatte. Und so geschah es, dass ich, noch in der Volksschule, in die tugendsame, edelmütige Welt junger Mädchen der Kaiserzeit versank, geradezu darin schwelgte. Vermummt lag ich auf der Terrasse, vor Augen, wenn ich den Blick hob, die Tannenwälder bis zu den Felskuppen des Hohensteins. Und las und las und las. Ich erlebte mit jenen Mädchen aus gutem Hause den krassen Einbruch des Krieges im Hochsommer 1914. Als die Familien aus ihren besinnlichen Ferienverrichtungen herausgerissen wurden. Als die jungen Mädchen den Soldaten begeistert Blumen in die Gewehrläufe steckten, ehe sie an die Fronten gefahren wurden. Die wiederum dem Tod mit dem lachenden Abschiedsruf in die Arme liefen: „Spätestens zu Weihnachten als Sieger zu Hause." Doch zu Weihnachten sammelte sich nicht nur in den geheimen Herzkammern der Mädchen die Trauer des Todes, sie wurde in aller Herzen heimisch.

Zu den Mädchenbüchern der Großtante Stoof kam später Rudolph Stratz hinzu: *Der Weltkrieg.* Das Buch, das mit dem Paukenschlag beginnt, dass das Deutsche Reich geschlagene dreiundvierzig Jahre keinen Krieg geführt habe. 1871 bis 1914.

Doch wie hatte ich zu Brigitte gefunden, der Studentin, Architektur im exotischen Bukarest? Fünfzehn Jahre nach dem letzten königlichen Sommer in der Tannenau, das war 1947, nach dem die Kommunisten die Monarchie getilgt hatten, liebte ich sie einen Herbst und einen halben Winter lang, ohne dass wir uns neuerlich zu Gesicht bekommen hätten.

Ohne uns zu sehen, hatten wir eine Unzahl von Briefen gewechselt zwischen Moritzfeld und Bukarest. Zu einer Zeit, als ich so verstört war, dass ich bei jedem Brief meinte, die Securitate lese mit und greife zu: Die versteckt Schnüffelnden könnten uns daraus einen Strick drehen, wie durchsichtig und federleicht die Worte auch daherkamen – harmlos. Wenn auch bewegt von Erwartung und Romantik.

Eine Fotografie im Hochformat hatte Brigitte einem Brief beigelegt. In einem blütenweißen Kleid, mit einem zierlichen Strauß von Wiesenblumen, erhebt sich ihre frauliche Gestalt. Das Bukett hält sie in etwas verkrampfter Manier so, dass die Blumen die lädierte Hand verdecken. Sie brillierte bei einer Hochzeit als Brautjungfer, hier „Kranzel" genannt.

Dieses Bild betörte mich. Nach einem Herbst und einem Winter der stummen Korrespondenz riss ich mich von meinen Stallbauten im Banat los und fuhr nach Bukarest. Vorsorglich hatte ich von meinem Monatsgehalt einen dunkelblauen Anzug gekauft.

Ich hauste damals auf der Baustelle nahe Moritzfeld in dem aufgelassenen Turm eines ehemaligen ungarischen Herrenhauses, ritt ein Dienstpferd, das dreimal billiger verbucht war als der Sattel, und ernährte mich von Speck mit Zwiebeln, klein geschnitten, und Kartoffeln mit Fisch, gesotten in der heißen Asche eines Feldfeuers. Während die Staatsställe emporwuchsen.

Bukarest: Zum ersten Mal seit ihrer frühesten Kindheit standen wir uns nun Auge in Auge gegenüber. Und sofort wussten wir: Wir würden uns küssen wollen. Es war Abend. Ich holte sie vom Wohnheim ab.

Und nun geschah etwas, was schwer auszurichten ist. Es entspann sich eine Wanderschaft durch die ungeheuerliche Stadt, ein Streifzug durch Straßen und Gassen, über Plätze und Kreuzungen ohne Ende. Eine Fußwanderung, bis die Knie einknickten und die Sohlen brannten. Und nirgendwo ein verschwiegener Winkel, wo man sich in die Arme hätte schließen können und sich küssen. Die

Stadt, sie blieb ausgeleuchtet bis in die letzte Schräge und Ecke. Die Verzweiflung wuchs Schritt um Schritt bis in die Fußspitzen und die zugeschnürte Kehle. Gehen, schweigen, spähen; spähen, gehen, schweigen; bei jedem Drehen des Kopfes ein Wunder erhoffen, eine verschwiegene Einkehr, einen verborgenen Schatten.

Anfangs gingen unsere Augen in die gleiche Richtung. Als die Ungeduld wuchs, besahen wir in verschobenem Blickwinkel das Gassengewirr. Und wenn das Kribbeln im Gemüt zu bitter wurde, standen wir Rücken an Rücken, um im Nu die Runde in den Blick zu bekommen.

Es war während der Volksrepublik die befristete Zeit neu errungener Helligkeit von Neonlicht. Als der Diktator, ewig in Angst wie jeder Diktator, es sich leisten konnte, seine Hauptstadt bis in den letzten Winkel zu erleuchten, jeden Hohlraum, jeden Durchschlupf in Licht zu tauchen. Gedacht als Gefälligkeit an die Securitate. Die es jedoch, um das Dunkel der Tarnung gebracht, nur scheinbar leichter hatte, ihre obskuren Machenschaften zu erledigen. Vor allem in puncto Liebessachen: jedes reizende Wort aufzuschnappen, jede holdselige Gebärde zu ahnden, die dem Regime zum Verhängnis hätten werden können. Selbst wenn ein Liebespaar in aller Öffentlichkeit Hand in Hand dahin lustwandelte und der verschossene Bursche dem Mädchen die Hand zu liebestoll drückte, brach aus einem Toreingang ein Mann hervor, Grau in Grau, mit stechendem Blick, und schnauzte das verstörte Pärchen an. Das aus allen Himmeln fiel. *„Faceți dragoste în văzul lumii. Nu vi-i rușine!“* Ihr macht Liebe vor allen Leuten. Schande über euch! Und riss die Hände und die Herzen auseinander.

Alle Liebeslust erlosch *urbi et orbi*. Und die Lust am Kinderkriegen erst recht. Das Volk schrumpfte. Erst als der Diktator am Ende seiner Zeit das ganze Land völlig in Dunkelheit versenkte, wurde es besser.

Wir aber, von dem eiskalten Neonlicht zu Boden gedrückt, mit dem Fuß der Zeit im Nacken, tapsten kreuz und quer durch die monströse Stadt. Zuletzt war es die Suche nach einem Schatten der Zuflucht für zwei, Ausschau, trostlos, demütig, nach dem kanonischen Schatten einer Leninfigur, dem schmalen Schatten eines Fahnenmastes.

Nutzlos …

Diese obsessive Zeit über hatten wir geschwiegen. Einmal wechselten wir wenige Worte. Erlahmt lehnten wir an der Karyatide eines Bojarenpalastes mit der flammenden Aufschrift, sogar deutsch: „Proletarier aller Länder, vereinigt euch!"

Brigitte fragte: „Zwei Katzen, warum lecken sie sich gegenseitig die Köpfe?"

Ich sagte: „Wie schön."

Sie musste zurück ins Heim. Wir gaben uns die Hand vor der faden Fassade eines Neubaus von Stalins Gnaden. Und sahen und suchten uns nachher nicht mehr.

War dieses alles? Nein.

Als ich zurück aus Bukarest war, erreichte mich ein Brief bei den Ställen, die ich für die Staatsfarm Moritzfeld aufzog. Der Dachstuhl, ein Muster von Kraftlinien, ragte endlich in die Höhe, noch unbefestigt, nicht genügend verklammert. Der musste überstürzt unter der roten Dachhaut von Ziegeln verschwinden, auf Teufel komm heraus: Die Partei begehrte, rot zu sehen.

Ich hauste wie gehabt im brüchigen Turm des ungarischen Herrenhauses. In dem einzigen Raum, der bewohnbar war, stand ein Feldbett, bedeckt vom Strohsack. Als Kissen wölbte sich hart und kalt der Sattel. War die Lagerstatt in der Zelle nicht bequemer gewesen? Der Sattel war angekettet an die Füße des Bettes. Er war dreimal so teuer wie mein Dienstpferd. Es war der Fünfjahresplan, wo die Pferde landauf, landab geschlachtet wurden. Die Parole war: Mechanisierung der Landwirtschaft. Das Zaumzeug des Gauls hing am Kleiderständer.

Angeschoben an das Eisenbett war ein Schreibtisch mit gedrechselten Füßen. Stühle keine. In dem rostigen Waschtisch kauerte eine Schüssel mit abgeblättertem Email. Ein pompöser Schrank lehnte in der Ecke, gestützt von den Wänden, ehe er auseinanderfiel. Im barocken Aufsatz erschien unter der siebenzackigen Krone das Wappen des Hauses: Als Schildfigur stach ein Einhorn ins Gesicht, an dem Stoßzahn aufgespießt ein Türkenkopf. In einer intarsierten, zierlichen Truhe verbarg sich das herrschaftliche Reiseklo.

Im Nordfenster hing ein Zopf mit roten Zwiebeln. Und eine Speckseite, hoch wie ein Fensterflügel. Mein täglich Brot. Gekerbt in sieben gleiche Teile. Sieben. Denn auch am Sonntag wurde gearbeitet.

Rotiert nach der Windrose, bot sich vom Turmzimmer als Augenweide der Ausblick in die ermüdete Banater

Heide, austauschbar das Bild, weil in jedem Fenster gleich.

Oft stellte ich den Schreibtisch mitten auf den Bauplatz. Mit einem Auge wickelte ich die Geschäftsführung und die Buchhaltung ab. Man war ein „Einmannbetrieb“. Mit zwei Augen und der Stimme lenkte ich den Bau und die Arbeiter. Um mich wuchsen die Mauern der Ställe mit ihren geringen Lichtluken. Es wurde düster.

Der reitende Bote hatte den Brief gebracht. Ein staatlich vorgedruckter Umschlag. Die Anschrift in Druckbuchstaben. Kein Absender.

Im Brief dieses Gedicht, bloß und ledig, ohne Verfasser:

Im Dunkeln

Ganz dunkel ist's, doch ganz gewahre
ich deine liebliche Gestalt,
die an der Brust und Hüfte Halt
ich zitternd angeschmiegt erfahre.

Und wie du dunkel hingegeben,
erhellt dich meines Auges Kraft,
das dich der Finsternis entrafft
geheimnisvoll ins Leben.

Nicht misse ich der Lampe Licht.
Es ist des Schauens Wurzel wach
und bildet im Verschwiegnen nach
dein dämmerndes Gesicht.

Das war Wolf von Aichelburg. Und eben jetzt, als ob er um uns wüsste: Trost im Paradox.

„Ganz dunkel ist's, doch ganz gewahre ich deine liebliche Gestalt ..."

„Und wie du dunkel hingegeben, erhellt dich meines Auges Kraft, das dich der Finsternis entrafft geheimnisvoll ins Leben."

„Nicht misse ich der Lampe Licht ..."

Verschollen irgendwo, Wolf von Aichelburg, der politische Sträfling. Wie mein Bruder Kurtfelix. Um beide tödliches Schweigen.

Noch im Arbeitslager am Donau-Schwarzmeer-Kanal? Oder Zwangsaufenthalt in der sarmatischen Steppe nahe dem Delta?

Wie immer, wo immer, Wolf von Aichelburg – bleibend der Dichter in Wort und Klang. Nicht nur im *Umbrischen Licht*, in den *Tuskischen Gärten.* Ebenso in der kahlen Zelle, wo er die Verse an die Wände kratzte. Oder als Schulkloputzer verbannt in ein Nest, wo er die Noten in ein Stück Seife gravierte. Und ebenso ständig der Standesherr, Abkömmling von Kaiser Maximilian I. Selbst hinter Gittern, hinter Stacheldraht, bewacht von Gewehrläufen: der Freiherr.

Zum letzten Mal hatten wir uns im Jahr vor unser beider Verhaftung getroffen: in Hermannstadt bei den Seen. Er hatte auf ein Boot in der Bucht gewiesen, gefragt, ob mich das an einen Titel von Gedichten erinnere.

„Ja! *Boot in der Bucht*, Josef Weinheber."

Er hatte mich umarmt, ehe ich hinzugefügt hatte: *„Adel und Untergang."*

Nun der Brief. Darin dieses Gedicht.

Ich sandte es nicht weiter, das Gedicht *Im Dunkeln.* Nicht nach Bukarest.

Aber ich lernte es auswendig.

*

Vierzig Jahre später, biblische Zeit, geschah nach der Vorstellung meines Romans *Rote Handschuhe* im Literaturhaus Berlin etwas, das wie verwunschen herantrat.

Ich signierte Bücher. Aus Höflichkeit schaute ich nicht auf, damit keine Stauung eintrat. Blindlings die Frage am laufenden Band: „Wie lautet der werte Name?" Als mich dieser Name aufrüttelte: „Brigitte Elsen."

Ich begriff: Bukarest. Und erkannte sie von einst, als ich aufschaute, die würdige Dame. Das Gesicht, das sich bei allen Wandlungen in seinem Ursprung bewahrt hatte, nicht nur in den Augen. Und es tauchte Brigittes frühes Bild mit dem weißen Kleid auf.

Ich konnte nur stammeln und bitten: „Warte auf mich, Brigitte, selbst wenn es hier dauert, warte auf mich."

Aus der Bahn geworfen, forderte ich die nächsten Beflissenen auf, ihren Namen fein säuberlich aufzuschreiben. Ich behielt die fremden Namen nicht mehr. Nachher entwand ich mich allen protokollarischen Verbindlichkeiten, sogar Fragestunde und Fototermin. Und dem Gastmahl sowieso.

Brigitte wartete getreulich. Sie wünschte nicht, in einem Café zu plaudern. Ich möge sie durch die Stadt begleiten.

Wieder durchkreuzten wir die Straßen einer Hauptstadt. Kein Wort wurde verloren über jenes Dahinirren durch die despotische Kapitale. Die Fasanenstraße gingen wir bis zum Ende und dann, wie sie vorschlug: „Straßenenden mal links, nächste Straßenecke rechts."

Ich hörte, was sie herausfilterte aus der mythischen Zeitspanne der vierzig Jahre zwischen diesen Streifzügen in zwei Metropolen. Zu besprechen hätte es manches gegeben, was ich in Gedanken sortierte.

Wir waren in einem Alter, wo bereits die Toten zum Thema wurden, pietätsvoller ausgedrückt: man ihrer gedenken sollte. Des ältesten Bruders Helmar. Und unserer kleinen Schwester.

Oder Biografisches. Die Großtante Caroline Stoof. Mit der ich ein Geheimnis geteilt hatte vor einem halben Jahrhundert.

Oder sie selbst, Brigitte. Alleingeblieben? Alleinstehend? Alleinerziehend? Kinder? Enkelkinder? Vielleicht sogar glücklich ... Alles denkbar. Oder ihr Beruf, Architektin: Was war daraus geworden?

Ich selbst hielt mich bedeckt, überließ ihr die Führung. Sie fragte nicht, fragte mich nichts. Aber sie redete und redete. Eine Spannung lag in der Luft, jenseits des Gesagten, die wir wahrnahmen, ohne es zu wagen, sie zu benennen.

Seltsam, wie sie die Akzente setzte.

Zum Tod des ältesten Bruders Helmar, knapp sechzig, wusste sie anzumerken, dass er der gleiche Jahrgang gewesen sei wie mein Bruder Kurtfelix. Dass diese Knabenfreundschaft nicht gehalten hatte, das bedauerte sie. Später, nachdem beide ausgewandert waren, hatten sie sich in dem uferlosen Deutschland vollends aus den Augen verloren. Und zu uns hin, die wir in der „alten Heimat" geblieben waren, ergab sich erst recht eine Trennung.

„Warum eigentlich?" Sie übersah, dass schon die Auswanderung der Nahen und Nächsten für die Gebliebenen so radikal war – allein der Eiserne Vorhang –, als ob der Tod dazwischengetreten wäre.

Zur Ausreise ihrer Familie wurde das reichlich abgedroschene Schlagwort bemüht: dass man eigentlich nicht hätte gehen wollen, aber trotzdem gegangen sei, weil man nicht anders konnte. Man musste. „Du weißt ja?"

Man musste ... Ich konterte nicht: Weder wollte ich gehen, noch musste ich, bis heute besitze ich allein den rumänischen Pass.

Hie und da stellte ich eine Zwischenfrage: die Großmutter Stoof?

„Großtante! Sie ist tot. Sie starb noch in der alten Heimat."

„Alte Heimat? Wie das?" Gibt es eine neue Heimat?, dachte ich. Heimat ist ein Substantiv ohne Mehrzahl. „Der Regen hier ist mein Regen nicht", sagte ich brüsk.

Sie ließ sich Zeit, nachdenklich:

„Der Regen? Hier nichts anderes als die Farbe des Regenschirms." Und ergänzte: „Die alte Heimat, das ist dort, wo die Bäume dich kennen!"

„Euer Haus in der Tannenau?"

„Verstaatlicht. Daran ist sie gestorben, unsere Großtante. Es war ihr Haus. Die neuen Bewohner hielten das Schwein auf dem Balkon und wuschen es in der

Badewanne." Zögerlich: „Sie war eine stolze Frau. Aber das mit dem Schwein schlug dem Fass den Boden aus. Friede ihrer Asche!"

Friede ihrer Asche: Meinte Brigitte das nur so? Oder meint sie das wirklich so?

Wir schwiegen. Nach einer besinnlichen Pause fragte ich: „Die Mansarde?"

„Rumpelkammer!"

Sollte Brigitte nichts von den versteckten Kammern wissen, gespickt mit Vergangenheiten an bestrickender Lektüre? Das Geheimnis von einst, verging es mit mir?

Ich fasste mir ein Herz und fragte: „Und dein Leben?"

Sie zauderte. Ich spürte, dass sie schwankte. Schwankte wohl, ob sie sich auf biografische Details einlassen sollte. Und fragte, wir hielten unter einer Barocklaterne und blickten uns an: ob ich mich an das Bild mit dem weißen Kleid erinnere.

Ich erinnerte mich.

Ob ich mit dieser Antwort etwas anfangen könne, wenn sie es so sage: „Ich habe mich bemüht, im Bilde dieses weißen Kleides mein Leben zu führen!"

Es war eine stille Gasse, wo wir standen und uns ansahen.

Ob ich mir darunter etwas vorstellen könne …

Ich sagte nicht Ja. Sondern fragte: „Und meinst du, es ist gelungen?"

Sie schwieg, länger dauerte das Stillschweigen. Dann hörte ich ihre Stimme, tonlos: „Gelungen …"

Dabei blieb es.

Und ich? Ich wollte nicht mehr wissen.

Bis heute wünsche ich, nicht mehr zu wissen.

Und plötzlich brach es aus ihr heraus, was uns vom ersten Schritt an bedrängt hatte: „Wir sind hier nicht in Bukarest, gottlob!"

Gottlob: Sagte sie das einfach so? Diese Manie von mir: bei jedem Satz zu fragen, ob und wie ernst der andere es meint. Oder meinte sie es so: dass Gott zu loben sei?

„Kein Bukarest", wiederholte sie.

Sie umarmte mich. Umhalste mich im Licht der Laterne. Und ich drückte sie ans Herz. Es geschah in einer Hauptstadt, wo man sich nicht fürchten musste vor der Nachtbeleuchtung. Das Licht verweilte, uns wohlgesonnen.

Sie ist tot.

*

Wir fuhren dahin, eher gezügelt wegen der zerklüfteten Straße. Und fuhren und fuhren, als wollten wir Klein-Schenk gar nicht erreichen. Wir nahmen uns Zeit. Der kleine Bruder war müde und ich lässig. Kein Ziel lockte.

*

Ich schreibe *nocturn.* Die massive Stille um den Pfarrhof lässt jede kleinste Erinnerung laut werden. Im Einfangen meiner einstigen Betörung tritt Marianne Siegmund an mich heran. Es fällt mir vieles ein und manches auf. So und anders.

*

Marianne Siegmund war als Tochter einer Fabrikarbeiterin ganz Proletariat. Gleichzeitig war sie als Siebenbürger Sächsin und als Kronstädterin ganz eine Unsrige. Ihre Mutter, einerseits die Genossin Anna, ein sächsisches Kuriosum, echte Proletarier fehlten uns als Schicht, war vor allem eine würdige Bauerstochter aus der Großgemeinde Weidenbach. Ich kannte die Mutter, während ich über Jahre bei ihnen ein und aus ging: eine gute, ja, gütige Frau. Sie war still geworden. Früh war ihr Leid geschehen: Mit zwei Kleinkindern war sie allein geblieben. In einem bemittelten Kronstadt der 30er-Jahre mit intakten Familien war sie auf sich gestellt. Das Wort „alleinerziehend“? Noch ein halbes Jahrhundert, bis es ein Rechtsbegriff wurde in vieler Munde. Von ihr habe ich im Ohr, was sie zeitig jeden Abend wiederholte: „Mein Gott, gleich ist morgen früh!“ Sehr früh begann der Weg in die Fabrik ans Fließband.

Schon in der Volksschule führte Marianne Siegmund in der großen Pause die Kinder an, die sich mit Fettbroten begnügen mussten, gegen jene mit Schinkensemmeln. Sie hatte sich dem Marxismus verschrieben und war beherzte Atheistin.

Acht Semester war sie meine heißgeliebte Studentenbraut in Klausenburg, die unter dem schmucken Namen Annemarie Schönmund durch mehrere Bücher geistert, erschöpfend gegenwärtig im Roman *Rote Handschuhe*. Mit ihrem Bruder Harald Siegmund alias Herwald Schönmund, Pfarrer und Dichter, von mir geehrt, ja, streckenweise angeschwärmt bis in den Tonfall, hatten sie mich, der ich Ingenieur werden wollte, umgestimmt auf Theologie in Klausenburg. Die ersonnene Chronik *Wasserzeichen* hält fest:

Das Studium der Theologie, im Bannschatten eines Freigeistes wie Herwald, an der Hand genommen von dem ehernen Engel Annemarie, hatte mit einem Knalleffekt geendet. Bereits nach zwei Semestern war ich geflogen! „Der Schlattner, dieser Ketzer, muss weg, er macht den kargen Glauben unserer braven Studenten kaputt", so Bischof Friedrich Müller. Das Ex libris des Bischofs zierte der Bibelspruch: „Ich glaube, darum rede ich." Ich glaubte nicht. Und redete dennoch. Das, was ich nicht glaubte. Kaputtgegangen an mir waren nicht die Kollegen, vor die Hunde gegangen war ich.
Doch ebenso wahr ist: Davongeschlichen hatte ich mich. Nur weg, auch ich, nur weg! Verfolgt bis zur Selbstvernichtung von der Obsession eines totalitären Gottes, der dir dauernd auf die Finger sieht, durchs Schlüsselloch guckt, hinter die Kulissen luchst, sich in den verborgenen Winkeln deiner Seele einnistet, der … Nur weg! Psalm 139 (rätselhaft, ich bin an einem 13. 9. geboren): Er ist schon da, Gott, von der Morgenröte bis zum Grund des Meeres, ungebührlich, unentrinnbar!
Zu Ende des Sommersemesters war ich in der Psychiatrie gelandet. Mit einer Rosskur von Insulinkomata und Elektroschocks versuchte man, mich dem rachsüchtigen Gott zu entreißen.
Annemarie hatte mich Tag für Tag in der Klinik aus der k. u. k. Zeit besucht – mit Kompotts und weisenden Worten. Abgehärmt vor Mitleid und Sorge nahte sich ihr

Gesicht. Als ich sie nach dem ersten Elektroschock fragte: „Wer bist du?", begann sie zu weinen, zum ersten und zum letzten Mal in den vier Jahren unserer Liebe. Alle Pawlow'schen Reflexe seien bei mir durcheinandergeraten, so Annemarie, die Studentin der Psychologie.
Als ich mich halbwegs errafft hatte, versuchte ich es mit Hydrologie, gottlob erlöst von dogmatischem Seiltanzen und kasuistischem Jonglieren. Wasserwirtschaft, Gewässerkunde. Baden und Schwimmen und Tauchen und Kahnfahren waren von Kind auf mein Lebenselement. Auch hatte der Fluss eine religiöse Dimension mit seinen unglaublichen Schleifen und dem hinfälligen Fließen der Zeit und dem Reinigungsbad an Leib und Seele. Annemarie wiederum hielt vom Wasser nichts: Es sei charakterlos, passe sich schlaumeierlich der vorgegebenen Form an, suche immerfort den Weg des kleinsten Widerstands.

In dem schaurigen Wintersemester Theologie, 1952, als sich Gott als Zwangsidee an meine Fersen heftete, tanzten wir nackt im Schnee im Botanischen Garten, um den „bösen Schöpfergott" abzuschütteln. Gedruckt liegt eine Aufzeichnung vor in *101 Briefe an Friedrich Nietzsche:*

Wir tanzten nackt im Schnee. Statt eines Wolfes hatte sich die Studentenbraut schön gemacht. Den Botanischen Garten hatte sie gewählt. Annemarie Schönmund sang, ich musste pfeifen. Es galt, die Ratten in meinem Kopf zu vertreiben. Nicht tanzten wir Tango, wiewohl das ange-

messen gewesen wäre. Im Ländler hopsten wir dahin. Ihre hüpfenden Brüste, ihr gleißender Leib blendeten mich. Ich schloss die Augen. Großeltern zogen in der Ferne Enkel auf Schlitten dahin: „Doamne Dumnezeule, *zwei Verrückte aus dem Narrenhaus!" Richtig: Das grenzte an den Garten. Schreiend warfen sich die Großmütter über die Augen der Kinder. Schwarze Schwärme von Krähen verdunkelten jählings die Sonne. Die Männer fuchtelten mit den Stöcken gegen uns hin, die wir weitertanzten. Wegen der unschuldigen Kinder hielten sich die Flüche in Grenzen. Dann wurde Polizei herbeigebrüllt. Zwei Milizionäre waren wie aus dem Boden gestampft zur Stelle. Wir unterbrachen den Tanz der Genesung. Annemarie zerrte mich an vereisten Hecken entlang. Wir konnten uns knapp in das exotische Gewächshaus retten. Dort lagen wir auf unseren Kleiderbündeln unter einem verkrüppelten Affenbrotbaum und schwitzten. Mit Schlagstöcken stocherten die Milizionäre in der strotzenden Vegetation herum. Annemarie beobachtete ihre Stiefel, die an uns vorbeipreschten. „Nicht gewichst, die Stiefel, das war zur Zeit der Ausbeuter anders. Blieb ein Offizier stehen, konnten wir kleinen Mädchen uns in seinen Stiefeln spiegeln und kämmen!" Ich sagte nichts. Nicht einmal wie gut, dass sie endlich ein gutes Haar am Kapitalismus lasse. Ich belauerte Gott, der nicht von mir abließ.*

Es hatte nichts gefruchtet. Kein dionysischer Rausch hatte die versteinte Seele aufgebrochen, hatte sie erhoben in apollinischer Verklärung in die Gefilde von Träumen. Noch einmal träumen können … Die Seele zerbröckelte unentrinnbar unter den Hammerschlägen Gottes. Jegliches Gefühl war erstickt. Jeder andere Gedanke wurde erdrosselt. Es blieb Grauen – zeitlos. Das war der Tod.

Aber unauslöschlich behalte ich das andere!

Unauslöschlich verbleibt vor meinem inneren Auge ihr verhärmtes Gesicht.

Damals, als sie mich in den zweieinhalb Monaten Irrenanstalt, Frühjahr 1953, jeden Tag besucht hatte, in der gelben Klinik auf dem Berg. Und mir getreulich ein Glas Kompott gebracht hatte, von ihrem Geld abgespart, das sie sich mit Privatstunden verdiente. Nach den Insulinkomata bedurfte es viel an Zucker, um mich, den Halbtoten, wieder zur Besinnung kommen zu lassen.

Und als sie mich, den Weggetretenen, in den nahen Botanischen Garten entführte, damit ich mich an den lebensfrohen Gewächsen ergötze.

Und nicht vergesse ihr Gesicht, aufgelöst in Tränen, als ich sie nach dem ersten Elektroschock fragte, ich hatte jegliches Gedächtnis verloren: „Wer bist du?“ Und sie bitterlich zu weinen begann. Und ich mich sehr wunderte.

Vier Jahre später, 1956, während des Aufstandes der Ungarn gegen die Sowjets, besuchte sie ihr langjähriger Briefpartner Heinz Hahn aus München, leibhaftig. Als einziger echter Bundesbürger der Reisegesellschaft Fröhlich. Das war eine Sensation in der ganzen Volksrepublik. Es fiel schon den Mitreisenden auf, verschreckte diese ehemaligen Einheimischen, die mit gemischten Gefühlen die

„alte Heimat" besuchten. Obschon die Securitate wegen des Aufstandes in Budapest echte Sorgen hatte – die dortigen Kollegen hatte das erboste Volk mit dem Kopf nach unten an die Lichtmasten gehängt –, wurde dieser solitäre Bundesbürger, wie sich nachträglich sattsam bei meinen Vernehmungen herausstellte, auf Schritt und Tritt observiert, taxiert als Spion und Agent des westlichen Imperialismus. Sollte sie, Marianne Siegmund, das nicht geargwöhnt haben, so hingerissen von der Exotik der Situation oder dem Flair des Langersehnten?

Wie dem auch gewesen sein mag, sie reichte den riskanten Besucher in Freundeskreisen herum, in Bukarest, in Kronstadt. Tat das offensichtlich blindlings und gegen die Auflage der gefürchteten Securitate, dass der Ausländer Hahn die Hauptstadt nicht verlassen durfte. Oder handhabte die Securitate die Sache lax, die selbst das Fürchten gelernt hatte, heimgesucht von Todesangst?

Und noch etwas Ausgefallenes machte die Runde landauf, landab, sogar beim Schlangestehen nach Milch – hoch verwunderlich, dass in der prüden Volksrepublik solches geschehen konnte: Sie beide, unverheiratet, durften in Bukarest in ein und demselben Hotelzimmer logieren. Im strikt verbotenen Stande des Konkubinats. Wobei sich diesmal Partei und Volk einig waren: Das geziemte sich nicht. Dazu im Flüsterton: dass das Zimmer gewiss verwanzt war, was jeder bei Trost sich hätte ausmalen können.

Nach dem zweiten Besuch einige Monate darauf, wir schrieben das fatale Jahr 1957, wurden alle ihre Freunde von der Securitate festgenommen. Ich und mein Bruder Kurtfelix mit. Für sie dagegen lag der Heiratsbescheid auf dem Tisch. Wo andere jahrelang warten mussten, ehe letztlich eine Absage kam. Es wurde geheiratet. Er war herbeigeeilt. Doch den Pass zum frischgebackenen Ehemann bekam sie nicht, nie.

Die Leute, die Heinz Hahn alias Enzio Puter trafen, befanden: Unsere stolze Marianne sei ihm völlig verfallen. Sie nehme ihn bei Tag und Nacht an der Hand, obwohl er nur nachtblind sei. Sie hinge an seinen Lippen wie an denen eines Heiligen, wenn sie auch nicht an Gott glaube. Sie sei ganz aus dem Häuschen, wie wir sie nie gekannt hätten, liege diesem Heinz Hahn zu Füßen, dabei sei er „von abschreckender Hässlichkeit".

Tatsächlich: Hässlich war er. Man erschrak. Die Kronstädter Freunde bescheinigten, dass er mir – wiewohl ich „kein Adonis" sei – nicht zur Gefahr werden könne. Richtig das Erste, falsch das Zweite.

Ehe sie ihn zum Zug begleitete, schenkte sie mir reinen Wein ein: „Du bist der Liebling aller alten Frauen. Wenn ich alt bin, werde auch ich dich wieder lieben. Jetzt heirate ich den Heinz Hahn!"

Es traf mich, dass ich meinte, mein Leben lassen zu müssen. Was ich ihretwegen tatsächlich lassen musste, war die Freiheit.

Die Stunde des Heinz Hahn hatte Jahre zuvor geschlagen. Eines Morgens erwachte Marianne und war blind: „Vor Hunger!" Eingeweihte erfuhren mehr. Ihre Mutter sandte sie und ihren älteren Bruder Harald aus, in den Mülltonnen „der Reichen“ nach Kartoffelschalen zu wühlen. Ein Foto jener Tage zeigt sie als Skelett von makabrer Schönheit. In dieser Zeit totaler Finsternis wurde ihr die Adresse von Heinz Hahn in die Hand gespielt. Ein einmaliges Ereignis während der totalen Diktatur. Wo Briefe ins Ausland bei der Post mit Personalausweis registriert wurden und nur offen abgegeben werden durften.

„Für mich Brot des Lebens!“

Die Securitate lernte Deutsch und las mit.

Vordergründig geschah nach einem Jahr Blindheit dieses: Dem Magier Buzi Antal aus der Hintergasse gelang es, indem er sein Goldpendel unverdrossen über die erloschenen Augen schwang, das eine Auge wiederzubeleben. Das andere blieb blind.

Als sie zu uns in die Oktava kam, die letzte Klasse des Deutschen Lyzeums, Stalinstadt, war sie zwei Jahre älter als wir. Und nicht nur älter an Jahren, sondern gezeichnet vom Schicksal, wie das so heißt. Inzwischen hatte sie eingesehen, dass es nie zu einer Begegnung mit dem Brieffreund kommen würde.

Hier, neu in der Klasse, schweigend, beobachtend, fiel ihr meine „helle Stimme“ auf und meine verquere Beziehung zur Klassenkollegin Schoschana Blau.

Am Ende des Schuljahres gestand Marianne mir ihre Liebe in einem fünfseitigen Brief.

Als ich mich nach dem Bakkalaureat an das Polytechnikum in Kronstadt einschrieb, drängte sie mir die Theologie in Klausenburg auf, wo sie Psychologie belegt hatte.

Ich konnte mich nicht zur Wehr setzen. Der verzagte Einwand verfing nicht: wie unheimlich mir das sei, da ich mit Gott nichts anzufangen wisse, ja, es für mich ein aufreizendes Wort sei. Ich musste Ja sagen.

Ihr Bruder Harald, letztes Semester Theologie, nahm mich unter seine Fittiche, vor allem literarisch. Er war ein Sonettdichter.

Es gab eine emblematische Szene: Wir drei standen im uringeschwängerten Korridor des theologischen Studentenheims in Klausenburg: Harald, Marianne, ich. Er drückte mir zwei Bücher in die Hand, befasst mit meiner Fortbildung: *Bruder und Schwester* und *Der Idiot*.

Freiheit von dieser zerstörerischen Bevormundung während der Studienzeit brachte das Gefängnis. Nach den Jahren der Zellenhaft war Marianne mir so einerlei geworden, dass ich darüber in Panik geriet: eine so gewaltige Liebe und nun nur noch ein leerer Name? Beim Nachdenken begriff ich: Eine große Liebe, dosiert für ein Leben – „mit dir will ich alt werden" –, kann sich, übermäßig strapaziert im Anfang, mit einem Mal verausgaben. Und das andere, das mir aufging: dass sie in mir immer nur den abwesenden, unerreichbaren Brieffreund gesucht und ich jahrelang als Lückenbüßer fungiert hatte. In den vier Jahren Zusammensein als Studenten hatte ich verspürt, wie sie mit stetiger Gewalt an mir herummodelte, dauernd unzufrieden mit meinen momentanen Lebensäußerungen, eisern bemüht, aus mir einen anderen zu machen, eben angepasst an das Bild, das sie von Heinz Hahn hatte.

Über ihre Freunde verhängte das Militärtribunal nach monatelangen Verhören in Isolationshaft hohe, ja, höchste Strafen. In die Geschichte eingegangen ist der Straffall als „Schwarze-Kirche-Prozess". Die Anklage lautete: Landesverrat. Wegen Heinz Hahn. In dem Prozess, der mehrere Tage dauerte, wurde ruchlos viel an den Haaren herbeigezogen. Aber auch Haarsträubendes an real Vorgefallenem musste verhandelt werden. Der Staatsanwalt beantragte für einige der jungen Burschen sechs Mal die Todesstrafe.

Marianne Siegmund passierte nichts, obzwar sie evident die Hauptschuldige war als „Verbindungsmann" jenes „imperialistischen Spions". Rein nichts ermittelte der Mundfunk, keine Heimlichkeiten ins Ohr gesagt, weitergeleitet hinter vorgehaltener Hand, aufgetischt unter vier Augen, rein nichts Abträgliches war zu hören. Um ihren Namen Totenstille.

Für mich blieb anderes beispiellos, was im Juni 1961 vorfiel: Nach einem Jahr malochen in der Ziegelbrennerei in Fogarasch wurde ich hinausgetan. Da ich bloß als Tagelöhner eingestellt war, als unqualifizierter Arbeiter, hätte das schon am zweiten Tag der Fall sein können, wie ich aufgeklärt wurde. *Post festum.* Ich antichambrierte bei der Partei in Stalinstadt, neuerlich wieder Kronstadt, um mich zu beklagen. Um einzuklagen, ob für mich im Arbeiterstaat der Volksrepublik nicht einmal in den untersten Niederungen Platz sei.

Was geschah? Nach vier Jahren totaler Lostrennung stolperte ich in der Waisenhausgasse über Marianne Siegmund, für mich mittlerweile nicht mehr als ein Name, nach dem es mich nicht verlangte. Seit dieser Heinz Hahn sie vom Fleck weg geheiratet hatte, war ich ihr nie mehr begegnet, hatte sie nie mehr zu Gesicht bekommen, gottlob.

Nunmehr, Sommer 1961, im Jahr nach meiner Haftentlassung: Plötzlich fiel ihr Schatten auf mich. Wir standen voreinander. Wir reichten uns die Hände nicht. Vielleicht sagten wir Grüß Gott. Oder Servus.

Sie sah mich mitleidig an. Ihre rehhaften Augen, mit Silberblick, schimmerten wie einst. Das eine war erblindet, allein ich wusste es. Doch beide waren gleich schön.

Und dann sagte sie – durchaus passte die Redewendung „es trifft wie ein Blitz aus heiterem Himmel“: „Es muss für dich schrecklich sein, dass du ein Spitzel der Securitate bist!“

Die Wucht dieser Ungeheuerlichkeit war so gewaltig, dass ich hervorstieß, was einem sonst erst zwei Nächte später einfällt: „Du sprichst gewiss aus eigener Erfahrung!“

Ohne zu ahnen, dass ich ins Schwarze traf.

Wie zu hören war, soll das laut Securitate-Akten stimmen. Die nach der Wende freigegeben sind, einsehbar allenthalben.

Marianne Siegmund hatte einen Handel abgeschlossen: Sie würde die Securitate als Informantin bedienen. Dafür versprach man ihr den Pass zum Ehemann Heinz Hahn. Den sie nie bekam. Sie warf nach Jahr und Tag den Handschuh, bezichtigte die Securitate des Wortbruchs und verweigerte sich. Was ihr in Kronstädter Kreisen hoch angerechnet wurde.

Als Neuestes der Geheimakten: Sie firmierte als Informantin unter zwei Decknamen, die Jahrzehnte auseinanderlagen. Zu später Stunde nochmals! Warum das? Niemand fragte.

Viel später dämmerte es mir: Tatsächlich, ihre schnöden Worte damals in der Waisenhausgasse, ich weniger als ein Paria, könnten echtes Mitgefühl gewesen sein, eine Geste der Solidarität aus der Erfahrung ihrer eigenen Verstrickung heraus. In dem Sinne: Tagtäglich erfuhr sie, dass und wie schrecklich es war, Spitzel der Securitate zu sein.

Außerdem wunderte es mich, dass sie mit ihrem scharfsinnigen Intellekt, mit ihrem scharfsichtigen Verstand: „Alles ist Logik!“, geschult am dialektischen Materialismus, folgende Antinomie übersehen konnte: Jemand wie ich hätte nie ein Informant sein können. Einer, der allen Leuten aus dem Weg ging, den andererseits alle Welt floh, wäre ein schartiges Werkzeug geblieben in den Händen der Securitate, ohne Nutzen für jeglichen Geheimdienst. Ein Informant hatte mindestens zwei Bedingungen zu erfüllen, damit seine Indienstnahme sich auszahlte: Er musste das Vertrauen der Leute haben und er musste erpressbar sein.

Als eine, der man die Heirat mit einem Westdeutschen nicht verweigert hatte, aber danach jahrelang die Ausreise, konnte sich jeder in Kronstadt einen Reim darauf machen, wie fuchtig die Geprellte auf die Securitate sein musste. Somit fühlte man sich nicht genötigt, sich vor ihr zu verstecken. „Ein gefundenes Fressen" für die Securitate war sie, wie man das in Fogarasch gesagt hätte.

Als Marianne Siegmund gut fünfunddreißig Jahre später in Deutschland eintrudelte, war Heinz Hahn tot. Auch Marianne Siegmund ist tot. Doch vergeblich suchten ehemalige Schulkollegen ihr Grab auf Friedhöfen in München. Sie taten das wegen der korrekten Statistik für ein letztes Treffen unserer Rumpfklasse nach siebenundsechzig Jahren. Vergeblich die Suche. Und schlimmer: Es gab niemanden mehr, den man befragen konnte.

*

Uwe bemerkte, dass es nicht dunkel wurde: „Die Sonne geht nicht unter, sie steht still!" Sie rolle am Horizont dahin. „Horizont" sagte er. Man merkte, er hatte zwei ältere Brüder.

*

Der Postmeister drückt mir ein knappes, aber schweres Paketbündel in die Hand. Mit einem Absender in hebräischen Schriftzeichen. Von meinem ersten Theologiestudium habe ich genug Hebräisch behalten, um die Lettern לארשי als Israel zu entziffern. Mehr gibt der Absender nicht her.

Die innere Stimme rät: Dieses Päckchen solltest du vor dem Altar öffnen. Was ich tue. Heraus fallen drei Steine und eine Notiz, gezeichnet: Familie Hirschhorn. Der prosaische Satz, ungarisch, lautet: *Kövek Judith Glückselich sírjáról.* Es sind Steine vom Grab der Judith Glückselich. Über diesen Mädchennamen Glückselich hängt die Tote mit dem heimatlichen Friedhof in Fogarasch zusammen. Und mit mir.

Alles andere, das sich zu einem Bild fügen könnte, bleibt der brüchigen Erinnerung überlassen, ist geschuldet meiner Phantasie.

Es bietet sich eine detektivische Feinarbeit an. Zunächst: die Steine. Es sind keine Kiesel, vielmehr Steinsplitter, ausgedörrt von ariden Winden und porös geworden von frostklirrenden Wüstennächten.

Wo mag die Grabstätte liegen? Anhand der Gesteinsarten studiere ich die Wüsten, die das zerstückelte Israel einkreisen. Entscheide mich für den Negev. Dort wird an dem Traum gebastelt, die Wüste in einen Garten zu verwandeln. Das war Judith zuzutrauen. Schon als Kind hatte sie diesen Hang zur Extravaganz: Häuschen spielen mit einem Hitlerjungen. Wo man eben ihren Vater ausgehoben hatte, den jüdischen Kinobesitzer. Dazu ist der Negev gesperrtes Militärgebiet. Das kam ihren kryptischen Neigungen entgegen: Niemand durfte wissen, dass wir uns beim Spielen verlobt hatten. Als Stadt wähle ich Beerscheba: Brunnen des Schwurs. Schon der Name der Stadt beschwört das Gedenken an versteckte Kindergelöbnisse. Und in jedem Hof gab es in Fogarasch einen Brunnen, einen Pumpbrunnen, rot angestrichen, der das Wasser über einen Schwengel in einen ovalen Stein schüttete.

Als Nächstes bleibt zu klären: Stand die Verstorbene dahinter, dass mir diese drei Steine zukamen? Oder war es eine Initiative der Familie Hirschhorn?

*

Hirschhorn, das war ein reputierlicher Name in Fogarasch. Leider war der Sohn des Doktors Hirschhorn vom sogenannten Veitstanz befallen. Was heute *Chorea* heißt, *minor, maior,* wurde damals allgemein so genannt. Eine Art von Tanzwut, wie der Großvater uns belehrte. „Nichts zum Lachen!" Es war die schlimme Form, die den geplagten Knaben in zuckenden Verrenkungen über den Markplatz tanzen ließ, wobei sich zusätzlich die Füße in dem Kopfsteinpflaster verhedderten.

Als sich zwei Gassenbuben an dem jüdischen Jungen vergriffen, trat ich dazwischen, auf dem Weg zum Kampfsport im Kirchhof in voller Deutscher-Jungvolk-Kluft: Braunhemd, Koppel, Siegesrune, Fahrtenmesser. Tat das gegen besseres Wissen und Gewissen. Denn vom DJ-Drill her wusste ich, was ich der deutschen Ehre schuldig war. Warum dann? Ich brachte es nicht über mich anzusehen, wie dem Sami Hirschhorn, schon an sich widerlich sein Gebaren, nun auch noch übel mitgespielt wurde. Ging es also um mich? Um mich! Und nicht so sehr um ihn. Zwei Burschen, erkennbar vom anrüchigen Schweinemarkt beim Bahnhof, hängten sich an den zappelnden Jungen und wirbelten ihn herum, dass ihm Hören und Sehen verging. Ich, im zivilen Leben kein Held, eher ein Angsthase, wuchs in der strammen Kluft über mich hinaus. Und trieb sie mit zwei Watschen in die Flucht. Garniert wurden die Hiebe mit dem einzigen rumänischen Fluch, den ich kannte: *„Du-te dracului, porc ordinar!"* Zum Teufel mit dir, du gemeines Schwein! In unartikulierten Lauten bedankte sich Sami Hirschhorn.

Indes ich mich mit einem „Heil Hitler“ verabschiedete, die rechte Hand zum Gruß erhoben. Ich schritt davon, aufrechten Ganges und mit erhobener Stirn. Doch das Herz pochte besorgt, ob nicht ein Kamerad vom Jungvolk die anstößige Tat beobachtet hatte.

Es gab noch eine Beziehung zwischen unseren Familien. Meine Mutter und Frau Hirschhorn sangen auf der Burgpromenade im Duett Arien aus Operetten. Das trug meiner Mutter einen deutschen Rüffel ein. Angeschnauzt wurde sie von der Ortsgruppenleiterin in schwarzer Uniform. Es geschah bei der Volksgruppen-Ortsleitung in der Lutherstraße.

Peinlich auch als Erinnerung. Die Ogrulei saß hinter dem Schreibtisch vor dem eichenbekränzten Hitlerbild. An ihrer Kehle prunkte als blauer Schmuck das Mutterkreuz Stufe drei.

Als Erster wurde ich abgekanzelt. Ich begleitete meine Mutter: „In Zivil, in Tirolertracht!“ Indem die martialische Frau die Mutter nicht aus den Augen ließ, fuhr sie mich an: „Wie wagst du dich in dieser läppischen Montur hierher, in das Hauptquartier unserer Deutschen Volkgruppe Fogarasch, ein Jungvolkjunge, der einzige in Fogarasch mit einer zünftigen Kluft!“ Ich nahm Haltung an, schwieg aber. Jungvolkjunge, das Wort, hinten und vorn gleich – ein Affe, der sich im Spiegel sieht –, es gefiel mir plötzlich nicht.

Die Mutter stand, elegant mit Hut und Handschuhen. Sie hatte den Stuhl abgelehnt. Somit sah sie auf die strenge Frau herab. „Volksgenossin Gertrud, Sie machen unsere Deutsche Volksgruppe zum Gespött, wenn Sie lauthals mit waschechten Jüdinnen Arien hinausposaunen, auf der amtlichen Burgpromenade, mitten im Krieg. Während unsere deutschen Helden an hundert Fronten heroisch verbluten. Aber die Höhe ist: Mit Ihrem anrüchigen Singsang bringen Sie einen jüdischen Bänkelsänger auf die Beine, Jacques Offenbach, diesen schäbigen Juden." Auf die Bühne, dachte ich geniert. „Der nicht einmal so viel Wertschätzung für die deutsche Seele übrig hatte, dass er sich einen germanischen Vornamen zugelegt hätte. Zum Beispiel Siegfried, wie so mancher naseweise Jude."

Das waren harte Worte. Meine Mutter verwahrte sich. Wogegen? Die musikalischen Gutachten der Amtsleiterin überging sie. Doch verbat sie sich, dass man sie kumpelhaft mit „Volksgenossin" anredete: „Mein Name ist Frau Schlattner. Mit Betonung auf Frau!" Nahm mich bei der Hand und ging mit einem knappen Kopfnicken. Ich konnte gerade noch ein „Heil Hitler" hinter mich werfen.

Manchmal saßen die beiden Damen Hirschhorn und Schlattner auf der nämlichen Burgpromenade, ohne zu singen, friedlich, und unterhielten sich über Gängiges: wie man Marmelade einkocht ohne Zucker oder wie man ohne Seife die Wäsche sauber kriegt mit einem Aschesud wie zur Zeit der Großmütter. Und sahen den Ruderbooten zu, die auf dem Burgteich ihre Runden zogen, in Fogarasch: Tschinakel fahren. Saßen frank und frei auf ein und derselben Parkbank. Vor dem Kommen der Russen. Und taten das auch nach dem Kommen der Russen. Wobei jeweils die andere

Dame gewärtig sein musste, dass eine jähe Hand sie von der Bank wegholen und abführen könnte.

*

Wer als Anstifter hinter den drei Steinen stand, es würde sich nicht klären. Wohin nun mit den scharfkantigen Devotionalien?

Ich sitze im Gestühl des Pfarrers, unter der Eule der Weisheit. Im Blick behält mich der Schmerzensmann, während ich nachsinne. An den jüdischen Friedhof in Fogarasch denke ich.

In vier Sprachen sind die Grabsteine beschriftet, die nicht mehr gerade stehen. Die meisten wanken, neigen sich, fallen hin, liegen darnieder. Wo die Stirnseite sichtbar bleibt, schmückt die Mahnmale eine hebräische Inschrift, die sich gleich bleibt. Die Namen in Fraktur sind drei Sprachen verpflichtet: Deutsch am meisten. Dann Ungarisch. Selten Rumänisch. Die Haussprache der Fogarascher Juden ist Deutsch gewesen. Für sie selbst im Tod noch immer die Sprache der Dichter und der Denker. Und nicht, wie Dr. Hirschhorn es in Reimen ergänzte: die Sprache der Richter und der Henker.

Dort kommt der Name Glückselich vor. Dorthin werde ich die Steine legen. Auf die verwitterten Gräber der Glückselichs, überwuchert von Unkraut.

Und denke gleichzeitig, wie wenig es Christen ausmacht, dass unser Jesus, der Messias, ein Jude war, in allem „unter das Gesetz" gestellt!

Sie kommen ohne uns aus.

Wir nicht ohne ihre Bibel.

*

Begonnen hatte es damit, dass wir in der Kindheit Häuschen gespielt hatten. Ein schlimmes Ende hatte es genommen, nachdem ich in der III. Klasse auf den Führer vereidigt worden war und sie, Judith Gisela Glückselich, aufgesucht hatte als DJ-Junge. Dass ich vierundvierzig Minuten in ihrem Haus geweilt hatte, war dem Hordenführer zugetragen worden. Und musste geahndet werden. Mit ausgeklügelten Strafen. Zur Manteldresche kam es nicht mehr. Da setzte ich mich zur Wehr. Dazu Sequenzen aus dem Roman *Der geköpfte Hahn:*

> *Adolf, der Hordenführer, machte keinen Kasus daraus. Sachlich, geschäftlich kühl wickelte er das Verfahren ab. Mit gleichmütiger Stimme staffelte er die schweren und erdrückenden Wörter vor uns auf: „Er ist der Verräter. Er muß exemplarisch bestraft werden. Er hat das Ansehen der Horde geschändet, er hat die deutsche Ehre verletzt, er hat den Führer des Deutschen Reiches beleidigt […].“*
> *Während er redete, stand ich in Habtachtstellung vor ihm und wich nur in einem Punkt von der Dienstvorschrift ab: Ich blickte nicht, wie befohlen, in seine Augen, diese dunklen Tatarenaugen, die ich geliebt hatte und die mich glücklich gemacht hatten, sondern ich beobachtete seinen sprechenden Mund […] von der verknitterten Form des Karfiols. […] Von solchen lieblosen Lippen würden sich die Mädchen nicht gerne küssen lassen, dachte ich und hörte aufmerksam zu. Allen Befehlen würde ich folgen,*

die dieser Mund ausstieß. Ich verspürte ein Gefühl der Befreiung und rang um das knappe, treffende Wort […]. Und fand es: Er hat Gewalt über mich, aber keine Macht. […]

„Gesagt werden muß noch, daß er mit dieser Judenbande Hochzeit gespielt hat."

„Als Kind, vor meiner Vereidigung", erwiderte ich.

»Bist du bereit, die Strafe auf dich zu nehmen, die ich als dein Führer über dich verhängen werde, um einen Teil dessen zu sühnen, was du an der deutschen Volksgemeinschaft verbrochen hast?"

„Ich bin bereit, die Strafe auf mich zu nehmen, basta!"

[…]

Kontakt mit Juden verletzte die deutsche Ehre. Daran war nicht zu rütteln. Alles, was ich vorgebracht hätte, wäre an diesem Axiom gescheitert. In der Physik hieß Axiom eine Grundwahrheit, die ohne Beweis einleuchtet, eine Grundannahme, die nicht bewiesen werden muß. Daß ich eine ehemalige Schulkollegin mit dem Vornamen einer deutschen Kaiserin und dem einer altbiblischen Heldin, die noch dazu aussah wie eine nordische Fee, nach Hause begleitet hatte, daran fand ich nichts Schändliches und Ehrenrühriges.

Daß ich mich […] einem Menschen für eine Stunde angeschlossen hatte, der mir einmal nahegestanden war und der […] selber Not litt, eine Not, der weder ich noch sonst jemand abhelfen konnte, […] wessen Ehre hatte ich abgeschnitten?

Das alles fiel nicht ins Gewicht gegenüber der Ungeheuerlichkeit, daß in den Adern dieses Menschenkindes das

falsche Blut floß. […] Das ja: dadurch hatte ich mich mit diesem verachteten Blut gemein gemacht. Und somit die deutsche Ehre verletzt. Das konnte und wollte ich nicht abstreiten. […]
Aus drei Teilen sollte die Strafe bestehen. Der erste war nicht nur eine Geschicklichkeitsübung und Mutprobe, sondern auch eine Anfrage an die germanischen Götter, gleich einem Gottesurteil. Käme ich mit heilen Knochen davon, wäre geklärt, was die nordischen Schicksalsgöttinnen, die Nornen, über mein Vergehen dachten. Hals und Beinbruch wünschten mir die Kameraden, freiwillig …
Ich stieg zur oberen Reihe der Fenster hinauf, die den Saal zum Hof hin säumten und offen standen. Von innen turnte ich an einem der steilen Prachtfenster empor, wo mein Vater ordnungsgemäß die Scheiben hatte einsetzen lassen, ohne zu verstehen, weshalb er das veranlassen und bezahlen mußte.
Beim ersten, ganz nahe den fast monströs dreinschauenden Reformatoren an der Decke, glitt ich nach außen. Ich war barfuß. Auf dem vorkragenden, leicht abgeschrägten Mauersims faßte ich Fuß. Einen Blick warf ich in die Tiefe, die abgründiger erschien als von unten. Wenn du stürzt, brichst du dir die Knochen und den Hals dazu! Worte irrten durch den Sinn: Niemand kann dich schützen, niemand kann dir helfen, Worte, die ich an jenem Abend mit Judith über sie gedacht hatte und die nun plötzlich mir galten. Ich war allein und allein auf mich angewiesen.
Ich sah das Gesicht Gisela Judiths vor mir, wie ich es zu mir gehoben hatte, herauf aus der hoffnungslosen

Versunkenheit, in der sie auf dem Bett gekauert war: die Augen hell und hilflos, der Mund so gedemütigt, daß er nicht mehr klagte, die frauliche Schulter in makelloser Schönheit bloßgelegt, ich sah die geöffnete Bluse über der Brust, leichenblaß die Haut; und ich spürte ihr Gesicht, in dem ihr Schicksal vorgezeichnet war, in meiner Hand erbeben. Ich tastete am Nachbarfenster nach Halt, um mich hinüberzuziehen. Achtmal mußte das gelingen, die ganze Fassade entlang, dann war es geschafft.
Gelang es, konnte ihr nichts mehr geschehen, nichts Böses zustoßen. […] In jener Nacht hatte ich mir geschworen, sie um jeden Preis zu retten. Jetzt bot sich die Gelegenheit: Schaffte ich es, mit heiler Haut an das Ende der Fassade zu gelangen, war sie so gut wie gerettet. Das war eine Gewißheit, die jenen anderen Satz auslöschte: Sie kann niemand schützen, ihr ist nicht zu helfen.
Während ich, an die mütterlich warme Hauswand gepreßt, Griff um Griff seitwärts tappte, erahnte ich, nein, begriff ich etwas von der geheimnisvollen Verknüpfung zwischen diesem Opfergang und der Erlösung vom Bösen, begriff ich manches von der bewahrenden und rettenden Kraft im Leiden für andere und von der freundlichen Gegenwart der Engel Gottes. Das war fürs erste genug an numinosen Erkundungen und jenseitiger Offenbarung, denn trotz der überirdischen Erleuchtungen mußte ich höllisch aufpassen.
Auch den Jungen unten auf der festen Erde war es nicht wohl zumute. Dem Tränenprinzen Anton, der nur jedes zweite Mal zu den Übungen kam, weil er bloß ein halber Deutscher war, blinkte eine Träne im Auge, und

Karlibuzi, der Sohn des Sargtischlers, fiel vor Erregung in den Jargon der Altgasse: „Hättst sollen nehmen zuvor Maß bei meim Vatter für die Totenlad!" An alles muss man vorher denken! Daran hatte der Hordenführer nicht gedacht.

Während ich traumwandlerisch und beinahe glücklich zwischen Himmel und Erde von einem Fenster zum anderen balancierte und der Hordenführer Adolf bei jedem waghalsigen Schritt nickte, zufrieden, daß ein Schnitzel der verletzten deutschen Ehre geahndet worden war, begleitete mich ihr Gesicht, die Augen ungläubig auf mich gerichtet, so nahe, daß ich es zu berühren meinte. Und ich spürte, wie sich bei jedem meiner Schritte am Abgrund vorbei um das jüdische Mädchen ein Geflecht von guten Mächten verdichtete.

Endlich das letzte Fensterkreuz.

*

Zwischen der Kindheit in Fogarasch und Judiths Tod in der Negev trafen wir uns noch zwei Mal unter dem Diktum der Zwiespältigkeit.

Trafen uns unverhofft im ehemaligen Königsschloss Soborschin/Săvârşin Anfang der 60er-Jahre, ich war vor Jahr und Tag aus der Securitate-Haft entlassen worden. Das Schloss figurierte nach der Vertreibung des Königs als komfortables Sanatorium für Neurotiker des Regimes. Es galt hochkarätigen Aktivisten – Securitate und Partei –, die sich im Dienst des Sozialismus so zerfranst hatten, dass sie als Macher kaum noch verwendbar waren.

Judith und ich hatten uns in den vielen Jahren aus den Augen verloren. Dass sie und ihre Familie aus Fogarasch weggezogen waren, hatte ich vage über die rundliche Frau Etelka Gewölb mitbekommen. Mein Vater war unter dem neuen Regime vom Eisenhändler zum Essenverkäufer mutiert und hatte als Mitarbeiterin die ungarische Jüdin Etelka Gewölb zugewiesen bekommen. Dank ihrer sickerte einiges aus dem jüdischen Milieu durch. Judith studiere Deutsch, ließ Frau Etelka mich wissen: „Du warst ja gut mit der kleinen Judith Gisela?" Und Judiths Vater bekleide im fernen Arad ein hohes Parteiamt.

Wieso Judith hier im Nobelsanatorium abgenutzter Parteiaktivisten zugange war? Vermutlich statt ihres Vaters, der offensichtlich mit den Nerven nicht genügend heruntergekommen war, um an diesem Ort zu stranden. Das hieß weitergedacht: Sie war gewiss mit arg verstörtem Gemüt hier. Dr. Kamil Nan de Racov, landesbekannt als Virtuose der Psychiatrie, sollte es richten. Das war von ihr in Andeutungen zu erfahren.

Wir waren jenseits der fünfundzwanzig. Doch beide behaftet mit einer Biografie. Das Gemeinsame war, wie sich tastend herausstellte: dass wir keine Vorstellung von der eigenen Zukunft hatten.

Doch wir sprachen nicht über uns. Und nicht über die Kindheit: Häuschen spielen im jüdischen Hof. Nicht über Fogarasch vor dem Kommen der Russen, als man ihren Vater verschleppt hatte und sie aus unserer deutschen Schule hinausgetan worden war. Und nicht über Fogarasch nach dem Kommen der Russen, als man meinen Vater verschleppt hatte. Auch nicht über Bleiben oder Gehen. Ich möglicherweise in das deutsche Wirtschaftswunderland. Sie, denkbar, ins Heilige Land als Heimstätte.

Worüber dann?

Die unerwartete Begegnung geschah unter dem Himmel der proletarischen Diktatur. Es war das Privatschloss, das der junge und akkurate König Michael 1943, mitten im Krieg, von seinem Gehalt, genannt Zivilliste, für sich erworben hatte. Es lag eingeklemmt zwischen den Tannenwäldern des Westgebirges und dem Fluss Marosch/Mureș an der Grenze der historischen Landschaften Transsilvanien und Banat. Dieses komfortable Sommerschloss, nunmehr auserkoren für Aktivisten, die sich – wie man despektierlich befand, im Flüsterton freilich – „als Arbeitskrüppel den Arsch zerfranst hatten“, hätte es eigentlich als Piktogramm der Partei nicht geben dürfen. Das Tollhaus: Wie, du schuftest dich im Dienst der hohen Idee bis ins Tollhaus?

Wie war ich hierher geraten unter diese Ansammlung demolierter Bonzen, wo man allein mit Sondergenehmigung Zutritt hatte?

Dr. Kamil Nan de Racov, der Leiter des Sanatoriums, mir verbunden, hatte die Parteizentrale in Kronstadt kurz und bündig davon in Kenntnis gesetzt, dass für den Tagelöhner meines Namens, Ziegelbrennerei Fogarasch, ab 1. März 1961 ein Platz bereitstehe.

Auf meiner Tischkarte war zu lesen: *„muncitor zilier fabrica de cărămidă Făgăraș“*. Damit war ich ausgezeichnet als waschechter Proletarier. Was kopfschüttelnd von den Großköpfigen quittiert wurde, die mit stechenden Blicken mein Hiersein verfolgten. Näherten sie sich allzu dreist, verscheuchte ich sie mit einigen ungarischen Worten. Das rote Tuch für einen Rumänen.

Als renommierter Psychiater war Dr. Nan vom Zentralkomitee zum Direktor dieser Anstalt bestellt worden. Das, obwohl er dem Geschlecht kaiserlicher Adligen Nan de Racov entstammte und der Vater als ehemaliger k. u. k. General dem letzten Kaiser rapportiert hatte. Man war in Bukarest beim Zentralkomitee darauf aus, dass das ramponierte Führungspersonal, vor allem des Geheimdienstes, so rasch wie möglich wieder zu Höchstleistungen gestriegelt werden sollte.

Doch hatte die Sache mit Dr. Nan für mich und alle Wohlgesonnenen einen tief tragischen Aspekt. Während der Zeit meiner Haft hatte der von mir verehrte und geliebte Arzt versucht, sich das Leben zu nehmen. Und war gescheitert. Als er sich aus dem zweiten Stock ins Leere fallen ließ, hatte die Wucht des Aufpralls nicht ausgereicht. Die kinetische Energie war zu gering. Eine einfache physikalische Rechnung hätte warnen können.

Im Rollstuhl saß er hinter dem Schreibtisch in seinem Büro in der ehemaligen Pförtnerloge des Schlosses. Über den Knien ein Plaid mit grüner Musterung, das manchmal erzitterte. Die konfusen Insassen zitierte er zu sich mit Billetts. Mindestens einmal, nach der Ankunft, hörte er sich die stereotypen Leiden der beschädigten Aktivisten an, vor allem Männer: „*surmenaj*", auf Deutsch „Überarbeitung" oder „Übermüdung". Das Erste duldete die Partei. Das Zweite war verpönt.

Ein Assistenzarzt stand ihm zur Seite. Dem er manchmal verargte, dass der die Kranken im Schloss und im Park gewissermaßen „in freier Wildbahn" beobachten konnte. Was ihm, dem leitenden Arzt, verwehrt war. Er sprach oft deutsch mit mir.

Selten wurde ein und derselbe Abgeplackte zweimal angehört. Schon das sorgte für Aufsehen und Ärger. Doch musste sich jeder der Klagenden Rechenschaft geben, widerwillig, dass es den behandelnden Arzt im Rollstuhl von allen Lädierten am ärgsten getroffen hatte. So dass das eigene Ungemach, notgedrungen, weniger wog. Das störte.

Dass aber der Arzt mich jeden Vormittag zu sich bat als Patient und jeden Abend einlud als Gast, das sorgte für böses Blut. Jedoch als proletarischer Lohnarbeiter war ich unangreifbar. Und ebenso, dass der dirigierende Arzt jedermann, und die Genossinnen erst recht, nicht mit *„tovarăşe, tovarăşa"* anredete, sondern mit *„domnule, doamna"*. Das war mehr als die Höhe.

Diese Ungehörigkeit trug ihm eine hochnotpeinliche Untersuchung von allerhöchster Stelle ein. Der Securitate-Chef von Caracal – mein Gott, Caracal, ein Nest in der Kleinen Walachei – hatte das angezeigt. Aber das Verfahren zog sich hin. Bei mir beklagte sich Dr. Nan darüber, klagte zum ersten Mal über etwas: womit er seine Zeit vertue, *„timp din viaţă"*, Lebenszeit! Per Gesetz war die Anrede „Genosse, Genossin" vorgegeben – doch einzigartig als Gesetz, weil es keine juristischen Folgen kannte.

An den Abenden bot sich beim Besuch ein anderes Bild. Zu seinen Füßen, gelehnt an das rechte Knie unter der Decke, kuschelte sich eine wunderschöne junge Frau, seine Ehefrau. Das schwarze Haar reichte ihr bis zu den Ellbogen. Jeden Morgen um halb sechs schob sie den Rollstuhl ihres Mannes über verschwiegene Kieswege des Parks. Ehe die neurotischen Parteioberen ihre Zustände spazieren führten.

Jeden zweiten Monat hielt am letzten Samstag ein russischer Moskwitsch vor der Pförtnerloge. Ein sportlich gebräunter Mann öffnete den Schlag. Die Dame des Hauses, flott gewandet, verabschiedete sich artig von ihrem Gatten, stieg ein. Der Reisesack wurde achtlos auf die hintere Sitzbank gelagert. Dr. Nan winkte den beiden nach, bis sie das Schlosstor passiert hatten. Dann rollte ihn die Putzfrau in sein Büro.

Wir hörten Musik. Programmmusik. In schieres Entzücken brach der Gastgeber aus, wenn er mich darauf hinwies, dass bei diesen Dreiklängen von Richard Strauss der gewiefte Till Eulenspiegel gehängt werden würde, „aufgehängt"! Was mir wenig ausmachte. Wiewohl mein Spitzname in der Volksschule Till Eulenspiegel gewesen war. Auch Strawinsky, Schostakowitsch oder Messiaen berührten mich kaum. Wo die meisten Akkorde mich verärgerten. Schon weil nicht voraushörbar war, wie es klanglich weitergehen würde. Abgesehen davon, dass unsere Mutter uns mit Arien aus Operetten verwöhnt hatte.

Mein Element war der Fluss, dem ich auch Musik abgewinnen konnte! Ich hatte eher die Klangfarbe des dahinrauschenden Wassers, das sich an meinem Körper staute, im Ohr. Wie sie einen Ton höher wurde, wenn ich untertauchte. Ich hatte mich kürzlich hier nackt in die Fluten des Flusses geworfen, obwohl es astronomisch noch Winter war.

Wie aber war ich zu Dr. Nan gekommen? Nach meiner Zwangsneurose im Frühjahr 1953, zweieinhalb Monate Psychiatrie, Insulinkomata, Elektroschocks, hatte er sich meiner angenommen und mich in seiner Privatpraxis einer Psychoanalyse unterzogen. Das geschah im elterlichen Salon. Zwei Semester lang lag ich auf einer antiken Couch und starrte auf einen Lüster über mir. Der aus Engeln bestand. Denen aus den nackten Brüsten Glühbirnen hervorschwollen. Dr. Nan hatte alle meine Tagebücher gelesen und am Ende festgehalten, was meine Seele beschädigt hatte.

Eine übertriebene Bindung an die Mutter, die er eine *„isterică cumsecade“* nannte, eine Hysterikerin mit Anstand. Er erklärte diese fatale Verkettung aus dem Status des Ältesten, den die Mutter zu früh als Vertrauten herangezogen hatte, da der Vater dauernd auf Reisen war.

Ferner stellte der Analytiker ein gestörtes Verhältnis zur Zeit fest. Nahezu eine Art Zeit-Raffgier beherrsche mein Tun und Lassen, ein fanatischer Wille, aus dem Augenblick das Höchstmögliche an Aktion und Ertrag herauszupressen.

Und als Drittes die Idealisierung der Frauen als höhere Wesen – er wundere sich über eine so überirdische Anbetung des Weiblichen. Ließ mich wissen, dass bei den Rumänen bereits im Lyzeum das letzte jungfräuliche Mädchen defloriert werde im nahen Wald mit

Hurrageschrei und unter Lobgesängen: „Hymnen". Er sagte es auf Deutsch. Das Wort läge lautlich nahe dem Begriff dessen, was im Wald geschah. Was für Hymnen das waren, fragte ich nicht.

Außerdem entdeckte Dr. Nan, dass ich eine überbordende narrative Phantasie besitze. Er schloss die Freud'sche Analyse damit, dass hinter jeglicher Angst das Wissen um den eigenen Tod stehe. Was ich als Hausaufgabe nachprüfen solle.

„Schon geschehen", ließ ich den Seelenarzt wissen. Diese Erkenntnis hatte mich bereits mit sechzehn überfallen. So dass ich bei der kleinsten Konstellation von Zwang in panische Angst geriet – im letztlichen Wissen um meinen Tod. Logischerweise würde ich diese Angst erst mit dem Tod selbst loswerden.

„Nicht doch", erwiderte er enigmatisch. Und zitierte ein rumänisches Sprichwort: *„Cui pe cui se scoate!"* Den Teufel mit dem Beelzebub austreiben. Übles durch noch Übleres vertreiben. Und hatte recht. Die Zellenhaft war die Probe aufs Exempel.

Als wir uns in Soborschin wiedersahen, hatte ich zwei Jahre Zellenhaft hinter mir, ohne Hofgang, ohne Briefe, ohne Sonnenlicht, ohne Klo, nichts ... Dass ich das heil an Leib und Seele überstanden hatte, schuldete ich ihm, Dr. Nan. Mit seiner ironischen Geduld und seiner charmanten Zuwendung – und das Woche für Woche, stundenlang –, hatte er solches bewerkstelligen können. Es war ihm gelungen, alles wegzufegen, was an Zwang erinnerte. Als die Securitate mich festsetzte, war ich den räumlichen Vergewaltigungen gewachsen.

Doch nicht überstanden hatte ich daraufhin den Winter 1960/61 „in eisiger Hitze“ in der Ziegelbrennerei, dazu ohne Hoffnung auf bessere Tage. In der Verlassenheit am Fließband hatte ich an den befreundeten Arzt geschrieben, um Rat und Trost gebeten.

Hier war ich nun.

Und hier rutschte mir Judith Glückselich buchstäblich vor die Füße. Ich stand im großen Vestibül am Fuße der pompösen Treppe, die in das Obergeschoss führte, und sah mir die futuristischen Verzierungen der Decke an, als mich zu meiner Linken ein verhaltener Aufschrei ablenkte. Eine junge Frau rutschte die Treppe herab, über die ein Plüschteppich ausgelegt war, mit vergoldeten Stäben an die Stufen geheftet. Was mich aber eigentlich traf und betraf, war, dass dieses Geschöpf, das vor meinen Füßen landete und sich aufrappelte, meinen Vornamen ausrief. Jetzt erkannte ich sie: Es war Judith Gisela Glückselich, die Kindergespielin, die vertriebene Klassenkollegin, die provokante Überraschung beim Schul-Exitus, dem Schlussball am Schulende. Wo freilich Elinor Maurer zur Königin gekürt worden war.

Und trotzdem hatte diese Begegnung mit der gemeinsamen Kindheit und Schulzeit nichts zu tun. Jeder verblieb in seiner Gegenwart. Was sich hier zwischen uns abspielte, so sich etwas abspielte, es blieb an diesen Ort geheftet für die Zeit einiger Wochen, ohne vorher, ohne nachher. Wenngleich wir diese vier, fünf Wochen unzertrennlich waren, gab es nichts, was uns verband. So mochte uns auch nichts trennen.

Allemal fehlte bei beiden eine greifbare Zukunft. Das wusste ich für mich. Zurück in die Ziegelfabrik: nie mehr. Das war schlimmer als Gefängnis. Obwohl, was sonst?

Bei ihr bekam ich erst später heraus, was sie so getroffen hatte, dass sie sich um ihre Zukunft betrogen sah. Was Dr. Nan ihr riet, verriet sie nicht. Jeden zweiten Tag am Vormittag bestellte er sie zu sich. Ich begleitete sie durch den Park bis vor die Tür des Pförtnerhäuschens. Wartete die halbe Stunde oder die knapp fünfundfünfzig Minuten ab. Mehr als fünfundfünfzig Minuten sollte ein seelsorgerliches Gespräch nicht dauern. Das hatte ich in den zwei Semestern Theologie behalten von dem Gegenstand Poimenik, der Wissenschaft vom Hirtenamt, profan Psychotherapie.

Schon in den ersten Tagen schenkte sie mir eine Schwarz-Weiß-Fotografie: „Für EgSch, Judith Gisela". Zu sehen war sie in rumänischer Tracht vor einer orthodoxen Holzkirche. Ihre blonden Haare hoben sich ab von der schwarz bestickten Bluse. Auf meine Frage: „Wie das, du, rumänische Folkore?", kam die unwirsche Antwort: „Es ist für unsereins nicht ratsam, als jüdischer Mensch erkannt zu werden!" Nicht „als Jüdin" sagte sie. „Doch es nutzt nichts. Sie entdecken dich trotzdem." Tags darauf fügte sie Worte hinzu, als sie mir das Foto verlangte: „Für den tapferen Freund der Kindheit in Fogarasch". Doch „Fogarasch" zerkritzelte sie mit demselben Federzug bis zur Unkenntlichkeit.

Zu zweit verständigten wir uns auf Deutsch. Bei Tisch, näherte sich ein Dritter, sprachen wir sofort ungarisch. Damit verekelten wir alle.

Sie aß nicht und nicht. Ich nahm mich ihrer an, fütterte sie kurzweg. Als der älteste Bruder kannte ich die Tricks, mit denen ich die drei Geschwister zum Essen verleitet hatte. Natürlich ging ich nicht so drastisch vor wie einst mit Uwe. Dem ich bei Spinat die Nase zudrückte. Um Luft zu schnappen, sperrte er den Mund auf und ich ballerte den Brei in seinen Rachen. Jetzt ging es zivilisiert zu, wir waren studierte Leute. Tatsächlich, es gelang. Sie öffnete den Mund. Und ich schob Bissen hinein. Das Gekicher der anderen scherte mich nicht. Sie scherte es noch weniger. Ihr war alle Welt gleichgültig.

Eines Abends rückte sie mit der Sprache heraus. Wir saßen beim dunklen Teich, auf dessen Fläche die Reflexe der Seerosen leuchteten. Ich hatte meine Jacke um ihre Schultern gelegt und hielt ihre magere Hand in der meinen. Plötzlich lehnte sie den Kopf an meine Brust. Eine Minute war es wie vormals, als wir Ehepaar gespielt hatten. Sie sagte abrupt: „Ein Rumäne, den ich mit aller Seele geliebt habe … Weißt du, weshalb er mich verlassen hat?“ Ich vermutete es. „Mich weggetan hat wie einen zerfledderten Fußabwischer, mich stehen lassen hat wie eine aussätzige Null, mich zertreten hat wie eine räudige Schabe?“ Er hatte es frei und frank herausgesagt: Nicht weil er sie nicht mehr lieben würde, habe er sie „stehen“ lassen, sondern weil er herausbekommen hatte, trotz der Folklore-Fotografie vor einer rumänischen Kirche, dass sie eine Jüdin sei. Was zusätzlich die arme Seele kränkte: das Ganze ihr an den Kopf geworfen an einer zugigen Straßenecke im Fabrikviertel in Temeswar, wo sie studierte, statt in einem der sagenhaften sieben Parks der Stadt.

Wir saßen lange an dem schwarzen Teich, stillschweigend, bis uns die Gelsen vertrieben: „Komm, wir gehen!" Es war das einzige Wort, das mich hier einbezog: „Komm, wir gehen!" Als sie die Königinnentreppe emporstieg, drehte sie sich nicht um.

Eine radikale Umkehr, die mein Leben von Grund auf verändern sollte, bewirkte ein Mann, den Judith ohne Erklärungen mitbrachte.

Er trug einen schwarzen Mantel. Spätabends saßen wir unter einer verschnörkelten Laterne. Wir sprachen rumänisch.

Er begann das Gespräch in einem gefassten Tonfall, der sich gleich blieb bis zum Ende.

Judith habe ihm erzählt, dass ich als Schüler, *„în timpul lui Hitler"*, alle gegen mich aufgebracht hatte, weil ich ihr die Freundschaft nicht kündigte, der Mann sagte: *„n-ai dezis prietenia"* und, ja, dafür hart vom faschistischen Jugendführer bestraft wurde.

Dann vertraute er mir, ohne Klage, ohne Vorwurf, diese Dinge an, zum ersten und letzten Mal einem Deutschen: *„Prima și ultima dată încredințez aceste lucruri unui neamț!"*

Er habe es nicht glauben wollen, was er nach dem Krieg über seine Familie in Deutschland erfahren musste. Er selbst, damals in Temeswar Student, sei glimpflich davongekommen. Der Rabbi habe ihn ermuntert: „Sei froh, dass du nicht an die Front musst. Verdonnert zum Schneekehren in Temeswar ist ein Witz, wo es nie schneit!"

Schlimmstens habe es die Glaubensgenossen in der Moldau getroffen. Tausende seien bei dem Pogrom 1941 in Iași getötet worden. Ihre Leichen habe man den Zigeunern hingeworfen, *„cadavrele aruncate țiganilor“:* „Die Kleider gehören euch, wenn ihr die Leichen verscharrt!“ Aber was ihn unendlich traurig stimme und was er nicht begreife, er sprach jäh deutsch, ein schönes Deutsch sprach er, es war bestürzend, „dass ein Volk wie die Deutschen, das einen Goethe und Schiller und einen Mozart und Beethoven hervorgebracht hatte, sich so, sich so … hat vergessen können“. Wiederholte auf Rumänisch: *„Să uite atare de sine!“* Bis heute könne er es nicht glauben, dass seine ganze Familie und viele der Verwandten in ihrem deutschen Vaterland, *„în patria lor Germania“,* vernichtet worden seien. *„Nimiciți“* sagte er, vernichtet. Und schwieg.

Ich hatte Judith an der Hand gepackt, was sie gar nicht wünschte. Sie flüsterte auf Ungarisch: *„Miért reszketsz? Te még nem öltél zsidót!“* Warum zitterst du? Du hast ja noch keinen Juden umgebracht!

Dieses „noch“, es verletzte. Ich ließ ihre Hand fahren.

Der Mann mit der eingebüßten Vergangenheit brachte es nicht übers Herz, seine Toten aufzuzählen. Er erhob sich brüsk, ging grußlos davon und verschwand in der Dunkelheit. Den schwarzen Mantel verschluckte die Nacht.

Judith bemerkte töricht: „Denk dir, er hat eine waschechte Rumänin geheiratet. Sie haben sogar Kinder!“

Waschecht, dachte ich beschämt und verwirrt. Seit wann ich das Wort nicht mehr gehört hatte?

Schlagartig erkannte ich: All die Seinen auf den Wegen in die Todesstätten, es waren meine Leute. Seit damals, seit jener Nacht im königlichen Park, schaue ich mir auf den Fotos der Schändlichkeit jedes jüdische Gesicht einzeln an. Und jedes ist das Antlitz meiner Eltern, meiner Brüder, meiner Schwester, meines Großvaters, meiner Großmütter, meiner Tanten und Onkel. Es ist meines.

Ende März wehten warme Lüfte aus dem Banat herbei. Bei einem Spaziergang am Ufer überkam es mich. Ich warf die Kleider von mir und sprang in den Fluss, der lehmig und träge und kalt dahinfloss. Das tat ich nicht, weil ich vor Erhitzung nicht ein noch aus wusste, sondern weil ich es in den Kleidern plötzlich nicht mehr ausgehalten hatte.

Ich versuchte, gegen die Strömung zu schwimmen. Zuerst Brust. Darauf, aggressiver, Kraul. Es nutzte wenig. Dann ließ ich mich treiben. Endlich, dass man nichts müssen musste. Weiter unten zwang mich die winterliche Kälte des Flusses an Land. Ich packte einen Weidenzweig, der die Wasseroberfläche kräuselte. Und hievte mich ans Ufer. Die Weidenkätzchen platzten aus den Hüllen. Als ich mich der warmen Luft überließ, war mein Leib übersät von gelbem Flaum.

Judith hatte mich gemächlich mit den Kleidern begleitet. Ehe sie mich mit ihrem Schal trocken rieb, umarmte sie mich. Ihr Mantel wurde feucht. Wir gingen nebeneinander den grün betressten Fluss entlang. Und hintereinander über die Hängebrücke. Ich ging voran. Sie hielt sich mit beiden Händen an den Drahtseilen fest. Sie fürchtete sich. Wovor, sagte sie nicht. Ich setzte die Schritte wie ein schnürender Fuchs. Der konkav durchgebogene Fußsteig hielt still.

Drüben sagte sie: „Ich glaube an kein gutes Ende mehr!“ An einem ihrer Sätze, die sie abwesenden Blickes hatte fallen lassen, knobele ich bis heute herum: „Nimm die Menschen wichtig, aber den Menschen nimm nicht wichtig.“

Als wir uns trennten, war es so, als sei einer dem anderen nicht begegnet. Eines beliebigen Mittags saß ich allein am Tisch. Trotzdem begrüßte ich den Securitate-Offizier von Caracal, der sich herangeschlichen hatte und hinsetzte, auf Ungarisch. Ungarisch! Darauf stieß er den Stuhl zurück, der niederknallte. Und verzog sich.

*

Nach etwa weiteren zwanzig Jahren trafen wir uns zum zweiten und letzten Mal, Judith und ich. Sie rief mich auf meinem Pfarrhof in Rothberg an. Das „Fräulein vom Amt“, genannt *„duduie“*, vor dem Klappenschrank in der Dorfzentrale vis-à-vis stellte durch, ich konnte aus meiner Studierstube vom Pfarrhof aus sehen, wie sie hantierte und muffelte: *„Părinte, vă caută o doamnă. Nu înţeleg limba!“* Da sei ein Gespräch für mich mit einer Dame, deren Sprache sie nicht verstehe.

Die Frauenstimme, die es nach mir verlangte, sprach merkwürdigerweise ungarisch. Sie sei für eine Stippvisite in Rumänien. „Stippvisite“ flickte sie auf Deutsch ein. Und speziell sei sie in Hermannstadt, Nagyszeben: „Deinetwegen!“ Das wieder deutsch.

Schon auf Ungarisch hatte ich geahnt, wer es sein könnte. Am deutschen Satz erkannte ich sie: Judith.

Sie weiter, ungarisch, so hatten wir als Kinder gesprochen: „Du weißt, wer dich sucht." Sie sagte nicht: Du weißt ja, wer ich bin.

Ich nickte, unnütz. Höchstens die Telefonistin drüben im Amt, die eben herzhaft in ein Fettbrot biss, bekam das mit, meinte womöglich, das Nicken gelte ihr.

Judith Gisela Glückselich, sie war es. Sie nannte keinen Namen. Sie logierte mit ihrem Schwager im „Römischen Kaiser". Schwager? Hatte sie Schwestern? Zu Gesicht bekam ich den Schwager bloß auf ein Zuwinken im Hotel. Mehr nicht.

Sie erwarte mich um zehn Uhr im Hotel. Sonntag.

Sonntag nicht. Das sei für einen Pfarrer Arbeitstag.

Also Montag. Der Altweibersommer in Siebenbürgen sei verlässlich. Dauere bis November.

Das wusste sie noch! Doch was sie mit dem „Altweibersommer" vorhatte, wusste ich nicht.

Und sie freue sich.

Ich weniger. Ausländer mied ich. Ob West, ob Ost, sie firmierten vor der proletarischen Obrigkeit als Staatsfeinde. Was tun? Erste Reaktion bei mir wie sonst: Flucht. Man wimmelte am besten den bedrohlichen Besuch ab …

Das Gespräch, geleitet über die Telefonzentrale, war dem Parteisekretär zu Ohren gekommen. Der ließ mich nicht etwa rufen, was ich hätte verweigern können. Der korpulente Mann bemühte sich zu mir in die Kanzlei. Begrüßte mich nach gut rumänischer Kirchenmanier mit

„Küss die Hand, Vater“: *„Sărut mâna, părinte!“* Fühlte sich trotzdem nicht zu Hause wegen des schwarzen Kreuzes an der Tür. Und wollte im Stehen alles hinter sich bringen.

Sofort rückte er mit der Sprache heraus. Indem er das zu Sagende zurücknahm, ehe es gesagt worden war: Er habe kein Recht, sich in mein Privatleben zu mischen. Und: Als Ingenieur und Pfarrer wisse ich besser als er und besser als jeder im Dorf, was richtig und was falsch sei: *„drept și greșit“*. Er sprach im Flüsterton.

Doch dass in seiner Kommune plötzlich ungarisch gesprochen werde, das sei beunruhigend. Die Sprache eines ausländischen, feindseligen Staates: *„Inamic!“* Dazu eine Frauenstimme. Und schlimm: *„Hotel!“* Er verbiss sich, das proletarisch Anrüchige beim Namen zu nennen: Frau im Hotel.

Ich ging auf das Vorgebrachte nicht ein. Dafür breitete ich die Pläne der zwei Plattenbauten der Gemeinde vor ihm aus. Er musste Platz nehmen. Es würde dauern. Die ihn verwirrende Eisenarmierung hielt ich ihm absichtlich vor die Nase. Ich spürte, wie ihm das zuwider war. Die Gemeinde musste aus Eigenem dreistöckige Wohnblocks hochziehen. Gedacht für die Arbeiter der Staatsfarm. Dem waren weder Ortspartei noch Gemeindeamt gewachsen. Ich war eingesprungen. Wurde kollegial mit „Genosse Pfarrer“ tituliert: *„tovarăşe preot“*. Oder: *„domnule inginer“*. Schon die Fundamente hatten die dörflichen Dilettanten falsch angesetzt. Ich musste sie korrigieren. Sonst verlängerte sich der Fehlgriff bis unters Dach. Manchmal spielte ich mehrere Stunden am Tag den Bauleiter. Turnte mit den Parteibonzen über die Gerüste. Und lehrte sie vergeblich, Pläne zu lesen.

Als ich mich im November 1978 als neuer Pfarrer im Rathaus offiziell vorstellte – der ideologischen Einfachheit halber war der Bürgermeister auch Parteisekretär –, hatte ich mit einer weiten Geste Plafond und Boden des rot tapezierten Amtssitzes verbunden und gesagt: „Ich kenne mich nicht nur im Himmel aus als Pfarrer, sondern auch auf Erden als Ingenieur." So war ich zu den Hochhäusern des Dorfes gekommen.

Der Parteiobere an meinem Schreibtisch vor den Plänen gab zu, dass das Durcheinander der Eisenstäbe ihn so verwirre, dass er Kopfweh bekäme. Doch vielleicht brauche er eine Brille. Und tonlos: ob ich ihm eine solche aus Deutschland beschaffen könne, *„din Germania"*.

Ich wartete ihm einen echten Kaffee auf. Eine Rarität gegen Ende der Diktatur. Den er mit einem Schluck hinunterspülte.

Darauf schob er die Pläne zur Seite. Und befand: Gut zu wissen, dass jemand im Dorf diese vermaledeite Sprache beherrsche: *„maghiara"*. Doch hierher gehörten allein Rumänisch und Sächsisch, in diese Gemeinde, wo seit dakischen Zeiten Rumänen und Sachsen friedlich zusammenlebten, wie die Partei uns das gelehrt habe.

Im Hinausgehen fixierte der fremde Gast die Pfarrkanzlei rundum. Und sagte Erstaunliches, lautlos: *„Cu partidul și biserica înainte!"* Mit der Partei und der Kirche geradewegs voran.

Ich hätte ihm versichern können, dass seine stimmlose Zurückhaltung für die Katz war: Das Telefonat sei der

Securitate bereits zu Ohren gekommen. Ich begleitete den Genossen bis zum Tor.

Dieser Besuch, war das eine versteckte Mahnung, ein Wink mit dem Zaunpfahl, die Dame, die ungarisch sprach, ja nicht herzuholen? Also sollte ich meine Kinderliebe am Sonntag nicht zum Gottesdienst einladen? Andererseits: Gottesdienste – wie auch Begräbnisse – standen laut Verfassung jedem Menschen offen. Heikle Entscheidungen mussten gefällt werden.

Doch war ich bereits gewillt, zu Judiths Einladung Ja zu sagen. Obschon das sozialistische Rumänien als einziges Ostblockland diplomatische Beziehungen zu Israel hatte und zur Bundesrepublik ebenso, galt letzthin jeder Ausländer nicht nur als Feind, sondern als Agent, woher der Besuch auch kam: ob aus dem kapitalistischen Westen oder den verfehdeten Bruderländern, ob aus dem Fernen oder Nahen Osten. Bis auf Verwandte ersten Grades durfte man niemanden von jenseits der Grenzen beherbergen.

Dagegen hatte ich ernstlich im Ohr, was die Schwiegermutter mir ans Herz gelegt hatte: Ein echter Kavalier habe zu folgen, blindlings, wenn eine Dame rufe, wann immer, wohin immer, in welcher Sprache immer und was immer die Dame im Schilde führe.

Alles Hin und Her kehrte ich weg. Seit man mir ein fremdes Telefon in die Kanzlei montiert hatte, war ich auf dem Weg, mich frei zu machen von obsessiver Aufpasserei. Ich sagte zu. Ja, ich lud Judith zum Gottesdienst ein. Und zu einem Mittagsmahl danach, Agape genannt. So heißen die sonntäglichen Mittagessen mit Gästen auf einem siebenbürgischen Pfarrhof. Klugerweise sagte sie Nein.

Also war ich am Montag um zehn Uhr im „Römischen Kaiser“ zur Stelle. Es war ein sommerlich heißer Tag. Die Elevinnen liefen in lockeren Blusen herum. Die Lyzeaner in knielangen Hosen.

Judith Glückselich frühstückte. Sie begrüßte mich auf Ungarisch. Fragte als Erstes, ob ich eine Badehose dabei habe. Sie erhob sich nicht, reichte mir bloß die Hand über den Tisch, am kernweichen Ei vorbei, das sie bereits geköpft hatte. Lud mich ein, ihr Gesellschaft zu leisten.

„Nein, danke, ich habe gegessen!“ Keine Mahlgemeinschaft hier! Noch hatte ich mich in dem Speisesaal nicht losgeeist von den verborgenen Augen in den Lüstern oder den versteckten Wanzen unter den Stühlen.

Es fiel mir ein: Während der zwei Jahre U-Haft war eine der Fragen bei der Securitate, um die Nähe einer Beziehung zu erschließen: ob ich mit der beschuldigten Person gemeinsam gegessen habe. Nein war besser als Ja. Gut war nichts.

Ich möge mich ihr gegenüber hinsetzen. So könne sie mir bequem in die Augen sehen und frank und frei weiter essen. Sie lächelte. Das Gesicht war vertraut, das Lächeln fremd.

Sie sagte: „Du wunderst dich, dass ich sitzen bleibe. Erstens muss ich mich als Dame nicht erheben. Und dann: Selbst wenn der österreichische Kaiser in einer Kaserne die Soldaten bei Tisch überraschte, mussten sie nicht strammstehen, konnten ruhig weiteressen.“

Und: „In jedem gemeinsamen Essen steckt etwas vom rituellen Passahmahl. Schade, dass du nicht mithalten willst. Damit wären wir uns bereits im ersten Augenblick nahegekommen. So wird es noch dauern."

Wir waren allein in dem Essraum mit den Jugendstilarkaden in Gold und Weiß. Für uns wurde die Saaldecke aufgekurbelt. An den Fenstern des Binnenhofes mit den vergoldeten Imperator-Köpfen stieg der Blick in den flimmernden Himmel.

Der Schwager wurde mir nicht vorgestellt: Könnte er es gewesen sein, der kurz durch den Saal strich, wortlos herübergrüßte, ohne dass Judith ihn beachtete? Oder war das die diskrete Warnung des hauseigenen Kundschafters an mich? Ich fragte nicht.

Bemerkt hatte sie, dass ich mich zurückhielt. Und sagte auf Deutsch, es klang harmlos und verschlüsselt zugleich: „Du musst dich vor mir nicht zusammennehmen. Natürlich geht es nicht, dass du mir hier um den Hals fällst. Aber deinen Gedanken kannst du freien Lauf lassen, ungeniert!"

War das nicht schon zu deutlich? Sie würde ja wissen, was sie sich leisten konnte. Ob sie auch wusste, was sie mir zumuten durfte? Sie rückte das Tischtuch zurecht, spähte in den Brotkorb, hob von unterm Tisch eine Brotkruste auf, die sie fallen gelassen hatte. Ihr Kopf verschwand für Augenblicke unterhalb des Tischtuchs. Dann folgte der verschnürte Kernsatz: „Hier ist alles keimfrei." Sie sagte es lachend, so dass selbst ich es akustisch kaum verstand. Noch einmal griff sie bedeutungsvoll unter ihren Sessel, als jucke sie sich am Po.

Und nun bestimmte sie: „Fahre uns nach Salzburg. Wir haben zu reden. Es gibt dort einen Salzsee, den Totensee." Sie erstickte jede Widerrede. Sie habe für uns beide spezielles Badezeug mitgebracht. Es gelang mir nicht zu fragen: spezielles Badezeug? Die Erläuterung kam prompt: „Das im Wasser nicht nass wird."

Sie wartete nicht einmal ab, dass ich Ja sagte, und erhob sich. Ihre sportliche Gestalt war sommerlich verhüllt, doch mit einem Schuss ins Uniformmäßige. Streng die Bluse, hochgeschlossen, als Brosche der Davidstern, und anliegend der dunkelgraue Rock. „Ich bin gleich wieder da! Doch du geh durch die Hintertür, warte auf mich in der Alten Neugasse!"

Im Weggehen sagte sie noch einiges, verhielt den Schritt zwischen Tür und Angel, während ich hinausdrängte: „Genauigkeit und Zuverlässigkeit ist bei den Rumänen wie eine Kränkung. Und eben das ist ihnen an euch, den Deutschen, unheimlich: die roboterhafte Präzision in allem Tun und Lassen."

Sie schwieg einen Augenblick lang, zu lang, wobei sie mich in meiner ganzen Größe musterte: eiskalt, kaltblütig. Und fuhr mit den Rumänen fort, in ihre Augen kam wieder Bewegung: „Darum der mahnende Satz: *Om să fi, nu neamţ!*" Sei kein Deutscher, sei ein Mensch! Und nach einer Pause, die Hand auf der blitzenden Klinke, die sie endlich hinabdrückte: „Offenbar haben sie recht!" Und sagte nicht: Du bist anders.

Die harschen Worte und der stechende Blick hatten mich einige Atemzüge lang aufgeschreckt wie früher: Du bist nur ein Ding. Solchem war ich begegnet während der

Jahre im Gewahrsam, bei den Vernehmungen, bei den Nachtverhören. Gleichzeitig aber war Judiths meerblauen Augen ein Widerschein von Warmherzigkeit beigemischt, ja, Bedauern. Sie würde mir nichts Böse antun.

Ich wartete hinter dem Hotel. Wo ich das Auto geparkt hatte. Doch ich hielt mich fern von meinem Brezelkäfer, um vor dem Auge der allgegenwärtigen Obrigkeit vorerst optische Zusammenhänge zu meiden.

Ich atmete auf, als sie in einem wehenden Sommerkleid herbeikam. Es war bestückt mit lila Kratzdisteln, die wahrlich anmutig zum gelben Fond passten. Um die Schulter hatte sie eine Badetasche gehängt. Ich sah ihr ins Gesicht und erkannte einen Abglanz des zwiespältigen, gebrochenen, verstörten Blicks der Kindheit: Damals waren es Angst und Schalk zugleich, die sich in ihren Augen spiegelten, wenn wir im Geheimen zusammen waren.

Als ich Judith aus der Stadt hinauskutschierte, beobachtete ich an jeder Straßenkreuzung, ob uns jemand folgte. Es folgte uns niemand.

Wir gingen gezielt zum Totensee. Rumänisch hieß er *„lacul fără fund“*, der bodenlose See. Er lag abseits und wurde gemieden. Doch auch bei den anderen Seen war es menschenleer. Die Leute hielten sich nicht an die Temperaturen, sondern an den Namen des Monats. Im Oktober badeten nur Wassernarren. Wir waren die Einzigen dort, liefen barfuß dahin. An einem Fuß hatte sie blau touchierte Zehennägel, am anderen waren sie weiß lackiert.

Am See lagerten wir zwischen Sandhafer im verschlissenen Schatten eines Dornengestrüpps. Sie stülpte sich einen Strohhut auf den Kopf, suchte vergeblich nach Schatten und machte es sich bequem, hingestreckt auf einer Plache, dünn und weich, den Hut über Kopf und Brust gebreitet, das blumige Kleid war bis in den Schritt gerefft.

Judith schwieg, döste. Ich kauerte im Schneidersitz unter dem Panamahut meines Großvaters. Hatten wir Zeit? Oder war das bei ihr Methode: abwarten, was der andere tat?

Plötzlich nahm sie den Hut ab, ließ sich von der prallen Sonne bescheinen, hielt dabei die Augen offen im Wettlauf mit der Sonne und sagte: „Wir müssen reden." Mussten wir das?

Sie setzte sich auf. Kniete. Aus ihrem Beutel zog sie die Gastgeschenke, breitete sie auf der hauchdünnen Decke aus. Seltsame Dinge kamen zutage: ein Rosenkranz, geschnitzt aus dem Holz vom originalen Kreuz Christi, eine rumänische Bibel samt Apokryphen, ein Rechenschieber mit dem Davidstern. Und eine Badehose mit der magischen Eigenschaft, im Wasser nicht nass zu werden. Unglaublich!

Auf gut Fogarascherisch sagte ich: „Wasch mir den Pelz, mach mich nicht nass." Wünschte ich das? Ich bedankte mich artig.

Ein Foto hatte sie dabei, das sie mir in die Hand drückte. Was mich beunruhigte. Ein Foto von ihr, die ganze Gestalt. Ähnlich wie das in Soborschin, im Nervensanatorium. Und wie dort: wieder in fremder Gewandung. Damals war es die rumänische Frauentracht, diesmal eine fremdartige Uniform, in der sie sich offensichtlich wohlfühlte. Khakifarben der Stoff. Unter der Achselklappe klemmte ein Käppi. Seltsamerweise trug sie einen Rock, nicht eine Hose.

Ich ahnte, wo sie in dieser Montur hingehörte. Als ich fragte: „Was soll das?", wich sie aus. Sie kämpfe nicht mit der Waffe. Sie sei Übersetzerin beim Militär: „Unsere drei Landessprachen kommen mir zugute!" Und lebhaft: „Die Uniform verdanke ich dir!"

„???"

„Wenn du in der feschen Kluft des Deutschen Jungvolks durch Fogarasch dahinstolziert bist, habe ich dir aus dem Kellerfenster hinterhergesehen, dich beneidet und mir geschworen: ‚Ich auch so, einmal!' Behalte es, es sei dein Talisman!"

Talisman? Eben hatte ich erwogen, das unheilschwangere Foto im See verschwinden zu lassen. Nunmehr: wohin damit?

Ich würde es im Frecker Haus verstecken, im vorletzten Sarg der Adeletante. Uralt geworden, war sie in Schüben geschrumpft, so dass sie alle zehn Jahre einen neuen maßgeschneiderten Sarg bestellen musste. Ich wusste, die Securitate floh Särge. Der letzte Innenminister, ein geeichter Atheist, hatte im Geheimen drei Popen beauftragt, in seinem Amtssitz die bösen Geister des Vorgängers auszuräuchern – dieser hatte sich erschossen, ehe man ihn festnehmen konnte.

Die wunderbare Badehose musste ich anprobieren. Sie selbst zog das Sommerkleid über den Kopf und bot sich im Bikini dar. Sie bekräftigte: „Deine Badehose ist aus dem gleichen Stoff wie mein Bikini, wird nicht nass beim

Baden." Es war, als sei dies ein Hinweis auf Gemeinsamkeit über die Grenzen hinweg. „Das prüfen wir sofort."

Unser See stach ab von den übrigen. Der Trichter verengte sich rasch bis zur Wasseroberfläche, die abgrundtief heraufglitzerte.

Judith wusste auch dieses: dass bei einem Gefecht 1849, am Ende der Revolution, hier eine Honvéd-Kompanie von Kaiserlichen ins Wasser gedrängt worden war.

Ich fragte mich: Hatte sie jeden Schritt vorgeplant und illustrativ mit Kenntnissen gesichert?

Immerhin konnte ich ergänzen, dass seit damals in unregelmäßigen Abständen eine militante Leiche an Land gespült werde. Die sich halb nackt, halb militärisch im dornigen Gestrüpp verfange.

Und schon tappte Judith die steile Holztreppe hinunter zum bodenlosen See. Während ich die konischen Ränder abgraste, ob sich im Gesträuch nicht neuerlich ein hartgesottener Revolutionär festgebissen hatte.

Sie trug eine Badekappe in den Farben Blau-Weiß, gespickt mit dem Davidstern. Ich bat, sie möge die Gummimütze umdrehen. Sie verstand. „Aha, damals, im Königsschloss, wollte ich mich als Jüdin verstecken. Nun willst du mich als Jüdin verstecken. Aber ich bin nicht nur eine Jüdin, ich bin mehr: Ich bin eine Israeli."

Sie riss die Badekappe vom Kopf, schleuderte sie im Bogen irgendwohin. Die nicht ins Wasser fiel, sondern an einem stacheligen Strauch hängen blieb, ein Dorn im Auge.

Wir ließen uns ins Wasser gleiten. Doch wurden wir im selben Augenblick emporgeschnellt. Der Totensee lehnte sich gegen unsere Körper auf. Sein Salzgehalt überstieg, wie ich, halb in der Luft hängend, halb im Wasser schwebend, von Judith vernahm, den Salzgehalt des Toten Meeres.

Und dann geschah etwas, das ich nicht unterbringen konnte. Kaum dass wir uns halbwegs an der Oberfläche hielten, drückte mich Judith unter Wasser, mit Haut und Haar. In Katzenschnelle hatte sie sich auf meine Schultern gehockt. Mein Kopf verschwand im Wasser. Der Hals wurde im Schraubstock ihrer Schenkel zusammengepresst. Ich hielt den Atem an. Versuchte nicht, sie abzuschütteln. Ertränken würde sie mich nicht. Sie wollte reden. Und: Ich hatte ihr nie etwas zuleide getan. Neugierig war ich, bis wohin sie es treiben würde. Sie trieb es bis dahin, wo ich meinte, in der nächsten Sekunde ersticken zu müssen. Ich schüttelte sie ab. Als ich hervorschoss, war sie verschwunden. Es dauerte, ehe sie auftauchte, mit triefenden Haaren, um die Stirne ein Diadem von Salztropfen, und rief: „Jetzt sind wir quitt!"

Im Nu hatten wir dann heraus, wie wir uns in der Sole aufrecht halten konnten: Wassertreten! Und nun redete sie und redete und redete. Sie sprach deutsch. Wir waren allein in dem bodenlosen Kessel. Niemand konnte hören, was sie monologisch zu berichten hatte. Selbst Vögel mieden diesen Ort der Ohnmacht. Ich schwieg.

„Man weiß über dich Bescheid."

Wer man?

Dann passierte ihr ein Schnitzer: „Wir wissen Bescheid!"

Ich fragte nicht: wer wir? Was ich vermutet hatte, schien sich zu bestätigen: Nicht mit der Waffe in der Hand war sie Soldat. Gefährlicher: ohne Waffe.

Hier, tief unten im Totensee, setzte sie eine amtliche Miene auf. Amtlich durchaus in dem, was sie mir ins Gesicht sagte, knapp über dem abgründigen Wasserspiegel. Ich hörte und stutzte. Ich hörte und erschrak. Ich hörte und schwieg. Und zuallerletzt tauchte ich weg.

Anfangs schien sie unbeteiligt. Sie leckte manchmal mit der Zunge die Salzlake von den Lippen. Doch im Tumult der Gedanken kam es zu Ausrutschern. Und zuletzt beseelte sie ein rotbackiger Eifer.

Man wisse, dass ich am Tag meiner Verhaftung in der Klausenburger Universität am 28. Dezember 1957 in die Kommunistische Partei eintreten wollte. Damals: Partidul Muncitoresc Român, Arbeiterpartei. „Hast du darüber nachgedacht, weshalb die dich gerade an diesem Tag festgenommen haben? Und warum die Tür zum Parteizimmer ausnahmsweise zu war? Wo bei denen von der Sec alles haarklein ausgeklügelt ist. Die Aufnahmeakten in deiner Mappe: Damit konnte die Sec dich erpressen."

„Sec", so kürzte Judith den Namen des gefürchteten Geheimdienstes Securitate ab.

„Deren eintöniges Tamtam war folglich: Bist du ehrlich ein Unsriger, musst du dich durch deinen parteiischen Kampfgeist beweisen. Tritt an gegen die Bourgeoisie! Andernfalls wolltest du dich als imperialistischer Spion in die Partei einschleichen. Sabotage!" Die Wassertreterin schloss nahe meiner Nase: „Und gib zu, ihr Entweder-

Oder ist nicht ohne, ist nicht bar der Logik. Dumm sind die nicht. Im Gegenteil: abgefeimte Profis."

Sie weiter: Man wisse, dass ich mich monatelang der Sec verweigert habe, trotz der drastischen Nachtverhöre. Und dass ich mich am 5. Mai 1958 zum ersten Mal zum Verhör gemeldet habe mit der Versicherung, von nun an ohne Umschweife und Ausflüchte alles zu beantworten, was man mich fragen würde. Aber zwei Bedingungen habe ich gestellt. Nicht über Mädchen befragt zu werden. Und dass der deutsche Studentenliteraturkreis als Letztes an die Reihe kommen möge. Der Vernehmungsoffizier habe weder Ja noch Nein gesagt.

Wie genau Judith Bescheid wusste! Wieso, woher?, dachte ich nicht.

Ich erinnerte mich haargenau: Meine naive Überlegung, verzweifelt, doch nicht hirnrissig, war damals, im Mai 1958, durch Glaubwürdigkeit die Securitate zu überzeugen, dass der Literaturkreis keine getarnte Verschwörer-Clique sei. Was sie mir ab der ersten Vernehmung als Anschuldigung eingehämmert hatten. Aber: „Bedingungen stellen? Dort? Erbeten hatte ich das …"

„Was du nicht weißt: Die Sec hatte dich diese vier Monate lang gewähren lassen, in einer Art Narrenfreiheit, und scheinbar für bare Münze genommen, was du ihnen bei den endlosen Vernehmungen an Erdichtetem aufgetischt hast. Dass sie trotzdem die Herren der Situation waren, haben sie dich spüren lassen in dem Kreuzverhör zwei Nächte hintereinander. Als drei Offiziere eine Falschaussage gegen deinen Bruder Kurtfelix aus dir herausgeschunden haben, ohne dich mit einem Finger anzurühren."

Herausgeschunden, sagte sie. Ob sie dichtete?

„Ein suggeriertes Geständnis. Das du tags darauf widerrufen hast. Vergeblich. Als die Sec deinen Bruder im Sommer 1958 verhaftete, legten die ihm als Erstes dieses Papier auf den Tisch: ‚Sieh, dein Bruder hat dich verraten.'"

Judith aus Israel fuhr fort mit ihrem von weit hergeholten Wissen über Beredtes im Verborgenen, als legte *ich* eine Beichte ab. Sie kannte alles, fast alles. Und ich wunderte mich nicht.

„Dass du dich an dem Tag, dem 5. Mai, melden würdest, selbst das wusste dein Vernehmungsoffizier. Ein winziger Beweis: In seinem Schreibtisch hatte er Kompott für dich auf Lager. Das du übrigens sofort geschlubbert hast. Außerdem stand ein Stuhl beim Fenster, wohin er dich platzierte. Sonst saßest du hinter der Tür in der Ecke auf einem angeschraubten Stuhl, wenn sie dich ausquetschten."

Ausquetschten, ja. War sie dabei gewesen?

Judith weiter, mit Salzkörnern auf den halb geschlossenen Lidern, bis hin reichte ihre Zunge nicht: Man wisse, dass ich mehr aussagte, als man mich gefragt habe. „Bitte, ein schwerer Vorwurf, der bleiben wird. Doch wir wissen: Nicht um deine Haut zu retten, wie dich böse Mäuler bezichtigen, hast du über das Ziel geschossen, an deiner Haut lag dir nichts. Wenn du aber gedacht hast, durch Liebedienerei ihr Vertrauen zu gewinnen, so dass du die Sec hättest umstimmen können und dadurch deine dreihundertsechs Studenten heraushalten aus einem Schauprozess, dann warst du auf dem Holzweg!"

Holzweg, dachte ich, und sie kannte die genaue Zahl: dreihundertsechs.

„Das ist kafkaesk. Bei denen ist alles Kalkül. Der Mensch zählt nichts! Und wenn sie gewollt hätten, mit zweimal Händeklatschen hätten sie euch allen dreihundert den Prozess gemacht."

Ich schwieg.

Ich sagte mir: Das wusste ich. Trotzdem unleugbar: Zu dem Prozess gegen die Studenten war es nicht gekommen.

„Vermutlich war deine schwierige Frage: Wann ist das Maß erfüllt, dass man dir glaubt? Darum deine Übertreibungen."

Zum ersten Mal fiel das Wort „vermutlich" in der Reihenfolge ihrer strikten Auskünfte. Doch sofort hatte sie Oberwasser: „Ist dir nicht aufgefallen, dass die dich nie mehr nach dem Studentenkreis gefragt haben? Obwohl du zwei Jahre dort abgesessen hast."

Und gab die Antwort: „Was du nicht wusstest, ist, dass die Verdächtigungen des Studentenkreises längst vom Tisch waren. Aber die" – „die" sagte sie statt Sec –, „die haben dich weiter am Schlafittchen gehalten und dich reden lassen."

Schlafittchen klang zärtlich wie in Fogarasch.

„Deinen ideologischen Eifer haben sie ausgenützt. Du warst für sie ein billiges Instrument!"

Ich überlegte: So gesehen, passte hier eher „williges" Instrument. Immerhin: besser Instrument als Werkzeug.

Es war der Moment, wo ich einen biblischen Satz hinpustete, an dem sich die Exegeten die Zähne ausbissen, bis es ihnen sauer aufstieß. Beim Propheten Hesekiel hieß es: „Was habt ihr unter euch im Lande Israels für ein Sprichwort: ‚Die Väter haben saure Trauben gegessen, aber den Kindern sind die Zähne davon stumpf geworden'?" Verlorene Liebesmüh! Sie ließ sich darauf nicht ein.

„Und anderes, was du nicht weißt: Wir kommen zum sogenannten Schriftstellerprozess."

Sie kam, ich nicht. Ich trat Wasser.

„Der aufgeputscht wird mit der ewigen Leier: Du seist schuld an den sagenhaften fünfundneunzig Jahren Gesamtstrafe."

Ihre Sprache wurde belebter, Judith hatte Feuer gefangen, die professionelle Maske fiel ins Salzwasser: „Wir wissen, dass du keineswegs der Kronzeuge im Schriftstellerprozess warst, als den deine ‚Volksgenossen' dich verteufeln. Jeder, der kein Hornochse ist, hätte von selbst draufkommen müssen. Du hättest es gar nicht sein können: Als Student in Klausenburg, weitab vom Gemauschel der Dichter in den Kränzchen und bei den Kaffeestunden zwischen Kronstadt und Hermannstadt, was hast du schon viel wissen können?"

Gemauschel sagte sie, ein Wort, das auch in Fogarasch gang und gäbe war.

„Und wann? Mit den eingekastelten Autoren hättest du räumlich kaum zusammen sein können."

Eingekastelt … wie bewandert sie war bis in den Jargon!

Außerdem wisse man doch, dass von den über zehn Belastungszeugen, die man herbeizitiert hatte, ich der einzige gewesen sei, den man nach zwanzigmonatiger Zellenhaft zum Prozess gekarrt habe. „Schon darum, allein darum, hätten deine Leute dir alles nachsehen müssen. Was bei der Sec vorkommt, hat mit Verrat nichts am Hut. Was du nicht weißt, aber du hättest es dir zusammenklavieren können als aufgeweckter Kopf: Kannst du dir vorstellen, dass die Sec alle anderen Hoppgenommenen von euren Leuten als schweigende Säulenheilige im Arrest gehalten hat, um sie durchzufüttern wie in einem unbezahlten Urlaub?"

Säulenheilige, nein, das waren wir nicht, am wenigsten heilig.

„Aber wir sind im Bild darüber, was jeder dort von sich gegeben hat. Kurzum: keiner, der andere nicht belastet, Kollegen nicht ‚verraten' hätte. Was du im Prozess ausgesagt hast, das waren Lappalien gegenüber den Aussagen der anderen." Ins Protokoll, wusste sie, sei nicht gekommen, was ich ausgesagt, sondern was der Militärrichter der Schriftführerin diktiert hatte.

Judith weiter: „Die Protokolle sind getürkt! Den Scherg und den Bergel hast du entlastet, so dass dir der Militärrichter über den Mund gefahren ist: ‚Schweig, du bist nicht hier, um diese Banditen zu verteidigen!' Das schlägt nirgends zu Buche. Gravierend als Beweis war nicht, was du gesagt hast oder was die viel besser informierten anderen Zeugen hervorgestottert haben. Belastend war vielmehr das vernichtende Gutachten der Temeswarer Expertenkommission zur Doppelbödigkeit der inkriminierten Texte. Darauf hat sich der Staatsanwalt in seiner Anklage bezogen. Das hat den Schriftstellern den Hals gebrochen." Und sie vermerkte: „Einige von denen waren meine Professoren, ehrenwerte Germanisten."

Als ob Judith im Gerichtssaal gewesen wäre … Zwischen unseren Gesichtern flimmerte das heiße Licht des Salzsees.

„Und nun gleich beim Schopf gepackt, wenn es dir auch nicht gut bekommt. Was sie an dir gefunden haben als Belastungszeuge, denn das warst du, selbst wenn du nur Nichtigkeiten ausgesagt hast: Nicht was du zu sagen hattest, war wichtig, sondern dass einer als ihr Mann auftritt. Ein verlässliches Werkzeug."

Nicht mehr Instrument! Schade.

„Und das warst du, ihr Mann."

Und weiter im Text: „Was du nicht weißt: Deine persönliche Anklageschrift haben die erst am 16. September 1959 aufgesetzt. Am Tag nach dem Prozess der Schriftsteller. Nachdem sie sich überzeugt hatten, dass du tags zuvor gespurt hast. Nachher warst du als Werkzeug unbrauchbar. Nach deiner Entlassung wäre es für sie ein Leichtes gewesen, dir einen erträglicheren Posten zu verschaffen statt Ziegelfabrik, Fließband, Nachtschicht. Aber du warst ihnen schnurzegal."

Schnurzegal, das hatte Judith aus Fogarasch herübergerettet.

„Und auch den Abschluss der Hochschule hätten sie mit einem Wink regeln können. Doch du interessiertest sie einen Dreck, nachdem du in Freiheit als Informant nicht infrage kamst. Du warst für die untauglich, nachdem alle vor dir davongelaufen sind. Und erst recht nicht erpressbar, du hattest alles hinter dir!"

Dreck hatte sie gesagt, das hörte sich schlimm an. Mein Wassertreten war so heftig geworden, dass es mich bis zum Nabel in die Höhe trieb. Sanft drückte sie mich bis zum Kinn ins Wasser, zurück an meinen Standort.

„Doch damit wirst du leben müssen bis zum Ende. Wie Alfred Polgar sagt: ‚Die Menschen glauben viel leichter eine Lüge, die sie schon hundertmal gehört haben, als eine Wahrheit, die ihnen völlig neu ist.'"

Sie schloss: „Trotz allem, lieber Freund …"

Lieber Freund, das gefiel mir nicht, so salzig dahingesagt.

„Mit diesem Makel wirst du ein Leben lang bleiben: ‚der Verräter'. Sei froh, wenn in deinem Nachruf einiges mehr stehen wird als so viel."

Doch diesmal blitzte es mir: „Meine Hoffnung bist du! Dass du dann für mehr und anderes sorgen wirst."

Die Hoffnung trog. Sie ist tot.

Judith blickte mich betroffen an, mit halb geschlossenen Lidern, beschwert von Salzkörnern, und sagte: „Dieses Gespräch hat es nie gegeben."

Gespräch, das war zu viel behauptet. Doch gut, das Hören auf Augenhöhe im Totensee ohne Grund und Boden hatte es nicht gegeben. Ich tauchte weg. Lange. So lange, bis Judith mich am Schopf herauszog, mit den erschrockenen Augen der Kindheit. Sie machte eine Paddelbewegung auf mich zu, umarmte mich, drückte mich an sich, küsste mich mit salzigen Lippen, achtete darauf, dass mein Kopf draußen blieb, ich Luft schnappen konnte. Und sagte leidenschaftlich: „Komm zu uns, wir brauchen in Israel Hydrologen!“

Und übergangslos: „Über die Nordgrenze der Negev-Wüste streiten die Geografen: Wo verläuft sie tatsächlich? Weil die Wüste Jahr für Jahr nach Süden rückt, verschoben von blühenden Gärten, wo vorher Sand und Stein alles Leben tötete.“

Poesie schwang in ihren Worten mit, während sie meinen Kopf in ihren Händen liebkoste. Und sagte mit Tränen in den Augen: „Komm zu uns, jeder Kibbuz nimmt dich mit tausend Freuden auf.“

Dann, und hier brach ihre Stimme: „Es ist das Land, wo ich endlich hinausschreien kann, was ich bin: ein jüdischer Mensch. Ohne dass ich mich fürchten und verstecken muss.“

Und ich? Wo hinausschreien, dass ich ein Deutscher bin? In Deutschland am wenigsten. Eher hier, nicht dort.

Trotzdem entwickelte ich ihr meinen Plan, den sie phantastisch fand. Wie das Tote Meer zu retten sei vor Versumpfen und Versalzung, ja, vor dem Austrocknen: durch eine zweihundert Kilometer lange Wasserleitung vom Roten Meer zum Toten Meer. Das Rote Meer liege etwa vierhundert Meter höher als das Tote Meer und sein Salzgehalt sei zehnmal geringer. Außerdem könne bei diesem kolossalen Gefälle Elektrizität gewonnen werden über ein Reihe Wasserkraftwerke. Mit dem neuen Rechenschieber, verziert mit dem Davidstern, ermaß ich ein Quantum von Kilowattstunden, mit dem man alle Kibbuzim hätte beliefern können.

Schließlich stiegen wir an die Oberfläche der Sozialistischen Republik. Mit einer spaßigen Geste klatschte sie mir ihren Busenhalter um die Ohren. Tatsächlich, er war trocken. Trocken war auch der lila Stoff um ihre Hüften. Ich sah bestürzt an mir hinab: meine Badehose, trocken auch diese.

In der Alten Neugasse beim „Römischen Kaiser" nahmen wir Abschied. Das Salz juckte auf meiner Haut. Wir umarmten uns nicht. War das nicht zu wenig? Ich besann mich, was ich für sie, die Botin aus dem Heiligen Land, zum Abschied parat hatte. Ich hob den Blick, es fiel mir schwer, und blickte geradewegs in ihre Augen: „Höre, Judith, Schuld ist schwer zu quantifizieren, dann erst zu bekennen. Und wenn, dann ist der andere schuld. Doch drehen wir den Spieß um: Statt darauf zu reiten, was der andere mir Schlimmes angetan hat, sollte ich benennen wollen, worunter andere an mir leiden und gelitten haben, was unter meiner Hand verdorben ist. Jeden Freitag lege ich deren Namen auf den Altar", ich zögerte, „die Namen derer, denen ich Leiden zugefügt habe. Und wisse: Nicht die Reue, nicht die Buße, nicht die Vergebung decken die Menge der Sünden und Verfehlungen zu, löschen die Bitternis an Schuld und Vergehen. Vielmehr allein die Liebe tut das." Und zitierte, darüber sollte sie sich den Kopf zerbrechen: „Die Liebe ist eine verlässliche Weise des Zusammenlebens."

Sie hatte meinem Blick standgehalten, den ganzen Sermon über. Ich sprang über meinen Schatten: „Zu sagen, was ich dem anderen angetan habe, das gilt nicht nur für mich und dich, sondern … sondern … sollte auch zwischen den Völkerschaften möglich sein, ja, geschehen können.“ Das Wort Frieden nahm ich nicht in den Mund.

Nach einigem Schweigen sagte sie: „Auf eine Predigt von dir habe ich gewartet.“

Jählings verkannte ihr Mienenspiel die erforderlichen Regeln, die ihr aufgetragen waren. In ihrem Antlitz erfasste ich jenen Augenblick zwischen Trotz und Freude von ehedem. Ewigkeiten waren vergangen, seit ich sie, die Ausgestoßene, bei unserem Schul-Exitus nach der Quarta ins Gartenzimmer geführt hatte, obschon auch der Hordenführer dabei war, in DJ-Kluft, mit Koppel und Siegesrune: „Erinnert ihr euch? Unsere einstige Klassenfreundin Judith Gisela Glückselich.“

Mit ihr hatte ich den Tanz eröffnet. Das geschah im mythischen Haus mit dem Löwen, am Tag, als die Russen kamen.

Wir gaben uns die Hand, nein, beide Hände reichten wir uns. Die noch weiß gesprenkelt waren und rau. Ich hielt sie länger, als von ihr, von mir gewollt. Suchte nach einem Wunsch, der sie auch in der Wüste behüten würde, und hatte Psalm 91 im Gedächtnis bereit:

Denn Gott hat seinen Engeln befohlen,
dass sie dich behüten auf allen deinen Wegen,
dass sie dich auf den Händen tragen
und du deinen Fuß nicht an einen Stein stoßest.
Über Löwen und Ottern wirst du gehen
und junge Löwen und Drachen niedertreten.

Sie entwand ihre Hände meinem Zugriff. Bereits mit der einen Schulter zum Hotel gewendet, ließ sie mich wissen: „Ich habe deinen Sermon verstanden. Übrigens: Die sauren Trauben überlassen wir euch, den Siebenbürger Sachsen. Uns, den Kindern Israels, werden im Heiligen Land die Zähne nicht stumpf!“

Dann ging sie.

Ohne Adieu zu sagen.

Drei Steine …

*

Es schien, als sollte Judiths Gastspiel ein Nachspiel haben. Kurz darauf bestellte die Securitate mich zu sich. Telefonisch. Sofort wusste die Genossin von der Zentrale in Rothberg Bescheid und sagte betont, ehe sie durchstellte: *„Vă caută securitatea!“* Winkte gebieterisch herüber. Wir konnten uns von Fenster zu Fenster über das Plätzchen zwischen Rathaus und Pfarrhaus hinweg sehen.

Auch ich wusste Bescheid. Da war sie, die verwünschte Männerstimme, gegen Ende der Diktatur zuckersüß, honiggelb. Ich konterte höflich, griff tunlichst nach gängigen Floskeln und Plattitüden. Die Herren, bitte sehr, *„domnii, poftiţi“*, ich lud sie ein, *„vă invit“*, sich der Mühe zu unterziehen und sich hierher zu begeben, insoweit sie Anfragen an das Pfarramt hätten: *„cu probleme la adresa parohiei“*. Doch seitens der Kirchengemeinde gebe es keinerlei Anliegen, womit wir ihre ehrenwerte Behörde, *„onorata autoritate“*, inkommodieren könnten: *„să vă deranjăm, nicidecum“*.

Ich erläuterte entgegenkommend: Wir seien beide, Securitate und Pfarramt, staatlich anerkannte Institutionen, mit rundem Amtsstempel, mit einer beglaubigten Bankverbindung, sie dem Innenministerium unterstellt, wir dem Kultusministerium. „Ja, noch mehr: Beide Einrichtungen befassen sich mit den Menschen, die ihnen aufgetragen sind, zum Wohle der Allgemeinheit." Und konnte es nicht lassen, mit diesem halben Satz zu schließen: „… wenn auch jeder in der Handhabung sehr unterschiedliche Methoden anwendet".

Die Männerstimme schwieg. Kein Ja, kein Nein. Ich fühlte mich, als hätte ich einen Tag lang Holz gespalten.

Ich wartete ab. Sie ließen sich Zeit. Tage vergingen. Doch sie kamen. Zu zweit. Wie bei meiner Festnahme im Rektorat der Universität.

Sie, die Topfgucker, verdächtigten sich gegenseitig, nicht nur uns, die Ausgespähten. Sie waren in Zivil, betont elegant, Grau in Grau, unterstrichen und unauffällig zugleich, doch es störte die falsche Krawatte zum karierten Hemd. Sie ließen sich vom Dorfpolizisten begleiten, am helllichten Tag, offenkundig gewollt. Dieser kam in voller Ausrüstung daher.

Warum wohl so aufwendig, fragte ich mich flüchtig. Sinn? Zweck? Da bei ihnen jeder Schritt pingelig überlegt ist. Die Securitate will nicht erkannt werden. Das könnte es sein.

Die Gaffer verbreiteten sofort auf der Gasse, dass beim *„popa sașilor"*, bei dem Popen der Sachsen, eingebrochen worden sei. Sogar dort, unglaublich, wo doch jeder Pope einen besonderen Draht zum Herrgott habe! So das pietätsvolle Getuschel.

Der Milizionär patrouillierte im Hof in babyblauer Uniform mit Koppel und Revolver, in der Hand den Gummiknüppel. Warum solche Zurschaustellung? Mich konnte man mit dem bewehrten Mann nicht erschrecken. Ich steckte ihm Kaffee zu und Kerzen und Schokolade. Die Pfarrfrau spendierte Windeln und Salben und Pulvermilch, *„din Germania"*. Er revanchierte sich zu Silvester, *„de revelion"*, in der Dämmerstunde, schickte *„sarmale"* auf den Pfarrhof, rumänische Krautwickel, oder *„mici"*, Hackfleischröllchen, nachdem er vorsorglich ein illegales Schwein beschlagnahmt hatte. Seit Jahren gab es in den staatlichen Fleischläden nur noch Büffelhufe und Kuhschwänze.

Ich hatte noch Zeit, die österreichischen Schlafgäste über die Geheimtreppe aus dem Kapitelzimmer in den Keller zu verfrachten: fünf riesige Gewölbe, fünfhundert Jahre alt, man konnte Tischtennis spielen oder Völkerball. Gesetzlich war es verboten, Ausländer zu beherbergen. Unter dem Vorwand des Komforts wurden sie von den Polizeibehörden in die Hotels genötigt. Die Kurzformel für den Kommunismus bewährte sich: Man wurde zu seinem Glück gezwungen. Über der Falltür lag ein Teppich, zu Recht „Brücke" genannt. Darauf stand der Ohrensessel, in den ich die uralte „Hauszigeunerin" postierte. So hatte sie sich vorgestellt, als wir vor Jahr und Tag das Pfarrhaus bezogen, seit Generationen seien ihre Vorfahren das gewesen: *„ţiganii casei de la popa saşilor"*. Damit sie echt wirkte im antiken Salon, stülpte ich unserer Ana Amalia den Kalabreser meiner Mutter auf den Kopf, drückte ihr den erstbesten Band in die Hand, *Die dreizehn Bücher der deutschen Seele*, und schärfte ihr ein: kein Ton, sollten zwei Herren durch die Räume gehen. Dass sie die dreizehn deutschen Seelen verkehrt in der Hand hielt, bemerkte ich erst *post festum*.

Die beiden Geheimbeamten begannen, methodisch bekannt, mit Fragen von weit her: ob ich wisse, dass mein Vorgänger im Amt, Pfarrer Herbert, eine Reihe sächsischer Krüge ausgestellt hatte, hier in der Kanzlei, gut sichtbar, „*la vedere*". Ich wusste es nicht. Wusste aber, dass die Securitate ihn, den ehemaligen Ortsgruppenleiter von Michelsdorf, gepeinigt hatte über Jahrzehnte bei Tag und bei Nacht, so dass der heimgesuchte Pfarrer die Gemeindeglieder beim Tor abgefertigt hatte. Es sei denn, es ging um Taufe, Heirat oder Begräbnis, dann durften sie ins Pfarrhaus, den Kasus anmelden.

Die Herren saßen vor meinem Schreibtisch fromm nebeneinander wie beim Traugespräch. Sonst gesellte ich mich zu den Besuchern in den Raum, saß mit ihnen in der Runde. Diesmal nicht, ich verschanzte mich hinter meinem Schreibtisch. Doch Schutz und Schirm gegen ihre Machtfülle bot der massive Schreibtisch keineswegs. Selbst die Kirchenburg würde es nicht schaffen.

Sie betonten einhellig: Pfarrer Herbert sei ein großer sächsischer Patriot gewesen. Und ein gewiegter Hauswirt. Er habe Rosen gezüchtet, bekannt im ganzen Rayon. Sogar die Partei habe bei ihm angeklopft. Deren Hauptsitz habe er mit seinen Rosen verschönert. „*Gratis!*"

„*Natural*", entfuhr es mir.

Und habe die teuren Rosen täglich von einem Zigeuner am Zibinsmarkt verkaufen lassen. Mit dem Erlös habe der geschäftige Pfarrer in Hermannstadt, *„la Sibiu"*, *„un apartament"* im Wohnblock bezahlt. Ja, und der Rosen-Zigeuner – er hieß tatsächlich Trandafir – habe seine Lehmhütte beim Bach durch ein Steinhaus, *„casă de piatră"*, ersetzt. *„Preotul Herbert!"* Obwohl das im Sozialismus nicht gestattet sei: eigene Geschäfte am Staat vorbei zu tätigen, dazu unter privater Ausbeutung von Arbeitskräften. Doch wisse man, dass die Kirche ein großes Maul habe. Man habe an allerhöchster Stelle ein Auge zugedrückt. Die Rumänen seien ein frommes Volk, duldsam und geduldig: *„tolerant și cu răbdare"*.

Und dann hörte ich mir etwas Sonderbares an, eine Art Konfession. In ihrem schwierigen Beruf müsse jeder drei Situationen unterscheiden können: wann es heiße, ein Auge zuzudrücken; wann es gelte, sogar beide Augen zu schließen; und wann es geboten sei, die Augen aufzureißen.

War das nicht zu viel der Vertraulichkeit? Was bezweckten sie? Ich unterfing mich zu fragen, obwohl ich die Antwort kannte, ob sie ihre Kinder getauft hätten.

Sie waren nahezu gekränkt: *„Botezat!"* Wie nicht! Der eine der namenlosen Besucher wurde redselig, ja, privat, was ihnen von Amts wegen untersagt war. Beklagte zum Thema „Taufe": Ein Gefrett sei es mit den Taufpaten, *„o pacoste"*. Denn die Partei in ihrer Weisheit habe entschieden, dass sich für ihren delikaten Beruf im Geheimdienst unter dem Schirm der absoluten Verschwiegenheit, *„tăcere absolută“*, am besten Waisenkinder eigneten. *„Fără rude!“* Woher Taufpaten, *„nași“*? Ohne Verwandtschaft …

Wann endlich Judith? Ich wartete, wann sie die Katze aus dem Sack lassen würden. Wann wir in der Negev-Wüste landen würden. Noch war es nicht so weit.

Die Frage, die folgte: was ich an Fremdsprachen beherrsche. Ich gab Französisch an. Sie tauschten Blicke: Weshalb ließ ich das Ungarische unter den Tisch fallen?

Sie robbten sich anders an das angedachte Thema heran. Die nächste abwegige Frage: ob ich Religionsstunden hielte, ab der ersten Klasse. Andernfalls würde das den „hochgeweihten“ Bischof Albert Klein verärgern, *„prea sfinţitul episcop“*. Wobei wir alle drei wussten, dass es von Staats wegen strikt verboten war, Religion als Fach zu lehren. Selbst wenn ein Bischof es wünschte. Unserer Kirche gestattete das Kultusgesetz ausnahmsweise, in der achten Klasse die Kinder auf die Konfirmation vorzubereiten. Doch keineswegs von der ersten Klasse an. In der orthodoxen Kirche war Religionsunterweisung allemal verboten. Kaum hatte sich der orthodoxe Kollege getraut, *„colinde“*, traditionelle Sternlieder, mit einigen Kindern einzuüben, schon hatte ihn die Securitate am Wickel.

Ich bejahte. Und sie waren zufrieden, dass ich den hochwürdigen Bischof nicht verärgert hatte.

Sie näherten sich dem Thema. Von der Anzahl der Rösselsprünge musste es nunmehr so weit sein. Doch nicht die erwartete Frage wurde laut, die für mich vom ersten Augenblick an in der Luft gelegen hatte. Sie lautete total anders: ob ich wisse, dass der amerikanische

Botschafter vorige Woche meinen Amtskollegen Samuel Piringer in Burgberg besucht habe.

Ich wusste es nicht. Und glaubte es nicht. Welch abstruse Fangfrage! Doch wie ich nachher erfahren sollte: Die bedrohliche Stippvisite hatte stattgefunden. Gerade als der junge Nachbarpfarrer seine frisch gewaschenen Socken aufhängen wollte, preschte der Tourenwagen mit der fatalen Staatsstandarte auf den Kirchberg. Ihm fielen die Socken aus der Hand und flatterten von der Galerie in das Dorf hinab.

Nun verlangten die beiden Herren ein Glas Wasser. Das war das rituelle Ende ihrer Aufführung. Während ich in der Küche hantierte, würden sie mir einen Revolver im Aktenschrank verstecken. Oder zwei Bücher klauen. Sie entschieden sich fürs Letztere. Als sie weg waren, fehlten zwei Bücher: Heinrich Ott, *Gott,* und Honoré de Balzac, *Splendeurs et misères des courtisanes.*

Ihr letztes Wort war die lächelnde Zusage: Ich könne wann immer in die Bundesrepublik Deutschland auswandern, sie nähmen die Zusammenführung der Familien ernst: „*împreunarea familiilor, sarcină de prim rang*". Familien, die durch den mörderischen Krieg getrennt worden seien. Einen Krieg, den der kriminelle Hitler nicht gewonnen habe, trotz der Tapferkeit der deutschen Soldaten. Ein Krieg, der die große Sowjetunion zwanzig Millionen Menschen gekostet habe, „*douăzeci de milioane*". Als wäre unsere geliebte Republik Rumänien ausradiert worden, ergänzte der zweite. Dass das Kopfgeld für einen Pass in die Bundesrepublik jüngst um zweitausend Mark gestiegen war, vergaßen sie zu sagen. Wir hiesigen Deutschen waren für den Diktator in Bukarest eine Valutareserve. Brauchte er Westgeld, ließ er einen Pulk laufen.

Ich folgte ihnen auf dem Fuße durch den Flur mit der Garderobe. Nicht dass sie mir ins Ornat einen verräterischen Brief aus Westdeutschland schmuggelten. Aber sie hielten die Hände gefaltet: Im Busen hatten sie die zwei Bücher versteckt.

Ich geleitete die ungeliebten Männer bis in den Hof, wo der gewappnete Milizionär ihrer harrte. Sie hatten sich nicht vorgestellt. Weder zu Beginn, noch zum Abschied. Fragwürdige Worte hinterließen sie an der Ausgangstür vor dem schwarzen Kreuz: *„Asta este adevărul!“* Dies ist die Wahrheit.

Welche?

*

„Wir legen eine Rast ein!“ Mit diesen hochgestochenen Worten übernahm der kleine Buder die Führung unserer Fahrt. Der Sommer hatte ihm diese Redewendung beschert, die er, nicht ohne Koketterie, endlich benutzen konnte. Ergänzt durch ein anderes Wort voller Theatralik, „Kommando“, als er hinzufügte: „Ich muss jetzt das Kommando übernehmen.“ Ein Wort, das in diesem Kriegssommer ebenfalls in der Luft lag.

„Wo du die ganze Zeit im Braten liegst.“ Letzteres war gut Fogarascherisch. So hieß es straßauf, straßab, vom Villenviertel bis in den Wildgarten, wenn jemand da war, ohne dabei zu sein: „Der liegt im Braten!“ Kein Mensch konnte sagen, woher das kam. Unsere Mutter nicht, die alles wusste. Und selbst die Lehrerin Irene Hienz nicht, die alles am besten wusste.

Ich fügte mich: „Bitte! Wir legen eine Rast ein!“

Dieses Wort, von Klein Uwe angemessen benutzt, war gestundet unserer Mutter. Immer öfter musste sie es warnend aussprechen. Es war der letzte Kriegssommer. Für uns, geborgen in den beschaulichen Dörfern, blieb es eine Zeit der Friedlichkeit. Jeden Morgen wanderten wir die geschotterte Landstraße zum Solbad hinab, im Schatten der Pappelallee. Wir Buben rangelten uns, wer den Sportwagen mit der kleinen Schwester schieben durfte. Manchmal klebten wir alle drei an dem leichtläufigen Gefährt mit den sechs Rädern. Dann ging es mit Hurrageschrei über Stock und Stein.

Doch immer öfter, Tag um Tag, hörte sich ein Brummen am Himmel an. Über den Baumwipfeln blinkten winzige Flugzeuge. Wie Silberflitter aus der Spielzeugschachtel des Großvaters. Dann hieß es von der Mutter: „Hurtig, hurtig, ihr Kinder, wir legen eine Rast ein. Versteckt euch, wenn ihr wollt, dort im Gebüsch.“ Ich wusste, was es geschlagen hatte: Die feindlichen Bomber steuerten Kronstadt an, Bukarest vielleicht, eher Ploieşti, die rumänischen Ölfelder. Dauerte es länger, bevor die Erde erbebte, war es jenseits der Karpaten.

Wir verkrochen uns in einem Holunderbusch. Über die kleine Schwester bastelten wir ein Dach aus Farnblättern. Unsere Mutter ließ uns gewähren. Sie nutzte die Zeit zu einem Sonnenbad. Irgendwann bewegte sich die Erde unter uns mit dumpfem Grollen. Das war der Krieg vor unserer Tür.

Der jetzige Platz für unsere Rast war gut gewählt. Über die Schräge des Straßengrabens war ein kolossaler Haufen Heu gestülpt. Vermutlich, dachte ich, ohne zu denken, aber ich stellte es mir vor, womit bei mir jegliches Denken beginnt: Vermutlich hatte ein beladener Heuwagen die Kurve nicht gekriegt, die Seitenräder waren über den Rand des Grabens geschlittert und die Fuhre war gekippt. Die oben saßen, Frauen und Kinder, waren mit Geschrei abgesprungen, gefolgt, sogar getroffen vom Heubaum. Und … und die Pferde? Das eine Pferd, es wurde mitgerissen, kam zum Erliegen, strampelte im Straßenstaub …

Wir lagerten uns in das duftende Grummet. Jeder für sich. Die Sonne knapp über dem Horizont beachteten wir nicht.

Wir ruhten, eingebettet jeder in seine Gedanken. Was der kleine Bruder dachte, wusste ich nicht. Jedoch was ich dachte, ja.

*

Während ich schreibe und tüftele, verspüre ich eine konfuse Trauer der Sinne. Dass sie vor einem hingehen, verflossene Lieben: die putzigen Mädchen einer Kindergartenliebe, verwahrt als Puppenspiele; die Gefährtinnen der Klasse, beäugt mit scheuer Schülersehnsucht; höhere Töchter, verschreckt angehimmelt; und Studentinnen, verstrickt in fatale Liebschaften. Und es gehen hin Frauen aus der Lebenszeit des verheirateten Mannes, in verschwiegener Liebe zugetan.

*

Elfi Zeidner, die jüngste Pfarrerstochter von Bell – ich drehe das Foto in der Hand hin und her. Es ist ein gestelltes Bild. In Freck aufgenommen. Am Ort meiner Herkunft.

Ein Familienhaus besitze ich dort, 1839. Und auf dem Friedhof stehen sechs Familiengräber bereit. Nachts turne ich aus einem Grab ins andere, kann nicht entscheiden, bei wem es sich besser liegt.

Dann: In dem ehemaligen Brukenthal'schen Sommerschloss mit seinem Park à la Schönbrunn, im linken Flügel, führten meine Goldschmidt-Großeltern die Apotheke. Im anderen Flügel betrieben die Schlattners einen Gasthof.

Neulich hatte die Partei im Schloss ein Lungenspital eingerichtet. Dort sollte Elfi eine Rippenfellentzündung auskurieren. Nach dem Abitur war sie seit Kurzem Strumpfwirkerin in der Fabrik Firul Roşu. Als Arbeiterin hatte sie ein Recht, gesund gemacht zu werden. Sie hatte sich vor meinem Haus fotografieren lassen. Das ins Auge springt – pompös, stattlich –, schon indem es die Ecke zweier Straßen dominiert. Mich als Besitzer herauszufinden, war ein Leichtes gewesen.

*

Vor meiner Festnahme war ich auf dem Pfarrhof in Bell wohlgelitten: als Student im letzten Semester, als zukünftiger Ingenieur und als „vielversprechender Jungautor" in der Zeitung hochgejubelt.

Gewiss, Elfi, die kleinere Schwester, war bloß als fünftes Rad dabei, wenn wir uns in Gesellschaftsspielen und Tagesausflügen ergingen. Wegen ihrer ungelenken Art, nicht Kind, nicht Mädchen, nannten wir sie Springböckchen, manchmal zärtlicher: Gazelle.

In jenem Spätsommer 1957 waren wir wieder einmal mit den Fahrrädern unterwegs, mein Bruder Uwe und ich. Und waren auf dem Weg von Schäßburg nach Fogarasch in Bell hängen geblieben. Gehüllt in Düsternis kamen wir vom Sterbebett einer Schulkollegin. Wortlos waren wir die lange Strecke gefahren. Und plötzlich las uns ein poetischer Pfarrhof auf, bevölkert von Kindern und jungen Mädchen, lachend und schön. Unsere niedergedrückten Lebensgeister flackerten auf.

Pfarrer Zeidner begrüßte mich als Dissidenten. Vor fünf Jahren hatte ich entgeistert die Theologie an den Nagel gehängt.

Die Pfarrfrau war hocherfreut über zwei so stramme Burschen mit abgerundeten Berufen – ich in Kürze Ingenieur, Uwe Elektrotechniker. Sie lud uns dringend ein, bis zum Wochenende zu bleiben. Und darüber hinaus. Eine sächsische Dreihundert-Personen-Hochzeit stehe an. Die Partei fördere solche Lustbarkeiten, weil sie wünsche, dass die Sachsen sich im sozialistischen Vaterland endlich wohlfühlten.

Das Fest dauerte eine Nacht und den Tag darauf. Ja, ich tanzte siebzehn Stunden in einem, zuletzt in Socken, da ich die Sohlen von den Schuhen verloren hatte. Als mir die Nachbarmutter beim Servieren an der Festtafel voller Eifer Rindsuppe über das Oberhemd kippte, kam ihr Trost prompt: „Grämt Euch nicht, Herr Ingenieur, Suppe haben wir noch genug! Und auch ohne Schuhe seid Ihr ein Herr!“

In Aufzeichnungen finde ich diese nachträgliche Notiz, nach Haft und Verurteilung:

Eben, einst war ich ein umworbener Gast auf dem Pfarrhof in Bell im Kaltwassertal, geschätzt, weil kurz vor

dem Ende eines Ingenieurstudiums und ausgezeichnet als Jungautor des sozialistischen Realismus.
An einem Regenabend las ich aus Odem *vor, einer traurigen Geschichte über viele Seiten. Ein lungenkranker Proletarierjunge namens Gernot rast mit geklauten Skiern eine Sprungschanze hinunter, will dem Mädchen Elisabeth, das zwischen alten Möbeln immerzu Geige spielt, beweisen, dass er ein Mann ist. Dabei erstickt er. Erstickt in einem Meer von Luft.*
Alle saßen geduldig dabei. Nach der Lesung, beim Zubettgehen der Familie, zog mich das Mädchen Anita an der Hand fort, hinaus in die Laube. Unter meinem Arm an mich gelehnt, weinte sie hemmungslos, bis ich sie auf den Schoß nahm und sie im Weinen einschlief.
Als die Kälte gegen Morgen mit einem Schlag hereinbrach, trug ich sie ins Haus, stellte sie in der finsteren Küche ab, küsste ihr Augen und Ohren, sie drückte unbeholfen ihre Lippen auf meine Wange.
Anders stand es nach meiner Entlassung um mich, keiner wollte mich haben. Und auch ich ging jedem aus dem Weg. Es verschluckte mich die Ziegelbrennerei in Fogarasch, wo ich am Fließband robotete, Nachtschicht. Über mir hingen die sieben roten Röcke einer Zigeunerin, die mir gleichmütig die Dachziegel herabreichte. Die ich weitergeben musste an die Arbeiterinnen mit den Loren. Die in launenhaftem Takt herbeirollten, während sich die Ziegelsteine auf meinem linken Arm stapelten, schwer und schwerer bis zum Zerbrechen. Oder ich sortierte die Dachziegel in den Trockenkammern. Nach

der Schicht kratzte mir die Mutter mit dem Schaber das Salz vom Leib.
Zu Hause aber war öde Trauerstimmung wegen des verschwundenen Bruders Kurtfelix. Man atmete auf, wenn der Postmann vorbeiging. Denn die Securitate sandte die Nachricht über den Tod eines ihrer Inhaftierten als wortloses Zeichen mit dem Rest seiner Kleider per Nachnahme an die Familie. Die Tage reihten sich kläglich aneinander. Unsere Mutter sang kaum noch. Das Singen war einem vergangen. Der schweigsame Vater schwieg sich aus. Die jüngeren Geschwister waren auswärts auf Schulen. Ich schloss mich ein.
Übermannt von Trostlosigkeit, erinnerte ich mich in einer Nachtschicht der Liebe Anitas. Von der ich gerüchteweise wusste, dass sie mein Foto während der Zeit meiner Haft versteckt gehalten hatte. Im Umschlag ihrer Bibel.
Ich schrieb einen Brief an Anita. Ob ich sie auf dem Pfarrhof „wie in alten Zeiten" besuchen dürfe. Zwei Briefe erhielt ich als Antwort, mit fremder Handschrift. Die Pfarrfrau ließ mich wissen, sie wünsche nicht, dass ihre vier Töchter Umgang pflegten mit einem Straftäter, vielleicht fiel sogar das Wort „mit einem Kriminellen". Pfarrer Teophrast Richard Zeidner dagegen lud mich ein, Pate stand Thomas Manns Josephs-Tetralogie: *Wie Jakob, dem Flüchtling, das Zelt Labans, so stehe mir sein Pfarrhof immerzu offen. Jakob, der Tunichtgut, solches vermied der Pfarrherr. Fraglos, wie ich mich entschied! Wiewohl die Briefe sich die Waage hielten.*

Ich sehe die Szene vor mir. Aus der Ziegelbrennerei hatte ich mich mit dem Fahrrad aufgemacht. Es überkam mich manchmal das leidige Verlangen, der Ziegelbrennerei als Geselligkeit zu entkommen. Obschon sich die Zigeunerinnen zutraulich um mich scharten. Als mir in den ersten Tagen die Handballen blutig aufplatzten, hieß es solidarisch: Ich möge mich einige Tage vor dem *„inginer“* verbergen, *„tovarăș director“*. Gemeint war der Chef. Sie würden für mich arbeiten, selbst wenn es um den Stücklohn ging, den mein Fehlen beeinträchtigte. Inzwischen würden meine Hände geheilt sein, stark wie Sohlenleder. Und wiederholten hochgemut: *„Suntem țigănci cum tu ești sas!“* Zigeunerinnen seien sie wie ich ein Sachse.

Es ergab sich zwischen den Nachtschichten hie und da ein verlängertes Wochenende. So jetzt. Ich schlug mich mit dem Fahrrad nach Bell durch. Eine Hundstour. Es ging im Auf und Ab über zwei Wasserscheiden von der Aluta bis zum Kaltwassertal. November. Die Dunkelheit ereilte mich. Die Nacht holte mich ein.

Dann: Lange zögerte ich vor dem Eingang des Pfarrhauses, dessen Fenster heimelig erleuchtet waren. Bang vor Demut klopfte ich an.

Das Pfarrehepaar stand oben, nicht Hand in Hand, aber nebeneinander. Ich am Fuß der Treppe. Noch ehe mich die Hausfrau abweisen konnte, entschied der Pfarrherr: „Seien Sie willkommen. Sie bleiben über Nacht.“ Ohne Fragezeichen. „Meine Frau wird Ihnen die Schlafstätte zeigen.“ Er wandte sich ihr zu, mit einem herrschaftlichen: „Madeleine!“

Das Bett für mich fand sich in der enormen Küche in der Ecke, wo früher die Dienstboten geschlafen hatten. Es war das zusammenrollbare Bett der Magd. Von diesem Raum erzählte der rumänische Milchmann Timoftei im Dorf: So riesengroß sei die Küche des sächsischen Popen, „dass du dort mit dem Ochsenwagen wenden kannst". Und so alt war das Gedächtnis der Küche im Pfarrhaus, dass man sich in dieser Küche an die Sensation der ersten Kartoffeln erinnerte wie der ersten Kukuruzstrünke – nach der Entdeckung Amerikas.

Man fand sich mit mir ab. Ich durfte wiederkommen. Die Pfarrfrau versteckte die Töchter nicht mehr vor mir, war aber wachen Auges. Ja, mehr: Der „wohlehrwürdige Pfarrer" führte gelehrte Gespräche mit mir. Die Großmütter genossen meine höfliche Ehrerbietung. Und die Töchter …

Das Haus gewöhnte sich an meine stille Gegenwart. Ich logierte noch immer in der Küche. Aber bei Tisch saß ich neben Anita. Bei den weitläufigen Mittagessen ging es hoch her. Wahre Agapen, Liebesmahle, waren das, beflügelt von einer frommen Fröhlichkeit. Tanten und Onkel und Cousinen waren dabei. Wochenweise die Großmütter. Wer aus dem Dorf an die Tür klopfte, wurde eingeladen, Platz zu nehmen.

Ich durfte manchmal ein Tischgebet sprechen nach dem gesungenen Kanon zum Danke Gottes. *„Maranatha"*, sagte ich in fremder Diktion. „Komm, Herr Jesu!" Es ist der älteste und kürzeste Gebetsruf. Der Pfarrer nickte. Die anderen hielten die Hände abwartend gefaltet. Doch das Gebet war zu Ende.

Bei Spielen wie Domino, Halma oder Mühle sah ich zu. Bei Mensch ärgere dich nicht zog ich mit. Im Gottesdienst am Sonntag saß ich in der Familienbank am äußersten Rand, wie es sich geziemte. Die barocke Bank war mit grünem Taft ausgekleidet. Zwischen der Familie und mir saß Anita. Die manchmal verstohlen meine Hand drückte.

Doch bald geschah Absonderliches. Ich war wach. In dem zu kurzen Mägdebett suchte ich vergeblich nach einer bekömmlichen Stellung meiner Glieder. Die Tür öffnete sich lautlos, ich spürte den Luftzug. Herbei tappte im Nachthemd nicht etwa Anita, vielmehr ihre Schwester Elfi. Sie war nicht mehr das schlaksige, unkundige Kind von einst, die Gazelle der Savanne.

Was war neuerdings geschehen?

In den Tagen auf dem Pfarrhof, wo mir von der Hausherrin langsam eine gewisse Beweglichkeit zugestanden worden war, hatte sich eine putzige Nähe zu Elfi ergeben. Wenn ich durch eine der vielen Türen ging, umarmte sie mich von hinten oder kraulte meinen Nacken.

Ich schob solches beiseite. Als Paar galten Anita und ich.

Nun stand Elfi mitten in der Nacht in der schrankenlosen Küche. Sie setzte sich neben mich auf das Eisenbett. Kramte das Foto von Freck heraus.

Was sollte das?

Wir betrachteten es im Schein einer Kerze. Und sie sagte sofort mit klagender Stimme: „Ich will keine Pfarrerstochter mehr sein, ich will weg von hier. Nimm mich mit in dein Haus!“

Dass das unmöglich war, wussten wir beide. Ich scheuchte sie weg: „Du musst gehen, schon meinetwegen. Und bekommst dazu noch Schnupfen."

„Wegen dir muss ich bleiben!"

Somit saßen wir nebeneinander auf dem Mägdebett in der enormen Küche. Und froren.

Das Frecker Familienhaus: Dort hatte ich vor, mich einzuigeln. Die Ziegelbrennerei würde nicht für immer und ewig mein Los sein. Dieses Haus hatte mir während der Zellenhaft bei der Securitate die Seele gerettet. Nur so kann ich es nennen. Zwei Jahre, die Jahre der Haft, hatte ich es in Gedanken bewohnt, mich täglich darin eingerichtet. Mit dem grauen Stück Seife, klein wie eine Zündholzschachtel, zeichnete ich die Umrisse der Stuben auf den Pferdekotzen, das waren unsere Decken.

In der Nacht nach meiner Entlassung zu Hause angekommen, war meine zweite Frage nach Jahren der totalen Abgeschiedenheit: „Was ist mit dem Frecker Haus?" Die erste hatte den Toten gegolten: „Wer ist inzwischen gestorben?" Es gab das Haus in Freck noch, mit der neunzigjährigen Tante Adele. Doch nichts Freck … Die Partei zwang mich in die Ziegelbrennerei in Fogarasch.

Bizarres geschah mit mir während der Nächte mit Elfi in der archaischen Küche, wo ich immer das Nämliche hörte: „Heirate mich!" Ich nahm mir das Gesagte zu Herzen, ich schloss ihren Namen ins Herz.

Wir saßen nebeneinander, die Mägdedecke um die Schultern. Wir rückten nahe zum anderen hin, wenn die Nächte frostig wurden. Eisig spürten wir unter uns das Eisengestänge des Bettes. Durch die Fensterflucht spähten wir auf den Wehrturm, in dem die Gewichte der Uhr rumpelten und ihre Schläge im Viertelstundentakt warnten: „Passt auf, ihr beiden, Zeit und Leute sind gegen euch!"

Wir einigten uns auf die dreifache Länge des Gedichtes *Zum Einschlafen zu sagen* von Rilke, das ich vortrug:

Ich möchte jemanden einsingen,
bei jemandem sitzen und sein.
Ich möchte dich wiegen und kleinsingen
und begleiten schlafaus und schlafein.
Ich möchte der Einzige sein im Haus,
der wüßte: die Nacht war kalt.
Und möchte horchen herein und hinaus
in dich, in die Welt, in den Wald.
Die Uhren rufen sich schlagend an,
und man sieht der Zeit auf den Grund.
Und unten geht noch ein fremder Mann
und stört einen fremden Hund.
Dahinter wird Stille. Ich habe groß
die Augen auf dich gelegt;
und sie halten dich sanft und lassen dich los,
wenn ein Ding sich im Dunkel bewegt.

Und nachdem ich mich sowieso irgendeinmal offiziell erklären wollte, ja musste – es lag in der Luft, Anita und ich galten als ein festes Paar und immer fester als Paar –, kam es zu jenem denkwürdigen Sonntagnachmittag, als ich um die Hand der einen Pfarrerstochter anhielt.

Irgendwie wussten alle im Haus, worum es ging. Eine saturnalische Feierlichkeit lag in der Luft. *Rites de passage* vollzogen sich. Die Zeit verließ ihre Geradlinigkeit, bäumte sich auf, schrie zum Himmel.

Dem Außerordentlichen der Stunde zollte jeder auf seine Art Tribut. Der Pfarrer trug die Krepelweste, so heißt eine Unterjacke mit Silberverschlüssen, welche die zivile Amtstracht ziert. Beide Großmütter waren zugegen und hatten sich aufs Feinste herausgeputzt, gewickelt die Coiffure, mit Filet. Sogar die Pfarrfrau, das Gesicht gottergeben, wie jahrelang geübt, hatte das kirchliche Festkleid des Vormittags nicht abgelegt. Nur ich war in Arbeitskleidung mangels etwas Besseren. Der Kammgarnanzug meines Vaters, auf mich umgeändert, als ich Theologie zu studieren begonnen hatte, war durch Gerichtsurteil unter den Hammer gekommen.

Pfarrer Zeidner nickte orakelhaft, noch ehe ich ein Wort hervorgebracht hatte. Und sprach es aus: „Wir ahnen, ja, wissen es ... Wie es bei Matthäus 10,26 heißt: ‚Es ist nichts verborgen, das nicht offenbar werde, und ist nichts heimlich, das man nicht wissen werde.‘ Es freut uns!“ Nicht: Wir freuen uns. Dennoch: Der wohlehrwürdige Herr brachte die Freude ins Spiel. Obwohl die Tochter an einen vergeben werden sollte, der nichts als einen leeren Koffer zu bieten hatte und einen angeschlagenen Namen.

„Es gereicht zur Freude, was sich anspinnt, in dem Sinne, dass gut Ding seine Weile haben muss. Eine Liebe vollendet sich hiermit, die schon manche schicksalhafte Probe überwunden, ja, als Versuchung Gottes historisches Ungemach bestanden hat und somit verspricht, Bestand zu haben."

Was ich als Erstes sagte, ehe ich den Namen nannte, den Namen der Erkorenen, versuchte ich über ein Wortspiel: „Um die Hand der Tochter halte ich an, aber nicht um die Tochter als Ganzes." Die ich ganz heimführen würde, wenn es dieses Heim gäbe. Und das erst, wenn ich es zu einer bürgerlichen Existenz gebracht hätte, nämlich die Staatsprüfung geschafft, den Ingenieur in der Tasche haben würde und mir ein honoriger Posten zustünde.

Wann je?

Das Wort „bürgerlich" setzte ich ein zur Besänftigung der künftigen Schwiegermutter. Die vielen Konjunktive bemühte ich zur Beruhigung aller.

Elfis Vater antwortete eilfertig, es klang erleichtert: Das sei lobenswert und eine Ermunterung für seine Frau. Die als wohlbehütete Fabrikantentochter auf gutbürgerliche Sicherheit Wert lege. Es nicht gutheißen könne, dass ihre Tochter – ihre Tochter, sagte er – heirate wie die modernen Proletarier: „auf Teufel komm heraus". Nachdem er als Pfarrer das Wort „Teufel" nicht in den Mund nehmen durfte, ausgenommen auf der Kanzel, mussten das ihre Worte sein, der Dame des Hauses.

Bis zu diesem Punkt waren wir uns einig. „Aber", sagte der Geistliche, „unsere Anita ist bescheiden und von Herzen demütig. Sie ist so erzogen, alles zu tragen, was Gott ihr aufbürdet."

Ich senkte den Kopf: War Gott nicht gerade im Begriff, solches zu schicken an unverschuldeter Bürde?

Ich musste den Namen nennen und ich nannte den Namen. Und ich nannte ihn, indem ich mich feierlich erhob in meiner Arbeitskluft: „Herr Pfarrer, es ist nicht Anita, sondern Ihre Elfi."

Und erkannte im selben Augenblick, dass es weder die eine noch die andere war, die ich meinte, die ich minnte. Sondern dass ich von Herzen begehrte, es möge die ganze Familie sein, die mitkäme, das fromme und fröhliche Gewimmel des Pfarrhauses tagtäglich, allesamt mit mir verschwistert Seite an Seite, Hand in Hand, Arm in Arm.

Der Gedanke, mich mit Anita oder mit Elfi allein im Frecker Haus einrichten zu müssen, zu zweit, tonlos, wortlos, erschreckte mich: nur das nicht, nur so nicht!

In diesem Augenblick öffnete Elfi die Tür hinter dem Rücken ihres Vaters einen Spalt breit und fuchtelte mit den Händen herum, verzweifelt, ließ mich lautlos wissen: nur ja nicht, nur ja nicht!

So konnte ich mein letztes Wort einbringen: „Dies ist zwar ernst gemeint, aber als Zukunftsmusik. Denn vorerst bin ich noch lange Zeit ein Tagelöhner in einer Ziegelbrennerei, kann mich kaum über Wasser halten."

In nichts ließ der hohe Herr sich anmerken, was für ihn eine totale Überraschung sein musste. Der Vater und Pfarrer hatte sich völlig in der Hand und sagte mit fester Stimme: „Wie dem auch sei, meinen und Gottes Segen habt ihr!" Nur an einem Satz von Thomas Mann war zu erkennen, dass er an Anita dachte. Er sagte: „Wer am meisten liebt, ist der Unterlegene und muss leiden!"

Ich packte meine sieben Zwetschgen und fuhr noch in der Nacht mit dem Fahrrad davon. Ich verzichtete auf das Abendessen, trotz Giebelwein. Anita begleitete mich bis vor das Tor. Ahnte sie es? Kein Wort fiel zwischen uns.

Bis heute meine ich, dass niemand von dieser Wendung wusste als wir drei. Welche drei?

Anita sollte ich wieder begegnen, als man mich aus der staatlichen Ziegelbrennerei hinausgetan hatte. Da entdeckte sie mich eines Abends nach Sonnenuntergang bei der Postwiese in Kronstadt. Sie klaubte mich von der Straße auf und nahm mich bei sich auf, im Drachenhaus. Ein halbes Jahr lang.

Noch zweimal traf ich auf sie. Dazwischen lagen Jahrzehnte. Sie war im Rollstuhl zur Bildsäule erstarrt. Nach dem Unfall beim Halben Stein am Silberbach in Michelsberg, der in Siebenbürgen jedermann aufgewühlt hatte, war sie gelähmt geblieben: Sie, die Pfarrerstochter, hatte zwei Zigeunerkinder vor dem Hinabstürzen bewahren wollen. Die Kinder, ein Bub und ein Mädchen, sprangen davon. Anita war gestürzt.

Elfi sah ich nicht mehr. Ich weiß nur, dass sie seit Langem tot ist. Sie starb sehr früh als eine, heißt es, glücklich verheiratete Frau und junge Mutter. Das Sterben soll sie mit Besonnenheit ertragen haben, klaglos. Ob fraglos?

*

Wir verschnauften. Klemmten uns in den Schatten eines Haselbuschs. Die abendliche Hitze setzte uns zu.

Aus seiner Spielhose zog Uwe eine verschwitzte Fotografie. Unsere Mutter hatten in jede Hose von uns Buben eine Tasche gesetzt, mit Reißverschluss. Sie sagte, es klang befremdlich: „Für Sachen, die, wenn sie verlorengehen, einen teuer zu stehen kommen."

Ich wollte mehr wissen. „Zum Beispiel: Schlüssel und Briefe?"

Schlüssel, der Hauschlüssel. Doch selbst das wäre nicht fatal gewesen. Die gute Fofo, die Haushälterin, war immer im Haus. Aber Briefe?

Das zerknautschte Bild am Straßenrand ... Ich erinnerte mich genau. Beim Kunstfotografen Szabo am Marktplatz in Fogarasch war das Bild entstanden. Vorne war das Geschäft des Vaters. Die beiden Auslagen erglänzten in südlicher Sonne. Im schattigen Binnenhof war das Atelier des Fotografen. Licht sammelte sich um eine riesige Kodak-Reklame. Wir waren allesamt herausgeputzt, als wir uns im Studio gruppieren mussten. Angestrahlt von silbernen Stehlampen, durften wir minutenlang nicht einmal mit den Wimpern zucken. Trotzdem wurde es ein schönes Bild.

Dass der Vater abwesend war, das gehörte dazu. Kann man das so sagen: „gehörte dazu"? Dauernd geschäftlich unterwegs, empfanden wir sein vorübergehendes Kommen wie einen Besuch.

Ich habe ausgerechnet: Die ganze Familie, wir sechs, hatten bloß ein Jahr und ein Quartal unter ein und demselben Dach gewohnt. Unter zivilisierten Umständen, bitte. Später in der Rattenburg kurz. Und nachher nie mehr.

Das, zivilisiert, war in Fogarasch, im Haus mit dem Löwen. Von September 1943 bis Anfang Februar 1945, als man unseren Vater nach Russland verschleppte. Unglaublich war, dass der Vater jeden Mittag zum Essen erschien. Und am Abend erst recht. Und die Eltern in den Ehebetten schliefen, wie man das aus dem Kino kannte.

Ja, er stellte auch Fragen, der Vater, Fragen als Vater. Von mir wollte er wissen, wieso meine Angorahasen in ihrem Ställchen am Holzgestell nagten, obschon ich versicherte, dass ich ihnen Futter in Hülle und Fülle gäbe. Erst ein halbes Jahrhundert später hätte ich Antwort geben können. Die Zähne wachsen dauernd. Doch da war der Vater tot.

Das Foto … In der Mitte überragt unsere Mutter die Bühne. Sie hält mit beiden Händen Elke, in Strampelhosen, die sich jauchzend streckt. Sie jauchzt vor Lebenslust. Das kann man sehen. Zur Linken dann Kurtfelix. Abseits wie immer. Sinnend. Sein Blick schweift in abwegigen Fernen. Zur Rechten unserer Mutter sind wir beide zu sehen: ich, der große Bruder, und Uwe, der kleine Wicht. Es ist ein Bild inniger Freundlichkeit: Mir auf dem Schoß sitzt der Bruder und hat die Hände um meinen Hals geschlungen. Freude schimmert in den Gesichtern.

Wir schauten uns das Bild an.

„Auf! Weiter!"

Das Foto verschwand in der Hosentasche. Darüber wurde der Reißverschluss zugezogen.

Wir fuhren weiter.

*

Auf unserem Friedhof in Rothberg, der seit Jahrzehnten erstarrt ist in der konstanten Summe seiner Gräber, wir sind noch zwei Hiesige zu begraben, steht auf manchem der Sandsteine der Name eines jungen Menschen mit dem Vermerk: „Begraben in fremder Erde".

Gilt das nicht auch für die toten Mädchen? Irgendwo in westlichen Gefilden, an Orten nie gehörter Namen. Die letzte Stunde hat geschlagen. Der letzte Seufzer, die letzte Klage? Ich höre mich um. Nichts dringt bis zu mir. Es bleibt still.

Beim Nachdenken darüber geschieht Sonderbares: Es scheint, als ob mir das Konterfei dieser Geschöpfe entgleite, dass ihre Namen zu erdichteten Figuren werden – jenseits der gewussten Wirklichkeit.

Ich muss mich beeilen, um alles an bewahrter Erinnerung einzusammeln.

*

Erna Lang: Ich sehe sie vor mir, im wehenden Rock, knöchellang. Sie, die Studienkollegin von einst. Jeden Tag kam sie zu mir herauf in die idyllische Klinik auf den Berg in Neumarkt am Mieresch. Wo ich im Kellergeschoss in der geschlossenen Abteilung der Psychiatrie einsaß.

Nach dem Frühjahr in Soborschin unter den Fittichen von Dr. Kamil Nan de Racov hatte ich aufbegehrt gegen den aufgezwungenen Gang der Biografie eines ehemaligen politischen Häftlings: keine Ziegelfabrik, nie mehr! Und war mit durchlöcherter Seele rückfällig geworden. Wollte nichts. Außer: das dunkle Zimmer. Die Zelle. Kein Pulsschlag. Nichts. Die Securitate griff ein.

Erna Lang kniete vor der Fensterluke über dem Gehsteig, steckte mir durch das Gitterwerk Obst und Süßigkeiten zu. Zu Gesicht bekam ich sie nicht. Die Luke war zu niedrig. Was ich sah, war der bunte Rock über den Knien. Und die Frauenhand.

Manchmal wurde sie abgelöst von Maria de Apor, Vorfahren bis König Árpád, die als Krankenwärterin im grauen Kittel für die intime Hygiene der Arbeiterklasse zuständig war. Und mich über meine Großmutter entdeckt hatte, die im siebenbürgischen Adelskalender vorkam. Mir war das alles eins. Alles?

Hierher gebracht hatte mich die Securitate. Im Roman *Rote Handschuhe* schildere ich meine Einweisung, als ich Dr. Kamil Nan de Racov begegnete:

> *Dr. Dr. Matyas Matyas, Direktor in der obersten Etage der Uni-Klinik von Tîrgu Mureş/Marosvásárhely, begrüßte die Herren von der Securitate zu ihrer Verblüffung auf ungarisch. Sogar auf ihr* „Bună ziua“ *antwortete er:* „Tessék parancsolni! *Bitte zu gebieten.“ Den berühmten Psychiater hatte man von Budapest hergeholt, zwar in die Rumänische Volksrepublik, doch speziell in die Autonome Ungarische Region.*
>
> *Das Gespräch kam nicht recht in Fluß. Vor meinen schattenhaften Begleitern, die mich mit dem Dienstauto von Fogarasch hergebracht hatten, verschwieg ich, daß ich Ungarisch konnte. Verstört flüsterten sie: „Wie? In unserer Republik können wir uns nicht der Staatssprache bedienen?“ Da Worte nichts nutzten, legten sie dem Herrn einer fremden Zunge die Mappe mit Akten auf den Schreibtisch und gingen grußlos davon. Der Professor-Direktor klingelte. Mir aber wurden die Knie weich, als Dr. Kamil Nan de Racov hereinrollte, zwar im weißen Arztkittel, aber ein Plaid über den Knien. Ich ließ mich unaufgefordert in einen der Clubsessel fallen,*

als wolle ich unsichtbar werden. Er streifte mich mit einem Blick, ließ sich aber nicht anmerken, daß wir uns kannten. Der Professor wies stumm auf mich. Ich erhob mich, verbeugte mich leicht, brachte es aber nicht übers Herz, laut meinen Namen zu nennen.

Nachdem der Professor sich meine Akte von Dr. Nan ins Deutsche hatte übersetzen lassen, musterte er mich, fragte aber zum Glück nichts und befand: „Weg mit den traumatischen Erlebnissen der Vergangenheit! Die geschwächte Psyche muß auf den Damm kommen. Am besten, indem das ganze Gedächtnis lahmgelegt wird: durch eine Art von Pneumothorax." Später würden die positiven Erinnerungen zurückkehren. Körperliche Ertüchtigung sei geraten, Bewegung tue not. Er redete deutsch. Zu Dr. Nan sagte er: „Hinunter mit ihm. Sie wissen ja."

Auf dem Flur begrüßten wir uns förmlich. Ich machte sofort den Fehler, ihn in seinem Vehikel zum Lift schieben zu wollen. Wortlos entfernte er meine Hände von den Griffen. Dr. Nan war in subalterner Stellung hierher versetzt worden, weil er sich als Leiter eines Sanatoriums für Arbeitsneurosen – „das allein sind echte Neurosen" – standhaft geweigert hatte, „die armen Arbeitskrüppel" anders als mit domnule, doamnă *anzureden. „Das bin ich schon unserem König schuldig gewesen." In dessen Sommerschloß war die Erholungsstätte untergekrochen. „Daß Sie zwei Jahre Zellenhaft ausgehalten haben, ist für mich ein großer Trost und für Freund Freud eine Freude." Er lächelte zu mir herauf. „Doch was der Chef sich für Sie ausgedacht hat, ist die Quadratur des Kreises." Wir*

fuhren tief hinunter: in den Keller der Klinik, wo die geschlossene Abteilung lag. Tiefer ging es nicht.
Es war ein Saal, in dem babylonisches Stimmengewirr herrschte und wo Menschen wie närrisch umhertrotteten. „Erschrecken Sie nicht: harmlose Dummbärte und Blödmänner. Ich werde alles daransetzen, Sie herauszuholen." Und rollte davon. Bremste, wandte sich um: „Zumindest zu Spaziergängen." Wollte ich das? In dem aufgewühlten Saal mußte ich es. Man konnte nicht stillsitzen und in dunkle Ecken seines Gemüts starren. Jeden Moment faßte dich ein Brukenthal oder Molotow an der Nase, zerrte dich hinein in den Trott. Mit den Wirrköpfen schlurfte ich stundenlang im Slalom zwischen den Eisenbetten dahin. Wir trugen eine gescheckte Kluft, an der jeder ersehen konnte, woher unsereiner entsprungen war.
In dem Tollhaus steckte ich neun Wochen und sollte geheilt werden. Wovon?

Wir hatten beide, Erna Lang und ich, Hydrologie studiert. Sie war nach der Staatsprüfung dem Wasseramt in Neumarkt zugeteilt worden. Dies Marosvásárhely, damals eine ungarische Metropole im Herzen Siebenbürgens, war Verwaltungssitz der Ungarischen Autonomen Region. Noch …

In den Kellern des Irrenhauses war vieles ähnlich wie im Gefängnis. Keine Gabeln. Keine Messer. Immerhin Spaziergang zu Mittag, wenn auch zwischen hohen Gitterzäunen.

Ich machte mich nützlich, half dem kleptomanen Buchhalter, seinen Hut zu verstecken, damit er ihn stehlen konnte, und hüllte den splitternackten Präses einer Kolchose in sein Nachtgewand, das er sich vom Leib gerissen hatte und als Peitsche auf andere niedersausen ließ. Über die Sterbenden sprach ich nicht nur ein Vaterunser, sondern packte an, wenn es mit den Toten in die Leichenhalle ging. Solches gestatteten die beiden Wärter in Weiß mit ihren knatternden Holzpantinen.

Ich war wochenlang in Fogarasch in einem Zimmer gesessen mit verdunkelten Fenstern, verstummt. Nach zwei Jahren Verhöre fürchtete ich wieder jedes Wort.

Und wusste: Jeder Mensch fürchtete sich vor mir.

Das, meinte ich, gelte auch für Erna Lang. Schon dass sie vorbeikam, beständig kam, schien mir zu viel des Guten an Mut, war Gefahr für beide vor den verkappten Blicken der allgegenwärtigen Securitate.

Aber ich ließ es mit mir geschehen, wie ich alles an mir geschehen ließ. Nur keine Entscheidungen … Es war nicht so, dass ich weggetreten war. Ich war nur neben mich getreten. Ich musterte mich. Ich beobachtete. Befragt, antwortete ich. Wurde befohlen, folgte ich. Ich nahm die Dinge wahr, aber ihre Wahrheit berührte nicht. Und wollte nichts.

Sonntags war die ehemalige Kollegin Erna Lang mit dem Essensträger unterwegs zu mir. Das Essen, noch warm, kam aus der ungarischen Küche des Wasseramtes. In den Blechgefäßen blubberten grüne Suppen, rot papriziertes Gulasch zwickte in die Nase. Sie verlangte mich frei aus dem kellertiefen Gewahrsam. Es ging nicht an, dass sie mich durch den Maschendraht der Luke fütterte, während ich mich im Keller emporreckte und den Mund aufsperrte. Um mich herauszubekommen, musste sie unterschreiben. Als Inventarstück wechselte ich den Besitzer.

Nicht anders war es während der Haft gewesen, wenn sie dich aus der Zelle zum Verhör holten, die Götterboten, so nannten wir sie. Freilich tappten wir mit Blechbrillen vor den Augen dahin und die Knie zitterten.

Erna Lang, im Posten eines Ingenieurs der Wasserwirtschaft, wusste sich zu kleiden. Sie trug meistens einen Rock, dekoriert mit Blumen. Gewiss, ich verzeichnete, wie dessen Musterung mich an die Mutter gemahnte. Die virtuos Stoffe und Röcke mit Pastellfarben bemalt hatte. Doch ohne dass das Bild der Mutter aufgetaucht wäre.

Ernas Röcke, ungewöhnlich, reichten bis zu den Knöcheln. Wobei bereits, wenn auch von der Partei verpönt, erste Miniröcke reizten und die biederen Leibchen durch gepolsterte Busenhalter ersetzt wurden. Ich sagte nichts. Ich fragte nichts.

Doch Erna erklärte sich. Ihre kleine Schwester hatte sie mit einem Topf heißen Wassers verbrüht, den sie naseweis vom Ofen gezogen hatte. Die Beine seien vom Knie abwärts hässlich, ja, „irgendwie grimassenhaft“.

Höflich bemerkte ich, dass es ein übliches Schema sei: Mit Kinderhand ziehe man Gekochtes vom Ofenrand.

Diesmal widersprach sie: „Kein Schema, selbst als Reim nicht, Hand und Rand, wenn man es am eigenen Leib zu spüren bekommt!“

Sei es, dachte ich.

Wir saßen bei den Kliniken in den blumigen Parkanlagen mit Fernblick. Wir hatten geschmaust. Ich schloss die Augen. Die schmerzten vor dem Übermaß an Weite. Zwei Jahre hatte ich in einem halb dunklen Raum weiße Kalkwände angestarrt. Sie fragte leichthin und ich bejahte: „Ja, ich mache die Augen zu!" Sie fragte weiter, besorgt, fürsorglich: „Tun sie weh?"

Plötzlich bedauerte ich sie, brach mein Schweigen, mir schien, ich sei redselig: „Zwei Jahre und zwei Tage nur weiße Wände!" Erst tags darauf umarmte sie mich, kurz, und ließ sofort von mir ab. Ich selbst rührte mich nicht. Das war der Höhepunkt an punktueller Nähe.

Sie lud mich ein, „nachher", zu ihren Eltern auf den Pfarrhof nach Tobsdorf: „Zur Nachkur!" Ich wehrte ab. Auf der Stelle: nein. Entschieden mein Nein, weil ich diesmal wusste, was ich nicht wollte, konnte, durfte. Als einer, der sich der Idee des Kommunismus verschrieben hatte, für den waren Pfarrhof, Kirche undenkbar. Es waren Orte ideologischer Entgleisung.

Doch ansonsten ließ ich das wenige, das sich zwischen uns abspielte, sanftmütig mit mir geschehen: sitzen und sehen, sehen und gehen, hören und schweigen. Manchmal ergriff sie meine Hand und zog mich flotten Schrittes zu den Rosenbosketts. Ich folgte.

Sie berichtete aus dem Amt. Ich hörte zu. Und sagte nicht, wie es mich gruselte, wenn ich mir vorstellte, dass ich an so einem Ort von Amts wegen schalten und walten müsste. Ich hatte zwar die *Gewässerkunde* von Walter Wundt im Gepäck – vermutlich aus einer vagen Verbindlichkeit den neun Semestern Hydrologie gegenüber, die ich absolviert hatte. Aber ich wollte keinen Wundt. Nichts wollen wollte ich. Nicht einmal nichts wollte ich.

Als sie mich nach Wochen aus der Klinik entließen, ich hoffnungslos wie zu Beginn, sagte der Chefarzt Dr. Roth-Csiky: „Sie sind nicht krank, Sie sind unglücklich.“ Und nachdenklich: „Es wird dauern, ehe Sie Ihren angestammten Platz in dieser Welt finden!“ Er sprach deutsch mit mir und somit klangen seine Worte tröstlich.

*

Das Unglück geschah an einem 20. November. Ich habe mir das Datum gemerkt, weil ich an dem Tag den Geburtstag des besten Freundes vergessen hatte, Christoph Klein, Bischofsvikar, seit einem halben Jahrhundert mit mir befreundet, nie ein Streit, nahezu beklemmend.

Wer an jenem Sonntag mit dem Auto unterwegs war, hatte nichts zu lachen. Die Chausseen waren vereist. Ich chauffierte mit äußerster Behutsamkeit meine kleine Familie von Klausenburg nach Freck. Die dreijährige Tochter Sabine Maya hatten wir aus der Kinderklinik abgeholt, meine Frau Susanna und ich.

Inzwischen hatte ich den Ingenieur in der Tasche und bekleidete einen leitenden Posten in einem Staatsbetrieb nahe Freck. Wir hatten uns in einer bürgerlichen Nische eingenistet: Meine Frau war Lehrerin an der deutschen Schule, die Tochter, die sechste Generation im Familienhaus von 1839, Kindergarten. Ein 30-PS-VW mit Bullaugen und Drahtbremsen gehörte zum betonten Komfort der Familie und war rundum Statussymbol. Doch noch hatte ich den angestammten Platz nicht gefunden, wie vor einem Jahrzehnt vom Fachmann und Doktor in der Klinik geweissagt. Das sollte sich erst Jahre später ergeben: Pfarrer.

Bis zu diesem unheilvollen Ereignis an jenem Nachmittag im November hatte ich von Erna Lang weiterhin wenig mitbekommen. Sie hatte einen Kollegen der Universität geheiratet, einen Mineralogen von der Parallelabteilung, einen Landsmann, wie das so schön heißt. Es hatte die beiden ins Erzgebirge verschlagen an einen Ort, wo Gold geschürft wurde. Und wo niemand ihre Muttersprache kannte, es auch keine deutschen Schulen gab für die beiden Kinder. Buben, Mädchen? Ja, nein?

An dem vereisten Sonntag waren sie mit dem Auto unterwegs auf der Rückfahrt vom elterlichen Pfarrhof in Tobsdorf ins Westgebirge. Mit den Kindern. Wie es gekommen sein mag, es war furchtbar: Ihr Auto stellte sich quer, wurde von einem Laster gerammt. Sie auf dem Beifahrersitz kam zu Tode, die Kinder blieben ohne Mutter, er ohne Frau. Mehr erfuhren wir nicht.

Wochen später wurde ich in Freck auf den Pfarrhof bestellt. Der *pastor loci* – sein Charisma war das Lachen in jeder Situation, selbst bei Begräbnissen – überreichte mir mit seiner üblichen heiteren Miene eine Schatulle mit den Worten: „Vom Pfarrer Lang aus Tobsdorf. Du weißt, jüngst ist seine Tochter Erna hingerafft worden. Mach damit, was du denkst." Es war eine versiegelte Kassette mit meinem Namen darauf.

Zu Hause schloss ich mich in mein Studierzimmer ein. Ich spürte: Feierlichkeit war das Gebot der Stunde. Ich schaute lange durch das Südfester. Von wo aus ich den Negoi erkannte, den höchsten Gipfel der Karpaten.

Erna Lang, die Tote, die nach jenem sprachlosen Sommer in Marosvásárhely aus meinem Leben verschwunden war, sie meldete sich zu Wort.

Die blaue Schatulle enthielt Tagebuchnotizen. Und frankierte Briefe, nicht abgestempelt. Mit meiner Anschrift: zuerst Fogarasch, damals noch in der Rattenburg, dann im Jahr darauf Moritzfeld, Techniker auf der Staatsfarm, später Erzgebirge, Bauleiter einer Bahnstrecke, zuletzt Freck, endlich Ingenieur.

Inhalt?

Nie geahnt: das Geständnis ihrer Liebe in jenem Sommer, als ich meinte, dass mich nie mehr irgendwer lieben könnte und dürfte.

Ich ging jedem Wort und jeder Geste Ernas nach, mit den verschatteten Augen jenes Sommers damals, mit dem betäubten Herzen von damals. Auf nichts stieß ich, woran ich ihre Liebe hätte erkennen können. Nichts hatte sich mir eingeprägt, was als Signal hätte geachtet werden können.

Verlässlich im Gleichmaß waren jene Begegnungen im Park der Kliniken abgelaufen. Was im Nachhinein nachdenklich stimmte: die geduldige Liebenswürdigkeit, derer sie sich befleißigte, unbeirrbar, trotz der Öde in Worten und Gesten von mir her. Einmal hatte sie mich umarmt. Der ich mir alles gefallen ließ. Die Einladung auf den Pfarrhof, das war gewiss ein beunruhigender Schritt über das Übliche hinaus, zweimal ausgesprochen und dann nicht mehr. Wenn sie mich aus den Kellergewölben der Irrenabteilung loseiste für die eine Stunde draußen, war es ein einträchtiges Zusammensein ohne Erwartungen, ohne Bedrängnisse. Vielleicht war da manchmal der Abglanz einer stillen Freude bei beiden, ehe ich wieder in das Pandämonium der schrillen Seelen tauchte.

Und was der Inhalt der blauen Schatulle als Ingenium noch offenbarte: ihre Trauer. Trauer im Wissen um die Vergeblichkeit. Aber Trauer auch als Widersetzlichkeit.

Ein Jahr ließ ich mir Zeit, ehe ich die Kassette auf den Pfarrhof in Tobsdorf zurückbrachte. Wieso behielt ich die Schatulle nicht, mir zugedacht? Und wieso nahm der Vater sie an sich, da er das Niedergeschriebene nie lesen würde?

Das Pfarrhaus in Tobsdorf hatte eine drollige Lage. Wie auch die Kirche. Wo sich der Turm wie ein Gnom an die Westseite klammerte und samt Blitzableiter nicht bis zum First des Langhauses reichte. Das Pfarrhaus selbst stand quer zum terrassierten Hang eines Weinbergs, parallel zur Höhenlinie. Oberhalb und unterhalb zogen sich Rebzeilen hin.

Pfarrer Heinrich Lang empfing mich ernsthaft, gemessen, und befand als Erstes: „Ich bin nur ein einfacher Predigerlehrer, kein akademischer Pfarrer." Die Pfarrfrau zeigt sich nicht.

Ich, hochverlegen, machte eine Anspielung auf das Haus: „Komisch!" Und korrigierte mich sofort, ja, schlug mir auf den Mund wie seinerzeit als Kind: „Nein, um Gottes willen, nicht komisch, doch immerhin auffällig, sonderbar!"

Gewichtig erklärte der Pfarrer die scheinbaren Vorzüge und die reale Gefahr dieser Lage. Die schlechten Mäuler behaupteten, der Wein würde dem Pfarrer direkt in die Küche gespült werden. Aber was tatsächlich in die Küche und die Stuben gespült werde, das seien bei jedem Wolkenbruch erdige Massen von Schlamm. Doch *„as Erna“*, im Dialekt: unsere Erna, die Ingenieurin, habe die „errettende Lösung“ gefunden: Sie habe das Haus rechts und links mit tiefen Drains eingefasst. Das herabfließende Wasser verschwinde in den unterirdischen Gräben, das Haus bleibe trocken, stehe gewissermaßen wie auf einer Insel. Nun sei sie tot, *„as gad Erna“!* Unsere gute Erna!

Wir gingen auf den Friedhof. Der Pfarrer betete ein Vaterunser. Ich stand linkisch herum, auch weil ich nicht wusste, wohin mit meinen Händen.

Ehe wir uns wegwendeten, sprach der Vater und Pfarrer einen sonderbaren Wunsch aus: „Erna, liebes Kind, Gott tröste dir die Seele im ewigen Leben!“

Nachdem wir zurückgekehrt waren, erschien im letzten Augenblick die Pfarrfrau, in Schwarz, die Haare schlohweiß: „Sie sind der junge Mann, den unsere Erna umsonst geliebt hat.“

Was sagen? Ich sagte nichts.

Ernas Mutter sah mich mit Augen an, mit Augen … Ich suchte nach einer Bedeutung: Augen, die am Ende vor lauter Gotteslob todmüde waren. Die Pfarrfrau trug ein Parament vor sich her. „Hiob“, sagte sie. „Allein Hiob!“ Mir fiel, vertraut als Einziges, ein: die Hiobsbotschaft. Auf dem bordeauxroten Kanzelbehang aus Taft war in Goldlettern zu lesen, von ihr gestickt: „Ich bin nackt von meiner Mutter Leibe gekommen, nackt werde ich wieder dahinfahren. Der Herr hat's gegeben, der Herr hat's genommen; der Name des Herrn sei gelobt!"

„Das kann nicht wahr sein", entfuhr es mir.

Wortlos wendete sich Ernas Mutter von mir ab, ging. Sie hielt den frommen Spruch nur noch in der einen Hand, die Quasten des teuren Tuchs fegten über den Boden. Die andere Hand schwenkte sie vor den Augen, als wolle sie etwas wegwischen.

Als sie die Tür hinter sich geschlossen hatte, mahnte der Pfarrer: Man solle einen Menschen in seinem Glauben nicht behelligen. Übrigens komme der Dorfname Tobsdorf von Tobias. Tobias heiße ja im Hebräischen: „Gott ist gütig!"

Ich fühlte mich wie zuvor auf dem Friedhof: am falschen Ort. Nur weg!

Ich wollte niemanden behelligen. Übereilt nahm ich Abschied, lehnte jegliche Einladung ab, Jause, Abendessen, Übernachten sowieso. Ich verschanzte mich hinter meine Dienstverpflichtungen in der Fabrik.

Beim Abschied richtete Pfarrer Lang sein Wort an mich: „Wir wissen, Herr Ingenieur, dass unsere Erna sehr an Ihrem schweren Schicksal gehangen ist, die blaue Schachtel mit den Papieren … Wir, auch meine Frau, hätten Sie gerne auf unserem Pfarrhof beherbergt, damals und immer. Umso mehr, als Sie auch ein Amtsbruder hätten sein können, da Sie löblich begonnen hatten, Theologie zu studieren." Und weiter: „Manchmal denke ich, der umfängliche Pfarrhof von Hetzeldorf hier um die Ecke und die reichliche Gemeinde dort wären das Richtige für Sie gewesen. Doch nun ist unsere Erna tot."

*

Uwe hatte sich herangerobbt. Eher herangewurschtelt. Er hielt Schritt mit mir. Schritt, Schritte … Konnte man das so sagen, wo er auf seinem Kinderrad das Pedal treten musste, dazu doppelt so rasch wie ich? Wobei daraus keine Längsschritte wurden, sondern Drehungen zwischen oben und unten.

Auch er machte sich Gedanken. Im Augenblick mochte er wissen, was von dem „putzigen" Gruß zu halten sei: Grüß Gott! Wer grüße wen?

Wahrlich, ich vermochte nichts zu antworten. Ich konnte mir selbst keinen Reim darauf machen.

Der kleine Bruder ließ von mir ab, blieb zurück. Und ich blieb mit mir.

Sollte der Krieg noch einmal so lange dauern, würde auch ich als deutscher Soldat antreten und müsste Russen totschießen. Ob mich das freuen sollte? Totschießen … mit zugemachten Augen.

*

Die Schattenspiele nehmen kein Ende. Schon neigt sich das Jahr auf dem Pfarrhof den langen Nächten hin. Und noch melden sich Namen, beladen mit Trauer.

Ana Maria Cristina Roman: Für sie habe ich einen ganzen Roman geschrieben, *Das Klavier im Nebel.*

Schon die Widmung betrifft das Ganze: „Für Ana Maria Cristina, die Liebe eines Sommers, die Trauer eines Lebens". Wobei die Widmung auf Rumänisch das Gesagte noch mehr nach Moll hinunterdrückt: *„Iubirea dintr-o vară, durerea de o viață"*. Der Schmerz eines Lebens … Ein ehemaliger Schulkollege, Dan Suciu in Alaska, hat es auf den Punkt gebracht, indem er das Zutreffende in Französisch zitiert, erfahren bereits vor Zeiten: „*Plaisir d'amour ne dure qu'un moment. Chagrain d'amour dure toute la vie.*"

Das Klavier im Nebel ist das Buch mit dem höchsten Maß an biografischer Verfremdung – bis hin, dass ich die Zeitsegmente verschoben habe und die Handlung in der dritten Person ablaufen lasse. So greift mir diese Geschichte ans Herz.

*

Ana Maria Cristina Roman kam zu mir in das karpatische Erzgebirge als Praktikantin, Fakultät Eisenbahnen, Bukarest, vorletztes Semester. Das trug sich zu im Sommer 1962. Ich dagegen war ein akademischer Niemand. Wegen meiner Verhaftung im Dezember 1957 war ich der Universität verwesen worden. Obwohl beruflich beschädigt, verantwortete ich ein Baulos von vier Kilometer Bahnlinie, hochgezogen in bergigem Terrain unter vertrackten Bedingungen.

Zu Hause war die Studentin festgelegt in einer genauen sozialen Geometrie. Der Großvater war königlicher Präfekt des Groß-Kokler Komitats gewesen, nunmehr im geflickten Pyjama. Der Vater nach der Übergabe Nordsiebenbürgens 1940 an Ungarn Hochkommissar für die verbliebene rumänische Bevölkerung. Die dahinwelkende Mutter einer schönen Tochter entstammte der Familie von Nicolae Iorga. Dieser, der letzte Polyhistor, Byzantinologe, sechzehn Sprachen, der über uns Sachsen gesagt hatte: Gäbe es uns nicht, müsste man uns erfinden, er wurde von den Legionären, der Eisernen Garde, in der Nacht erschossen.

Die deutsche Gouvernante aus Siebenbürgen hieß Frau Preuss und stammte aus Fogarasch. Somit war das fremde Mädchen im Bilde über unsere Familie mit allen Wechselfällen. Ana Maria Cristina kannte unsere Vornamen. Sie wusste von dem Tod der Schwester, wusste von dem eingekerkerten Bruder, von den „goldenen Händen" unserer Mutter. Wir sprachen deutsch.

Sie gehörte der oberen rumänischen Bojarenschicht an, dem gesetzten Landadel. War unsereins aus „guter Familie", war sie „von Familie". Dazu orthodox getauft, also rechtgläubig und gottesfürchtig.

Vieles war befremdlich für mich, einen evangelischen Sachsen, ferner für einen, der als Student der Theologie gescheitert war, weil er nachweisen wollte, dass es Gott nicht gibt.

Völlig ungereimt musste ich Cristinas Mutter vorkommen, einer früh ergrauten Frau mit einem unguten Gesicht. Für sie gewiss ein fragwürdiger Ernstfall sozialer Bedrohung. Der Mutter war ich in Konstanza begegnet vor dem pompösen Museum der Archäologie. Wobei mir die reizlose Dame die Hand nicht reichte. Obwohl Cristina mich als Ingenieur vorgestellt hatte: Sie meinte, mich im Rang erhöhen zu müssen. Wie bedauerte ich die Geliebte wegen solcher Tricks! An der Mutter stechendem Blick erkannte ich, dass sie über meine Vergehen und Verfehlungen Bescheid wusste: ehemaliger politischer Sträfling, von der Universität geflogen, kein Beruf, liebäugelt mit den Kommunisten.

Als Ana Maria Cristina ins Westgebirge kam, war sie in aller Form verlobt mit einem Arzt aus Ostberlin. Berlin, das lag weitab von den Wechseljahren der Mutter.

Doch als Ana Maria Cristina am Ende des Sommers die Baustelle als geschulte Praktikantin verließ, sagte sie allem ab: Ostberlin, Verlobung, Heiratsgenehmigung DDR, Frau eines ostdeutschen Arztes.

Die Mutter sperrte sie im Haus ein. Unter Begleitschutz ging es zur Universität. Ob sie auf sie einschlug? Wohl nicht: eine Dame aus gutem Haus. Der Vater war längst entwichen.

Uns war der Sommer geblieben. An vielen Abenden, müde vom Bau der Bahn, suchten wir die verlassene Mühle in einem Nebental auf. Manchmal, wenn ich das schwere Mühlrad zum Rotieren brachte, tanzte Ana Maria Cristina unter dem Schleier von Wasserstaub.

Über der Mühle ragten die turmhohen Pfeiler des Viaduktes in den Himmel. Nebulös hatte die Partei befohlen, dass ein Bahnkörper die Köpfe der Pfeiler verbinde, wenn auch ohne Fortführung an den beiden Enden. Nun schwebte die Schienenbrücke isoliert in der Landschaft über den Einzelgehöften, ohne Sinn und Ziel, verdunkelte den Horizont über den verstreuten Siedlungen.

Dass die Brückenpfeiler hohl waren, wussten allein wir, die Eingeweihten. Auch dass sie begehbar waren über eine Wendeltreppe. Manchmal kletterten wir hinauf, Ana Maria Cristina und ich, tauchten taumelig in den Nachthimmel: Es war, als rieselten die Sterne auf uns nieder.

Im Roman *Das Klavier im Nebel* kommt die Mühle ebenfalls vor. Anderswo, doch nicht anderswie. Unser beider Alter Ego im Roman heißen Clemens und Rodica. Er, der Sohn eines ehemaligen Fabrikanten, robotet in einer Ziegelfabrik als Lohnarbeiter am Fließband. Sein Vater, der Ausbeuter, ist bereits hinter Gittern. Sie, die Tochter eines ehemaligen Regierungsbeamten, spielt als Stallmagd den Staatskühen Chopin vor, damit die mehr Milch geben:

An vielen Abenden dieses Hochsommers trafen sich Clemens und Rodica im Mühlengrund. Sie gingen auseinander, wenn sich die Turmuhren von Schäßburg nach den zahllosen Schlägen vor Mitternacht jäh mit wenig begnügten: Der neue Tag brach an.
Rodica fragte, ehe sich ihre Wege trennten: Gab es heute etwas, was uns beiden gleich gut gefallen hat und vielleicht unserm guten Herrgott auch? Nahezu erschrocken ließ er den Abend vorbeiziehen und fand jedes Mal etwas. Und atmete auf, wenn sie nickte oder seinen Kopf in ihre Hände nahm und ihn küßte.
Sie lagen auf dem Rücken, nahe beieinander, die Hände unter dem Kopf verschränkt. Allein zwei Margeriten trennten sie. […]
Manchmal bat Rodica, Clemens möge die Mühle in Gang setzen. Er legte die Klappe in der Rinne um, staute den Lauf des Wassers, leitete den Strahl oberschlächtig auf die Schaufeln. Das schwere Rad begann sich ächzend und knarrend zu drehen, langsam vorerst, als müsse es in Übung kommen, ehe es sich auf eine schwerfällige

Bewegung einließ. Im Gebäude hörten die beiden ein Rumpeln und Pumpeln, ein Scharren und Trippeln, dazu ein Kichern und Prusten, als habe man die Hausgeister geweckt, die sich nun vergnügten. Begleitet von den mysteriösen Geräuschen sprachen die beiden miteinander, sprachen Dinge aus, die der Dämmerung galten und doch vom anderen gehört wurden. […]
Clemens bog behutsam die zwei Margeriten zur Seite, die zwischen ihnen die Köpfe reckten, und legte den Arm unter Rodicas Nacken. Sie kehrte sich ihm zu. […] So lagen sie lange, bis der Tau den Geruch des Grummets dämpfte, bis im Osten der Horizont heller wurde. Als sie Abschied nahmen, bückte er sich, brach die beiden Margeriten ab. Und steckte sie in ihr Haar. Sie leuchteten noch, als sich ihre Gestalt in der Nacht verlor. […]
Die Nächte bewahrten die Glut des Tages. Die beiden lagen am Wiesenrain, manchmal wünschte sie, daß eine Brennessel sie trennte. […]
Der Himmel über ihnen ertrank in der Flut der Sterne. Schwierig war es für Clemens, der Geliebten die Sternbilder zu erklären, die sich an Glanz überboten, deren Konturen ineinander verschwammen. Die schwarzen Löcher – Materie, vor Schwere in sich gekrümmt – begriff sie sofort. „Wie die Sünde, curvatus in se.“
Sie wiederum klärte ihn auf, wie es dort oben jenseits der Sterne, am Wohnsitz Gottes, zugehe und wie das dann mit dem Leben der Menschen hier auf Erden zusammenhänge, wiewohl Gott nicht mehr in Person auf der Erde spazierengehe. Dennoch sei er weltweit präsent, im Heiligen Geist, der über die Erde wehe, wenn auch

eigenwillig, nämlich wo und wann er wolle, dann in den Heiligen, die unermüdlich die Gebete der Gläubigen einsammelten und an die allerhöchste Stelle weiterleiteten, und schließlich in den eifrigen Engeln, die an allen Ecken und Enden ungeduldig warteten, daß man sie anrufe und um Hilfe bitte. […]

Die Geschichte der ersten zwei Menschen beschäftigte sie, trieb sie um. Für Rodica war das tragische Moment nach dem Fall nicht der Tod – „entsetzlich, ewig zu leben!" –, sondern die Angst. Nachdem Adam und Eva von der verbotenen Frucht gekostet hatten, befiel sie Angst, sie gerieten in Panik.

„Wie das? Warum?"

„Darüber schweigt die Geschichte sich aus. Aber sie beschreibt, wie die beiden sich voll Angst vor dem Herrgott verstecken. Adam, wo bist du? So mußte der Herrgott verwundert rufen, nachdem er sich angewöhnt hatte, beim Abendspaziergang mit den beiden zu plaudern. Aber sie versteckten sich auch voreinander, bedeckten ihr Geschlecht. Und sie versteckten sich vor sich selbst. Vermutlich das Schlimmste, ja das Gefährlichste, das Angst dir antut. Ist aber Angst in der Liebe, kommt die Liebe nicht zum Ziel, schreibt der Apostel Paulus. Die echte Liebe aber ist ausgegossen durch den Heiligen Geist in unsere Herzen."

Sie hielt inne, steckte den kleinen Finger in den Mund. Und stieß dann hervor: „Wenn du mich recht verstanden hast, dann erschrickst du nicht über das, was ich jetzt tun werde. Denn das hätte ich schon lange tun können. Schon am ersten Nachmittag, als ich dich in der Krippe

erblickte, schlafend, schon damals spürte ich bis in die kleine Zehe: Vor diesem Mann mußt du dich nicht verstecken, brauchst du keine Angst zu haben. Und ich, ich wäre bereit gewesen, schon damals, vor dir zu tanzen, bloß und blank, wie der gute Gott mich geschaffen hat."
„Im Stall? Zwischen den Kühen?" […]
Mit feierlichen Bewegungen tat sie ihre Kleider ab und ließ sie ins Gras gleiten. […] Sie strich über ihren Leib, als entdeckte sie ihn eben.
Er erschrak. Aber nicht über ihre biblische Nacktheit, sondern weil er sich nicht sicher war, ob der Heilige Geist die große Liebe auch in sein Herz ausgegossen hatte.
Sie begann zu tanzen, langsam, nach dem Takt des Mühlrads. Es war ein gemessener Tanz, denn diesmal war sie eine kluge Jungfrau. Plötzlich schauerte sie zusammen. Ein Windhauch hatte sie mit einem Schleier von Wassertropfen umhüllt, herübergeweht von der Mühle.

Eine Nacht und einen Tag verbrachten wir auf dem Muntele Găina, zu Deutsch Henneberg, mitten im Erzgebirge, der auch „Dealul Dragostei" heißt, der Berg der Verliebten. Hier war der Ort, wo Jahr für Jahr im Hochsommer um den Tag des Wetterheiligen Sfântu Ilie der sogenannte Mädchenmarkt ablief, *„târgul de fete"*. Aus allen Tälern, so weit der Blick reichte – und bis zum gewölbten Horizont reichte der Blick –, versammelten sich von den Einzelgehöften die Familien mit den „mannbaren" Mädchen und den buhlerischen Burschen. Nur so konnte man handelseinig werden über den Stand der Ehe. Die Gehöfte lagen so weit auseinander, dass die Bauern ihre Toten daheim begruben, beim Eingang, rechts vom Hoftor. Im Winter liefen die Kinder auf Schneeschuhen zur fernen Schule, die erst um neun begann. Keine Gelegenheit zum nachbarlichen Minnen der jungen Leute.

Mädchenmarkt! Bei Sonnenaufgang tuteten die Jungfrauen mit ihren ellenlangen Alphörnern die Burschen herbei. Die Brautwerbung war ausgerufen. Das rituelle Anpreisen konnte beginnen. Es wurde gewogen. Auf ein Schaukelbrett wurde an das eine Ende die zukünftige Braut gesetzt, an das andere Ende die Aussteuer, die Mitgift, der Brautschatz. Stimmten die Gewichte, wurde auf der Stelle geheiratet. Die Popen sangen und segneten, bis ihnen die Sinne schwanden. Weihrauch schwängerte den Himmel.

Am Abend zog die Familie des Mannes mit der erworbenen Ehefrau ihres Weges. Sie saß auf dem Pferd, das der Ehemann am Zügel führte. Die Schwiegereltern kutschierten den Leiterwagen mit dem neuen Hausrat. Von Scheidungen war nichts zu hören.

Ich schenkte Cristina damals auf dem Henneberg ein Alphorn.

Nach diesem Sommer hatten wir uns am Schwarzen Meer getrennt. In Konstanza. Vor einer Konditorei namens „Crysantema“. Für immer.

Vor der Konditorei Crysantema trennten sie sich, unweit ihres Quartiers. Es war Nacht. Rodica reichte Clemens das Blatt […] mit den Zeilen Ovids aus seinen „Tristien“. […]

„Mir hat die Frau […] nur zwei Zeilen von Ovid zugesteckt, nicht so schön wie deine geschrieben, bloß von ihr hingekritzelt, doch sonderbar dem Sinn nach." Und sie las mit bebender Stimme:

„Ich betrat die gefrorene Weite.
Fische habe ich gesehen, die hingen im glasigen Eise."

Ein halbwüchsiges Mädchen bettelte Clemens an, ihr Blumen abzukaufen. […]
Es war ein Bund Gladiolen, den er einhandelte, so üppig, daß sie beide davon überwältigt wurden. Rodica erschrak, als er mit den gewalttätigen Gewächsen auf sie zutrat. Nur unter Schmerzen konnte sie den Blumenstrauß umfangen.
„Zum Abschied, zur Erinnerung", murmelte er. […] Die beiden Liebenden konnten sich nicht die Hand geben. […] Er sah ihr nach, sah sie gehen, hinein in die Nacht, allein, gebeugt unter der Last der Blumen.

*

Im Jahr nach dem „Sommer der Liebe", im Jahr der „Trauer eines Lebens", hatte mich Ana Maria Cristina in meinem Haus in Freck aufgesucht. Eines Abends, ich war umgeben von Familie, öffnete sie die Tür und war da. Sie war von Bukarest gekommen. Redeten wir miteinander? Die Schwiegermutter rauchte, meine Frau schwieg. Ich bot ihr einen Stuhl an. Beim Weggehen habe ich sie nicht zum Bahnhof begleitet, obwohl es stockfinster war, sondern hinter ihr das Hoftor verschlossen.

Ein letzter Brief erreichte mich mit den enigmatischen Worten: „Du hast mir vom Brot des schweren Lebens zu essen gegeben." Und ein allerletzter Satz traf mich: „Du hast mich immer allein in die Nacht hinausgehen lassen."

Dann verlor sich ihre Spur von Bukarest aus in Deutschland. Nach langem Suchen stieß meine findige Mutter in Wunstorf durch eine Telefonnummer auf ihren Namen. Eine Männerstimme legte nach einem abfälligen Satz auf: „Diese Rumänin ...!"

Sie lebt nicht mehr. Über einen bekannten Rabbiner in Stockholm erfuhren wir von ihrem Grab. Mit den exakten Koordinaten: Gräberfeld, Reihe römisch, Nummer arabisch, Todesdatum.

Ich rechnete mir aus, dass sie das Buch dieser Liebe, *Das Klavier im Nebel,* noch hätte lesen können, knapp vor ihrem Tod.

Das Buch mit den zwei unterschiedlichen Widmungen – ein Leben lang „Trauer" deutsch, *„durere"* rumänisch, Schmerz –, es gelangte in ihr Haus.

Eine frühe Freundin unserer Familie in Fogarasch, jetzt eine Dame der Gesellschaft in Bukarest, Ileana de Aldi-Popa, war aus freien Stücken nach Stockholm geflogen, nachdem sie diese Geschichte gehört hatte. Und hatte das Buch abgegeben.

Nicht übergeben, ihr nicht in die Hand gegeben. Die Hand war nicht mehr erreichbar. Am Telefon sagte sie, Ana Maria Cristina: „Ich wusste, der Eginald, er macht Gedichte. Aber Romane!" Sie sprachen nicht rumänisch, sondern beide deutsch.

Jahre später erhielt ich von ihrer besten Freundin Friederun diese Zeilen Rilkes, ohne ein Wort dazu:

Das war der Tag der weißen Chrysanthemen, –
mir bangte fast vor seiner schweren Pracht …
Und dann, dann kamst du mir die Seele nehmen
tief in der Nacht.

*

Noch beleuchtete die Sonne am Rand des Himmels die sagenhafte Szene. Die mir vor Glückseligkeit die Knie erzittern ließ. Ein deutscher Kübelwagen holte uns ein. Ich ließ das Fahrrad sausen und postierte mich mit einem Sprung neben den Kilometerstein. Das Bizykel kollerte in den Straßengraben. Dem Bruder rief ich zu: „Mach Platz, Deutsche kommen!"

Das Auto überholte uns im Schritt-Tempo. Im offenen Fond saßen zwei Offiziere in ihrer glitzernden Uniform. Die sich zu mir wendeten.

Im Vorbeituckern erkannte ich: ein Major, ein Hauptmann. Am Revers die SS-Runen. Statt Major hieß das zünftig SS-Sturmbannführer; und statt Hauptmann SS-Hauptsturmführer. Ich kannte mich aus im tausendjährigen Reich. Mit der Laubsäge machten wir Hitlerjungen die Orden nach, vom Eisernen Kreuz bis zum Ritterkreuz. Und die Rangabzeichen und die Benennungen der SS hatte ich als frisch vereidigter Jungvolkjunge auswendig gelernt.

Bereits als der forsche Wagen sich näherte, bedrohlich auf dem Bug das Reserverad, die Windschutzscheibe heruntergeklappt, hatte ich Haltung angenommen. Linke Hand an der Hosennaht. Rechte Hand erhoben zum Deutschen Gruß. Im schönsten Knabensopran tönte es: „Heil Hitler!"

Die Offiziere erwiderten meinen Gruß. Doch nicht wie bisher mit den Fingern am Mützenschild. Vielmehr streckten sie die Hand aus wie ich. Zwei „Heil Hitler" verloren sich in der Abendstille. Abgestimmt, wie es sich ziemt: Bass und Tenor. Der Fahrer grüßte nicht. Nickte nicht einmal. Mit stummem Gesicht blickte er geradeaus. Er hielt mit beiden Händen das Lenkrad fest, als müsste er selbst im Stillstehen für Richtung und Ziel sorgen.

Ja, noch mehr an Wundersamem geschah. Das Auto wie ein Kahn, von dem die Kunde ging, es überquere die Aluta schwimmend und bar jeder Brücke, hielt in Augenhöhe mit mir. Ich stand noch immer still, als sei ich in der Kluft beim Exerzieren. Jedoch hatte ich die Führerhand sinken lassen. Beide Hände waren vorschriftsmäßig „an der Hosennaht" platziert. Genauer: Sie klebten feucht am nackten Oberschenkel.

Es wurde befohlen: „Rühr dich!"

Ich rührte mich. Rechter Fuß eine Schuhlänge vor dem linken.

Uwe hockte im Gras am Straßenrand und sah zu. Der jüngere Offizier wandte sich an ihn: „Marke Presto, dein Fahrrad. Vom Mussolini."

„Vom Tata", berichtigte der Bruder.

Der höhere Offizier im Bass an mich: „Sprecht ihr nur sächsisch? Oder auch deutsch?"

Ich stolz: „Deutsch und ungarisch."

Der zweite Offizier im Tenor, halblaut: „Ob diese unsicheren Kantonisten, die Ungarn, den Endsieg mit uns schaffen?"

Der Bass lobend zu mir: „Schon jetzt zwei Sprachen, Deutsch und Ungarisch. Bravo!"

Der jüngere Offizier pflichtete bei: „So jung, Deutsch *und* Ungarisch, das ja."

„Und Rumänisch?"
„Noch nicht!"
„Gut so!"
„Und wohin fahrt ihr Burschen?"
Uwe antwortete für mich: „Spazieren!"
„Spazieren?"
Die Leutseligkeit wich aus den Gesichtern. Sie wandten sich ab. Todernst knarrte der Befehl des Sturmbannführers: „Los, Samuel. Geben Sie Gas!"
Der Hauptsturmführer sekundierte: „Der Feind kennt keine Spaziergänge."
Beide Offiziere salutierten unversehens nach alter Gewohnheit mit den Fingern am Kappenschild.
Der Schwimmwagen schaukelte davon.
Plötzlich erinnerte ich mich an das Bild der Zerstörung in der Zeitschrift *Signal,* jüngst. Wo den eroberten Ländern von Afrika bis Norwegen in vielen Sprachen die Siege der Deutschen erklärt wurden. Und diesmal das Attentat auf den *„furerul iubit",* den geliebten Führer. Kurtfelix hatte die rumänische Ausgabe herbeigeschafft. Verstehen konnten wir Kinder die Unterschriften zu den Bildern in der uns fremden Sprache nicht. Aber die gruselige Trümmerstätte ansehen ja. Ein Zimmer voller Bruchstücke. Mitten drin ein winziges Kreuz. Wir bohrten. Der Vater übersetzte widerwillig: „Hier stand der Führer beim Attentat. Die schamlose Bluttat angestiftet von einem adligen Meuchelmörder. Aber die Vorsehung hat den geliebten Führer bewahrt." Vom Vater ein sonderbares Wort: „Ab heute ist es aus mit ‚Heil Hitler'!" Ich wiederum hatte mich mit Sorge gefragt vor dem Still-Leben im Bild, randvoll mit Scherben und Splittern, mit Schutt und Schmutz: Wo war da noch Platz für den Führer und die Vorsehung?

*

Auf dem verschneiten Pfarrhof steht jeden Nachmittag der Pferdeschlitten bereit, ein sogenanntes Bojarengefährt für zwei Personen. Wo der Kutscher hinten aufsitzt. Die Ausfahrt in die weiß glitzernde Weite – archaisch wird das Gemüt animiert. Es geht am Friedhofstor vorbei: „Unser Weg in der Zeit führt in die Ewigkeit." Die Pferde greifen nach Tagen im Stall aus. Die Schellen bimmeln. Und die Gedanken sollen sich lüften. Doch der aufgewirbelte Schnee, die schneidende Luft, die eiskalte Sonne, sie vergraulen die Zweifel nicht: Sollte das Gerücht stimmen, dass Adele Heide Pretajer tot ist?

Wir sind zurück. Wir drehen noch eine Runde durch den Kirchpark. Die Basilika, 1225, ist mit mir alleingeblieben.

Die Vorderfront des Pfarrhaus besetzt verlässlich die Breitseite der Piazzetta. Im Giebel steht großzügig die Jahreszahl 1762. Maria Theresia, noch nicht die schwarze Witwe.

Das Pferd wird ausgeschirrt. Ein Decke, über die Kruppe geworfen, schützt es vor dem Frieren. Der Schlitten wird in die Remise geschoben. Der Bursche aus der Lehmhütte schwingt sich auf das ungesattelte Pferd. Ich stecke ihm den Lohn zu. Er prescht davon.

Das warme Pfarrhaus wartet. Der hintere Teil, 1516, ist vorreformatorisch. Sieben Zimmer allein für mich. Die Küche riesig: sechs Türen. Zu Ostern und zu Weihnachten gilt es, zweihundertvierundsiebzig Fensterscheiben zu putzen.

Ich wickele mich aus dem Stadtpelz. Die wattierten Stiefel schiebe ich unter den Heizkörper im Flur. Trete in die Pfarrkanzlei. Hier heize ich mit Holz. Es geht um den Geruch von Rauch. Es ist die Gewähr des Winters. Tee? Von Famous Earl Grey bis Rooibos duftet es kokett. Aber ich bin allein.

Adele Heide Pretajer: tot. Ich frage mich beunruhigt: Woher hast du das? Nichts fällt mir ein. Gewissheit? Niemand, den man fragen könnte.

Rettet das Internet, heute universelles Nachschlagewerk? Google: Ich gebe voll Konfusion den Namen der Ärztin ein. In der Tat – doch auch tatsächlich? – zu erfahren ist so Spezielles wie: Psychotherapie. Einzusehen sind Straße im Stadtplan und Parkplatz. Öffnungszeiten der Praxis.

Tot?

Ich fixiere den Wehrturm. So viel Schnee ist gefallen, dass die Konturen des pyramidalen Daches verschwimmen. Unter der Traufe öffnen sich schwarz die Schalllöcher der Glocken. Darunter erkennt man eingekerbt in die Steinmauern die Schlitze der Schießscharten, in Etagen und versetzt. Jeder schießt für sich allein! Das Gewirr der Fragen schiebe ich beiseite. Mein innerer Blick wird eng wie eine der Schießscharten. Nichts bleibt als der schmale Spalt der Erinnerung.

Adele Heide Pretajer, beklemmend eingebucht in meine Biografie. Die Todesbotschaft trifft mich. Sie trifft mich als Ernstfall. Sie trifft mich als ehelicher Bruch. Und sie trifft mich als „nie mehr“: Unser letztes Gespräch, vertagt, würde nie mehr zu Ende geführt werden.

*

Die letzte sporadische Aussprache bahnte sich an, als wir uns in Deutschland auf einer Brücke begegneten. Zufall? Fügung? Ein Engel? Sie erkannte mich sofort.

Das geschah ein Vierteljahrhundert, nachdem wir uns in einem kleinen Städtchen in Siebenbürgen in die Arme gelaufen waren. Die einstige Geliebte war Ärztin geworden. Sie hatte ihre Studien in der „alten Heimat" abgeschlossen. Mit Diplom und Doktortitel in der Reisetatsche war sie ausgewandert. Nach Deutschland. Wo sie mit siebenbürgischer Tüchtigkeit eine eigene Praxis hatte einrichten können. Psychotherapie! Außer Neurochirurgie, meine ich, geschieht hiermit etwas vom Prätentiösesten an ärztlicher Kunst.

Anfang der 90er-Jahre war es, als wir uns erneut trafen. Der Eiserne Vorhang war geschmolzen. Ich hatte zum ersten Mal im Leben deutschen Boden betreten.

Bei der Grenze hinter Salzburg musste ich das Steuer meiner Frau überlassen. Mich übermannte der bizarre Gedanke: Was dieses Land uns angetan hat! Darum bin ich der letzte Pfarrer in einer leer gebeteten Kirche! Der deutsche Grenzer gab mir den rumänischen Pass zurück, fragte stirnrunzelnd: „Wieso haben Sie als Rumänen einen so deutschen Namen?"

Das Gespräch mit Adele auf der Brücke, tastend begonnen, doch im Werden begriffen, wurde unterbrochen durch Ärztliches, blieb auf der Strecke. Ein Blessierter, der sich in den Fluss hatte stürzen wollen und sich im Gestänge der Brückenhalterungen verfangen hatte, schrie zornig auf. Erste Hilfe war geboten. Mich winkte Adele weg. Schon war der Krankenwagen zur Stelle. Der den zappelnden und kreischenden Mann wegbrachte, samt Ärztin. Sie rief mir noch zu: „Dieses Gespräch müssen wir zu Ende bringen, ehe es zu spät ist!" Dann schlugen die farbenprächtigen Sanitäter die Türen zu.

Es war ihr allerletztes Wort an mich, wie ich jetzt begreife.

*

Zu den Anfängen: Ich zaudere niederzuschreiben, was mit uns passiert ist. Wie wir uns schlagartig nahegekommen sind schon bei der ersten Begegnung. So nahe, dass ich bereit war, dem Aufruf Ingeborg Bachmanns zu folgen:

Sieh dich nicht um.
Schnür deinen Schuh.
Jag die Hunde zurück.
Wirf die Fische ins Meer.
Lösch die Lupinen!
Es kommen härtere Tage.

Wir trafen in Heltau aufeinander, zur Teestunde bei der Cousine meiner Frau, Bärbel Krista. Es war ein Sonnabend im Winter, Februar 1967, später Nachmittag. Im sozialistischen Rumänien wurde samstags durchgearbeitet. Oft nötigte die Partei einen, den Sonntag anzuhängen.

Ich wurde vorgestellt. Die mädchenhafte Frau mit dem unbekannten Gesicht erhob sich, als sie mir die Hand reichte. Das war zu viel des Guten. Eine Dame bleibt sitzen. Sie nannte einen unverständlichen Vornamen. Das war zu wenig an Auskunft. Sie sagte, dass sie mich kenne. Das war unangenehm. Sie siezte mich. Das war zu begrüßen. Wenngleich auffällig unter Sachsen. Von denen das Wort geht: alle verwandt, verzankt und per Du.

Ein Seitenblick: etwa um die fünfundzwanzig, wie die Gastgeberin. Meine Frau Susanna war jünger. Und ich unverrückbar elf Jahre älter als meine Frau.

Bärbel Krista Kast, die Reihe der Namen klänge anders gefügt besser: Krista Bärbel Kast. Was passte zu ihrem Wesen?

Als Kinder hatten wir Brüder viele Fiebermesser zerbrochen, vergeblich war es, die Quecksilberkügelchen einzufangen. So war auch sie, schillernd, nicht zu fassen. Die Metapher könnte stimmen: allem, jedem euphorisch zugewandt, keinem zugetan. Fing sie einen Floh, brach sie in Begeisterung aus: „Der winzige Wicht. Springt sechzigmal höher als er selbst. Wenn ich das könnte, flöge ich über den Heltauer Kirchturm." Apart, der Konjunktiv: flöge. Den Floh ließ sie laufen. Doch nie greifbar ihre Nähe. Tuchfühlung nicht einmal beim Tango. Also Quecksilber.

Oder doch eher die Marionettenspielerin. Den geschmeidigen Händen sah man das Gewerbe an. Aber nicht nur als Beruf am staatlichen Kindertheater ließ sie die Marionetten tanzen, sondern als Muster einer Lebensart. Sie zupfte an jedem wie an Schnüren.

Bärbel Krista lebte in einer sogenannten *garçonnière,* einer Liliputwohnung im Plattenbau: ein Zimmer, Kochnische, Bad, Flur, doch mit französischem Balkon. Allein?

Vielleicht ja, vielleicht nein. Meine Frau Susanna, Cousine und ihre Herzensfreundin, schwieg sich aus.

Wir vier saßen am nämlichen Tischchen, einem Pilztisch. Redeten kreuzweise miteinander. Die Gastgeberin wendete sich der Freundin zur Linken zu: „Er freut sich, mit dir zu plaudern.“ Darauf halbes Kopfnicken zu mir her, rechts: „Nenn sie Adele Heide, das freut sie. Und gewiss auch dich.“ Zu hören war eine knappe Bekanntgabe, bereits an meine Frau gerichtet, ihr gegenüber: Die Freundin aus Kronstadt und die Hausfrau kannten sich vom Kindergarten her.

Somit hatten sie sich nichts mehr zu sagen, schloss ich. Mir blieb wohl oder übel der fremde Gast vis-à-vis zur freudigen Konversation überlassen. Wenngleich mir nicht nach Freude zumute war.

Die Cousinen rauchten, der Rauch verhüllte die Profile. Es ging um sozialistische Mangelware: Windeln und Kinderpuder. Und tragischer: Kinderwagen oder Kinderbetten, die ganz fehlten. Ich hätte als frischer Vater mitreden können, zuständig für die „Außendienste“ zum Wohle der winzigen Tochter: beschaffen, herbeischaffen. Doch mich klammerte meine Frau aus. Wie sonst auch.

Ich hörte trotzdem mit halbem Ohr hin. Gegenvorschlag: Man greife auf das alte Gerümpel zurück. „Doch aufgepasst, die Kinderwagen aus der Zeit der Urgroßeltern, als noch die Cholera wütete, müssen tüchtig desinfiziert werden!“

Keine Mittel!

Dann mit Aschenlauge, „wie unsere Dörfler“.

Mein Ratschlag wäre gewesen: Man könne sich an

Afrikanerinnen ein Beispiel nehmen und das Baby in einem Tuch auf den Rücken binden, huckepack.

*

Jüngst war unsere Tochter auf die Welt gekommen: Sabine Maya. Bei der Geburt ging alles glatt. So glatt, dass man nahezu enttäuscht war. Hierzulande klappt nie etwas von Anfang an, doch am Ende fügt es sich immer. Diesmal klappte alles und fügte sich von Anfang bis Ende.

Gegen Morgen, es war der 16. Januar 1967 und allenthalben im Himmel und auf Erden und in der Stadt stockfinster, rumorte es in Susannas Bauch. Wir schliefen seit Tagen im Kastell in Hermannstadt bei den Schwiegereltern. Ich logierte seltsamerweise im komfortablen Familienbett, Susanna daneben, tiefer, auf einem russischen Klappbett.

Sie hatte sich einige Male in der Nacht an meine Hand geklammert. Und sich auf dem knappen Eisenbett schwer hin und her gedreht. Auffälliges Kollern im Unterleib. Könnte vom *salat de boeuf* mit Mayonnaise herrühren, vom Abendessen. „Wieder einmal gesündigt! Nun wird gebüßt“, hörte ich die Geplagte seufzen. Man wusste um die Mahnung: essen gemäß der drei B – am Morgen wie ein Bauer, zu Mittag wie ein Bürger, am Abend wie ein Bettler.

Es sollte anders kommen. Die Schwiegermutter, zur Stelle, beschied mit ihrem Bass, nie widersprochen: „Renn nach einem Taxi, das Kind kommt!“

Ich rannte, fand ein öffentliches Telefon beim ehemaligen k. u. k. Arsenal, zehn Minuten entfernt, das funktionierte. Die Nummer des Taxistandes war nicht weggekratzt wie gewöhnlich. Und siehe, die Nummer stimmte. Das nächste Wunder: Ein Fahrer meldete sich, es war fünf Uhr morgens. Er bat abzuwarten, ob sein Auto bei der Kälte anspringe. Gottlob, ich konnte warten, ich hatte genug Münzen. Und nochmals gottlob: Das Auto sprang an. Bis ich im Kastell eintraf, war das Taxi schon dort und die werdende Mutter verfrachtet. Ich setzte mich dazu und wir preschten im Schleudergang über die vereisten Straßen. Offenkundig wünschte der Chauffeur in bedrohlicher Eile nicht, dass das Kind in seinem Auto zur Welt komme, sondern an dem staatlich gebotenen Ort, im Spital: Unter der Diktatur war es strikt verboten, Kinder zu Hause zur Welt zu bringen. Der Chauffeur bedachte nicht, dass er durch sein waghalsiges Fahren eine Sturzgeburt riskierte, auf dem Rücksitz.

Die Kinderklinik nahm die Schwangere auf. Die dort wie zu Hause war. Die Klinik hatte ihrem Onkel Dr. Hager gehört. Obwohl verstaatlicht, hieß sie immer noch „Spitalul Hager".

Ich wurde ausgesperrt. Ja, ich hatte zu weichen, wie von der Staatsgewalt angeordnet. Doch ich wich nicht von der vergitterten Tür. Wohl wegen des denkwürdigen Onkels durfte sie mir zuwinken, ehe man sie wegführte. Ein graues, löchriges Gewand hatte man ihr übergeworfen. Büßergewand, prägte es sich mir ein. Warum?

Ich rief den Chefingenieur meiner Fabrik an, berichtete, dass ich wegen der Geburt meines Kindes fehlen würde. Er sagte gegen die strikte Sprachregelung der Partei: „*Doamne ajută!*" Herr hilf! Und: „*Să fie într-un ceas bun!*" Gesegnet die Stunde! Wobei er hätte entgegnen können: Was heißt fehlen? Und mich ironisch fragen, ob denn ich das Kind zur Welt brächte.

So Peppe Späck in Fogarasch geschehen, wohlgemerkt zur Zeit der Deutschen Volksgruppe. Der Klassenkamerad kam erst nach der großen Pause zur Schule, tanzte an mit der Neuigkeit – wahrhaftig tanzend im Gewirbel der Füße: Ein Mädchen sei bei ihnen in der Nacht geboren worden. Darauf Lehrer Kleinert mit deutscher Konsequenz von Kant bis Hitler: „Hast du sie geboren?" Peppe musste verneinen. „Doch selbst wenn du sie geboren hättest, gilt das nicht als Ausrede. Wo bleiben Pflicht und Schuldigkeit eines deutschen Jungvolkjungen?" Peppe wusste es nicht.

Ich eilte durch die Stadt. Verständigte die Verwandten beiderseits. Meine Großmutter, Tante Irmgard, wir waren wenige: „Bitte beten!" Darauf Susannas Heerscharen von Tanten und Onkeln: „Bitte beten!"

Trommelte einen Schulfreund heraus, Reimar König, Gynäkologe. Noch war er im Pyjama, aber kameradschaftlich nett. In Fogarasch waren wir uns so nahe gekommen, obwohl er zwei Klassen über mir war, dass wir uns eine Geheimschrift ausgeknobelt hatten. So was verbindet. Weil Sohn eines Kaufmanns mit Firma, hätte er wegen seiner *„origine socială nesănătoasă"*, wegen der ungesunden sozialen Herkunft, nicht zum Studium zugelassen werden dürfen. Noch weniger im Fach Medizin, das zum proletarischen Elitestudium avanciert war. Aber nach der Aufnahmeprüfung an der weithin geschätzten Fakultät in Klausenburg sagte der leitende Professor der Jury auf Deutsch: „Sie heißen nicht nur König, Sie sind ein König." Mit den maximalen Noten konnte nicht einmal die klassenkämpferische Partei ihn abblitzen lassen.

Der schlaftrunkene Freund rief im Hager-Spital an. Sein Gesicht strahlte jäh wie der Vollmond: „Wie du gewünscht hast: eine gesunde Tochter. Deine Frau hat exemplarisch mitgeholfen, dass dein Töchterchen mit einem schönen Kopf zur Welt kommt! Hör nur" – er schwenkte das Telefon vor meiner Nase –, „die Schwestern sind des Lobes voll!"

Überglücklich stürzte ich davon, verständigte die Großfamilie im Kastell. Und graste dann die betende Verwandtschaft ab. „Aufhören, das Töchterchen ist schon da!"

Wegen der Ankunft des Kindes logierten wir vorübergehend in der Villa der Schwiegereltern nahe der Kadettenschule, beim Erlenpark. Die Ohnweilerische Villa. Ein konturenreiches Bauwerk mit gerefften Dächern und hängenden Balkonen, verwunschen hinter wildem Wein. Im abgewandten Giebel gaben sich Embleme der Freimaurer zu erkennen. In ganz Hermannstadt bekannt als das Kastell. Dazu die Schwiegermutter im Bass, nie ein Widerspruch: „Allein der wilde Wein hält das Kastell noch zusammen."

Als mich meine Frau, damals achtzehn, im Spätherbst im Kastell als Verlobten vorstellte, hießen mich beide Eltern willkommen. Die Mutter bräunte grüne Kaffeebohnen in einem abgeschabten Blechreindel auf dem Küchenofen – es sollte „eingeschossen" werden, so hieß die Kaffeestunde.

Sie schnarrte: „Mein Sohn, sei willkommen in meinem Haus.“ Und drückte mir die Kaffeemühle in die Hand: „Du kommst mir gerade recht!“ Die bekannte Kaffeemühle, kubisch, war uns Buben ein Gräuel gewesen, weil sie, vor allem zwischen die nackten Oberschenkel geklemmt, beim Drehen die Haut elendig zwickte.

Der Vater, Handelsakademie Wien, Buchhalter in der Seifenfabrik, saß auf dem Schusterschemel, flickte ein Paar Schuhe und sagte nur ein Wort: „Willkommen!“ Später dann: „Kaputte Schuhe zu mir!“ Im Dezember spielte er den Nikolaus. Vor dem sich kein Kind fürchten musste und der auch die Geschenke nicht durcheinanderwarf. Statt des bedrohlichen Sacks auf dem Rücken zog er ein Wiesenwägelchen hinter sich her, bepackt mit Sachen.

Der ältere Bruder Peter hielt Tauben auf einem der konischen Dachböden, richtete sie als Brieftauben ab. Bis die Securitate dazwischenfuhr, die Tauben festnahm und abführte und ihn für drei Jahre zu den Arbeitssoldaten verdonnerte.

Der jüngere, Martin, noch Schüler, dressierte Hamster, wobei sich die Securitate heraushielt.

An sich hatten wir uns als Ehepaar in Freck niedergelassen, fünfundzwanzig Kilometer weit in Richtung Fogarasch gelegen. Ich war in der nahen Fabrik als Zeichner eingestellt in subalterner Position, mit dem Gehalt gleich nach der Putzfrau. Die Fahrt von Hermannstadt bis zur Fabrik bei Freck war ein Gefrett. Um hin zu gelangen, musste ich mich bereits um halb fünf aufmachen, zu Fuß, ehe die Trambahn fuhr, nahezu eine Stunde bis zum fernen Bahnhof. Von dort dauerte es eineinhalb Stunden bis zum Tor der Fabrik: mit dem Arbeiterzug, der zu wenige Waggons hatte. Man sparte sie für das Zeitalter des vollendeten Sozialismus, auf den die Weltgeschichte hinauslief, unsereins mit.

Oft waren die Wagen mit Holzbänken so überfüllt, dass spät eingetroffene Passagiere zwischen den Waggons zu stehen kamen. Allen Bauarten gemeinsam war eine Übergangsbrücke, die an jedem Wagenende aus je einer klappbaren Blechplatte bestand. Die Platten überlappten sich zu einer mobilen Trittfläche, die Bleche verschoben sich linear oder in den Krümmungen seitlich, was man unter den Schuhsohlen spürte. Um diesen offenen Durchgang weniger gefährlich zu machen, waren die Seiten durch Scherengitter geschützt. Unter freiem Himmel gefror man beim Dahinzockeln zur Eispuppe. Selbst die Gedanken froren.

Nach solch einer Parforcetour, meinte mein Vorgesetzter, Ingenieur Dieter Ungar, müsse man sich zwei Stunden lang erholen. Was er im Büro Morgen für Morgen vorexerzierte. Er legte den Kopf seitlich auf den Schreibtisch, weich gebettet auf ein Blatt der Partei, *Volk und Kultur*, zur Umerziehung der deutschen Minderheit vom Dritten Reich hin zur Volksrepublik. Und schlief tief und fest.

Manchmal stürzte unser Chef *„la prima oră"* herbei, *„subinginerul"* Cucu, fing eben noch den sinkenden Kopf auf und bat den leitenden Ingenieur Ungar, ehe er sich zurückziehe, um diese oder jene Auskunft: „Dieter, *dragă, să fie cu pardon!"*

Doch der Weg hin zum Bahnhof, erleuchtet vom Widerschein der Schneedecke und manchmal vom Geglitzer der Eiszapfen bei illuminierten Kreuzungen, war wie ein Spaziergang auf einem fremden Planeten. Gewidmet in fraktalem Nachdenken den Gebäuden als Tore zur Historie, vom Militärspital bis zum Hotel „Römischer Kaiser", vom Stadtgefängnis bis zum Bischofspalais.

Die Grübeleien wurden jäh ersetzt durch Gegenwart, als es steil am Ursulinenkloster vorbeiging. Wo bis 1948, bis zur Diktatur des Proletariats, eine Oberschule für Mädchen gewirkt hatte in der Obhut geschulter Nonnen. Mit einem Heim für auswärtige Schülerinnen, willkommen waren selbst evangelische Mädchen. Meine Klassenfreundin Elinor war dort gewesen. Eine halbe Generation später, die Klosterschule war verstaatlicht worden, präziser: beschlagnahmt, hatte meine Frau dort zwei Jahre lang das deutsche Lehrerinstitut besucht. Und jüngst absolviert. Nunmehr junge Mutter. Weg mit dem Fraktal abwegiger Denkfiguren. Es ging um die griffige Formel: Und ich, der Vater? Wohin mit mir?

Endlich betrat ich das Bahnhofsgebäude aus ungarischer Zeit. Man roch den Rauch, hörte das Fauchen und Pfeifen der Lokomotiven. Als ich in den überfüllten Arbeiterzug turnte, ergab sich die griffige Formel: kein Platz für Väter.

Das Storchennest in Freck war Geburtshelfer dieser Idee. Früher Frühling: Zwei Wochen vor der Storchenfrau erscheint der Gatte. Repariert schlecht gelaunt das ruppige Nest nach einem halben Jahr Abwesenheit. Und dann: Freudig und endlos hört sich das Geschnäbel und Geklapper an. Die treue Frau hat über Kontinente, fremde Länder, Städte und Dörfer hinweg den Ort gefunden – und hierselbst den häuslichen Schornstein. Es wird gebrütet. Köpfchen ragen über den Rand des Nestes. Der Vater fliegt unverdrossen die Leckerbissen herbei. Und dann, zu Ende des Sommers, sieht man den Storch allein und stumm auf dem Rauchfang des Nebenhauses auf einem Bein stehen und zum Nest der Familie starren. Wo die Brut den ersten Flug übt.

„Kein Platz für Väter“, sagte meine Frau treffend.

Was sich jeden Abend bestätigte, wenn ich um halb sechs endlich im Kastell eintraf und die Schwiegermutter mit ihrem autoritären Bass meine Frau aufmerksam machte: „Dein Mann ist gekommen!“ Im Dunkeln gegangen, im Dunkeln zurück.

Ich verkrümelte mich zum Regal mit Knut Hamsun. Die Buchrücken leuchteten wie eine bunte Girlande. Ich hockte mich in einen Sessel, der „Gondel“ hieß. Und las. Weder *Hunger* noch *Mysterien* noch *Segen der Erde.* Ich las irgendetwas im Knut Hamsun und jeden Abend etwas anderes. Bekam mein Abendessen. Legte mich spätestens um neun auf das russische Bett, was diesmal richtig war. Und schlich mich um halb fünf aus dem Haus.

Die Schwiegermutter gesellte sich manchmal zu mir. Im Umkreis der Geburt fielen unheimliche Begriffe. Nachgeburt, Hexenmilch, Stummel der Nabelschnur, Herzflattern. Die kahle Tochter, die ich manchmal betrachtete, wenn sich eine Minute lang niemand um sie kümmerte, sie lächelte nicht. Sie schlief.

Kopflos kam dies alles über mich, die Nachgeburt, das Nach-der-Geburt. Ich: ausgeschlossen, überflüssig, von niemandem gewollt oder gebraucht. Und wenig Trost, dass es den gängigen Topos markierte, sogar die Schwiegermutter bestätigte das Muster: „Das ist nur beim ersten Kind so: kein Platz für Väter!"

Ich: „Und wenn kein zweites kommt?"

Ja, ich hatte mir eine Tochter gewünscht. Das hing ebenfalls mit der gängigen Erwartung zusammen, dass sie als das Vaterkind aufgerufen war, sich in Freundlichkeiten zu ergehen. Wozu sich die zermürbte Ehefrau nicht mehr aufraffen konnte. Vor allem das verlässliche und liebliche Lächeln lockte.

Doch der Säugling lächelte nicht. Und niemand lächelte im Elternhaus meiner Frau.

Ich spürte, ich wusste, dass sich dieses ändern müsse. Lieber ein Ende mit Schrecken als ein Schrecken ohne Ende. Doch wie das?

Eines Nachmittags kehrte ich nicht mehr ins Kastell zurück. Ich richtete mich in meinem Haus ein, eine Viertelstunde weit von der Fabrik im Wald. Hier gingen Türen lautlos von allein auf, so dass es in der Familie hieß: „Die Adeletante ist unterwegs." Sie war am 1. April 1960 gestorben, mit neunzig. Adele Goldschmidt, begraben im maßgeschneiderten Sarg. Angst vor dem Sterben? „Es macht pack und man ist tot!" So passierte es: Es machte pack und die Adeletante war tot. Mir hatte sie das Haus vererbt. Wohl weil ich mit dem Bizykel auf Tour manchmal haltgemacht, für sie Holz gespalten oder sie auf den nahen Friedhof begleitet hatte: „Beschütze mich! Dort lauern hinter den Grabsteinen die vermaledeiten Frauenschänder!" Bis zuletzt beschwor sie: „Ich bin noch Jungfrau. Doch man kann nie wissen ..."

Eine Woche nach meinem Wegbleiben rief meine Frau in der Fabrik an, fragte, ob ich zur Arbeit gekommen sei. Mein Gegenüber schreckte auf, als die Sekretärin ihn zum Telefon bat. Ich hörte ihn gähnen: „Wer? Warum? Dein Mann? Er schläft nicht. Er zieht brav mit Tusche Bleistiftskizzen nach." So *„tovarășul inginer"* Dieter Ungar, der auf einem Parteiblatt als Ruhekissen den Schlaf nachholte, den ihm „die Republik gestohlen" hatte. In seiner Schreibtischlade bewahrte er die Bibel, in der er las, wenn er wach war.

*

Diesmal in Heltau bei der Cousine Bärbel Krista tranken wir nicht Apfelschalen- oder Walnusstee. Vielmehr echten Tee in Couleur und Aroma. Die zarten Tassen vibrierten wie Schmetterlinge in der betörten Hand. Die kostbare Fünf-Uhr-Gabe war ein Mitbringsel des Gastes Adele Heide. Später sollte sich klären, wie sie zu solch einmaligem Genussmittel gekommen war: geschuldet der abergläubischen Dankbarkeit von Patienten. Sie war Krankenschwester.

An dem Pilztisch saßen wir beide nicht nebeneinander, sondern vis-à-vis. Meine halb geschlossenen Lider schienen der Gaumenfreude verpflichtet, nicht der Neugier. Doch es verhielt sich anders. Sie bemerkte es.

Wie immer, wenn ich mich verlassen wusste, griff ich zurück auf den Algorithmus der zwei Jahre Zellenhaft.

Was mich dort bewahrt hatte, als ich siebzehn Stunden wach sein musste Tag für Tag, war das intellektuelle Programm, das ich mir aufgezwungen hatte, eisern und nahtlos, geballt die Faust, verkrampft das Gehirn: Geschichten benennen, Sonette dichten, brüten, knobeln, höhere Mathematik – Kaskaden von Buchstaben und Zahlen vor dem inneren Auge oder mit dem kleinen Finger auf den Pferdekotzen eingraviert.

Hier, an dem runden Teetischchen, handelte es sich schlicht um ein neues Gesicht. Wie das benennen, was das halb verdeckte Auge sah? Erste Annäherung: verblasste Jugendlichkeit. Es traf nicht zu. Was nicht? Das Adjektiv? Das Substantiv? Beides? Vielleicht: ein gewohnter Kummer, der das Mienenspiel trübte, das Gesicht ältlich erscheinen ließ? Um den Mund erriet ich ein Oval von Ernsthaftigkeit, einen Kranz von Traurigkeit.

Das Sinnieren wurde unterbrochen, ehe ich den Ausdruck der Züge zu Ende gedacht hatte. Meine Vis-à-vis-Nachbarin begann zu reden, quer durch die Unterhaltung der Cousinen. Sie stieß das Gespräch an, ohne sich an mich zu wenden. Als spürte sie, dass ich nicht darauf erpicht war. Keck drehte sie eine Tasse um und beäugte die Marke: „Ein Huhn auf einem Berg?"

Ich sagte unwillig: „Henneberg! Ein redendes Wappen."

Sie fragte nichts. Aber sichtbar: Sie dachte nach. Ich hätte erraten können worüber: das redende Wappen?

Der nächste Satz galt mir. Sie hob einen Zipfel des Tischtuchs an und zeigte auf das Holzmosaik: „Das nennt man Intarsien. Doch Jugendstil mag ich nicht!"

Mochte sie nicht. Wo war sie ihm begegnet? Doch hier, bitte, kein Jugendstil. Ich berichtigte nichts.

War das Eis gebrochen?

Ich fühlte mich bemüßigt, einiges zu fragen. Sie ging mit kindlichem Eifer auf alles ein. Die Unterhaltung flatterte über das runde Tischchen hin und her. Sie sah mich an, sah mir ins Gesicht. Aber sie erreichte meine Augen nicht. Seit den Jahren Haft blickte ich beim Sprechen niemanden an. Während der Verhöre, die einen verwüstet zurückließen, hatte ich mich zu schützen versucht, indem mein Blick den tobenden Offizier floh.

Ich erfragte an ihr vorbei einiges, fragte, ohne sie anzusehen. Doch sie bemängelte nicht, dass ich ihren Blick mied. Sie stellte bloß fest: „Sie sehen einen nicht an, wenn Sie mit einem reden!"

„Ja."

Da fuhr von links neben mir Bärbel Krista dazwischen: „Per Sie? Was ist das für ein Schmonzes? Wieso duzt ihr euch nicht? Habt ihr vergessen, dass wir Sachsen allesamt verwandt, verzankt und per Du sind?"

Wir blieben beim Sie. Unsere Worte beschrieben einen parabolischen Bogen über das lautstarke Hin und Her der Cousinen zur Rechten, zur Linken, verschwanden manchmal in den Rauchwolken der Zigaretten.

Ich erfuhr: Sie heiße Adele Heide, nach den beiden Großmüttern, das sei auf dem Land so Sitte. Sie sei eine Bauerstochter und komme aus Forkeschdorf bei Mediasch.

Ich, wacher: „Der Familienname Pretajer?" Echt siebenbürgisch. Nach der sächsischen Gemeinde Pretai.

„So wie Schlattner von Schlatt bei Birthälm kommen könnte!“ Tatsächlich, wir stammten aus Birthälm. Vermutlich, so Adeles Erklärung, wurde der Erste, der aus dem Dörfchen Schlatt in den Marktflecken und zeitweiligen Bischofssitz Birthälm zugezogen war, als ein Hergelaufener mit dem neuen Namen versehen: der „Schlattner“. Nachweislich dort ab 1710. Mein angeborenes Missfallen an unserem Familiennamen geriet ins Wanken.

Doch Bauerstochter, klang das nicht zu geziert? Wir sagten, wenn: Bauerntochter. Und überhaupt: Warum betonte sie das? Für mich Fragen am Rande. Hatte ich mich nicht schon zu stark eingelassen, jenseits der verordneten Höflichkeit?

Ich erfuhr, dass sie in Kronstadt als Assistenzschwester einem Lungenchirurgen zu Hand gehe. Wobei unter abenteuerlichen Umständen operiert werde. Das sei etwas anderes als eine Blinddarmoperation. Sie könne mit Beispielen aufwarten.

Aufwarten, ein preziöses Wort. Nun ja, für die Kinder vom Dorf war Deutsch die fremde Schulsprache. Untereinander sprach man Dialekt. Näher dem Holländischen als dem Deutschen.

Ich schwieg. Die Beispiele blieben aus.

Sie habe sich für Kronstadt entschieden, weil ihr älterer Bruder dort Bläser in der eben gegründeten Philharmonie sei. Am zweiten Pult. „Zurückgesetzt, weil er ein Sachse ist!“ Obwohl der beste Bläser weit und breit. Aber sie wohnten nicht zusammen, sie und der Bruder.

Wollte ich das wissen?

Ein anderer Bruder sei tot.

Der Bruder tot. Ich schlug den Bogen zu meiner Familie nicht: die Schwester tot.

Doch ich hob den Kopf, als ich hörte, wo sie einquartiert war: im Mansardenstübchen im Haus des Zauberers Klingsor, flankiert von zwei Drachenköpfen an der Dachtraufe. Wo auch ich kurze Zeit gewohnt hatte. Fünf Jahre waren vergangen, seit ich von dort gewichen war, aus dem Drachenhaus. Auch das eine versuchsweise Unterkunft wie alle Wohnorte bisher. Zog es mich hin, zu den Drachenköpfen?

Ich konnte mir nicht verkneifen zu fragen, ob noch immer Genossin Fekete die Schreckfigur spiele als von der Partei bestallte Hauswirtin. Gehüllt in den wabbligen Schlafrock, auf dem Applikationen von Mao Zedong prangten.

Adele sah mich verdutzt an, spürte, wie ich aufhorchte, wurde redeselig: „Ja und nein." Jetzt seien andere Mondgesichter an der Reihe: der Genosse Chruschtschow.

Auch schon passé, dachte ich, da musste wohl wieder ein neuer Schlafrock her: mit Breschnew, leider kein Rundkopf.

Redselig, aber nicht geschwätzig ging es weiter, der Eifer rötete Adeles Wangen. Im Keller hausten zwei ungarische Grafen, zeitweilig Steinklopfer oder so. Man treffe sich zur Teestunde. Dabei habe sie erfahren, dass es im Drachenhaus bis vor ein paar Jahren ein Sammelsurium kurioser Biografien gegeben habe: „eine Art Wiener Narrenturm", wie es bei den Herren im Keller hieß. Eingeladen wurde sie zur Teestunde über die Rohre der Wasserleitung. An die mit dem Maurerhammer geklopft wurde, dem Jakob, fünfmal um fünf Uhr. Tee wurde aus schartigen Schalen getrunken. Kein ganzes Service mehr. Adele merkte an: „Aus jedem Dorf ein Hund!" Es sei taktlos, Schalen umzudrehen – Schalen, die bei den Herrschaften im Keller „Tassen" hießen –, „dass ich nach der Marke schielen kann". Aber sie, Adele, könne es nicht lassen. Sie lachte verschmitzt. Nur so könne man sich im „Städtischen" bilden – „wenn auch ungehörig".

Doch die Partei sei mit dem eisernen Besen dreingefahren, nachdem man einen Nazioffizier heimlich begraben wollte, im falschen Sarg. Nun logiere in jeder Stube ein junges Arbeiterpaar. Sogar den jüdischen Zahnarzt hätten sie hinauskomplimentiert, nachdem seine Nichte ins Heilige Land geflohen sei.

Ich hakte nach: Und wie erkläre sie sich, dass man die Aristokraten beibehalten habe, dazu Ungarn?

„Ja, eben, Klassenfeinde zur Potenz!" Sie wusste die Antwort, die beiden Herrschaften im Keller erklärten das so: als Aushängeschild für die sozialistische Umerziehung. Die Herren monierten manchmal, dass Genossin Fekete sie vorführe „wie dressierte Affen", wenn Inspektion von der Partei komme. „Es kommt mir vor wie eine Indiskretion, wenn ich das so weitersage." Und bat: „Doch taxieren Sie es, Eginald, nicht als Taktlosigkeit, sondern als Zeichen des Vertrauens!"

Schon der Vorname?

Willig ließ Adele mich weiter wissen – und diesmal

schrak ich auf –, dass sie eine gescheiterte Medizinstudentin sei.

Ich: „Wie das?" Und fragte bestürzt: „Hinausgetan? Mit Schimpf und Schande davongejagt?"

„Um Gottes willen, nein!" Als Tochter armer Häusler, Vater gefallen, wiewohl im Osten, an der falschen Front, habe sie eine *„origine socială sănătoasă"*, ihre soziale Herkunft sei piekfein.

„Na dann?"

Freiwillig sei sie gegangen.

Freiwillig ein Medizinstudium aufgegeben? Wo sich bei der Aufnahmeprüfung bis zu fünfundzwanzig Anwärter um einen Studienplatz rangelten?

Die Antwort blieb aus.

Plötzlich ging die Tür zum Vorzimmer auf. Von selbst. Niemand trat herein.

Wir beide hörten uns wie aus einem Mund sagen, sie und ich, jeder vor sich hin auf die Mitte des Tisches zu und abseits von den anderen, die uns vergessen hatten, wir hörten uns leise, deutlich, zwei Namen aussprechen: „Tolstoi, *Anna Karenina.*"

Und spürten im selben Augenblick: Mit uns beiden war etwas geschehen.

Wir schwiegen bestürzt.

Niemand schloss die eigenwillige Tür, die wie ein Memento offen blieb.

Wir stolperten in die Gegenwart, mit linkischen Gesten. Der Rauch benahm einem die Sicht, Adele sogar den Atem. Als ob sie sich entschuldigen wollte: „Ich weiß, wie eine Lunge von innen aussieht. Bärbel, deine Lunge möchte ich mir lieber nicht ansehen. Kettenrauchen führt zu Nikotinvergiftung. Man kann dir den Fuß abschneiden, weil die Adern verstopft sind. Und die Lunge? Nur noch ein grauer Lappen." Und riet, meine Frau solle überhaupt nicht rauchen, weil sie stille. Zu viel des Schulmeisterlichen. Erleichtert vernahm ich: „Kommen Sie auf den Balkon, Eginald. Hier erstickt man!"

Der Balkon war so eng, dass wir uns berührten. Bärbel Krista rief: „Lasst die Tür offen, dass der Rauch abzieht!"

Im Gegenteil: Wir wollten Luft schnappen. Adele zog die Tür zu. Sie griff nach meiner Hand. Ihre Hand zitterte. Sie habe Höhenangst, fliege nie mit dem Flugzeug.

Heltau lag im Dunkeln.

Und nun folgte eine sonderbare Beichte.

Sie habe ein schlechtes Gewissen. Beim Krippenspiel habe Pfarrer Schorsten ihr die Rolle der Maria zugewiesen. Im blauen Gewand habe sie vor dem Altar das Kind gewiegt. Im offenen Haar den Silberreif der Pfarrfrau, so alt wie sie: „Die hätte auch die Maria spielen können!" Und die Lippen geschminkt, die Backen gepudert: „Wie eine Diva!" Obwohl ihre Haare blond seien, die Brauen schwarz gefärbt: „Orientalisch!" Doch habe sie sich bei den Dialogen immer wieder verhaspelt, weil ein schlimmer Gedanke sie gequält habe.

„Was für ein Gedanke?", fragte ich leichthin. „Bei einem Krippenspiel – stille Nacht, heilige Nacht, der Knabe im lockigen Haar – schlimme Gedanken, wie das?"

Sie stockte, ihre Hand zitterte in der meinen: Was sie

so quäle seit Weihnachten? Pause, ehe sie sich aufraffte weiterzusprechen: dass sie … dass sie … nicht keusch genug sei für die Rolle der Jungfrau Maria.

Jetzt ließ ich ihre Hand los. Doch die Hände berührten sich trotzdem. Wir schafften es nicht, uns zu bewegen, so eng drängten uns die Gitter des Balkons aneinander. Das Nächstliegende zu erfragen verkniff ich mir: keusch?

„Lachhaft", fuhr ich ihr über den Mund. Was nur als Metapher stimmte. Und klärte für mich: Nicht lächerlich empfand ich es, womit ihr Gewissen sie plagte, aber lachhaft. Ob ihr der Unterschied auffiel? „Im Gegenteil, werte Adele, um als Maria vor Ihnen selbst echt zu wirken, hätten Sie schwanger sein müssen." Und milderte das Gesagte ab: „In anderen Umständen, guter Hoffnung." Der Wortschatz war mir geläufig, ich hatte das bei meinen Geschwistern dreimal neun Monate mitgemacht. Und jüngst beim eigenen Kind. Plötzlich tat sie mir leid: „Oder, schöner gesagt, dann hätten Sie ein Kind unter dem Herzen tragen sollen, gesegneten Leibes sein."

Die verkappte Maria lachte, sie lachte laut auf: „So ist es! Wie bin ich dumme Gans nicht selbst darauf gekommen?"

In der Tat, mit uns war etwas geschehen. Ich hatte die Frau an meiner Seite zum Lachen gebracht.

Wir froren, flüchteten ins Zimmer. Der blaue Rauch war verschwunden. Die Hausherrin hatte gelüftet. Niemand rauchte. Krista Bärbel, wie ich sie oft nannte, sie nickte uns zu: „Setzt euch!" Wir saßen nun nebeneinander. Die Cousinen waren zusammengerückt. Und so vernahmen wir, was sie beschlossen: statt Windeln weiche Lappen auskochen.

Blieb noch das Puder. Benommen griff ich ins Gespräch ein und empfahl statt Babypuder nuller Mehl. Strafende Blicke trafen mich. Ich musste die Scharte auswetzen, klammerte mich an das Nächstliegende: „Penatenpuder."

Auf die Penaten stürzte sich Bärbel Krista mit quecksilbriger Vehemenz: „Wunderbar! Noch besser Penatencreme, die beste, an die ich mich erinnern kann." Sie sagte es so begeistert, als spürte sie jetzt, wie sie als Säugling an den rosigen Backen gesalbt worden war. „Und überhaupt: Der Staat, unser aller Wohltäter, könnte diese fabelhafte Popocreme ruhig herstellen. Es juckt mich vor Freude direkt am Hintern."

Auch Adele hatte ein Wörtchen mitzureden: „Schon das Bild auf der Dose würde das Herz jedes Rumänen höherschlagen, die Seele dieses Hirtenvolkes baumeln lassen. Entsinnt euch: ein Schäfer mit Hund. Und dann die Penaten, die römischen Hausgeister. Wo doch die ‚*români*' darauf beharren, geradlinige Nachkommen der Römer zu sein."

Es war, als packte uns der Rausch der Erinnerungen an die Zeit der Säuglinge. Und da die Damen sich schwerlich an das eigene Babyalter erinnerten, fühlte ich mich seltsam beflügelt und schwang das große Wort. Als der Älteste – zwei Buben nach mir und das Nesthäkchen, die kleine Schwester – war ich gewitzt, was Kleinkinder betraf. Unsere Mutter hatte einen sinnigen Wickeltisch entworfen, wo sie für jeden Buben vorsorglich eine Lade vorgesehen hatte, verschieden groß. Und für das Töchterchen ein Extrafach mit einem Türchen. Darauf die Nelke. Für Elke. Der Wickeltisch, auf dem ich fachmännisch zu Hause war. Alles ging mir von der Hand, ja, ich war so erfahren, dass ich sogar wusste, wie sich „falsch gewickelt" anfühlte. Und keine der quicklebendigen Wickelpuppen war mir je aus der Hand gerutscht oder, Gott bewahre, zu Boden gepurzelt. Alle Phasen bis zum Gehenlernen begleitete ich mit Erwartung und Vorfreude.

Jedes Mal war Glückseligkeit im Spiel, wenn das Baby sich zum ersten Mal im Körbchen aufsetzte, nachdem es sich in Anläufen vergeblich aufgereckt hatte. Und mich endlich hochgemut anlächelte; oder wenn es sich in der Gehschule am Gitter hochrappelte und aus der einen Ecke in die andere tappte. Und ein ungläubiger Schreck befiel uns, wenn der Wicht aus der Gehschule herausgeklettert war und als Zweibeiner im Kinderzimmer erschien – triumphal den kopflosen Teddybären in der Hand schwingend. Schwer trennte ich mich vom Delirium der Erinnerungen an den Wickeltisch.

Es war spät geworden. Wir machten uns auf, meine Frau und ich. Die Kindergartengefährtinnen blieben zurück.

Abgemacht war im Stillen: Am Sonntag sollte es mit Adele in Hermannstadt im Erlenpark ein Treffen geben, ein Rendezvous. Nach der Kirche, bis zu ihrem Zug. Denn das Gespräch drängte weiter. Und weiter und weiter. Es schien nie aufhören zu dürfen, nachdem sich die Tür an diesem Nachmittag aufgetan hatte, ohne dass jemand eingetreten wäre.

„Am Sonntag geht man in die Kirche!" So Adele bereits im Treppenhaus, wohin sie mich im Eifer des Gesprächs begleitet hatte. Während die Cousinen sich noch viel zu sagen hatten, wer wusste was. Den hochwürdigen Bischof wollte sie predigen hören und beanstandete, dass es in der riesigen Kirche schwierig sei, einen Platz zu finden.

„Warum? Zweitausend Plätze." Übervoll sei die Kirche selten.

„Weil jeder sich nach Lust und Laune den Platz aussuchen kann." In Forkeschdorf dagegen habe jeder seinen angestammten Sitz. Dort, zu Hause, sitze sie auf der Ledigenbank. Mit der Schwester ihrer Mutter, der Rositante, und mit anderen *„old Medchen"*, sächsisch: alten Mädchen. „Ihre Burschen hat der Krieg verschlungen."

Verschlungen, so sagte sie es, und ich sah einen Haifischrachen vor mir. Der Verlobte der Rositante war bei Kursk gefallen. Zusammen mit Adeles Vater. „Als Volksgenossen waren sie zu zweit an einem Maschinengewehr." Von hinten hatte sich ein Russe herangeschlichen. „Und alle zwei auf einmal totgeschossen." Sie klärte mich auf: „Es ist halt so im Krieg, beim Rückzug weiß man nie genau, wo der Feind gerade steht!" Kein Seufzer, keine Träne. Ich war ihr dankbar. So etwas berichtete man. Die Tränen fließen insgeheim.

Hatte meine Frau Susanna etwas gesagt? Eine ihrer Stärken war, Menschen zu übersehen, zu übergehen. Im Bummelzug von Heltau nach Hermannstadt, über eine

Stunde dauerte die Fahrt, merkte sie an: „Wenn du redest, kommt niemand mehr zu Wort!“

Später noch ein Satz: „Wer viel redet, hört wenig!“

In Schellenberg, der vorletzten Station kurz vor Hermannstadt, fragte ich: „Und wenn ich schweige?“

Sie: „Noch schlimmer!“

*

Das Gespräch zwischen Adele und mir ging weiter in der Zeit, lange Zeit, und verzweigte sich in Landschaften mit Orten phantastischer Sonnenaufgänge … Bei einem dieser Sonnenaufgänge teilte sie eine Geschichte mit, so ausgefallen wie anfällig. Die erzählt werden konnte allein mit abgewandtem Blick und weil man sich so nahe stand, dass man sich nicht mehr verstecken musste.

Sie und ein Jahrgangskollege, beide Medizin, waren in Klausenburg ein festes Paar, so dass es langweilig wirkte und niemand mehr darüber ein Wort verlor unter den etwa dreihundert sächsischen Studenten. Sie lernten gemeinsam und hofften, dass die Partei sie als junge Ärzte bei der Verschickung im Land und aufs Land nicht trennen würde.

Er hatte eine sogenannte sturmfreie Bude, eine nahezu verdächtige Rarität in Klausenburg. Einer Stadt, die vor lauter Studenten überschwappte, aus den Nähten platzte. Er hauste in einer ehemaligen Mägdekammer, in der Platz war für ein Eisenbett, einen Spind und einen Stuhl für den Soldatenbesuch am Sonntag bei offener Tür. Am Fußende war das Klo so abgeteilt, dass der Spülkasten noch in dem schmalen Verlies angebracht war. Mithin schrak man zusammen, wenn drüben die Toilettenspülung gezogen wurde und das Wasser in der Bude des Studenten rauschend und gurgelnd den Behälter leerte.

Hier wohnte er allein. Denn in die restlichen Räume hatte die Partei eine sonderbare Institution einquartiert: „*Oficiul pentru deratizare*“, das sogenannte Rattenamt. Diesem oblag es, die Ratten in der ruinösen Stadt zu liquidieren. Der Vorteil für den einzigen Einwohner war, dass nur tagsüber gegen die Rattenplage gekämpft wurde. Spätnachmittags und in der Nacht war es ruhig und still. Wenn auch unheimlich, vor allem in der Küche, wo Säcke mit aufgedruckten Totenköpfen herumstanden. Für Medizinstudenten kein ungewöhnlicher Anblick, dennoch … Statt Miete zu zahlen musste der Student die Feuerlöschanlage im Auge behalten, für den Fall der Fälle.

Der Fall der Fälle aber hatte für Adele ein anderes Gesicht. Als sie eines Abends hereinplatzte mit ein paar fliegenden Blättern in der Hand, Notizen zur Urologie-Vorlesung, und die Tür zur Mägdekammer aufriss: welch Anblick! Ihre Stimme verlor sich fast in Lautlosigkeit, als sie berichtete: Im Bett lag der Freund mit einer fremden Frau. Die höflich von unter der Decke her grüßte: „*Bună seara!*“ Guten Abend! Während der Arztanwärter die Hinzugekommene anfuhr: „Was zum Teufel führt dich heute her? Wir sollten uns erst morgen treffen!“

Doch dann geschah das Unfassbare. Nicht etwa, dass Adele laut schreiend davonstürzte oder die Decke wegzerrte, denkbar, dass die beiden nackt waren. Noch verwünschte sie das Paar mit schändlichen rumänischen Flüchen. Oder, noch schlimmer, dass sie Rattenpulver über die beiden gestreut hätte. Nein. Sie schloss lautlos die Tür. Und trat ab.

Doch sie ging nicht weg, harrte aus in der giftigen Küche die ganze Nacht. Saß dort bis zum Morgen. Beschaffte ein frugales Frühstück – ein Leu pro Kopf und Nase: ein Joghurt fünfundsechzig Bani, ein Kipfel fünfunddreißig Bani, machte zusammen einen Leu. Legte es auf ein Tablett, wo sonst Ratten seziert wurden. Klopfte. Öffnete, ehe zu hören war: *„Intră!"* Setzte das Tablett auf dem einzigen Stuhl ab, nachdem sie die Unterwäsche weggefegt hatte. Sagte nicht: Guten Appetit! Oder: *„Poftă bună!"* Zog die Tür hinter sich zu. Und ging. „Auf Nimmerwiedersehen", wie sie leise gestand.

Ich schwieg. Und mehr wünschte sie nicht.

Majestätisch erhob sich die Sonne hinter dem Krähenstein.

*

Etwas war mit uns geschehen. Gegenüber der Sprachlosigkeit zu Hause ging unser Gespräch unbeschränkt weiter. Bereits im Sommer fuhren wir ans Schwarze Meer. Weit weg! In fremde Welten. Der Nachtzug schaffte es vom Abend im Burzenland bis zum Sonnenaufgang über dem fernen Russland.

Wir wohnten in einem türkischen Dorf, Mangea Punar, in einer Lehmhütte nahe dem Steilufer. Weitab vom Gewusel unserer sächsischen Landsleute.

Auf dem schmalen Streifen Sand waren wir meistens zu zweit. Ich saß im Klappstuhl mit dem Kalabreser des Großvaters auf dem Kopf unter einem Laubdach.

Am Sommer lockte mich allein der Schatten. Und hier am Schwarzen Meer verlockte die russische Literatur. Die gehörte Jahr um Jahr dazu, schon wegen des Blicks nach Osten, in Richtung Krim. Im Vorjahr war es *Der stille Don* gewesen, den ich erst aus den Händen ließ, als die schwarze Sonne über dem Hauptheiden Grigori Melechow aufging. In diesem Sommer war es *Doktor Schiwago*, der mich in Atem hielt.

Adele streckte sich in den Sand, mit dem Kopf nach Westen. In der Verlängerung ihres Leibes lag London. Dazwischen Grenzen. Stacheldraht, Schießanlagen, Lauschposten. Sie las Gedichte. Rilke, George, Hölderlin. Im Liegen reichte es nicht für gewichtige Romane. Ein Kürbisblatt auf dem Kopf, murmelte sie Rilke vor sich hin: „O Brunnen-Mund … der Aquädukte Herkunft …"

Doktor Schiwago hatte sie mir zugespielt. Wie sie an dieses verbotene Buch herangekommen war? Andeutungen … Vom rätselhaften Tod eines ihrer Brüder war in kargen Worten die Rede. Die Securitate hatte seine Bücher beschlagnahmt. Und seine Aufzeichnungen. Vorher hatte die Schwester Pasternaks Roman in die Dose mit dem Palukesmehl gepfercht. Das Buch hatte einen Knick. Beim Umblättern rieselten Maiskrümel heraus.

„Eiskalt waren seine Lippen", flüsterte sie, „als ich ihn küsste!" Er sei ein Bücherwurm gewesen, eine Leseratte. „Das als einfacher Elektriker in der Fabrik."

Etwas störte. Die Metaphern der unappetitlichen Kreaturen: Wurm! Ratte! Wäre Büchernarr nicht besser gewesen?

Als ich das Buch zuklappte, es war der letzte Tag, und mich ebenfalls in den Sand legte, fragte sie, ob ich mir Rechenschaft gebe, welches die Botschaft des Buches sei.

Ich hatte mir meinen Reim darauf gemacht. Doch wie es aussprechen, unverfänglich, dass jeder Unbefugte es hören konnte? Wenngleich, so weit das Auge reichte, nur Sand und Meer glitzerten. Schon dass der Kreml Boris Pasternak verboten hatte, den Nobelpreis aus der Hand des schwedischen Königs entgegenzunehmen, war … war …

Moskau hörte mit!

Ich sagte schließlich, formulierte weitschweifig: „Was mir auffällt, wäre, dass in … in … Ländern mit autoritärer Obrigkeit kein Platz für die große Liebe ist.“ Das sei mir an diesem Roman aufgegangen. Ich setzte hinzu: „Und stimmt traurig!“ Dann weiter – wie es mir oft geschah, dass ein Gedanke den anderen anstieß, vielleicht trug das Meer mit der Dünung dazu bei, eine Welle nach der anderen: „Weiß ich: Hier und heute ist die Gegenwart programmierte Entbehrung, ist Opferdienst für die bessere Zukunft, die an die Wand gemalt wird. Morgen, übermorgen, einst. Das goldene Zeitalter am Ende der Tage.“

Sie, mit halb erstickter Stimme: „Unser Pfarrer hat gemahnt: ‚Stirb nicht im Warteraum der Zukunft!‘“ Und weiter sie, scheinbar beziehungslos: „O Brunnen-Mund … der unerschöpflich Eines, Reines, spricht …“

Ich ergänzte für mich, besser: Keines spricht! Lenkte ab: „Übrigens: einst, ein doppelzüngiges Adverb der Zeit, offen nach vorne, nach hinten.“

Wir waren allein. Weit und breit flatterte kein flirrendes Menschenwesen herbei. Ohne zu wollen, geriet ich in Fahrt, ließ jedoch die Blicke kreisen.

Ich erinnerte mich an mein gescheitertes Theologiestudium im ersten Anlauf nach der Matura und dozierte: „Die vorschnelle Gleichsetzung Christentum – Kommunismus hinkt auch an diesem Widerspruch: Bei Christen kann der Feind von heute der Bruder von morgen werden. Umgekehrt bei ... bei ... den Hiesigen: Der Kampfgenosse wird im Handumdrehen zum Todfeind."

Sie schob das Kürbisblatt weg, um einen klaren Kopf zu bekommen: „Auch eine Sicht der Dinge." Und sagte es frei und frank heraus, ohne sich umzusehen: „Die wollen das Reich Gottes ohne Gott schaffen. Doch Gott lässt sich nicht aus der Welt drängen."

Ich lenkte ab. Wurde ganz theologisch. Das ging. Religionsfreiheit. Das war unter der Diktatur in der Verfassung verbrieft. In der marxistischen Überzeugung, dass sich die Religion von allein erledige durch den Selbstverzicht des rationalen Menschen.

„Übrigens ein anderer Irrtum: dass Jesus das Gebot der Liebe erfunden habe. Keine Rede. Schon in der Thora heißt es: Du sollst Gott lieben, den Nächsten lieben und dich selbst. Jesus zitiert bloß. Er kennt keine andere Heilige Schrift als die seines Volkes."

Und setzte noch eins drauf: „Das Christentum hat mit Moral nichts zu tun." Rechnete mit der Empörung der Bauerstochter. Früher hätte es geheißen: der Unschuld vom Lande.

Doch ihre Antwort verblüffte. Es war ein halber Satz, in den Sand gesprochen: „Ich weiß!“

Ihr jedoch war etwas ganz anderes aufgegangen. Es klang fast brenzlig: „Wenn ein Mann zwischen zwei Lieben steht, geht er zugrunde. Das wissen wir vom Dorf am besten. “

Eigentümlich: am Dorf am besten ... Darum dort bei der Trauung vor dem Altar: „bis der Tod euch scheidet“?

Auch ich vergrub das Gesicht im Sand. Leicht gereizt dachte ich: Hätte es nicht besser geklungen für die Bauerstochter: Ein Mann zwischen zwei Liebschaften geht vor die Hunde?

Es war der letzte Tag. Morgen fuhr jeder zu sich nach Hause, noch zu sich. Wir liefen ins Meer.

Nicht Hand in Hand. Doch so nahe, dass die aufspritzenden Wasserstrahlen den anderen erreichten. Die Haut erglänzte in den Farben des Regenbogens.

*

Das gute Gespräch in Wort und Tat ging weiter, ließ alles andere hinter sich. Die Umgruppierung der Familie wurde spruchreif. Noch schwieg die Ehefrau. Die das letzte Wort haben würde. Wer schweigt, denkt. Doch wir wissen nicht, was er denkt.

Ja, es drängte. Wir wussten: Die Behörde ahndete zwar Dreierbeziehungen nicht. Aber sie duldete diese auch nicht. Die proletarische Moral war für klare Verhältnisse: zu zweit, in der Familie, in der Partei.

Und bei Kindern hörte alles Spiel auf. Ein Grundgebot war: Jedes ledige Kind musste einen Vater haben.

Weigerte sich die liederliche Mutter, den Namen des Vaters preiszugeben, so sandte der Vorsitzende Richter den Milizionär und den Türsteher auf die Straße. Der erstbeste Mann wurde im Polizeigriff herbeigekarrt und musste unterschreiben, dass er der Vater eines nie gesehenen Knaben, eines unbekannten Mädchens sei.

Es ging nur noch um die amtliche Besiegelung einer Situation, die sich Tag für Tag verfestigte. Ein Prozess stand ins Haus. Wo es nach dem Verfahren in der Volksrepublik um Kläger und Beschuldigten ging, mit allen intimen Zeugen. Der Beschuldigte blieb ich. Eindeutig. Ich hatte Frau und Kind verlassen. Das würde dauern. Die Partei bestand auf der wohlbehaltenen Familie. So würde der zweite Termin erst nach Jahr und Tag angesetzt. Das musste in Kauf genommen werden.

Alles zu billigen, war ich bereit.

Bis zu dem Tag, da wir, Adele und ich – ich war wieder von zu Hause ausgerissen – eine russische Bilderausstellung in Kronstadt betraten, im Saal der Redoute. Und ich auf das Ölbild einer jungen kirgisischen Frau stieß. Die meiner Frau aus dem Gesicht geschnitten war mit den schrägen Augen und dem verwunderten Mund und dem fragenden Blick …

Den versierten Porträtisten erkennt man nicht am Gelingen des Gesichtes. Das schafft jeder Karikaturist. Vielmehr am Konterfei der Hände und Ohren. Waren das nicht die Hände meiner Frau? Wie sie beim Klavierspielen die Finger nach der „Tropfentechnik" auf die Tasten perlen ließ. Oder eine Tulpe hochhielt. Oder den Kinderchor dirigierte. Und dazu mahnend das graue

Kleid: Hatte der Maler das Büßergewand gewählt, um das Antlitz feierlicher hervortreten zu lassen und die hellen Hände ins rechte Licht zu rücken?

Und da wusste ich eines: Es galt allein, diesen Menschen zu bewahren! Bewahren, zweistimmig das Wort, als ob es die Erschütterung beeidete: bewahren! Im Sinne von behalten und von behüten.

Der nächste Winter hatte uns alle eingeholt. Das Töchterchen hatte an seinem ersten Geburtstag Schritte gewagt, hatte es geschafft, schräg von einer Wand zur anderen zu tapsen, war an der anderen Wand mit dem Gesicht kleben geblieben. Und hatte als erstes Wort „Ota" gesagt.

Auf dem Rückweg schrieb ich einen Brief an Adele. Ich bat um ein Jahr Bedenkzeit, ehe wir uns neuerlich treffen sollten, um Entschlüsse zu fassen fürs Leben.

Daraus wurden fünfundzwanzig Jahre, ehe wir uns auf einer Brücke über einen fremden Fluss in einem anderen Land trafen. Und nachher nie mehr.

Sie ist tot. Ihre Worte, die sie auf der Brücke verloren hatte, ehe sie weg musste, die Ärztin in der Pflicht, sie blieben: „Mein Gott! Deine Frau fühlte sich durch uns gekränkt? Warum? Wieso? Wisse: Nichts ist erhabener als die Ehrfurcht vor der Liebe zweier Menschen!"

*

Die Landstraße belebte sich. Der Abend nahte. Von den Feldwegen bogen Wägen ein. Jedes Mal wiederholte sich das nämliche Bühnenbild: Ein Einspänner erklomm den

Fahrdamm. Das zweite Pferd war an der Front. Vorne saß mit versteinter Miene das alte Ehepaar. Der junge Hofbauer war im Krieg. Dahinter hockte eine junge Frau, umgeben von den stillen Kindern. Alle Fuhrwerke kamen uns entgegen, strebten Rohrbach zu.

Wir stiegen nicht ab. Trotzdem, selbst so, erhob ich den rechten Arm zum Deutschen Gruß. Mit der linken Hand lenkte ich das wackelnde Gefährt. Mit dem Mund rief ich: „Heil Hitler!" Keiner der Bauersleute antwortete, nicht einmal die Kinder im frischen Heu.

Uwe sagte: „Grüß Gott!" Antwort kam von der zermürbten Großmutter: „Grüß Gott!"

Manchmal fragte die Mutter der Kinder: „Wohin, ihr Buben?" Sie saß am Boden des Wagens, das Gesicht rückwärts gewandt. Somit behielt sie die vergehende Straße im Auge. Von wo das Ende des Krieges kommen sollte.

„Nach Klein-Schenk!"

Niemand warnte: Das ist noch weit, ihr Kinder!

Doch Klein Uwe erriet es: „Wenn die alle nach Rohrbach fahren, muss Klein-Schenk im Ägrisch sein!" So in Fogarasch, wenn etwas abseits lag. Ägrisch: hochdeutsch waren das Stachelbeeren. Durchaus, in den Stachelbeeren schien Klein-Schenk zu hängen.

Mir war das alles eins. Und auch, was der kleine Bruder zu bekritteln hatte: „Du hörst nicht, was unser Tata sagt: aus mit ‚Heil Hitler'!"

Solches hatte der Vater nach dem Mordanschlag auf den Führer geboten. Und noch Ärgeres hinzugefügt: „Hitler hinkt!" Das war nicht schön.

Und noch weniger schön war, dass die Bauern das nicht mehr hören wollten. „Heil Hitler!"

Schlechter noch: dass keiner zurückgrüßte. War das nicht so wie „Volksverrat"?

*

Nastassja ist der Name, den ich ihr verliehen hatte. Und den sie angenommen hatte: aufstehen, auferstehen, immer wieder, und dann nie mehr.

Während der Jahre unserer Nähe hatte ich den Ingenieur an den Nagel gehängt, hatte als „Spätberufener" zehn Semester Theologie studiert und war 1978 als Pfarrer in Rothberg eingesetzt worden.

Fünf Jahre zuvor, eben vierzig, schreckte mich „der Ruf Gottes" auf. Riss mich hinweg aus der Bequemlichkeit eines geordneten Daseins, zwang mich in die biblische Nachfolge. Ich verließ Beruf und Familie. Unter den Augen des gottesleugnerischen Diktators wurde ich Pfarrer.

Eines ist, wenn wir von Gott in der dritten Person sprechen, meistens unzufrieden mit Gottes Tun und Lassen. Und anders, wenn Gott dich anruft: Es packt einen das Tremendum, ein Erschaudern im schattenlosen Licht des Numinosen.

Nastassja war die rebellische Tochter von Lehrersleuten. In Kronstadt hatte sie das Honterus-Lyzeum beendet. In Klausenburg Germanistik studiert, seltsamerweise auch Orthodoxe Theologie. Und hatte Hals über Kopf einen Poeten geheiratet. Die Ehe hielt nicht.

Ihre Familie war nach Deutschland ausgewandert. Sie wünschte zu bleiben. Obwohl eine obskure Krankheit an Füßen und Händen sie befallen hatte. Manchmal griff sie in die Luft nach Halt. Oder nach einem Arm.

Wir hielten aneinander fest.

Ihr allerletzter Brief galt mir, ehe sie aus dem Leben schied. Er war nicht mehr mit Nastassja gezeichnet, vielmehr schlicht: Beate. Ihr zweiter Vorname: die Selige, die Gesegnete, ja, die Glückliche. Dietrun Beate Liehrer ließ mich wissen, dass ihre Asche über dem Dorf Engenthal verstreut werden möge. Ein ausgestorbenes Dorf in Siebenbürgen, wohin kein Weg führt.

*

Die knapp achtzehnjährige Dietrun rückte ein Stück weg, als ich mich im Waldbad neben sie setzte: „Haben dich meine Eltern als Spion geschickt?“ Sie duzte mich wie früher als Kind.

Völlig ausgepumpt, es war Hochsommer, hatte ich eine Pause im Zeidner Waldbad eingelegt.

Jeden zweiten Tag hatte unser Werkdirektor mich mit meinem klapprigen VW von Freck nach Kronstadt gehetzt wegen irgendwelcher Dokumente. Der Sozialismus eine Stunde früher! Ich musste Hand anlegen. Die leidigen Pläne, vorerst Bleistiftskizzen, waren endlich dem Projektanten entwunden worden. Nunmehr auf der Rückfahrt verschnaufen. Gottlob, im Auto fand ich eine fetzige Badehose, grün und verschossen. Sei's drum.

Das Zeidner Waldbad. Die Schmalseite des Bassins bildete die Felswand mit den kristallinen Quellen, die rauschend hervorschossen. Ringsum zogen sich enge Streifen von Grasnarben hin zum Lagern. Das Wasser war so klar, dass man sich beim Schwimmen seiner nackten Glieder schämte.

Ich hatte als Erstes die Eltern entdeckt: Dietle, geborene Blumenauer, und Diethelm Liehrer, gebürtig aus Brenndorf im Burzenland, beide etwas älter als ich. Wir kannten uns aus der Klausenburger Studentenzeit. Wo die beiden von aller Anfang an ein Paar gewesen waren und – wie es hieß – verlobt seit dem Kindergarten. Er besaß als einziger Student ein Motorrad, das schon allein als solches ein Ärgernis für die Partei war. Dazu ein Ärgernis auch für uns, seine Landsleute: Motorrad in einer Zeit, wo man im besten Fall ein Bizykel hatte. Wenn's hochkam: Mifa, DDR. Er dagegen: eine tschechische Java 250 mit durchgehender Sitzbank. Wo seine Gesellin es sich leistete, nicht etwa rittlings hinter ihm zu sitzen und seine Mitte zu umfangen, wie es sich gerade noch geziemt hätte. Vielmehr hockte sie seitlich mit dem Gesicht zum Publikum, den flatternden Rock zwischen die Knie geklemmt.

Hier, am Badestrand, als ich mich zu dem Lehrerehepaar lagerte, hatte ich nach der Tochter gefragt. Der ich als Kind begegnet war. Was bot sich sonst zum Gespräch an? Die Jahre in Klausenburg? Sie verschwammen.

Handbewegung: dort, weit weg, gegenüber, auf dem Sandstück nahe der Felswand. Die gläsern blonde Mutter merkte an: „Dickköpfig wie eh und je." Den Spinat habe sie einem bereits als Kind ins Gesicht gespien.

Es tröstete wenig, als ich sagte, das sei eine Unart aller kleinen Kinder bis heute.

Bei Dietrun, der Tochter, gehöre das zur Artung ihres Wesens. Das war nobel ausgedrückt. Über den jüngeren Sohn Dietmar erfuhr ich, dass er am Erblinden war.

Ich verabschiedete mich: „Adieu!“

Als ich endlich bis zu der unbotmäßigen Tochter hingeturnt war über Rasenstreifen, auf denen es von Menschen wimmelte, verabreichte sie sich eine Spritze Insulin. Trotzig hob sie den Kopf: „Es macht mir nichts mehr aus.“

Was?

Das Insulin dreimal am Tag.

Nochmals fragte sie, ob mich ihre Eltern geschickt hätten. Etwas wehrte sich in mir, mit Ja oder Nein zu antworten. Ich schwieg.

Sie nahm den Faden auf und sagte: „Ich bin nun groß und muss wissen, wem ich vertrauen kann, restlos. Noch genauer: wem ich nicht vertrauen kann.“ Das waren erwachsene Worte. Und fügte hinzu: „Dreh dich nicht um, meine Eltern glotzen mit dem Operngucker herüber.“

Ich fragte nicht, was sie gegen ihre Eltern habe, sondern: „Was haben deine Eltern gegen dich?“

Die Antwort prompt: „Eben nichts.“

Ich schwieg.

„Eben nichts gegen mich. Und, was schlimmer ist: nichts für mich.“ Sie erklärte: „Ihre Liebe zueinander ist so groß, dass für uns zwei Kinder kein Platz da ist. Aber jedes von uns zahlt es ihnen heim. So dass sie zu spüren bekommen: Da sind zwei Kinder.“ Der Bruder Dietmar werde blind, trumpfte sie auf. Und sie habe schon früh begonnen, sich „eklig“ bemerkbar zu machen: „Diese Zuckerkrankheit, was denkst du? Die habe ich mir angelacht, damit sie endlich begreifen: Ich bin auch noch da. Das ist der erste Streich. Der nächste folgt sogleich.

Wer weiß, was ich mir noch alles ausdenke?“ Sie stockte, überlegte. Dann die abwegige Antwort: „Was mir einfallen könnte. Gegen mich, bitter für sie.“

Es wurde eine Freundschaft, die bis zum vorletzten Tag andauerte.

*

Jahre später hatte ich sie nach Engenthal bei Marktschelken gefahren. Sie war geschieden und krank. Manchmal nannte sie diesen Ort Engelthal. Welch abenteuerlicher Besuch das wurde, als bereits niemand von den Einheimischen dort lebte! Allein schon der Karrenweg war so zerklüftet, dass ich alle Fertigkeit aufwenden musste, damit mein VW nicht kippte.

Dort, in jenem Dorf der kollektiven Auszehrung, waren ihre Eltern zu Anfang als Lehrersleute untergekommen. Wo inzwischen – Dietruns Worte – „die Grabsteine den Hang herabtorkeln, als seien sie trunken von Todessucht“.

Die junge Familie hatte auf dem verlassenen Pfarrhof gewohnt. Es gab keinen Pfarrer mehr, die Kirchengemeinde war unter die Dreihundert-Seelen-Grenze gesunken, wo man sich noch einen Pfarrer leisten durfte. Dafür bestand eine deutsche Schule von vier Klassen in zwei Räumen. Die rumänische Schule vegetierte dahin, vier Klassen in einer Stube. Es war die Zeit der forcierten Industrialisierung des Landes und der Mechanisierung der Landwirtschaft. Von heut auf morgen wurden die Pferde geschlachtet. Es gab süßliche Pferdeschnitzel noch und noch und allenthalben, sogar in den Gefängnissen.

Die Dorfbewohner, Sachsen, Rumänen, verließen Haus und Hof, wurden Proletarier in den Fabriken.

Hier hatte sie ihre erste Kindheit verbracht, Lieblingsort: der Friedhof. Wo niemand sie suchte oder vermisste: „Dort ist man geschützt und beschirmt." Wo sie als Kind erste Tränen geweint hatte wegen der „liebestollen" Eltern. Und wo sie sich von einem Dorfjungen hatte küssen lassen, dem Honn: „Pfui Teufel, Speichel und Zucker!"

Nun, viele Jahre danach, als wir über die vergraste Dorfstraße flanierten, war sie nicht mehr Herr ihrer Hände und Füße. An mich geklammert, wankte sie durch den Ort der gähnenden Leere.

Die sächsische Kirche hatte ein exzentrischer Bildermaler gepachtet und hergerichtet, Dachrinnen und Blitzableiter ausgebessert, Altarraum und Seitenschiffe gekalkt, auf den gestampften Lehmboden einige Bänke gestellt. Er war ein Szekler Ungar, der sich jedoch Karay von Engenthal nannte.

Das orthodoxe Kirchlein, beklagenswert, zerfiel, wurde von Dickicht überwuchert, verschluckt. Im Inneren hielt ein Wanderhirte seine Schafe.

Kein Haus stand mehr. Die Straßenzeile war nur noch an der geraden Reihe der Obstbäume in den ehemaligen Gärten ablesbar.

Im halb verfallenen Pfarrhaus hatte sich der exzentrische Maler eingenistet. Sogar ein Badezimmer gab es, winzig, kaum größer als eine Wanne. Wollte man baden, musste ein Zweiter mit der Handpumpe das Wasser aus dem Brunnen ziehen. Im Hof hatte der Maler einen zünftigen Galgen errichtet mit allem Drum und Dran: Falltür, breit, damit der Todeskandidat sich beim Zappeln nicht lädierte, elegante Seidenschnur, die sich zärtlich um den Hals schmiegte, wie der Gastgeber erklärte. Neben dem Gerüst aus gebeizter Eiche war ein Tischchen mit Stuhl zu sehen, Papier und Stift lagen bereit für das letzte Wort.

Der Maler Jozsi Karay drängte uns ein Porträt in Öl auf, das er im Nu angefertigt hatte. Er hatte uns unter den Galgen platziert. Wir saßen rechts und links am Tischchen der letzten Worte, tranken Holundersekt und Hagebuttentee. In gruseligen Farben und mit drastischem Pinselstrich schälten sich unsere Gesichter auf der Leinwand heraus. Dietrun sagte: „Nicht über das Ehebett zu hängen, aber ins Wohnzimmer dann doch."

Er behielt uns über Nacht dort. Der Hausherr logierte in der Badewanne. Sein Attila-Schnurrbart kitzelte die Wände der Wanne. Wir beide schliefen in der einzigen Stube, die ein Dach hatte. Ich auf einem Holzgestell mit Strohsack, der raschelte. Dietrun betteten wir behutsam auf das karierte Sofa. „Von uns hier geblieben", flüsterte sie. „Ich habe oft darauf geschlafen." Doch sie beschwor keine Erinnerungen. Nur wir beide wussten, dass sie hier zugange gewesen war, wenn auch nie zu Hause.

In einem Brief an mich erwähnte sie auch, dass sie bei unserem Besuch in Engenthal in heimatlichem Brunnenwasser gebadet habe. Ich hatte getreulich gepumpt. Unser Wirt hatte das Wasser im Kessel gewärmt mit Astwerk aus dem Geviert der orthodoxen Kirche unweit. Sein weises Wort lautete: „Das Ende aller Zivilisation ist nicht die Revolution, sondern die Vegetation." Das sagte er auf Deutsch, mit magyarischem Akzent auf der ersten Silbe.

*

Zu einer anderen denkwürdigen Begebenheit hatte mir Dietrun Beate Liehrer ebenfalls verholfen. Indem sie ein Straßenbild, das mich vormals bezirzt hatte, mit mir nachstellte, ohne es zu wissen. Auf der „sakralen Achse“ Hermannstadts, wie ich sie nannte, einer Straße mit fünferlei Kirchen im nämlichen Blickfeld, war ich Zeuge eines Paares in Schwarz gewesen, wie es Arm in Arm dahinging: ein junger katholischer Priester in seiner Soutane und neben ihm eine junge Frau in einem schwarzen Kostüm, sie eingehängt in seinem Arm. Weshalb mich dieses Bild so fasziniert hatte, dass ich wünschte, Ähnliches möge mir geschehen – doch wie, doch nie –, ich wusste es nicht.

Aber genau das passierte, wurde mir beschieden, ja: beschieden. Ich war damals gut vierzig und sie, Dietrun, konstant etwa zwanzig Jahre jünger, aber bereits gezeichnet von jener dubiosen Krankheit, die ihr an Händen und Füßen zusetzte, so dass man ihr beim Gehen und Essen und Anziehen oft beistehen musste.

Ich hatte als Vikar von Hermannstadt meine Probepredigt in der Johanniskirche gehalten, im schwarzen Lutherrock mit weißen Bäffchen wie als Barttüchel um den Hals. Nastassja saß im Gestühl gegenüber der Kanzel, ganz in Schwarz. Ihre Eltern und Verwandten hatten sich nach Deutschland abgesetzt. Im wahrsten Sinne des Wortes war sie hier in Siebenbürgen „mutterseelenallein“ – ein Wort, das sie verwarf:

„Ich war immer schon mutterseelenallein, von Geburt an!“

Nach der Predigt, turmhoch erleichtert, floh ich die steile Kanzel hinab. Ich nahm mehrere Stufen auf einmal, irdisch wieder fest dastehend. Nun hätte ich, wenngleich nur Predigerlehrling, gebührlich im Altarraum Platz nehmen sollen. Doch zu ihr trat ich hin, beschwingt, und setzte mich einfach neben sie. Indessen die Schlussliturgie zur Entlassung führte. Schließlich ergoss sich durch den Pfarrer vom Dienst Segen und Friedensgruß über die Menge.

Sie erhob sich scheinbar leichtfüßig. Und umarmte mich, während die Zuschauer uns zunickten. Noch umspielte uns das Postludium der Orgel. Sie hängte sich bei mir ein. Sie setzte einen Fuß vor den anderen. Ohne dass es auffiel, wie schwer ihr das fiel. Unter den letzten Leuten verließen wir zwei die Kirche.

Wir gingen die sakrale Trasse der Kirchen entlang, beginnend mit der zierlichen evangelischen Johanniskirche, wo ich mich eben produziert hatte.

Als nächste schob sich die orthodoxe Metropolitan-Kathedrale mit dem Gewusel der Gewölbe in den Weg. An meinem Arm erklomm Nastassja die vielen Treppen. Wir traten ein in die kreisrunden Räume, die pausenlos rotierten, ergriffen von Gebet und Beichte, Klage und Begehr. Keine Bänke. Die Leute standen oder knieten.

Plötzlich machte sie sich von meinem Arm los und erhob die lädierten Hände. Sie streckte sie Jesus, dem Pantokrator, hin. Der in der Hauptkuppel residierte, gewandet wie ein byzantinischer Kaiser. Streckte ihm ihre Hände hin, die flatterten. Auf den Knien hielt der Heiland das Buch des Lebens. Dann war sie wieder bei mir.

Wir promenierten weiter, Arm in Arm, hielten an der ungarisch reformierten Stadtkirche. Guckten hinein. Die keinen Altar kennt. Wo beten? Unter dem Triumphbogen, wo die vier Bankreihen sich trafen, stand der Tisch des letzten Abendmahls. Die Kanzel wiederum schwebte über den Köpfen, geräumig wie ein Söller.

Und wir umkreisten den Kanton der evangelischen Pfarrkirche. Sie brüstet sich mit dem höchsten Turm des Landes. Den ein Stahlgerüst aufrecht hält. Damit er nicht in die Unterstadt stürze. An der Nordflanke der Kathedrale zieht sich zwischen zwei Stadtstiegen das gestreckte Pfarrhaus hin mit dem Renaissanceportal von 1502. Vor der gezahnten Südfassade der Kirche, im Hof des Brukenthal-Gymnasiums, ragt das monumentale Standbild des Sachsenbischofs Georg Daniel Teutsch auf.

Nastassja: „In der Hand hält der Bischof die Bibel."

„Und in der anderen unsere verbrieften Gerechtsame", ergänzte ich lehrerhaft.

Sie weiter, jäh andächtig: „Allein die Bibel ist uns geblieben. Und auch die fällt mir aus der Hand, fällt mir aus beiden Händen! Und bald gibt es auch keine anderen Hände hier. Sie gehen."

Schließlich ruhten wir aus in der klerikalen Stille der katholischen Domkirche. Die tagsüber offen ist. Nastassja küsste die Füße der Mutter Gottes. Und sagte: *„Beate virginis."* Und: „Nie mehr."

Die Buntglasfenster filterten das Licht in Regenbogenfarben. Sie schloss die Augen und lehnte ihren Kopf an meine Brust. Sie weinte nicht.

*

Ergeht es einem nicht allgemein so? Will man einem Menschen beistehen, finden sich besorgte Leute, die warnen und mahnen: dass der Notleidende gar nicht so sehr Not leide, dass der Bedürftige deiner gar nicht bedürfe, dass der Brotlose auch ohne dich nicht verhungere, dass der Abgebrannte selbst Feuer gelegt habe, dass der Elende mit an seinem Elend schuld sei. Und vor allem: dass es Näherstehende gebe, denen man beispringen müsste. Wobei das schlagende Argument dieses ist, von Seiten der Verwandten vor allem: „Jeder hergelaufene Fremde, der bei dir anklopft und dich ausnützt, steht dir näher als die eigene Familie."

Doch diesmal ließ ich mich nicht abbringen.

In den Ferien war Dietrun zu Gast in meinem Frecker Haus. Die Familie ließ mich gewähren. Es kam vor, dass ich sie manchmal, wenn die Hand ihr den Dienst verweigerte, füttern musste.

Einen Steinwurf weit von unserem Familienhaus lag der Friedhof mit den Gräbern. Hin wünschte sie geführt zu werden. Wir schafften es zu Fuß. Unheimlich war dann doch, dass sie jedes Mal begehrte, ich möge sie neben dem schwarzen Obelisken fotografieren, schwedischer Marmor. Der Grabstein trug den Namen Helene Bretz: eine Cousine meiner Mutter, die sich mit siebenundzwanzig Jahren das Leben genommen hatte. Die überkandidelten Eltern hatten sie abgehalten, einen armen sächsischen Lehrer zu heiraten.

Auch die erste Neujahrsnacht auf meinem neuen Pfarrhof in Rothberg hatte Dietrun mit uns verbracht.

Damals war es Sitte und Brauch, in der Pflicht des Burghüters, dass um Mitternacht die drei Glocken im Wehrturm sechzig Minuten lang geläutet wurden. Nach dieser Rosskur standen die Glöckner mit dreifach geschwollenem Kopf da und waren eine Woche lang stocktaub. Doch wie sagte der Kurator: „Es muss sein, Herr Pfarrer, so ist das Recht hier!"

Wir beide, Dietrun und ich, hielten es bis zum letzten Glockenschlag aus. Sie hatte sich an mich geklammert und ich stützte sie. Es war eine letzte Liebestat vor dem Ende für immer.

Als mich die Nachricht von ihrem Tod erreichte, mit fremder Briefmarke, bestätigte sich: Sie war nie von mir weggetreten. Die ich geliebt habe, die ich begleitet habe, die ich beherbergt habe, die ich an der Hand genommen habe, die ich in die Arme geschlossen habe. Deren Schlaf ich behütet habe, mit Gedichten und im Gebet.

Eine Ausnahme gab es, ja, ein einziges Mal hatte ich mich ihr verweigert. Ich war mit meiner Frau Susanna in Klausenburg, die dort schwere Prüfungen abzulegen hatte während ihres Fernstudiums an der Musikakademie.

Wir begegneten uns auf der Straße. Dietrun bat, mich in einer Sache auf Leben und Tod sprechen zu können.

„Leben und Tod?", fragte ich irritiert.

Sie wolle heiraten.

Meine Frau reichte ihr kühl die Hand. Und wandte sich ab, ging weiter.

Ich lief dem Gespräch davon. Zumindest einen Satz

hätte ich anbringen sollen: „Hast du vorher Zweifel, merke dir: Nachher wird nichts besser.“

Die Trauung in der Schwarzen Kirche war ein liturgischer Festakt, zelebriert von keinem Geringeren als dem Stadtpfarrer von Kronstadt. Ich selbst war Dietruns persönlicher Gast – und Trauzeuge. Doch die Ehe ging in die Brüche.

Ob die Warnung, von mir ausgesprochen, sie bewahrt hätte: Nachher wird nichts besser?

Als ich ihren letzten Brief erhielt, aus Deutschland, nicht mehr mit Nastassja signiert, vielmehr mit Beate, die Selige, wusste ich, dass es entschieden war. Ich ließ den Dingen ihren Lauf. Wenn man sterben will, tut jedes Lächeln weh.

Ins Tagebuch notierte ich: Hätte es geholfen, wenn ich sie näher an mich herangelassen hätte? Doch nichts flieht der Mensch mehr als das: Entscheidungen!

Alle biblischen Gebote hat Jesus von Nazareth aufgehoben in dem einen: in dem Gebot der Liebe. Das uns ermächtigt, ja, nötigt, Entscheidungen zu treffen, wie es sagen: nach Maßgabe der eben gebotenen Liebe.

Zwei Sätze hatte Beate Dietruns Mutter einmal zu mir gesagt: „Sollte das Boot mit unserer Familie kentern, so würde ich zuerst meinen Mann retten! Dann die Kinder!“

*

Endlich war Getrappel von hinten her zu hören. Es holte uns ein Wagen ein, der in die nämliche Richtung fuhr wie wir.

Weit konnte es nicht sein, wohin dieser Wagen unterwegs war. Klein-Schenk. Hin! Wohin denn sonst?

Schon an der Tracht des Bauern auf dem Sitzbrett erkannten wir: ein Rumäne. Vieles wie bei einem sächsischen Fuhrwerk. Wenn auch nicht ganz so. Zwar war ein Pferd vorgespannt. Das andere im Krieg. Doch die Scheuklappen des Halfters waren mit Büscheln verziert in den Farben der Trikolore. Der Wagen selbst war bunt bemalt. Woher kam er? Vom Feld nicht. Denn hinten saßen keine Kinder. Auch fehlten Heugabeln und Holzrechen. Ein halbwüchsiger Bursche hielt einen Kotzen gebreitet über etwas, das nicht zu sehen war und sich nicht bewegte.

Auf der Höhe mit uns fragte der Bauer eher streng: *„Unde aţi pornit?“* Wohin seien wir unterwegs.

„Cincşor.“ Das konnte ich sagen. Es war auf dem Wegweiser zu lesen.

Ich raffte mich auf und fragte in holprigem Rumänisch, in zwei Klassen hatte ich die fremde Sprache bereits erlernen müssen: *„Mai e departe?“* Noch weit?

Keine Antwort.

Und übertraf mich, wir waren müde: ob er zuließe, dass wir uns an dem Wagen festhielten. Somit würden wir uns nicht mehr abstrampeln müssen und bequem in Klein-Schenk ankommen.

„Da, da!“ Ja, ja, sagte er. Es klang, als ob er von unserer Anhänglichkeit nicht sehr erbaut sei. Auch der Bursche, der die graue Decke mit beiden Händen festhielt, starrte uns mit stechenden Augen an. Darin kein Funken Freundlichkeit.

Wir hängten uns rechts und links an. Doch dann, nach ein paar *„cea!“* und *„ho!“*, hü und hott, die Überrumpelung, die uns fast zu Fall brachte. Mit einer schroffen Kehre bog der Wagen in einen verborgenen Waldweg ein. Mit einem Ruck überquerte er den Straßengraben und verschwand spurlos zwischen den Bäumen. Gerade noch konnten ich ein *„mulţumesc“,* ein Danke, über die Lippen bringen. Verblüfft klaubten wir die Fahrräder aus dem Graben.

„Die wollten uns loswerden“, bemerkte der kleine Bruder.

Selbst mir war das aufgefallen.

„Das waren verkleidete Räuber! In jedem großen Wald gibt es eine Räuberbande.“

„Vielleicht.“

Räuber hin, Räuber her: Wieder waren wir uns selbst überlassen.

*

Um die Mittagsstunde wärmt die Sonne noch, wenngleich sie schon flach im Zenit steht. Wir sind auf dem Weg nach Fogarasch. Zu einem namenlosen Begräbnis auf dem jüdischen Friedhof.

Die Nonne Marta Felicia fährt mich. Mit achtzig habe ich aufgehört zu chauffieren.

In ihrer Tracht mit dem kleidsamen Stirnreif und dem Gewand in elegantem Schwarz, mit Handschuhen und dem Rosenkranz um das Gelenk, sitzt die modische Nonne hinter dem Lenkrad und blickt streng geradeaus.

In dieser Aufmachung umschwebt sie die Aura des Hier und des Jenseits zugleich. Wenn sie bei verlangsamtem Tempo in den Dörfern und in der Stadt als Klosterfrau erkannt wird, schlagen junge Mädchen das Kreuz, verneigen sich fromme Männer, lüpfen Greise den Hut, Mütterchen fallen auf die Knie.

Ich selbst bin im Voll-Ornat: Dolman mit den Silberhefteln als Verschluss, um die Schultern die gefältelte Mente, auf dem Kopf das akademische Barett. Eigentlich gebührt mir ebenso rituelle Beachtung. Doch wer mich vom Gehsteig aus wahrnimmt, verwechselt mich wohl mit einem Mimen. Kinofans winken.

Wir sind unterwegs zum Begräbnis einer alten Frau. Von der es heißt, sie sei seit den Mädchenjahren in mich verliebt gewesen. An die ich mich nicht erinnere, die „strahlende Jugendliebe". Und was spät zu meinen Ohren drang, eher als eine Fabel.

Solch Gemunkel wird einem zugetragen auf dem Friedhof. Selbst an diesem Ort des Stillschweigens verstummt mitnichten das Gerede. Wenn zwei sich treffen am Gottesacker mit Kerzen und Blumen, Spitzhacke und Gießkanne und mit schlechtem Gewissen aufgrund dessen, was man den Verblichenen an versäumter Zeit schuldig geblieben ist, trotzdem: Es wird gehechelt! Ob haltlos, ob rätselhaft, ob arglistig: Die Vertraulichkeiten gleiten daher. Oft nur im Konjunktiv. Somit bleiben sie entrückt in dem Flor des Fraglichen.

Gewöhnlich gehört der Besuch des Fogarascher Friedhofs zum Regelwerk beim Rückweg vom Gefängnis in Zeiden. Hin lasse ich mich von der Nonne fahren. Oft begleitet sie mich, mit Sonderbewilligung, in die vermauerten und vergitterten Innenhöfe bis zu meinen Schutzbefohlenen.

Erst bei der Heimfahrt habe ich mich so weit erholt, dass ich an der Außenwelt teilzunehmen beginne. Jetzt gilt es, bei den verstummten Namen innezuhalten und

Segen und Gebet auf die Familiengräber zu legen. Nach dieser liturgischen Verneigung verabschiede ich mich mit dem füglichen Gruß: „Ihr Lieben, wir kommen uns von Tag zu Tag näher. Und in Bälde nahe. *À Dieu!*"

Dass zwischen den Quadraten des Gräberfeldes entschwundene Menschen deinen Weg kreuzen, sprunghaft, schlagartig, dass entfallene Gesichter auf einen zustolpern, ist wie eine Überrumpelung. Auch das noch!

Und: Mein Gott, jene, sie lebt noch, und jener, der ist noch nicht gestorben!

„Erkennst du mich?"

„Nein, nicht so sehr."

„!"

„Ah, du bist das? Was du nicht sagst! Wahrlich, du hast dich gar nicht verändert …"

*

Peppe Späcks Mutter, sie tapste zwischen den Gräbern umher. Ihr Gesichtsausdruck hatte sich nicht verändert! Doch die buschigen Brauen waren gelichtet. Und weder gelb wie zu unserer Schülerzeit noch grün wie im blau verdunkelten Abteil der Eisenbahn ehedem.

Mit einem Jägerstuhl stand sie neben mir. Ließ sich auf das dreifüßige Gestell nieder, das in die Erde sank. Ehe ich etwas sehen und sagen konnte, packte sie, die Gattin eines Fleischhauers, den Stier bei den Hörnern, stieß hervor: Ihre Haut, wie ich sehen könne – sah ich es? –, sei „runzlig und ranzig". Nicht zu vergleichen mit ihren besten Jahren vor dem Kommen der Russen. Zur Zeit der strammen deutschen Soldaten, da glänzte die Haut „wie eine Schweineschwarte". Sagte seufzend: „Nichts dauert ewig, auch der schönste Jud' wird schäbig!"

Tatsächlich, nichts war geblieben vom knackigen Putz und Pomp der Frühzeit, als sie vor meinen Augen einen Laib Brot in Stücke gebrochen und verzehrt hatte. Und eine ellenlange Blutwurst dazu, die sie in die Schürzentasche gepfercht hatte.

Sie duzte mich wie einst. Hängte schicklich an: „Herr Pfarrer".

„Du weißt ja, wer ich bin, Herr Pfarrer?" Wartete keine Antwort ab und begann wie ein Wasserfall zu reden. Erwähnte weder wie vormals den „armen Felix", meinen Vater, rügte nicht unsere Mutter, weil sie wegen Firlefanz die Kinder vernachlässige. Streifte immerhin mit einem Wort die tote Schwester: „Neunzehn Jahre. Wie schade. Wenn es wenigstens zwanzig gewesen wären!"

Ich dachte benommen: Wie gut, dass du das Gängige an den Gräbern zu Ende gebracht hast – Gebet und Segen. Wann immer kannst du dich davonmachen. Obwohl unser Metier als Pfarrer darin besteht, dass wir Zeit haben für die Mitmenschen, wir Pfarrer, im Hören und Beten.

Zu hören war: Abscheuliches sei passiert mit der Gruft vom Friseur Schwellner. Auf die Eisentür hatte ein Schandmaul einen Bären gemalt, mit gelber Ölfarbe. Der auf einen Baum klettert, in den Tatzen einen Kamm und eine Schere. Trotz Gekratze nicht wegzubekommen. Ja, noch schlimmer: Der schändliche Bär war durch das Gekratze noch größer geworden, wie ein Riese, der die Zähne fletscht. Heut, morgen würde man den noch nicht toten Herrn Schwellner durch diese verhunzte Tür schieben zur ewigen Ruhe.

Traurige Nachrichten!

Aber letzten Endes hatte manches Hand und Fuß, was Frau Späck weinerlich zum Besten gab.

Das Schicksal hatte ihr übel mitgespielt. Ihr Seliger – sie wies mit dem Daumen behutsam über die Schulter irgendwohin und war bedacht, das Gleichgewicht auf dem Jägerstuhl nicht zu verlieren –, „im Gefängnis elend verreckt. Er konnte halt das Mausen nicht lassen, der arme Teufel!“ Hinter dem Rücken der „elendigen Bolschewiken“ hatte er ein Kälbchen geschlachtet. „Wo der Ceaușescu in Bukarest, der Halsabschneider, mit seiner Frau, dem Biest, der Elena, nicht einmal erlaubt hat, dass einer sein eigenes Huhn kragelt. Gut, dass beide der Teufel geholt hat.“

Aber den Seligen hatte es ganz böse erwischt: „Der Krug geht zum Brunnen, bis er bricht! Im Gefängnis haben ihm die krätzigen Hundsfötter den Garaus gemacht, im selbigen Bett, sie haben ihn abgemurkst wie einen störrischen Esel. Auf Befehl von ganz oben.“ Frau Späck flüsterte, obwohl es dieses „ganz oben“ nicht mehr gab.

„Gerade noch, dass ich ihn toter hab wegschaffen können, her, dorten, hinten. Die wollten ihn hui, hui verscharren. Der Doktor Bretzer hat geflüstert mir in mein Ohr, dass mein Seliger ist kaltgemacht worden von … von … Wie hat der studierte Herr gesagt? Von fremder Hand? Nein, nicht. Von fre…, fref…“

„Frevlerischer Hand“, half ich der verwirrten Witwe aus.

„Er war auch auf dem Begräbnis, der Herr Dokter. Und mein Seliger sowieso! Und halb Fogarasch hat dem Herrn Späck die Ehre gegeben. Alle haben's gesagt: Er ist gestorben wie ein Held."

Und der Sohn, mein Schulkamerad, sei „im Reich. Über die Donau geschwommen!" Wobei sie gar nicht gewusst habe, dass er schwimmen konnte. Und mit Geseufze: Es grusele ihr, wenn sie denke, „dass er über die Donau geschwommen ist und nicht hätte schwimmen können ..."

In der Tat ...

Im Reich habe er einen Schlachterladen aufgemacht. „So heißt sich das." Mit blauem Licht vom Plafond über die roten Fleischstücke und Würste. „‚Blau-Rot bis in den Tod', so wie unsere sächsische Fahne das ist. Er ist halt ein Unsriger, mein Peppe."

Die ergriffene Mutter kippte nach hinten. Halt boten meine Knie. Vorsorglich bettete ich ihren Nacken in meine hohlen Hände.

Dass Peppe mir aus Wittenberg einen Brief geschrieben hatte, erwähnte ich nicht.

Der Friedhofsbesuch währte zu lange. Zwar schielte ich in der Kirche und auf dem Friedhof nicht nach der Uhr, das kränkte Gott. Aber wie jedes Mal nach einem Tag hinter Gittern verlangte es mich nach meinem Pfarrhof. Andererseits, das war mir in Fleisch und Blut übergegangen: Als Geistlicher, geeicht auf Nächstenliebe, war es geboten, Zeit für andere zu haben.

Die geplagte Frau rappelte sich auf und berichtete Rätselhaftes. Ich hörte hin und hörte vorbei. Oder war in dem Zuwenig ein verstecktes Zuviel? Umso mehr Frau Späck verlautete: „Jetzt kommt das Wichtigste!“

Nach einer gewundenen Hinführung kam an, was ich nicht überhören konnte. Vorerst hieß es: Nicht nur der Sohn sei ihr weggeschwommen, auch ihre sächsischen Nachbarinnen im Wohnblock seien „ohne Gruß und Kuss verschwunden wie die Wurst vom Brot“. Das Schlimmste für eine alleingebliebene Frau sei die Dämmerstunde: „Da laufen einem die Tränen nach!“ Jeder sei da willkommen, „der anklopfen tut“.

Und sagte: „Du sollst entschuldigen, Herr Pfarrer, aber meine nächste Nachbarin ist eine alte Jüdin. Was soll's, wo die anderen alle von unsere Leut' das Hasenpanier ergriffen haben und sich weggeschlichen haben wie der Fuchs im Gansstall.“

Mit der Jüdin – „aber ein ganz anständiger Mensch und besser wie eine Rumänerin“ – treffe sie sich jeden Tag zur Dämmerstunde bei einem Blümchenkaffee. Ob ich wisse, woher das mit dem Blümchenkaffee komme? Diese Nachbarin, nur schwer sei sie mit ihrem Taufnamen herausgerückt. „Denn bei ihrer Klingel steht kein Name nicht.“

Taufname? Jüdin … Ich schwieg. Manchmal verzichtete ich auf das Besserwissen, das bessere Wissen.

„Estera, mit der Beißzange habe ich ihr den Namen aus dem Maul gezogen! Die Juden sind halt Geizkragen!“ Sie habe keinen einzigen Verwandten mehr. Dazu Frau Späck gedankenvoll: „Keinen einzigen Anverwandten, prima eigentlich!“ Es fiele weg „der tägliche Ärger mit der eigenen Mischpoche. Schon wo jeder von deine Leut' dir ein freches Maul anhängen kann, nur weil er hat dein Fleisch und Blut."

Die Estera spreche schöner deutsch „als ich mit meinem Mund". Sie habe die evangelische Volkschule besucht, „bei unserer Kirchen".

Einmal habe Frau Späck meinen Namen genannt, nur so. „Warum nicht, wo unser guter Peppe mit dir, Herr Pfarrer, in der selbigen Klassen gewesen ist."

Die Estera habe den Blümchenkaffee verschüttet auf der Frau Späck ihre Häkelei und gefragt, „despektierlich" gefragt: „Kennst du den?"

„Ich hab sofort gedenkt: Was hast du, Herr Pfarrer, wieder angestellt? Aber ich sag: wie nicht!"

Pause. Peppes Mutter übermannten Erinnerungen. Übermannt? Also, sie zerfloss vor Erinnerungen.

„Ihr wart ja Freunde, du, Herr Pfarrer, und der Peppe, auch wie der durchgefallen ist in der blöden Schule in diesem Hermannstadt. Dein Vater war mit dir, der Felix. Nicht deine Mutter, wie ich mit dem Peppe. Du hast ihm zu deinem Geburtstag die Ehre gegeben, Herr Pfarrer. Ihn eingeladen. Wenn er dorten bei euch auch nichts zu suchen hatte. Und er hat dich zum Silvester bei uns gerufen, wie ihr arme Leut' geworden seid. Ein ganzes Schwein haben die Freund' vom Peppe damals aufgefressen, wie junge Ferkel an den Zitzen ihrer Mutter, der Sau. Auch die keuschen Mädels haben gefuttert, dass ihnen die Grammeln sind zu die Ohren herausgespritzt."

Gut ein halbes Jahrhundert war seit damals vergangen, rechnete ich aus, seit jener fatalen Silvesternacht. Ja, ich hatte mich vor Beginn der Völlerei weggeschlichen.

Nun wurde Peppes Mutter fast feierlich: „Und sagt mir die jüdische Schickse, sie sind noch zwei Weibsleute zu begraben, dann ist es aus mit den Juden in Fogarasch. Und sie brauchen dafür kein Totenhaus mehr, das ist zusammengerumpelt. Und die Estera sagt: ‚Nun sterben wir zwei um die Wette. Welche es als Erste erwischt, die hat es gut. Die andere bleibt allein!'" Doch noch seien beide am Leben. Die andere Judenfrau, deren Namen die Estera nicht und nicht habe verraten wollen, nicht habe weitersagen dürfen, wohne nahe dem Friedhof. Schon darum brauche sie kein Totenhaus. Diese nun habe der Estera gesagt, unter dem Siegel der Verschwiegenheit, dass sie „eine Jungfrau ist und bis heute verliebt in dich, Herr Pfarrer, seit der Schule".

Nun hätte ich etwas äußern müssen. Zum Beispiel: Wie schön! Sieh mal an, ist das eine Überraschung! Oder: Ich erinnere mich *partout* nicht. Vielleicht ausrichten lassen: Die Dame möge sich melden … Aber ich schwieg.

Peppes Mutter dagegen war in Fahrt. Sie habe die Estera sogleich gefragt, ob ich, der Herr Pfarrer, der Jungfrau etwas angetan habe, was sich nicht so schickt. Und sie, die Frau Späck, habe zu hören bekommen, was sie nicht verstanden habe. Und gebeten, dass die Blümchen-Freundin Estera es dreimal wiederhole, damit sie es auswendig lerne, für alle Fälle: „Nichts hat er ihr getan, gerade nichts hat er ihr angetan, nie nichts. Das ist der Clou!"

Ich ließ flüchtig Orte und Namen Revue passieren und wusste von keinem verliebten Mädchen, dem ich nichts angetan hätte. Und hörte noch wie beiläufig: dass diese lebenslange Verliebte nicht wünschte, mir unter die Augen zu treten als „alte, lahme Ente", damit ich sie in ihrer „strahlenden Jugendlichkeit" im Sinn behalten solle. Auch das hatte Frau Späck auswendig behalten: „strahlende Jugendlichkeit".

Wer? Wer denn?

Während ich mir über die Augen strich, um die Welt wieder wahrzunehmen, erhob sich die geknickte Mutter unversehens – ich hatte mich schon abgewendet –, umarmte mich halb seitlich, schluckte, schluchzte vielleicht und sagte: „Mein liebster Peppe, du!" Zuckte zusammen, lockerte die Umarmung, verbesserte sich über eine Volte: „Du meinem liebsten Peppe sein bester Freund, du, Herr Pfarrer. Der liebe Gott behüte dir!"

Ich entzog mich sanft, eilte in Sprüngen hinweg, den Gedanken nach, die bereits das Weite gesucht hatten. Ja, ich brachte nicht einmal das berufliche Trostwort, den geziemenden Bibelspruch über die Lippen. Rief gerade noch halb hinter mich: „Gott befohlen!"

Im Vorbeifegen flatterte ein Segensgruß zur Steinburgischen Gruft hinüber an die ferne Böschung. Und zur Gruft derer von Hasensprung. Wo ich sonst gedankenverloren ein Gebet sprach.

Ich warf mich ins Auto und wir preschten davon.

Die Liebesnachricht, die Peppe Späcks Mutter mir anvertraut hatte, versandete im Stakkato des Pfarrhofes, wo es oft so hektisch zugeht, dass man kaum zum Beten und Schlafen kommt.

*

Ernst zu nehmen war, was mir nach Jahr und Tag in Fogarasch von der Pfarrfrau Dr. Renate Klein zu der unbekannten Jugendliebe ausgerichtet wurde.

Das war, als ich dort einen halben Nachmittag lang in der verlassenen, zugigen Synagoge auf einem Klappstuhl der *Musica suprimata* zuhörte, die Heidemarie Tamar Ambros aufgeboten hatte. Kompositionen, an jenen Orten entstanden, wo der einzig verlässliche Takt der Tod am Fließband gewesen war. Markerschütternde Namen jagten einem Schrecken ein: Theresienstadt, sogar Auschwitz. Wo ich, vor Ort, mich nicht unterstanden hatte, ein Gebet zu sprechen wegen der „unerhörten" Gebete, millionenfach. Was mich umtreibt bis hier und heute: Wie wird Gott mit Auschwitz fertig?

Das hörende Herz von Frau Tamar und ihr Augenmerk hatten sich dieser jüdischen Musik zugewendet, die aus den Todeslagern gekommen war. Namen von Menschen, die sich in Rauch aufgelöst hatten, stanzten sich ein als Takte und wurden Melodie. Schon allein Viktor Ullman: *Die Weise von Liebe und Tod des Cornets Christoph Rilke.*

Mit solchen Namen und Stücken im kostbaren Gepäck bereiste Frau Tamar Siebenbürgen. Im Gefolge Streicher, Sänger und Sängerinnen sowie ein bereits interkontinental bekannter junger Pianist, der so über die Tasten raste, dass kein Auge die Finger auseinanderhalten konnte.

Und ich dabei, als der Freund der mosaischen Dame.

Gespielt wurde in aufgelassenen Synagogen. An der Geräumigkeit des Bethauses konnte man ablesen, wie zahlreich die mosaische Gemeinde gewesen war. Geräumig war auch das Bethaus in Fogarasch. Doch dort gab es, hörte man, nur noch zwei letzte jüdische Seelen zu begraben, die es zum Konzert nicht geschafft hatten.

Dass die imposante Synagoge nicht zusammengebrochen war und Disteln und Nesseln sie zerfraßen, war der evangelischen Kirchengemeinde und Stadtpfarrer Dr. Johannes Klein zu verdanken. Er hatte die Jugendgruppe angespornt, das Gotteshaus vor dem Verfall zu retten. Vom Dachgestühl bis zum Fußboden wurde alles hergerichtet. Als es endlich so weit war, dass man nicht mehr unter Lebensgefahr ein und aus ging, kam aus Kronstadt der Vorsteher der dortigen jüdischen Gemeinde herbei, Rabbi Rother, und beging mit gutturalem Singsang die Hausweihe.

So konnte Frau Tamar gesicherten Hauptes die verfemte Musik zum Erklingen bringen vor den Völkerschaften der kleinen Stadt. Auf der improvisierten Bühne vor dem Altar hatten die Musiker ihre Notenständer aufgebaut und die Instrumente um die plombierten Rattenlöcher im verbliebenen Parkett platziert. Vor zwei zerbrochene Fenster waren eilig graue Wolldecken drapiert worden, damit es den Musikern nicht in den Rücken zog. „Eigentum der Bundeswehr" stand darauf. Dahinter prangte ein eherner Davidstern im Fenstergitter.

Bei der anschließenden Kaffeerunde im warmen Betsaal des evangelischen Pfarramtes begannen die klammen Finger der Musikanten aufzutauen und die gefrorenen Lippen der Sängerinnen sich zu regen: „Es war, als hätten wir im Krieg gespielt."

Dr. Renate Klein gesellte sich zu mir. Genauer: nahm mich beiseite. Was ihr als Hausherrin zustand – sie war die Frau des Stadtpfarrers und selbst ordinierte Pfarrerin, ferner Dozentin für Evangelische Theologie an der Universität in Hermannstadt, Altes Testament.

Was Frau Dr. Klein mir zu sagen hatte, klang unbegreiflich und gemahnte dennoch an bereits Vernommenes.

Eine jüdische Dame sei bei ihr erschienen, privat, ausdrücklich: privat. Namen wollte sie keine nennen. Sie kam im Auftrag ihrer Freundin, die in einem Häuschen nahe dem mosaischen Friedhof wohne, *„cimitirul mozaic"*, sie sprach rumänisch. Dann aber, und die Pfarrfrau wunderte sich noch im Nachhinein, sagte sie in gehobenem Deutsch das Wichtigste: Ihre Freundin bestehe darauf, dass sie seit ihrer „Mädchenzeit" verliebt sei, verliebt in einen Eginald Schlattner. Korrekt habe sie meinen Namen genannt! Aber von mir wisse sie bloß zweierlei: dass ich Pfarrer sei und dass ich Bücher schreibe.

Auf Frau Kleins Frage, was sie für die beiden Damen tun könne, bat die Besucherin folgerichtig, nicht nur höflich, um eines der Bücher „von Pfarrer Schlattner".

In welcher Sprache, da fast alle Bücher übersetzt seien?

Das schien dem Gast alles eins zu sein: „Das Buch, bitte, in welcher der drei Sprachen immer: Rumänisch, Ungarisch, Deutsch."

Zur Hand hatte die Pfarrfrau das Original, die deutsche Ausgabe von *Der geköpfte Hahn*. Entgegenkommend bot sie an: Sie könne auch die Übersetzungen beschaffen.

Nein, nicht nötig, ihre Freundin spreche perfekt deutsch. Sie beide hätten in Fogarasch die evangelische Volksschule besucht, bis … bis die jüdischen Kinder gehen mussten.

Ob die beiden Damen allein lebten?

„Jede für sich allein. Unsere Verwandten in Israel oder … oder …“ Sie habe einen Halbbogen durch die Luft beschrieben und plötzlich ihren Vornamen genannt: „Estera!“

Die Pfarrfrau wollte aus dieser Verlassenheit heraushelfen, bot an, die Verbindung zu mir zu vermitteln. Frau Estera habe abgewinkt.

Trotzdem ließ Frau Dr. Klein nicht locker: Ich sei ein kommunikativer Mensch, habe dazu als Pfarrer eine offene Tür, ein offenes Ohr.

„Nein, nein, nur das nicht.“ Ihre Freundin meine, sie sei eine hässliche alte Frau. Der Anblick sei dem Herrn Pfarrer nicht zumutbar. Er möge sie wie einst im Gedächtnis behalten: „in strahlender Jugendlichkeit“. Doch unvergessen: Sein Vater, der *„domnul“* Felix, sie sprach wieder rumänisch, habe der Familie insgeheim viel Gutes getan, *„mult bine“*, damals … Und sagte es heraus, auf Deutsch: Das war, als der junge Schlattner im Braunhemd und mit der Hakenkreuzfahne über den Marktplatz marschiert sei „wie ein Preuße“.

Frau Dr. Klein schloss, es klang fast entschuldigend: Sie habe es vermieden, den beiden Frauen nachzuspüren. Nicht einmal die Namen habe sie herausfinden wollen. „Estera, es mochte stimmen, vielleicht ja, vielleicht nein.“

Estera, ja! Das wusste ich aus erster Quelle von Frau Späck. Aber ich schwieg.

Frau Dr. Klein sagte: „Sie haben es uns nicht vergolten, nachher!“ Beide wussten wir, was sie meinte. Wen sie meinte.

*

Die Nachricht vom Tod der Unbekannten erhielt ich aus Fogarasch ebenfalls von Dr. Renate Klein. Sie war kurz und mysteriös. Ein gewisser Herr Rother aus Kronstadt habe aus der Synagoge in der Waisenhausgasse Folgendes durchgegeben: Die letzte jüdische Frau in Fogarasch sei heute gestorben. Kein Name. Sie habe hinterlassen, dass sie sich freuen würde, wenn Eginald Schlattner zur Beerdigung kommen könnte. Sonst stünde ihr niemand nahe. Und habe hinzugefügt: *„Ferice că mai aveţi peste tot un penultimul sas de viu.“* Glücklich sollten wir sein, dass es vielerorts noch einen vorletzten Sachsen unter den Lebenden gebe.

Ich: „Das Begräbnis, wann?“

„Um zwei Uhr.“ Und fügte hinzu: „Zur Stunde, als im Hain zu Mamre der dreieinige Gott Abraham besuchte und sie im Zelt zu Mittag speisten.“ Dr. Klein trug Altes Testament vor.

Somit fuhren wir am dritten Tag zeitig zur Grablegung. Schwester Marta Felicia mit einem Strauß Sonnenblumen, die wir im Vorbeifahren aus einem Feld gebrochen hatten. Ich mit drei Kieselsteinen, frisch aus einem der Gebirgsbäche, wie er auch durch Fogarasch floss, und den Steinen aus Israel im frankierten Umschlag.

Der jüdische Friedhof nahe der Aluta, seltsam, lud in deutscher Altschrift herein: „Haus des ewigen Lebens". Und darunter: „Beweinet den, der bleibt, nicht beklagt den, der scheidet."

Die Nonne mahnte vorschnell, wir hätten den Friedhof verfehlt: *„Ăsta-i cimitir nemţesc!"* Dies sei ein Friedhof der Deutschen.

Sie irrte. Seinerzeit hatten wir den fremden Friedhof auf Geheiß des Vaters mit ungeduldigen Schuhen betreten und gehört, was er zu sagen hatte: Die meisten Juden in Fogarasch hielten sich zu uns – „schon dass sie deutsch sprechen …"

Die Nonne bestätigte und widersprach zugleich, indem sie zwischen den Grabsteinen – viele geneigt, einige umgefallen, andere von Pflanzen erdrosselt – dahintapste und buchstabierte. Außer den hebräischen Inschriften seien zumeist deutsche Namen auf den Grabsteinen: Familie Gewölb, Hirschhorn, Thierfeld, Glückselich, Neumanner …

Glückselich! Der Name geisterte hier herum. Mit der Tochter Judith hatte ich Häuschen gespielt. Die drei Steine ihres Grabes in Israel, die mich im Brief erreicht hatten, trug ich bei mir. Ich legte sie zum Grabstein ihrer Familie.

Was sagen?

Auf dem Friedhof war es totenstill. Wo blieb das Begräbnis? Totenstille, obwohl die Zeit stimmte. Eben schlug es vom sächsischen Kirchturm zwei Uhr: viermal die volle Stunde, zweimal die Tagesstunde. Nichts! Niemand!

Wir grasten den verwachsenen Gottesacker ab. Gottesacker durfte man sagen, selbst wenn diese Toten nicht in der Kraft Christi auferstehen würden.

Wie sagte meine jüdische Freundin aus Israel, die einstige Kindergespielin Judith Gisela Glückselich, tot auch sie in der Wüste Negev: „Wir brauchen euren Mittler nicht, nichts trennt uns von unserem Gott. Warum? Weil wir von Haus aus Kinder Gottes sind." Sie sprach ein schönes Deutsch, Judith Gisela, mit dem Fogarascher k. u. k. Timbre, meine Sitznachbarin in der evangelischen Volksschule. Für einen Augenblick wurde sie zur greifbaren Erinnerung, fast wie Trost in dem Nebelreich hier.

Doch das streifte mich bloß bei der Suche nach der Verlorengegangenen, der Namenlosen, der Unbekannten.

Endlich! In einer Ecke des Gräberfeldes wölbte sich ein taufrischer Totenhügel, das Erdreich noch unruhig von dem Schippen und Schaufeln. Darauf drei frische Steine. Doch kein Totenmal bekannte sich mit einem Namen und Spruch zu dem neuen Grab.

Das musste es sein. Doch dann mochte das Todesdatum nicht stimmen. Heute war der dritte kanonische Tag bei Begräbnissen.

Ich legte die drei Kieselsteine auf den Totenhügel. Marta Felicia kniete nieder und murmelte die orthodoxen Totengebete.

Ich sprach ein Vaterunser und dann mit erhobenen Armen den aaronitischen Segen, den hebräischen Priestersegen, der hier seinen Ort hatte: „Der Herr segne dich und behüte dich; der Herr lasse sein Angesicht leuchten über dir und sei dir gnädig; der Herr erhebe sein Angesicht über dich und gebe dir Frieden."

War es jemand anders, der sich unter dem Erdhügel verbarg: Besucher und Gebete bleiben willkommen.

Als Marta Felicia aufsprang mit erdigen Knien und flatternder Kutte und ausrief: „Sie haben diese Frau schon gestern begraben." Sie stand und dachte nach, hielt den Finger an der Nase, ein schwarzer Engel in dieser Schattenwelt, und holte hervor, was ihr von den Vorlesungen geblieben war: „Die Juden begraben am zweiten Tag. Wegen der Wüstenwanderung. Schon binnen vierundzwanzig Stunden kommen die Toten unter die Erde. Und drei Steine wenigstens auf das Grab. So zeigen sie die Stelle an."

Und dann geschah Bestürzendes: Über ihrer linken Brust riss sie mit spitzen Nägeln das kostbare Gewand auf. Und sagte unter Tränen, die in den schmalen weißen Halskragen rieselten: „Und wir… Wir wissen nicht einmal, wie sie heißt. Wie kann ich sie Gott in den Schoß legen ohne Namen?"

Wir fuhren zurück zu meinem Pfarrhof. Völlig verstummt. Zwischen Kerz und Freck holte mich die Frage ein: Warum bist du dem nicht nachgegangen, hast dich jeglicher Begegnung versagt? Zwei Stunden von deinem Pfarrhof entfernt, dies Fogarasch, x-mal durchgefahren, dienstlich, oft dort geweilt im Labyrinth einer verblichenen Vergangenheit …

Und gestand mir ein das Eitle. Es hat dir geschmeichelt, das Wissen: Jemand liebt dich, ohne dass du einen Finger rühren musst, ohne einen Gedanken zu verschwenden, nicht einmal zu erinnern brauchst du dich.

Doch das war nicht alles. Ein Mehr drängte sich auf. Gegen Montaigne, der behauptete, eine verschwiegene Liebe, die den anderen nicht erreicht, sei wirkungslos. Im verhangenen Innern war es insgeheim trostreich zu wissen und war wundersam zu spüren, dass diese namenlose Liebe mich begleitete, wohl auch bewahrte. Selbst das nicht Vorgestellte, das nicht Vorgefallene, es behütet, beschirmt. An dieses Geheimnis zu rühren mit Worten und Fingern – nein, nicht. Es bleibe …

*

Uwe hatte nicht Recht behalten. Es wurde dunkel. Fast pikiert hörten sich seine Kommentare an.

„Stell dir vor, plötzlich war die Sonne weg wie die Wurst vom Brot. Bis wir uns umgedreht haben, einfach weggerutscht."

Tatsächlich war die Sonne untergegangen. Aber die Dunkelheit kam nicht vom Himmel. Die Dunkelheit sickerte aus den Wäldern.

Doch dann sprang er vom Rad, bückte sich, fischte aus dem Straßenstaub ein Hufeisen, redete weise: „Was größer ist als eine Laus, heb auf und trag nach Haus!"

Er hängte das Hufeisen an die Lenkstange und sagte: „Jetzt kann uns nichts Schlechtes passieren. Das Hufeisen bringt Glück!"

Der kleine Bruder hatte die Führung übernommen. Ich jedoch war stehen geblieben. Ich hatte angehalten. Ich war abgestiegen. Während er weiterradelte.

Als er bemerkte, dass er mich verloren hatte, rief er mahnend: „Was ist da schon wieder los?"

Los?

Ich lehnte gebannt an einer Fichte, die sich bis zum Straßenrand vorgedrängt hatte. Und begriff damals, zu früh für mein Alter, dass etwas Erschauderndes geschehen würde zum Ende hin.

Mein Blick blieb hängen an einer harmlosen Hütte im Feld vor mir. Unsere Bauern hatte sich, wenn ihre Felder weit abgelegen waren, vor Ort eine Unterkunft gesichert. Eine Hütte, eher Kate, tunlichst in der Nähe einer Quelle, strohgedeckt, darin ein paar Holzpritschen und eine Feuerstelle. So konnte man auf seinem Acker schon im Morgengrauen Hand anlegen. Oder bei Regen und Gewitter rasch ein Dach über dem Kopf haben. Man mochte sich zu Mittag in den Schatten der Hütte bergen. Und war am Nachmittag prompt bereit anzupacken, wenn die ärgste Hitze sich ausgetobt hatte. Blieb in Stellung, bis die Nacht einen vertrieb.

Hier hatte ich eine Nacht mit dem alten Bauern Honn Reinerth zugebracht, der in Rohrbach unser Hausherr war. Und wo wir, wie gesagt, im Altenteil einquartiert waren: die Mutter und wir vier Geschwister, von der Deutschen Volksgruppe nach Rohrbach beordert.

Warum aber die Nacht hier? Lehrer Kleinert, Rektor der Deutschen Schule in Fogarasch und Führer der DM, der Deutschen Mannschaft, hatte uns DJ-Jungen befohlen, nach den Ferien mit einer Bestätigung zu kommen, dass wir zwei Tage bei einem Bauern Landdienst geleistet hatten.

Nun also: Den zweiten Tag hatten wir gleich angehängt. Diesmal schlief ich nicht in einer engen Schlaftruhe. Wohlig konnte ich mich auf dem frischen Heu strecken und wenden, das unter das Leinentuch gestreut war als Matratze.

Tatsächlich: Ich hatte am Tag eifrig mit einer Mistgabel, die größer war als ich, beim Heuwenden geholfen. Es gab nicht genug Hände. Kinder mussten mithelfen. Der vom Hofbauer bediente Heuwender, gezogen von dem Pferd, schaffte es beileibe nicht.

Kurz vor dem Arbeitsschluss durfte ich zur Belohnung für Fleiß und Schweiß den Gabelheuwender selbst kutschieren. Die gleichmäßig auf der Grasnarbe verteilten Mähschwaden mussten gewendet werden, um die Trocknung zu beschleunigen. So geschickt stellte ich mich an, dass der Bauer mir das Gefährt am zweiten Tag überließ. Nur hier und da wies er mich mit der Hand an, wohin die Reise zu gehen hatte. Die Bäuerin hatte mir auf den Blechsattel, von wo ich das Pferd lenkte, vorsorglich ein Lammsfell gebreitet. Um meinen Po zu schonen.

Einfacher war alles, indem wir den zweiten Tag angehängt hatten. „Alles unter einem Abwaschen", wie das in Fogarasch hieß.

Am Abend hatten wir Palukes mit Milch gegessen. Darauf hatte sich die Bäuerin, die Mutter Änn, wie wir sie nannten, schlafen gelegt. Wir beide, der Hausherr und ich, waren auf geblieben.

Schon jetzt stellte er mir das verlangte Zeugnis aus, obwohl der zweite Tag noch ausstand. Bei Kerzenlicht malte er in kalligrafischer Sütterlinschrift mit der Redisfeder die Worte hin, die er für richtig befand. Übertrieb in nichts. Bezeugte, dass ich „meinen Mann gestanden" hatte, „nach besten Kräften". Im Schriftstück figurierte allein mein Name und die Schule: Brukenthal-Gymnasium, Hermannstadt. Kein weiteres Wort zu der Person. Nichts da: Deutsche Jugend, Jungvolkjunge, Jungzug, Fähnlein. Nach dem er die Tinte auf dem Papier über der Flamme der Kerze getrocknet hatte, legte er das Blatt beiseite.

Er holte einen Globus herbei. „Den hat dein Vater uns geschenkt, der Herr Felix." An den Globus war nahe dem

Nordpol ein Foto geheftet mit einem jungen Mann in der Uniform der Waffen-SS, der Sohn. Der Vater zeigte mit einer Ahle auf den Punkt, wo sein Sohn angeblich an der Front war. Irgendwo in Norwegen. Dazu ein Satz: „Was sucht er dort?"

Die Beglaubigung über mein aufgetragenes Tun und Lassen faltete er viermal und steckte das Blatt in ein altes Couvert. Das beschriftet war. Den Namen des Sohnes mit den dubiosen Zeichen der Adresse strich er aus. Und sagte sonderbare Worte: „Du wirst dieses Zeugnis nicht mehr abgeben müssen!"

Wir sprachen hochdeutsch. Als sei man in der Kirche, so feierlich klang das bei einem siebenbürgischen Bauern, dessen Muttersprache die eigenwillige Mundart ist.

Ich getraute mich nicht zu fragen, warum.

Hatte er die wortlose Frage gehört? Er ergänzte: „Du wirst niemanden finden, der das noch haben will!" Und schloss grimmig: „Alles wird zum Teufel gehen!"

Das war vor ein paar Wochen. Und nun, im Hinschauen auf den Ort dieser Worte, jene strohgedeckte Hütte, die der Feind als Erstes in Brand stecken würde, erkannte ich mit heimtückischem Erschrecken: Die Russen kommen. Das ist der Tod.

*

Ich muss mich aus den abgekapselten Vergangenheiten meiner Niederschriften herausschälen und dem Gefängnispfarrer nachgehen. In der Haftanstalt Zeiden wünscht Franz Georg Schönauer die Beichte abzulegen. Er ist einer der letzten evangelischen Sachsen in Haft. Unsere Landeskirche in Rumänien ist nach dem blutigen Ende der Diktatur Weinachten 1989 rapide auf rund elftausend Seelen geschrumpft, Durchschnittsalter sechzig. Unter diesen alten Herrschaften ist die kriminelle Energie erloschen. Was fehlt, sind Kinder und Eltern. In den letzten dreißig Jahren keine einzige Taufe. Ich bin der letzte Pfarrer von Rothberg. Der 99. seit 1225, dem Jahr der Basilika, aber der letzte.

Auf Franz Schönauers Beichte haben wir seit Jahren zugesteuert. Gefängnishaft: Der völlig verwaltete Mensch spult uferlose Zeit ab, ehe er die Kraft gesammelt hat und sich zu Entscheidungen durchringen kann. Hinter Gittern sind Jahre das Grundmaß der Zeit. Ein Jahr wie ein Tag. Aber: jeder Tag wie ein Jahr.

Widerstrebend hatte ich mich 1991 in dieses Amt berufen lassen. Nach zwei Jahren Zellenhaft bei der Securitate, damals Student der Hydrologie, stand mir der Sinn nicht nach Stacheldraht und Eisengittern, Schildwachen und Scheinwerfern. Ich sagte trotzdem Ja, indem ich mich in der trügerischen Hoffnung wiegte, dass nichts zu tun sein würde. Waren doch unsere Leute – so landauf, landab in aller Munde – als anständige Zeitgenossen bekannt, fleißig und ehrbar, *„sașii noștri“*, unsere Sachsen.

Dagegen unglaublich: Allein in Straßburg am Mieresch/Aiud hatten sich beim ersten Gottesdienst einundzwanzig Strafgefangene eingefunden, alle mit echt siebenbürgischen Namen von Schuller bis Rothbacher, von Schuster bis Schwertfeger, von Lösch bis Schuchterus.

Gesagt sei: Ich hatte im Gefängnis freie Hand im Gottesdienst! Keine Wache war je dabei und alles geschah in der Muttersprache der Insassen.

Das Drum und Dran, bis man mit seinen Leuten zusammenkam, war lästig. Schon das: Bei der Leibesvisitation wurde man befingert bis auf die Haut, die Hosenträger mit ihren Metallverschlüssen piepten, sie wurden einem genommen; und die Schuhe, die Schuhe musste man ausziehen, vorzeigen und mit einer Ahle wurde in die Absätze gestochen.

Die ersten Worte an die Gefangenen überraschten, sie mussten sich zurechtfinden: „Die Grenze zwischen den Guten und den Bösen sind nicht die Mauern des Gefängnisses. Gott lässt seine Sonne aufgehen über Gute und Böse und lässt regnen über Gerechte und Ungerechte!" Ferner: Ich würde die Häftlinge nicht nach ihrer Vergangenheit befragen. Genug: Ihre Taten und Untaten büßten sie als Strafe ab. Aber jeder könne sich bei mir aussprechen bis hin zur Beichte und Vergebung. „Es bleibt unter uns dreien: ihr, ich, Gott, so Gott hinhört."

Ich rief sie auf: „Habt den Mut, das Gute in euch zu entdecken als ‚Kinder Gottes'. Denn der Mensch ist gut!"

„Wie das, wo alle sagen, dass wir böse Menschen sind?"

„Gut, weil Ebendbild Gottes: ‚Gott schuf den Menschen zu seinem Bilde; zum Bilde Gottes schuf er ihn!'"

„Nanu: In jedem von uns versteckt sich Gott. Und wir wussten es nicht!"

„In jedem. Darum denkt nach, was ihr bisher in eurem Leben Gutes getan habt. Zeit habt ihr."

Liturgische und seelsorgerliche Begegnungen folgten. Meine Schützlinge klammerten sich an den Pfarrer ihrer Sprache und der heimatlichen Kirche.

Entscheidend wäre, trichterte ich ihnen ein, dass sie sich mit ihrem Leben in den biblischen Geschichten wiedererkennen, als Wegweisung in dem, was war, was ist, was kommen wird.

Vermerkt sei, dass sich bei diesen Begegnungen das Lachen immer wieder wie von selbst einstellte. Und wir wissen: Das Lachen weist auf die Gegenwart der Engel hin.

Wir sind neuerlich unterwegs. Die Nonne Marta Felicia fährt mich nach Zeiden. Zwei Stunden weit von Rothberg, eine Stunde hinter Fogarasch, nahe Kronstadt.

Freitag. Marta Felicia muss ihren Tag der schwarzen Fasten einhalten, Wasser ohne Brot, erschwert durch liturgisches Schweigen, Silentium. Und redet trotzdem. Und knabbert an einer Brotkruste.

Schweigen ist angesagt auch bei mir. Wie meine Frau es auszudrücken pflegte: „Bevor du fährst, schweigst du vor dich hin. Und wenn du kommst, schweigst du dich aus."

Es bleibt die Einsamkeit des Gefängnispfarrers auf dem Weg zum Gefängnis. Und das Dort unter der Gewalt der erdrosselten Zeit. Es geht ans Mark. Wie bei einem Begräbnis.

Was sind es für Straftäter, *„aser lekt"*, unsere Leute, die hinter Gittern auf mich warten?

Heute ist es Franz Georg Schönauer. Dem ich in der orthodoxen Kapelle die Beichte abnehme und die Sünden vergebe „kraft meines Amtes als ordinierter

Pfarrer". Und im expliziten Auftrage Jesu: „Amen, ich sage euch: Alles, was ihr auf Erden binden werdet, das wird auch im Himmel gebunden sein, und alles, was ihr auf Erden lösen werdet, das wird auch im Himmel gelöst sein."

Dazu von mir der knappe Hinweis, während ich dem Knienden die Hände auflege: „Deine Untat bleibt bestehen. Aber du bist nicht mehr ihr Gefangener. Gott schenkt dir Zukunft!"

Er hat es auf den Punkt gebracht in makabrer Gewissenhaftigkeit, was für seine sächsischen Genossen ebenso gilt: „Sie sollen wissen: An dem Sonntag, als ich meine Frau totgeschlagen hab – das ist in unseren Familien gar nicht üblich."

*

Erst nach etlichen Wegmeilen auf der Rückfahrt von Zeiden beginnt der vergitterte Blick zu schweifen. Es begegnen mir Stätten vergangener Namen.

In Schirkanyen wächst Gras vor dem Tor des Elternhauses unseres Schulfreundes Hans Jörg Roth. Die verbeulte Klinke gibt nicht nach. Die kunstvollen Initialen über dem Torbogen sind noch zu entziffern. Die Fenster der Vorderfront, gewölbte Ovale mit Jugendstilmotiven, sind blind. In der dazugehörigen alten Apotheke spielt eine Verkäuferin den Wauwau: Verboten sei ihr, jemanden in den Hof hineinzulassen, das große Tor sei sowieso verbarrikadiert.

Mein Einwand, dass ich, der Schulfreund des ehemaligen Hausbesitzers, als Ausnahme gelten könne, verfängt nicht. Dass ein Greis wie ich je ein Schüler war, dazu bedarf es einer märchenhaften Phantasie. Die fehlt.

Und wer wohne denn hier?

„Nimeni!“

Es erschreckt, dies niemand. In solch einem Haus, behaftet mit Namen und Schicksal: niemand mehr.

Hier waren wir, zwei Buben aus Fogarasch so um die sechzehn, zu später Stunde an einem Sommerabend vor vielen Jahrzehnten gelandet, bewehrt mit Paddeln, sonst nur kurze Hose, eine Bluse, barfuß, und hatten demütig um ein Nachtquartier gebeten. Nach einem Tag mit der Sandoline auf dem Fluss von Fogarasch bis her, die Beine durchnässt bis auf die Knochen, der Rest der Haut ausgedörrt von Sonne und Wind. Wir waren müde zum Umfallen. Und hungrig. Was den giftgrünen Hausdrachen wenig beeindruckte. Die Rosi ließ uns im Dunkeln vor der Tür stehen. Bis Frau Ilsa herbeikam, Frau Dr. Roth, die Dame des Hauses. Und das Ganze mit Humor und Eleganz zurechtrückte. Wir konnten nach Herzenslust futtern und wurden schlafen gelegt. Wie: Der Freund Hans Adolf Bediner, Sohn des Schornsteinfegers, wurde in eine Stube geschubst und ich, ich sollte mit meiner Herzensfreundin und Klassenkollegin Elinor, von ihrer Tante so entschieden, dasselbe Zimmer teilen. Beide: atemlos glücklich. Eine Sommernacht lang.

Wir stehen in der Apotheke rechts vom gewölbten Tor, die Nonne Marta Felicia und ich. Die Apotheke, ein Steinburgisches Familienerbe, wird von fremden Händen verwaltet. Dessen Verlust der Onkel, Frau Ilsas

Bruder, nicht verwinden konnte. So dass er leise abgeschieden war.

Ich fahre die Pillendreherin an, die störrisch den Cerberus spielt: *„Curtea! Vreau să intru în curte!“* Ich will in den Hof.

„Nu!“

„La dracu!“ Zum Teufel!

Das hätte dem geweihten Mund eines Pfarrers nicht entfahren dürfen! Ich weiß … Ich weiß es.

Die Retourkutsche kommt sofort: *„Ce preot al naibii, cu maica cu tot!“* Zum Henker, was ist das für ein Pfarrer, dazu eine Nonne!

Obwohl ihr keiner auf den Leib rückt, stellt sich die Kräuterhexe quer vor die Seitentür, gibt den menschenleeren Hof nicht frei. Tut ein Übriges. Sperrt uns die Apotheke vor der Nase zu. Und verschwindet.

Die Nonne bricht ihr gebotenes Schweigen und zitiert tiefgründig ein Wort Jesu, das in seiner Knappheit den totalen Anspruch des Gekreuzigten über Himmel und Erde ausspricht: „Ohne mich könnt ihr nichts tun!“

Voller Ingrimm weise ich sie zurecht: Sie möge schweigen, schon um an ihrem Fastentag die himmlischen Mächte nicht zu verärgern!

Nächste Station nahe Fogarasch: das Steinburgische Gut zwischen Chaussee und Aluta, genannt der Tannhof. Wir biegen auf einen versandeten Landweg ab.

Das Erste, was mir einfällt, noch in der Ferne: Für uns Schlattnerkinder war der Gutsherr der Walteronkel, dazu die tägliche gelbe Rose an unsere Mutter.

Als Nächstes die verträumte Erinnerung an den Geburtstag von Elinors Cousine Eva. Die ganze Klasse war auf dem Gut versammelt. Es war kurz vor dem Kommen der Russen. Zuletzt Mondscheinpartie mit der Fähre über die Aluta hinüber zum Gutshaus derer von Hasensprung auf dem Steilufer. Ohne uns, Elinor und mich, wir hatten uns davongemacht, auf dem Jagdturm versteckt: Sterne zählen. Und, und …

Eine müßige Frage, erst jetzt: Wieso war unsere Klassenkollegin Renata Hasensprung, das Nachbarskind, nicht dabei? Ja, nun: Wiederholt befiel sie ein okkultes Fieber. Darüber sie nie sprach. Jedoch alle anderen in der Stadt. Ihr voller Name war eine Crux selbst für Gebildete: Alfa Sigrid Renata Marie Jeanne Binder von Hasensprung zu Neustift.

Eine erstorbenes Landstück bietet sich dem Auge dar. Nichts Tannhof: keine Tanne, der Hof eine Ruine. Ein Bild des Jammers. Doch keine Menschenseele zeigt sich zum Jammern. Es bewahrheitet sich der Ausspruch Jesu: „Wenn diese Menschen schweigen werden, so werden die Steine schreien." Sie schreien, die Steine.

Der Turm zum Wildentenschießen des Großvaters und zum Sternezählen, er steht schief. Ganz oben schwankt ein verrosteter Wasserbehälter. In der Sackgasse zwischen zwei Ställen verkommt ein ausgeweidetes Auto. Die Luken der Ställe sind tote Löcher. In abenteuerlichen Verrenkungen sind Dachstühle zusammengekracht und haben die Ziegeln mitgerissen.

Die Gutsgebäude verfallen. Das schlichte Herrenhaus hat jemand mit Beschlag belegt. Stutzt daran herum, scheußlich und gefühllos, verschandelt es. Thermopan-Fenster verunzieren die Fassade.

Ich drehe mich um meine Achse. Hebe den Blick. Auf dem Steilufer der Aluta drüben auch nicht besser: Es hohnlacht die zerfranste Fassade des Gutshauses derer von Hasensprung, durchlöchert von Fensterhöhlen. Nirgends ein Anblick, der das sinnige Bild von vormals gedeckt hätte. Gelehnt an einen Baumstumpf, schließe ich die Augen. Keine Erinnerung belebt die verwahrloste Stille. Hier ist die Endgültigkeit voll im Gange.

Die Nonne sagt nachdenklich: „Wie recht hat der heilige Apostel Paulus, *‚sfântul Pavel'*, wenn er schreibt: Wer nicht arbeiten will, der soll auch nicht essen. Hier will niemand arbeiten. Also gibt es auch nichts zu essen." Sie schlägt sich auf den Mund, verurteilt heute zum Schweigen und Fasten.

Und dann ist doch ein Erinnerungsbild da, das noch mehr schmerzt, als wenn es verloren gegangen wäre. Ein letzter Blick zurück erfasst die Fassade des Hasensprung'schen Gutshauses mit den Fenstern wie erloschene Augen. Da blinkt es im Gedächtnis. Bei jenem sagenhaften Geburtstag brannte in jedem der nachbarlichen Fenster eine blaue Lebenskerze als Gratulation an das Geburtstagskind. Die Anzahl der Kerzen erfüllte die Zahl der Jahre.

Doch der Tod auch hier zugange. Die von uns angehimmelte Klassenkollegin, sie war, wie das in Fogarasch mit respektvollem Bedauern hieß, von der Schwindsucht dahingerafft worden: „Das Armchen. Auch eine Vonische muss dran glauben. Der Tod kennt nicht Arm noch Reich!"

Das Endgültige gibt sich auf dem Fogarascher Friedhof dem Auge hin als das für immer Besiegelte.

Dort steht die fest gemauerte Steinburgische Gruft, bereit zu warten bis zum Jüngsten Tag. Das Totenhaus ist in eine fluviale Terrassentreppe hineingebaut. Selbst der Pflanzenwuchs kann der Grabstätte nichts anhaben. Jedoch keine Gastlichkeit zeichnet den Eingang. Niemand mehr für immer. Signatur der statischen Besiegelung ist die eingerostete Eisentür. Während die Nonne das kärgliche Unkraut zupft, segne ich die stillgelegte Grabstätte. Hieß es nicht, dass Elinor hier eine Nische hatte?

Nahezu auf Tuchfühlung folgt die Gruft derer von Hasensprung. Solidarisch ist das Vorhängeschloss verrostet. Doch schließt hier eine Eichentür zu, ornamentiert mit Intarsien. Mittendrin schwebt verwirrt ein Totenkopf, der durchbohrt ist von einem Pfeil.

Markiert das nicht: Der Tod hat den Tod getötet und das ewige Leben ans Licht gebracht? Die Inschrift umrahmt den Schädel in kyrillischen Lettern. Was ausgesprochen so klingt: *„Hristos a înviat din morţi, cu moartea pe moarte călcând şi celor din morminte viaţă dăruindu-le.“* Die orthodoxe Kirche psalmodiert das kryptische Ereignis von der Nacht der Auferstehung bis zu Christi Himmelfahrt. Rumänisch heißt Himmelfahrt weniger astronautisch: die Erhebung des Herrn in den Himmel, *„înălţarea Domnului“*. Und das vektorielle Wort Auferstehung, *„înviere“*, könnte man so übersetzen: das Lebendigwerden.

Das Ganze war das Begehr der orthodoxen Großmutter, einer fanariotischen Prinzessin aus dem Altreich.

Auf dem Obelisk von schwedischem Marmor ist nur je ein Vorname eingraviert. Auch hier: Das Wissen der hereingeheirateten orthodoxen Gemahlin von „drüben“, von jenseits der Karpaten, vom Ufer der Donau, spricht das Wort: Unser Herrgott der Rechtgläubigen begnüge sich allein mit Taufnamen. *„Dumnezeul nostru al dreptcredincioșilor!“*

Auf dem Gedenkstein mit der Kaskade der Vornamen figuriert die Klassenfreundin allein mit Renata. Ihre vielen Namen konnte in der Stadt niemand so recht daherssagen. Bei der Konfirmation hatte selbst der versierte Stadtpfarrer Stamm auf einen Spickzettel schielen müssen, ehe er sie herunterrasselte, die acht Namen der Konfirmandin. Allein ich, ich habe sie behalten und weiß sie mir vorzusagen: Alfa Sigrid Renata Marie Jeanne Binder von Hasensprung zu Neustift.

Das Todesdatum: Neunzehn war sie, ebenso wie unsere Schwester, als die Eichentür mit dem durchbohrten Totenkopf sich hinter ihr schloss. Gestorben an der Schwindsucht.

Nicht doch. Nie und nimmermehr.

Ich suche bitter nach dem treffenden Wort, so wie ich sie als Bildnis bewahrt habe. Wie es sagen?

Diese fiebrige Leidenschaft schon als Fünfzehnjährige. Wenn sie mich mit heißer Hand wegzog, irgendwohin, wo es brannte. Ihre gängigen Worte: „Feuer und Flamme. Ich lege die Hand ins Feuer!“

Ihre Augen: blaue Feuer. Einmal sagte sie mir: „Wenn ich nicht mehr bin, möchte ich den Eisheiligen vortanzen!“

Ihr redendes Familienwappen: Der springende Hase rennt davon, oh Graus, zwischen die Vorderläufe eine wehende Fackel geklemmt.

Über das ungereimte Wort „durchbrennen“ zerbrachen wir uns gemeinsam den Kopf.

Beim Wort „verkohlen“ erlosch jegliches Feuer vor unseren Augen. „Schwarzes Feuer“, sagte sie. „Es wird einem schwarz vor den Augen!“

„Lichterloh“ hatte ich sie einmal genannt.

„Ja“, hatte sie gesagt.

Durch den Kopf schwirren Verse, während ich die obskure Tür zum Totenhaus anschaue:

Ja! Ich weiß, woher ich stamme!
Ungesättigt gleich der Flamme
Glühe und verzehr' ich mich …

Schwindsucht? Verglüht war sie.
An diesem Ort gelingt kein Gebet.

Ich wandle weiter die Zeile entlang. Mit gebührlichem Abstand wartet eine andere Totenhöhle auf. Immer noch in der ersten Reihe, aber weitab von den beiden herrschaftlichen Grabgewölben. In Fraktur ist auf dem polierten Granitbalken über der Tür zu lesen: „Ewige Ruhestätte der Familie des Haarkünstlers Eduard Fürchtegott Schwellner“.

Das Frappanteste aber ist die Tür. Bitte: Edelstahl, in dem sich Sonnen spiegeln. Versperrt mit einem taufrischen Schloss, *made in China.* Neuerlich wird das Totenhaus bewohnt, schließe ich. Und liege nicht falsch. Auf dem rosa Marmorstein, der das Gewölbe überragt, ist es zu lesen. Edi Schwellner hat das Zeitliche gesegnet.

Doch was den Augen zu schaffen macht, nein, ins Auge sticht, anschaulich durchaus, aber unbegreiflich, ist, dass und wie die Todespforte geschmückt ist: die Türfläche bemalt mit einem gelben Bären in Großformat. Der anhebt, eine Tanne zu besteigen. Doch wie mag solches gelingen? Nachdem er in den Tatzen je einen Haarkamm und ein Rasiermesser hält.

Als ich mich ratlos umsehe, höre in in meinem Rücken die kollernde Stimme eines Mannes. Der einen Haufen Grummet zu einem feudalen Lehnstuhl zurechtgemacht hat, darin er genussvoll lümmelt. Auf den Knien hält er ein Hackbrett, auf dem er Speck mit Zwiebeln isst. Über dem gegerbten Gesicht türmt sich hochgebunden eine Garbe schlohweißen Haares.

„Kennst mich nicht mehr, Herr Pfarrer. Aber ich dich ja!"

Mich? Lieber nicht, denke ich. Und schweige.

Er heiße jetzt nicht mehr der Dorftrottel Misch Kiepenkratzer. Der neue Kurator Morgonday, eine Herrschaft, nenne ihn: Herr Stadtstreicher Michael. „Stadtstreicher!" Das sei mehr als ein Anstreicher, habe ihn der Friseur Edi aufgeklärt. Und der jetzige Stadtpfarrer lasse ihn im Geräteschuppen im Kirchgarten schlafen.

Er schnattert weiter ohne Punkt und Komma. „Staunst über dem Edi seinen Bären?" Der walachische Anstreicher Popescu – „der ja ein Anstreicher!" – habe ihn neu malen müssen. „Ein Meister, der Popescu!" Sogar den Hitler und den Stalin habe er gemalt. Allein die Schnurrbärte habe er verwechselt. „Der Stalin, kein Schnauzbart nicht!“ Ein Bärtchen wie der Hitler. Die Securitate habe ihn eingekastelt. „Mit die Bolschewiken ist nicht zu spaßen!“

Dass wir, die „Puben vom Felix“, das zu spüren bekommen haben, das wisse jeder. Eingesperrt wegen nichts und wieder nichts! „Wenn's ihr wenigstens zwei Gäns' gestohlen hättet.“

Der Felix, bitte, „ein Kaufmann, aber anständig, sogar ehrlich“. Nie habe man gehört, dass er jemanden übers Ohr gehauen habe.

„Eurige Mutter?“ Er wiegt den Kopf: „Eine fidele Person!“ Die überall singe. „Nicht nur beim Tschinakelfahren im Schlossteich, sondern auch in der Kirchen und am Friedhof und auf der Gassen, dass die Leit stehen bleiben mit offenem Maul!“

Aber das Singen sei ihr vergangen. Der Redselige wird todernst. Er bläst die lila Zwiebelschalen in den Wind. Er legt das Hackbrett auf den Boden. „Eure Schwester hat es arg derwischt. Das Armchen. Das schönste Mädel von Fogarasch. Am Friedhof so viel Leit, dass man nicht hat gesehn keinen Grabstein mehr nicht. Alle haben's geweint bittere Tränen. Und den Damen sind die Tränen unter dem Schleier herabgetroffen. Und dein Bruder – der Kurt, der Felix? – im Kittchen …“

„Kurtfelix“, helfe ich aus.

„Großes Elendig!“

Er streicht sich mit den Zwiebeln in der Hand über die Augen. Echte Tränen rinnen. Dann bietet er mir an, sein Mittagsmahl mit ihm zu teilen.

Schließlich findet er den Faden, endet den Sermon mit dem „hochnaseten Edi". Schon „halb toter" habe der Edi befohlen: „Der Bär bleibt sich dorten auf der Totentür. Damit die Leit sollen sich wissen, wer der Edi ist gewesen. Sonst tun sie eins vergessen, wo noch nicht der Pfarrer hat gesagt Amen!"

Ihn habe der Edi, der Hundsfott, nicht geschoren, er habe ihn nicht auf seinem Lederstuhl sitzen lassen. „Nie nicht! Weil ich ihm nicht gut gestunken hab in seine noble Nasen. Nichts gratis!" Er habe ihm mit dem Geld vor der „kraupeten Nase" herumgewedelt. Der Herr Kurator Morgonday, eine große Herrschaft, habe befohlen: „Stutz doch den armen Teufel. *Pecunia non olet.*" So hohe Worte habe der Herr Kurator ausgesprochen, „die kein armer Teufel verstehen tut".

Aber die Frau Lehrerin Hienz, „die gute Seelen, die mich, den Esel, hat gelernt so viel Schreiben und Lesen und das kleine Einmaleins, dass mich niemand tut übers Ohr schlagen und …"

Was? Er weiß nicht weiter … Doch dann schafft er es: „Auch sie toter, die gute Seelen, nur einmal eine Watschen!" Wo er jeden Tag eine Watschen hätte bekommen müssen. Ja, sie habe ihm den „blöden Kopf" aufgetan: „*Non olet* heißt sich: Geld stinkt nicht!" Und tiefsinnig. „Stinkt nicht, wenn man es nicht hat!"

Er schließt triumphierend: „Doch ich, der Herr Stadtstreicher Misch Kiepenkratzer, hocke mich hier im Heuhaufen wie der Fürscht Montekukuli in seinem Fotell und iss Speck und Zwiefel. Und der stinkete Edi ist toter und ist sich eingemauert wie eine Fledermaus." Und zitiert die Lehrerin Irene Hienz mit einem Ausspruch des Alten Fritz. Das königliche Zweifler-Gebet, aufgesagt fehlerfrei Wort für Wort: „Lieber Gott, falls es dich gibt: Rette meine Seele, wenn ich eine habe."

Und es fragt genüsslich der Stadtstreicher Michael Kiepenkratzer: „Der Edi, der geschniegelte Falott, ob der tut eine Seele haben? Was sagst, Herr Pfarrer? Der du bist ein Hirte aller Lämmer und Schafe und musst Freund sein mit allen Falotten ..."

„Gewiss", sage ich schon von Amts wegen. „Wie nicht!"

Er müsse nun gehen. Er habe zu tun. Mühselig erhebt er sich aus dem Heuhaufen des Fürsten Montekukuli. Tut das, indem er mir zuerst den Hintern hinstreckt und dann die Hand: „Servus, Herr Pfarrer! Adjeh!"

Ich weiß nun Bescheid. Im Zickzack suche ich über den Totenacker den kürzesten Weg zu unseren Gräbern neben der Kapelle. Die Nonne ist schon da und rupft auch hier das Unkraut.

Die übrigen sächsischen Ruhestätten sind mit Betonplatten beschwert. Auch das Grab unseres Onkels Franz, Franz Schlattner. Es liegt abseits. Junggeselle. Die Grabstätte vergessen wir oft. Nicht den Onkel.

Er hatte den Bruder Felix, deportiert, über die Jahre in allem vertreten. So, dass wir Kinder uns schwer umgewöhnen konnten, als der Vater wieder zur Familie gehörte. Überdies hielt man mich für seinen leiblichen Sohn. Wegen unserer ähnlichen Nasen, knollenartigen Gebilden. Nur: Meine Nase ist von Geburt an echt und hässlich. Und bereitet mir viel Leid. Bei ihm war das Leid einmalig. Ein Fohlen hatte die jugendliche Nase mit dem Huf getroffen und breitgeschlagen.

Auf dem Friedhof sind allein unsere Gräber frei und offen. Als Erstes die Schwester, danach der Vater, spät die Mutter. Jahr für Jahr haben dienstbare Geister sie als Gartenbeete bestellt. Nun schießen die Pflanzen ins Kraut. Es sind abenteuerliche Gewächse, die sich auf der Doppelfläche zwischen der Umrahmung breitgemacht haben. Von der Wildnessel bis zum Vergissmeinnicht, vom Löwenzahn bis zur Distel. Auch eine einzelne Glockenblume fällt auf und der winzige Augentrost versteckt sich zwischen Gänseblümchen. Ich erkenne den Huflattich, mit dessen Blättern unsere Mutter ihre lange Nase schützte. Und ein verirrtes Löwenmäulchen: Wie lustig das war, wenn die Mutter auf die Backen der Blüte drückte und das Löwenmäulchen den Rachen aufsperrte. Und … und … dass hier erblüht die entschwundene Wiesenfibel unserer frühen Kindheit in Szentkeresztbánya.

Allein unsere Grabsteine haben ein Kreuz eingezeichnet. Dafür habe ich gesorgt. Alle übrigen Mahnmale könnten auch einen mohammedanischen Friedhof schmücken.

Zwischen der Nonne und mir entspinnt sich ein minimaler Dialog, obwohl sie heute gehalten ist zu schweigen.

Sie: Nur meine Leute würden auferstehen am Jüngsten Tag.

„Warum? Wegen der Kreuze?“

„Nu!“ Nein, sondern weil unsere Lieben – *„dragii noștrii“* sagt sie – wie mit Engelsflügeln aus den Gräbern aufsteigen könnten. Die anderen nicht.

„De ce nu?" Warum nicht?

Wegen der sündigen Betonplatten, *„pentru plăcile păcătoase"*, die sie in die Gräber sperrten. An den schändlichen Platten – *„ce rușine"* – würden sich die Toten beim Ruf der Posaunen ihre Schädel kaputtstoßen!

Zu Recht sagt sie *„dragii noștrii"*. Wann immer sie durch Fogarasch fährt, kehrt sie bei unseren Gräbern ein, oft sogar mitten in der Nacht. Und zündet drei Kerzen an. Auch jetzt: Schwester Marta Felicia kniet nieder, gruppiert ihre elegante Nonnentracht um ihre Gestalt und zündet drei Kerzen an.

Ich selbst spreche mit „unseren Lieben", spreche aus, was ich jedes Mal sage, wenn ich hier verweile, seltener und selten, sage, was Tag um Tag eher stimmt: „Wir kommen uns dauernd näher."

Ich bin in der Amtstracht, in der ich die Gefängnisse aufsuche. Nach dem gesungenen Vaterunser spreche ich den Trinitarischen Segen über die Stätten des Todes.

Der Tod?

Das Schweigen Gottes.

*

Die Nacht hatte den Weg überwältigt. Wir fuhren weiter und weiter, am stockfinsteren Wald entlang, der kleine Bruder Uwe und ich, wir beide. Der Wald nahm kein Ende. Und würde kein Ende nehmen. Wir kamen nirgends an.

Ad maiorem Dei gloriam
Verfasst auf dem Pfarrhof
in Rothberg, Siebenbürgen